LE JOURNAL DU MAGICIEN

GLASS AND STEELE SÉRIE 4

C.J. ARCHER

Traduction par
VALENTIN TRANSLATION

HTTPS://CJARCHER.COM

MENTIONS LÉGALE

CHAPITRE 1

LONDRES, PRINTEMPS 1890

L'impatience était une maladie que nous avions tous attrapée. L'atmosphère parut s'épaissir au numéro seize de la rue Park Street, à Mayfair, tandis que Matt, Cyclope, Willie et moi-même dévisagions Chronos, qui venait de passer le pas de la porte.

Mon grand-père.

Je me sentais fébrile, avec mes mains tremblantes et ma peau tour à tour brûlante et glacée. Soudain, j'étais tellement incapable de penser clairement qu'on aurait pu croire mon esprit embrumé par la fièvre. Un instant auparavant, j'avais des questions. Une foule de questions. Mais elles s'étaient envolées, et il ne me restait plus que deux pensées : Chronos était mon grand-père. Et nous avions retrouvé celui qui était capable de réparer la montre magique de Matt.

Willie fut la première à se remettre de sa surprise. Elle tapota le gilet de Matt à hauteur de sa poitrine en marmonnant :

— Où est-elle ? Montre-la-lui.

Matt posa sa main sur celle de sa cousine.

— Nous avons un invité, Willie. Cela peut attendre.

— On n'a pas le temps de jouer à la dînette, Matt !

Il écarta la main de Willie et la garda serrée dans la sienne. Elle grimaça.

— Mr Steele ? dit Matt d'un ton que sa voix inquiète ne

parvenait pas tout à fait à rendre cordial. Nous dînons dans un peu plus d'une heure. Acceptez-vous de vous joindre à nous ?

Chronos se retourna pour regarder l'imposante silhouette de Cyclope, qui se tenait derrière lui, les bras croisés sur son torse de géant. Il transperçait Chronos de son œil valide, et la balafre qui dépassait du bandeau qui cachait son autre œil suffisait à dissuader la plupart des hommes de tenter de lui échapper.

Chronos se racla la gorge.

— Volontiers.

— Vous, les Anglais, toujours à faire des chichis, se moqua Willie.

— Matt n'est pas anglais, répliquai-je automatiquement.

— Il a passé trop de temps avec toi, India. Ça a fait ressortir ses origines anglaises. Allez, viens, Matt. Allons au salon pour que Chronos puisse examiner ta montre avant le repas.

J'avertis rapidement Bristow que nous aurions une personne de plus à dîner et le priai d'en informer Miss Glass. Avec son impassibilité habituelle, le majordome grimpa sans un bruit l'escalier de service à l'arrière de la maison.

Matt m'attendait à la porte du petit salon, où les autres s'étaient déjà installés. Les yeux brillants et le souffle un peu court, il me tendit la main.

— Tout va bien, India ? me demanda-t-il lorsque je la saisis.

— Un peu décontenancée, mais je m'en remettrai. Et vous ?

Il prit ma main au creux de son bras et posa la sienne par-dessus.

— Jusqu'à maintenant, je n'aurais jamais cru qu'il était possible de se sentir tout à la fois sonné et grisé.

Nous entrâmes ensemble au salon pour faire face à l'homme qui avait le pouvoir de restaurer parfaitement la santé de Matt. J'ignorais totalement par où commencer, et comment, mais Chronos brisa de lui-même le silence.

— Votre comparse m'a pris à partie aux Cross Keys sans même me laisser le temps de finir ma bière.

Matt tira sur le cordon de la sonnette et, quelques instants plus tard, Peter, le valet de pied, apparut.

— Un brandy pour Mr Steele, dit-il, et le valet s'éclipsa aussitôt.

tendant sa montre à Chronos. Au début, elle durait plusieurs semaines, mais maintenant, elle ne dure plus que quelques heures. Et quand je m'en sers, je ne recouvre pas non plus la totalité de mes forces.

— Ça n'a rien d'étonnant, commenta Chronos en retournant la montre dans sa main pour en ouvrir le boîtier à l'arrière, révélant les mécanismes parfaitement ordinaires de l'appareil.

— La magie finit toujours par se dissiper. C'était il y a combien de temps ? Cinq ans ? C'est plus que ce à quoi je m'attendais, ajouta-t-il d'un air satisfait.

Mon cœur se serra. Je n'osais pas regarder Matt, mais je sentais bien l'impact que les paroles de Chronos avaient sur chacun de nous. C'était comme si la pièce s'était soudain vidée de son air, et que personne n'osait plus respirer.

— Mais vous pouvez la réparer ? s'enquit Willie d'une voix tremblante.

Chronos sortit de la poche intérieure de sa veste un petit portefeuille qu'il posa sur la table, à côté de la montre. Il défit le bouton qui maintenait les deux pans de tissu fermés et révéla son contenu : un monocle, une petite pince, un tournevis et plusieurs ampoules contenant des pièces de rechange de tailles variées. Il prit le monocle, mais s'interrompit lorsque je me penchai en avant pour voir ses outils de plus près.

— J'ai un compas aux engrenages et une machine à arrondir à l'étage, si vous en avez besoin, dis-je en me reculant à nouveau.

— Je n'ai pas besoin d'outils. Le problème vient de la magie, pas de la montre. Tout ce qu'il me faut, c'est une incantation.

Il inspecta les mécanismes à travers son monocle, puis il colla la montre à son oreille. Il prononça quelques mots dans une autre langue. La montre se mit à émettre une douce lueur de la même couleur violette que celle qui illuminait les veines de Matt quand il s'en servait pour se soigner. Chronos prononça encore quelques mots de son incantation, puis il referma le boîtier de la montre. La lumière s'éteignit. Il la rendit alors à Matt.

— Essayez, maintenant, dit-il.

— Comment ça, *essayez* ? répéta Duc en penchant légèrement la tête sur le côté. Vous ne savez pas si elle est réparée ?

Chronos, très concentré, rangea le monocle et replia son porte-outils en tissu.

— C'est l'incantation que j'ai utilisée pour imprégner cette montre de ma magie le jour où j'ai prolongé votre vie, Mr Glass.

Cela ne répondait pas franchement à la question, mais personne d'autre ne sembla s'en apercevoir. Duc hocha la tête d'un air satisfait, et Willie et Cyclope avaient les yeux rivés sur Matt. Il ouvrit le boîtier, referma le poing autour de sa montre et prit une profonde inspiration en laissant entrer la magie en lui par les pores de sa peau pour passer dans son sang. L'aura lumineuse disparut sous ses manches et refit surface au-dessus de son col. Elle se répandit rapidement sur tout son visage, jusqu'à la pointe de ses oreilles.

Avec un long soupir, il referma brusquement le boîtier et la lumière s'éteignit. Sa peau avait repris son aspect habituel.

— Comment tu te sens ? souffla Willie.

— Bien, dit-il sans quitter Chronos des yeux.

Celui-ci fit claquer ses mains sur les accoudoirs de son fauteuil.

— Dans ce cas, je m'en vais. Merci pour votre invitation à dîner...

— Attendez, dit Matt. India a certainement des questions à vous poser.

Je clignai fortement des yeux, blessée par l'indifférence de Chronos. Et lui, il n'avait donc pas de questions à me poser ? La dernière fois qu'il m'avait vue, je n'étais encore qu'un bébé. Il ne voulait donc pas au moins savoir de quoi était mort mon père ? Son propre fils ?

Chronos me tourna le dos.

— Mrs Potter fait du gigot d'agneau, dit Cyclope avec une note d'espoir dans sa voix.

Chronos alla jusqu'à la fenêtre et jeta un coup d'œil audehors. Il regarda vers un bout de la rue, puis l'autre, deux fois.

— Je suppose que j'ai encore une heure ou deux devant moi.

— Vous cherchez quelqu'un ? lui demanda Duc.

Chronos retourna s'asseoir. Il lança un regard vers le sofa où j'étais assise.

— Tu te demandes certainement pourquoi j'ai passé toutes ces années sans chercher à te contacter.

J'opinai.

— Mais avant que vous ne répondiez à mes questions, je crois que quelqu'un devrait vous informer que vous n'irez nulle part tant que nous ne saurons pas si la montre de Matt est réparée. Il faudra attendre plusieurs heures avant d'en avoir la certitude.

Les rides autour de la bouche de Chronos s'affaissèrent.

— Je suis donc votre prisonnier ?

— Non, dit Matt, mais Duc, Cyclope et Willie, au même moment, répondirent *Oui*.

— Nous avons besoin de votre aide, poursuivit Matt avec un regard appuyé à ses amis.

— C'est sa vie qui est en jeu, ajouta Willie.

— Une vie qui aurait dû se terminer il y a cinq ans, rétorqua Chronos.

Rien ne l'avait jamais fait taire aussi complètement que cette réponse.

Je tâchai d'observer Chronos, mais il ne regardait pas dans ma direction. Je voulais me faire une idée de sa personnalité, mais il ne me facilitait pas les choses. Tout ce que je savais, c'était qu'il avait les yeux lucides et qu'il avait manipulé la montre de Matt avec des gestes rapides et pleins d'assurance. En dépit de son grand âge, il était en pleine possession de ses facultés physiques et mentales.

— Combien de personnes avez-vous sauvées en combinant votre magie avec celle d'un médecin ? demandai-je.

Matt avança légèrement le menton en fronçant les sourcils. Il s'attendait sans doute à une question plus personnelle. Et Chronos aussi, à en juger par son air surpris.

— Juste celui-ci, dit Chronos sans quitter des yeux sa main cramponnée à l'accoudoir du fauteuil. Les magiciens médecins, ça ne court pas les rues. On n'en rencontre pas tous les jours, et le Dr Parsons a refusé de renouveler l'expérience après celle de Broken Creek.

Il secoua la tête avec un claquement de langue désapprobateur.

— Il est mort, lui dit Matt.

— Je sais.

— Avez-vous déjà rencontré un autre magicien médecin ?

— Non.

— En cherchez-vous un ? demanda Cyclope.

Chronos lui répondit avec un sourire pincé.

— Oui.

Je m'éclaircis la gorge pour attirer son attention.

— Si vous n'avez pas combiné votre magie avec celle d'un autre médecin depuis que vous avez sauvé la vie de Matt, vous n'avez aucun moyen de savoir si l'incantation que vous venez de réciter a bien réparé sa montre.

— C'est exact, India.

— Mais le Dr Parsons a dit que vous pouviez la réparer ! s'écria Willie.

— Qu'en savait-il ? rétorqua Chronos. Ce n'était qu'une supposition. Et moi aussi, je ne fais que supposer. Nous avançons tous à l'aveuglette, Miss Glass.

— C'est Miss Johnson, mais tout le monde m'appelle simplement Willie, marmonna-t-elle, toujours aussi désemparée. Glass, c'est le nom de la famille anglaise de Matt, alors que les Johnson, du côté de sa mère, sont américains. Vous vous souvenez certainement de moi, vous m'avez vue à Broken Creek.

— Pourquoi ? Aviez-vous une montre magique ? Avez-vous des pouvoirs magiques en lien avec la médecine, ou avec un autre type de magie ?

— Euh... non.

Le ton sur lequel il venait de parler me hérissa. Il était pratiquement impossible d'offenser Willie, et pourtant il venait de le faire sans la moindre hésitation. Était-il vraiment si égoïste qu'il ne remarquait les gens que s'ils présentaient un intérêt pour lui ? Était-il donc obsédé par la magie au point de n'avoir que faire de ceux qui ne la maîtrisaient pas ?

— As-tu essayé de la réparer ?

Je mis plusieurs secondes à réaliser que c'était à moi qu'il s'adressait, étant donné qu'il ne me regardait pas vraiment.

— La montre ? As-tu essayé de la réparer, India ?

— Je l'ai démontée, dis-je. Comme simple montre, elle marche très bien. Quand j'ai découvert l'importance qu'elle avait pour Matt, j'ai su qu'il fallait recourir à la magie et que je n'étais pas compétente.

— Es-tu une magicienne ?

— Oui.

Il répondit par un grognement.

— Il ne t'a rien appris sur ta magie, je me trompe ?

— Mon père, vous voulez dire ? m'étonnai-je. Non, il n'était pas magicien.

— Mais si.

— Non, il...

— Je te dis que si. Mais il refusait d'admettre cette part de lui-même. Et à ce que je vois, il a aussi refusé d'admettre que tu l'avais en toi. Comment as-tu découvert tes pouvoirs ?

— Progressivement, suite à un concours de circonstances, il y a presque deux mois.

— Deux mois !

Ce détail le décida enfin à me regarder droit dans les yeux.

— Tu viens à peine d'apprendre que tu avais ce talent ?

— Je viens à peine de découvrir l'existence de la magie. J'étais aussi ignorante qu'une profane, dis-je en employant le mot dont les magiciens qualifient ceux qui n'ont aucun pouvoir magique.

— Je ne connais aucune incantation.

Toutes les rides qui barraient le front de Chronos se resserrèrent.

— Elliot ne t'a pas rendu service. Il a eu tort de ne pas te transmettre ce savoir. Dire que tu es adulte et que tu ne savais rien de ton pouvoir ! Quel âge as-tu ?

— Vingt-sept ans.

— Tu es donc une vieille fille.

Mon dos se raidit.

— J'avais un fiancé.

J'ignore pourquoi je ressentais le besoin de me justifier de mon célibat devant lui. Peut-être parce que, d'une certaine façon, je me sentais incomplète, comme s'il me manquait une qualité que possédaient les autres femmes... les femmes mariées.

— Cette canaille a fini par révéler sa vraie nature, dit Willie. Vous devriez aller lui régler son compte, puisque vous êtes de la famille d'India. Je peux vous donner son adresse, si vous voulez, et même vous prêter mon Colt.

— Le statut marital d'India ne vous regarde pas, dit Matt à Chronos. Si vous vous inquiétez pour elle, je peux vous assurer qu'elle peut rester sous ce toit aussi longtemps qu'il lui plaira.

Puis, d'une voix plus douce, il ajouta :

— Sa compagnie est très appréciée.

Les papiers relatifs à la petite maison que j'avais achetée à Willesden grâce à l'argent de la récompense pour avoir aidé la police à capturer le Cavalier Noir étaient toujours dans le tiroir de ma coiffeuse, rangés avec le bail préparé par l'avocat de Matt pour le céder en location. Je ne les avais pas signés, puisque je comptais m'y installer et faire le trajet jusqu'à Mayfair chaque fois que ce serait nécessaire. Matt, qui n'aimait guère cette idée, avait tenté de me convaincre de rester, et il n'y avait renoncé que ce matin même, devant mon insistance.

Seulement, ce n'était pas ce que je *voulais*, c'était ce qu'il me *fallait*.

— Tu habites ici ?

Le visage de Chronos s'assombrit.

— Avec Mr Glass ?

Ma colonne vertébrale se raidit encore davantage.

— Ainsi qu'avec d'autres personnes, notamment sa vieille tante. Vous ferez sa connaissance au dîner.

Elle devait être en train de s'habiller de façon plus appropriée, puisque nous dînions avec un invité.

— Tes parents n'approuveraient pas. Ils étaient... très à cheval sur la morale.

— À vous entendre, on pourrait croire que c'est mal.

— Je dirais plutôt que c'est pénible.

— Est-ce pour cela que vous les avez évités après ma naissance ? Est-ce pour cela que vous n'avez pas cherché à me contacter, depuis tout ce temps ? Est-ce pour cela que vous n'êtes pas venu à l'enterrement de mon père ?

J'entendais ma voix monter dans les aigus et je sentais mon visage s'embraser, mais j'étais incapable de maîtriser ma colère. Je n'avais aucune envie de la maîtriser. Cet homme méritait toute ma fureur, et bien plus encore.

— C'était votre fils ! Votre unique enfant ! Je suis la seule famille qu'il vous reste, et vous... vous m'avez abandonnée !

Une fois de plus, il se leva brusquement de sa chaise.

— Je ne voulais rien de tout ça.

Il se dirigea vers la porte d'un pas décidé, mais Duc et Cyclope lui bloquèrent le passage. Au lieu de faire demi-tour, il resta là, à me tourner le dos, les bras le long de son corps et les poings serrés.

— Que pensiez-vous que j'allais vous dire ? insistai-je. Vous pensiez peut-être que j'allais vous accueillir à bras ouverts et vous pardonner ? Vous n'avez même pas cherché à m'expliquer pourquoi vous n'avez donné aucun signe de vie, depuis tout ce temps.

— Tu as mal compris, India. Je ne suis pas surpris que tu m'en veuilles. Mais ce que je voulais dire, c'est que je ne voulais pas devenir grand-père, ni même père, ni me marier. Je ne voulais rien de tout ça ! Et pourtant, voilà qu'aujourd'hui, après tant d'années, je dois assumer les erreurs de mon passé. Et le fait de savoir que tu existes.

Chacun de ses mots était comme un coup de poing qui me coupait le souffle. Matt vint se placer à mes côtés et mit une main sur mon épaule, mais cela ne m'empêcha pas de trembler comme une feuille. Sa main posée sur moi me rappela brutalement la raison de la présence de Chronos, et pourquoi nous avions besoin de lui. J'inspirai plusieurs fois pour calmer ma colère.

— Je vous croyais mort, m'écriai-je d'une voix étranglée, en espérant que cela justifierait ma véhémence.

La main de Matt quitta mon épaule pour remonter jusqu'à l'arrière de ma nuque, rafraîchissant ma peau brûlante. C'est à ce moment que Chronos se retourna vers nous. En remarquant où était la main de Matt, il souffla brusquement par le nez. Cependant, j'ignorais quelle émotion cela trahissait, et cela m'était bien égal.

— Malheureusement, India a raison, dit Matt. Nous ne pouvons pas vous laisser partir tant que nous ne savons pas si votre incantation a fonctionné et si la montre est réparée. Je suis désolé, Chronos, mais nous n'avons pas le choix. Nous en saurons plus dans quelques heures.

— Et si ça n'a pas marché ? demanda Chronos.

— Alors vous réessayerez, répliqua sèchement Willie. Vous essayerez sans relâche, jusqu'à ce que ça fonctionne. Compris ?

Les narines de Chronos se dilatèrent et il jeta un nouveau coup d'œil vers la fenêtre.

Matt s'avança vers la fenêtre et regarda au-dehors.

— Attendez-vous quelqu'un ?

— Je vérifie juste que je n'ai pas été suivi.

Chronos se rassit et fixa des yeux son verre vide. Duc le resservit, puis il se versa aussi un verre pour lui-même.

— Suivi par qui ? s'enquit Matt.

Chronos haussa une épaule et but une petite gorgée.

Matt s'approcha de lui à grands pas et se pencha, les mains sur les accoudoirs du fauteuil, son nez à quelques centimètres de celui de Chronos.

— J'espère que vous n'avez pas mis mes amis et ma famille en danger, gronda-t-il.

— Si quelqu'un a attiré le danger jusque chez vous, ce n'est pas moi, Glass, c'est vous : je ne suis pas venu ici de mon plein gré.

Et il appuya ces mots en levant son verre comme pour porter un toast et se mit à boire.

Matt retourna à la fenêtre, où il fit le guet, les bras croisés, balayant du regard la rue au-dehors où le jour commençait à décliner.

J'aurais dû en profiter pour poser des questions à Chronos sur ma magie, mais je ne pouvais me résoudre à lui parler. Quant à lui, il avait recommencé à éviter mon regard. Peut-être parce qu'il avait honte de ce qu'il m'avait dit. Tant mieux. Il méritait d'avoir honte, c'était la moindre des choses. Pour ce qui est des remords, c'était peut-être un peu trop demander.

Mais Willie n'avait pas ce genre de scrupules, elle.

— Si le père d'India était aussi un magicien, pourquoi est-ce qu'il ne lui a pas appris à se servir de sa magie ? demanda-t-elle.

— Pour me protéger, dis-je.

— Pour se venger de moi, rectifia Chronos.

— C'est absurde et égocentrique.

— Et pourtant, c'est la vérité. Elliot me détestait.

— Étant donné que vous venez de me dire que vous regrettiez d'avoir été un époux et un père, est-ce tellement étonnant ?

Je n'avais encore jamais lavé mon linge sale en public, excepté la fois où j'avais dit ses quatre vérités à Eddie Hardacre dans la boutique après qu'il eut rompu nos fiançailles. Mais cela ne me gênait pas, de parler sur ce ton à Chronos devant mes amis. Leur présence me donnait assez d'assurance pour laisser libre cours à ma rage, parce que je savais qu'ils étaient de mon côté.

— Mon père était quelqu'un de bien. Il ne méritait pas vos reproches.

— Je n'ai jamais dit que je lui faisais des reproches. Tu ne m'écoutes pas, India.

Chronos parlait d'une voix douce, comme si j'étais une enfant qui avait besoin de ses explications. Cela me le rendait encore plus antipathique.

— J'ai dit que je regrettais d'être devenu son père. Je n'étais pas fait pour me marier et avoir des enfants. Je suis égoïste...

— Je ne vous le fais pas dire.

Chronos accueillit ma remarque marmonnée à mi-voix par un grognement.

— Je suis égoïste et arrogant. Je préfère rester seul avec mes ambitions.

— Et votre ambition, c'est de prolonger la vie en combinant votre magie avec celle d'un médecin ?

Il opina.

— C'était devenu mon but ultime, ma raison d'être. S'il en avait été autrement, Mr Glass ne serait pas là aujourd'hui. C'est drôle, n'est-ce pas ? Ma petite-fille découvre qu'elle me hait parce que mon ambition prime sur mon attachement à ma famille, mais c'est justement cette ambition qui a sauvé l'homme dont elle dépend.

— Je ne dépends pas de lui. Ni de personne, d'ailleurs ! J'ai une petite maison à Willesden, où je compte bientôt m'installer.

Je lançai un coup d'œil à Duc, qui venait soudain de tourner la tête pour me regarder, et j'aperçus aussi le visage de Cyclope. La mâchoire crispée, il avait son œil unique fixé sur moi avec une intensité inébranlable.

— Tu ne peux pas t'en aller ! déclara Willie. Pas maintenant !

— Je viendrai vous voir presque tous les jours, me défendis-je. Et dans tous les cas, je pensais que ça te ferait plaisir : tu ne voulais pas de moi ici, souviens-toi.

Elle renifla d'un air renfrogné.

— J'ai changé d'avis. Il me faut quelqu'un à qui apprendre le poker. Letty n'est pas drôle. Tu étais au courant, Matt ?

— Oui, dit-il calmement, toujours posté devant la fenêtre. Si India veut partir, c'est son droit. Nous ne pouvons pas la retenir ici contre son gré.

Elle croisa les bras et se laissa retomber contre le dossier de sa chaise.

— Je n'aime pas ça.

Chronos marcha tranquillement jusqu'à l'horloge qui trônait sur le manteau de la cheminée, sous une cloche en verre.

— Très belle pièce. Et d'une grande valeur.

Il toucha le verre et retira aussitôt sa main.

— Elle est brûlante ! C'est une chaleur magique.

Il se retourna pour me considérer, le front barré d'un pli profond qui reliait ses deux sourcils.

— Tu as travaillé sur cette horloge ?

— J'ai travaillé sur toutes les horloges et toutes les montres de la maison.

— Parce que tu ne peux pas t'en empêcher, dit-il, achevant ma pensée avant de reporter son attention sur l'horloge.

Je m'abstins de confirmer ses dires. Il devait connaître ce sentiment de frustration que l'on éprouve à *ne pas* travailler sur des pièces d'horlogerie.

— Tu m'as menti.

Cette phrase retentit au milieu du silence comme un coup de tonnerre.

— Je ne vous permets pas, gronda Matt avant même que je puisse répliquer. India n'est pas une menteuse.

— Elle ment. Cette chaleur magique est si intense qu'elle brûle presque, alors qu'elle prétend qu'elle vient tout juste d'apprendre qu'elle était magicienne, et qu'elle ne connaît aucune incantation. Soit un autre magicien horloger a travaillé sur cette pièce, soit elle ment.

La posture de Matt se détendit. J'entendis même un rire mal contenu s'échapper de ses lèvres.

Chronos plissa les yeux.

— Il y a quelque chose que vous ne me dites pas.

— Cela ne vous regarde pas, dit Matt.

— India ?

— Vous avez vos secrets, répondis-je à Chronos, et moi, j'ai les miens.

Il hocha lentement la tête, un sourire se dessinant sur ses lèvres. Était-ce le signe qu'il approuvait ma répartie ?

— Je te dirai par qui je pense être suivi, et pourquoi, si tu me dis pourquoi cette horloge est chaude alors que tu n'as utilisé aucune incantation dessus.

— Très bien.

— India, dit Matt à mi-voix. Je ne crois pas que ce soit une bonne idée.

— Je ne suis pas de votre avis. Chronos est précisément l'homme à qui je devrais parler de mes facultés. Si quelqu'un peut me guider, c'est bien lui.

— Te guider ?

Chronos leva les yeux vers les moulures du plafond et secoua la tête.

— Ce n'est pas parce que je suis vieux que je ferais un bon professeur. Et puis je ne peux pas rester ici simplement pour transmettre mon savoir à une magicienne novice, alors n'attends rien de moi.

— Oh ? m'étonnai-je d'une voix douce. Alors vous ne voulez pas savoir comment j'arrive à neutraliser des gens grâce à ma magie ?

Il écarquilla les yeux.

— Les neutraliser ? Que veux-tu dire ?

Je poussai un soupir. S'il trouvait cela étrange, lui aussi, cela signifiait qu'il n'avait jamais entendu parler d'une chose pareille, et qu'il ne pourrait probablement pas m'aider, en fin de compte.

— Non, rien.

— Si, dis-le-moi, ça m'intrigue.

Il toucha à nouveau la cloche mais, cette fois, laissa sa main posée dessus plus longtemps.

— Et dis-moi comment tu as utilisé ta magie sans prononcer d'incantation. Cela devrait être impossible.

— Pas pour India, dit Matt avec une note de fierté dans la voix.

— Marché conclu, Chronos ? demandai-je. Mes informations en échange des vôtres ?

Il acquiesça, alors je poursuivis :

— Lorsque ma vie est en danger, les horloges qui sont à proximité et que j'ai touchées me sauvent. Et ma montre aussi.

Son éclat de rire se dissipa quand il s'aperçut qu'il était seul à rire.

Je lui racontai comment la chaîne de ma montre s'était enroulée autour du poignet des hommes qui m'avaient attaquée et les avait électrocutés, et comment une pendule que j'avais lancée avait infléchi sa trajectoire pour frapper mon agresseur. Le visage de Chronos se fit plus grave, toute trace de raillerie envolée. Lorsque je cessai de parler, il ne fit aucun commentaire.

— Avez-vous déjà vécu ce genre de choses ? lui demandai-je. Ou entendu parler d'autres magiciens dont les créations leur ont sauvé la vie ?

Il secoua la tête.

— C'est remarquable. Et sans la moindre incantation, qui plus est. Ta magie est d'une puissance extraordinaire.

— Mais pourquoi ? m'écriai-je. Pourquoi ai-je ce pouvoir ?

On frappa à la porte et, sur l'invitation de Matt, Bristow entra.

— Le dîner sera servi dans un quart d'heure, Monsieur.

— Merci, Bristow.

— Et Miss Glass désire qu'on lui présente Mr Steele. J'ai réussi à la faire patienter pour l'instant.

— Je vais sortir lui parler dans un instant, mais elle devra attendre un peu pour rencontrer Mr Steele. Notre invité souhaite faire un brin de toilette avant le dîner.

Chronos parut d'abord surpris qu'on l'autorise à sortir du salon, mais il remarqua ensuite que Matt faisait un signe de tête à Cyclope.

— Suivez-moi, dit Cyclope à Chronos.

— Nous finirons notre conversation plus tard, dit Matt. Vous nous devez des explications.

Chronos sortit en suivant Cyclope. Willie les regarda partir, l'air contrariée.

— Ce n'est pas une bonne idée de le perdre de vue, Matt.

— Cyclope a la situation bien en main.

Je me levai pour partir à mon tour afin d'aller me changer avant le dîner. Matt monta l'escalier avec moi.

— Comment vous sentez-vous ? lui demandai-je.

Après un bref silence, il répondit :

— Il est encore trop tôt pour le dire.

— Balivernes. Vous ne sentez aucun changement, n'est-ce pas ? Sinon, vous l'auriez dit.

La commissure de ses lèvres se releva légèrement, mais son demi-sourire était dénué de toute joie.

— Je ne peux rien vous cacher, India. Vous avez raison. Je ne me sens pas aussi revigoré qu'à l'époque où ma montre marchait parfaitement.

Je lâchai un juron à mi-voix, et Matt s'immobilisa entre deux marches pour me dévisager, stupéfait.

— Je vous prie de m'excuser, dis-je, mais c'est que je suis bouleversée.

Il ouvrit la bouche pour parler, mais des cris provenant des tréfonds de la maison nous firent tous deux sursauter et faire volte-face pour en chercher la source. Un étage plus bas, Bristow se précipita dans le hall d'entrée.

— Mr Duc ! Mr Duc ! s'époumona-t-il, hors d'haleine.

Duc et Willie apparurent sur le seuil du salon.

— Que se passe-t-il ? demanda Duc.

— Mr Cyclope a besoin de vous, il dit que c'est urgent.

D'un geste, il indiqua à Duc l'arrière de la maison.

— Allez-y !

Duc se mit à courir, suivi de près par Willie.

Matt descendit l'escalier en hâte. Le majordome sembla surpris de le trouver là.

— Qu'y a-t-il, Bristow ? Que s'est-il passé ?

Bristow inspira à fond et porta la main à sa poitrine.

— Mr Steele s'est enfui, Monsieur.

CHAPITRE 2

*M*att passa devant Bristow en courant, toute trace de sa santé fragile disparue. Il me distança rapidement, mais je descendis l'escalier de service jusqu'à la cuisine en me laissant guider par le bruit de ses pas. L'intendante, Mrs Bristow, m'indiqua sans un mot la direction de l'arrière-cuisine. Je m'y précipitai, mais fis aussitôt demi-tour en entendant les imprécations furieuses de Willie, dehors.

Je les rejoignis dans la cour, elle et les autres, et m'arrêtai net en voyant Chronos étendu à plat ventre sur le pavé, avec Cyclope qui lui tordait un bras derrière le dos.

— Ne lui faites pas de mal ! m'exclamai-je.

Cyclope relâcha son étreinte et aida Chronos à se relever, tenant le vieillard jusqu'à ce que celui-ci ait retrouvé l'équilibre. Les cheveux de Chronos, tout ébouriffés, se dressaient au-dessus de sa tête comme des roseaux ondulant dans la brise. Il s'épousseta les mains, mais elles ne présentaient aucune égratignure. Il n'avait pas l'air d'être blessé.

— Vous n'avez rien ? demandai-je et lui prenant la main pour la tapoter.

Il se dégagea brusquement et rajusta sa cravate.

— Évidemment.

— Cyclope vous a un peu malmené.

— Puisque je te dis que ça va. Inutile de t'affoler.

J'entrelaçai mes doigts derrière mon dos, m'efforçant de ne pas me laisser atteindre par les paroles de Chronos. Mon grand-père n'aimait pas qu'on lui rappelle son grand âge, voilà tout. S'il me repoussait, ça n'avait rien de personnel.

Cyclope se mit à regarder ses pieds.

— Je ne voulais pas qu'il s'échappe, India. Je suis désolé.

Je m'apprêtais à lui dire que ce n'était pas auprès de moi qu'il devait s'excuser, mais auprès de Chronos, quand celui-ci dit :

— N'empêche que j'ai réussi à vous filer entre les mains, pas vrai ? Je n'ai pas encore un pied dans la tombe, finalement.

Cyclope répondit par un vague grognement.

— Je vous ai sous-estimé. Vous avez de la vigueur, pour un homme de votre âge.

— Je suis peut-être vieux, mais pas pitoyable. C'est peut-être votre corpulence qui vous ralentit, tout simplement. Et votre figure doit faire peur aux femmes et aux enfants partout où vous allez, pas vrai ?

Je tournai les talons et rentrai dans la maison, la tête haute. Cyclope n'avait pas à s'excuser auprès de ce vieux pignouf malpoli.

* * *

J'ARRIVAI en retard au dîner, et l'heure du repas avait déjà sonné depuis longtemps quand je rejoignis les autres.

— Enfin ! s'exclama Miss Glass en me voyant descendre l'escalier. Nous sommes tous pratiquement morts de faim, India. Dépêchons-nous de nous mettre à table avant de tomber d'inanition.

Je m'excusai de mon retard et la suivis dans la salle à manger. Chronos était flanqué de Duc et Cyclope, avec Willie devant lui et Matt derrière. Ils le firent asseoir au bout de la table qui était le plus éloigné de la sortie.

Les présentations avaient dû être faites en mon absence, car Miss Glass conversait tranquillement avec Chronos. À vrai dire, elle passa les trois services à faire la conversation pratiquement toute seule. Si elle avait compris que Chronos était pour ainsi dire prisonnier, elle ne le montra pas. Elle n'eut pas non plus l'air de remarquer son manque d'intérêt pour ces sujets de discussion ennuyeux, mais sans risque. À un moment donné, il tenta même de m'impliquer en me demandant si la boutique familiale avait été vendue.

— C'est un sujet que je préfère ne pas évoquer à table, dis-je.

J'étais déjà furieuse contre lui, et lui raconter la façon dont Eddie m'avait dépossédée de ma boutique n'aurait servi qu'à attiser ma colère. Cela valait mieux que d'en être attristée comme je l'avais été au début, mais ce n'était toujours pas un sujet convenable pendant le dîner.

Enfin, le repas s'acheva et Matt réussit à convaincre sa tante de monter se coucher. À mon avis, elle devait se douter qu'il se tramait quelque chose et que Chronos n'était pas seulement mon grand-père que j'avais perdu de vue et qui était revenu à Londres pour être avec sa petite-fille. Néanmoins, elle était trop pétrie de bonnes manières pour laisser paraître quoi que ce soit.

En temps normal, après ce genre de dîner, les hommes étaient censés se retirer au fumoir tandis que les femmes patientaient au salon. Mais ce dîner n'avait rien d'ordinaire ; aussi passâmes-nous tous ensemble au salon. Bristow nous servit à boire, puis il s'en alla en refermant la porte derrière lui.

Duc et Cyclope se postèrent spontanément près de la porte. Willie s'assit sur le siège près de la fenêtre, peut-être dans l'intention de bloquer aussi cette issue. Je doutais que Chronos soit assez agile pour s'échapper par la fenêtre, mais je m'abstins de lui en faire la remarque.

Il considérait ses ravisseurs, les yeux plissés et les lèvres pincées.

— Heureusement que vous avez du bon brandy, dit-il à Matt. Sinon, je ne serais sûrement pas aussi disposé à passer du temps en votre compagnie.

Je serrai plus fort le verre que je tenais à la main. Il était clair qu'il ne voyait aucun intérêt à passer du temps avec *moi* non plus.

— Nous n'avons pas fini ce que nous avions à faire, dit Matt en s'asseyant à côté de moi sur le sofa. India a rempli sa part du marché, et maintenant c'est votre tour. Dites-nous de qui vous vous cachez, et pourquoi.

Chronos gardait les yeux fixés sur le verre qu'il tenait à deux mains.

— La Guilde des Horlogers, entre autres, cherche à me punir.

Mon cœur fit un bond dans ma poitrine, puis il s'arrêta. Apparemment, s'attirer les foudres de la Guilde des Horlogers était un trait de famille.

— Quant aux raisons, c'est une longue histoire.

— C'est parce que vous êtes un magicien, dis-je.

— En partie. Je suis un magicien qui ne se satisfait pas de vieillir dans sa boutique en bricolant des montres appartenant à des profanes. Ils m'auraient toléré si j'avais caché ma magie, comme ton père. Mais j'en étais incapable.

— Pas même pour protéger votre famille, commenta Matt sombrement.

— En quoi cela a-t-il affecté ma famille ? Elliot était membre de la guilde.

— Oui, parce qu'il passait pour un profane. Dès qu'ils ont appris qu'India avait hérité de vos pouvoirs, ils l'ont ostracisée.

— Si elle voulait rejoindre la guilde, elle n'avait qu'à tenir sa langue comme son père. Je n'y peux rien s'ils ont deviné qu'elle avait un potentiel magique. Je n'en ai parlé à personne, moi.

— Ils n'ont rien deviné, dis-je. Mon père en a parlé à mon fiancé, Eddie Hardacre, qui l'a répété à la guilde.

— Hardacre, répéta Chronos en me fixant du regard par-dessus le bord de son verre. L'homme à qui appartient désormais ma boutique.

— La boutique *de mon père*, rectifiai-je. Dans son testament, Père a légué la boutique à Eddie, persuadé qu'il m'épouserait, mais Eddie a trahi sa confiance, me trahissant aussi par la même occasion.

Chronos répondit par un grognement.

— Ne confie jamais ton secret à des profanes, India.

Il lança un coup d'œil furtif à Matt.

— Ils ne peuvent pas comprendre.

— Je ne trahirai jamais le secret d'India, s'emporta Matt. Ni moi ni personne d'autre dans cette pièce.

Chronos reposa son verre sur la table à côté de lui avec une lenteur délibérée.

— Vous êtes vraiment quelqu'un d'unique, alors.

Matt serra les dents et je crus qu'il allait empoigner Chronos par les pans de sa veste et le menacer. Mais au lieu de cela, il répondit avec un calme remarquable.

— Vous dites que votre magie n'explique qu'en partie cet acharnement de la guilde contre vous.

— Ce n'est pas que la Guilde des Horlogers. Toutes les guildes de Londres voudraient me voir chassé de la ville. J'ai eu maille à partir avec presque toutes à un moment ou un autre, avant de prendre la fuite. C'était inévitable. Autrement, comment aurais-je pu m'y prendre pour trouver un magicien ? La plupart se font passer pour des profanes, comme ton père. Il suffit de repérer, pour chaque guilde, le meilleur artisan, et vous tenez votre magicien, ou votre magicienne.

Ça, je le savais : c'était ce que j'avais appris en enquêtant sur le meurtre de l'apprenti cartographe, puis sur celui de l'apothicaire.

— Vous n'avez pas été discret ?

— Ce n'est pas en restant discret qu'on obtient des résultats. J'ai dû être direct, c'était le seul moyen.

— Vous êtes complètement cinglé, dit Willie. Ils étaient forcés de vous bannir, vous ne leur avez pas laissé le choix.

Chronos lui sourit d'un air narquois.

— Mais j'ai trouvé ce que je cherchais.

— Le Dr Parsons, murmura Matt.

Chronos reprit son verre sur la table et en but la moitié.

— Vous ne nous dites pas tout, fis-je remarquer. Vous n'avez pas complètement répondu à la question de Matt : pour quelle autre raison la guilde vous pourchasse-t-elle ? Ce n'est pas seulement parce que vous êtes un magicien, n'est-ce pas ?

Le même sourire entendu se dessina sur ses lèvres.

— Tu tiens plus de moi que d'Elliot.

Il détournait notre attention pour éviter de répondre à la question, mais cette fois, sa ruse ne prit pas.

— Pourquoi, Chronos ?

Il termina son brandy et tendit son verre pour qu'on le resserve.

— Ma magie a tué un homme.

Tout le monde, qu'il soit assis ou debout, se pencha légèrement en avant. Matt s'arrêta de verser.

— C'était à peu près à l'époque de ta naissance, India, poursuivit Chronos. J'avais déjà passé de longues années à chercher d'autres magiciens pour prolonger leur magie en la combinant avec la mienne. Mes tentatives avaient rencontré un relatif succès, et la magie durait parfois plusieurs années. Une robe confectionnée par une magicienne modiste a tenu vingt ans sans se déchirer ni s'user, et une grange toute entière est restée debout pendant près de cinq ans, uniquement grâce à la magie du charpentier.

— Sans aucun clou ? demanda Duc, impressionné.

— Sans aucun clou.

Chronos but une petite gorgée de son brandy.

— Je m'entraînais dès que j'en avais l'occasion, si bien que j'étais prêt à tenter l'expérience sur un être humain ; il ne me restait plus qu'à trouver un magicien médecin. Ça m'a pris des années, mais lorsque nous nous sommes enfin rencontrés, il était aussi enthousiaste que moi à l'idée de combiner notre magie. Après mûre réflexion, nous avons trouvé un cobaye adéquat. Vous n'étiez pas ma première tentative, Mr Glass. C'était un homme du nom de Wilson. J'ignore quel était son prénom. Nous l'avons trouvé un hiver, agonisant dans une ruelle de Bethnal Green. Il n'avait ni toit ni famille. Il pouvait bien vivre ou mourir, cela n'intéressait personne.

— De quoi allait-il mourir ? demandai-je.

— De froid, de vieillesse, d'une conjonction de facteurs. Je ne sais pas. Nous l'avons porté jusque chez le médecin et nous nous sommes aussitôt mis au travail.

— Sans essayer de le soigner d'abord ? demandai-je. Vous auriez peut-être pu le sauver grâce à des médicaments, de la chaleur et de la nourriture. Matt allait mourir à coup sûr, au moins, alors que pour cet homme, il y avait de l'espoir.

Matt se resservit un verre. Chronos suivit son geste des yeux, et moi, j'observai Chronos. Il ne montrait aucun signe de remords. Matt vida son verre d'un trait avant de s'en verser un autre. Il était rare qu'il boive plus d'un verre au cours d'une soirée. Il avait un jour révélé qu'il avait autrefois eu tendance à trop se laisser aller à ses vices, avant que son grand-père ne lui tire dessus à Broken Creek. Et l'un de ces vices était justement l'alcool. Après avoir frôlé la mort, il avait décidé de changer. Il était capable de boire occasionnellement un verre sans avoir besoin de plus, mais il préférait éviter complètement les jeux d'argent. Je me demandais parfois de quels autres vices il était accablé pendant ses années de débauche.

— D'après le médecin, il n'avait aucune chance de s'en remettre naturellement, même avec son talent médical hors du commun, dit Chronos. As-tu fini de me juger, India ? Veux-tu entendre la suite ?

Je me mordis l'intérieur de la lèvre jusqu'à ressentir une vive douleur.

— Nous avons combiné notre magie, entremêlant nos incantations, mais le cœur du patient s'est mis à battre trop vite. Son cœur a lâché, et il est mort. Le médecin a refusé de faire une nouvelle tentative, mais sa guilde et la mienne en ont tout de même eu vent, j'ignore comment. Il a dû en parler à quelqu'un, qui en a parlé à quelqu'un d'autre... vous savez comment les rumeurs se répandent. Il a été exclu de la Guilde des Chirurgiens, qui voulait le dénoncer à la police. Il a pris peur, alors je crois qu'il a rejeté la faute sur moi et leur a dit que je l'avais forcé. Mais c'était faux. Nous étions tous les deux intéressés. Mais il avait une famille à protéger.

Il haussa les épaules.

— Vous aviez une famille, vous aussi, objecta Matt. Vous ne vous êtes pas inquiété pour elle ?

— Ma femme était parfaitement capable de se débrouiller seule, rétorqua sèchement Chronos. À vrai dire, elle devait même être bien contente que la faute ait été rejetée sur moi, parce que c'est ce qui m'a obligé à fuir le pays. Elle était enfin débarrassée de moi et libre de gérer la boutique comme elle l'entendait. Notre union n'était pas heureuse, India. Je n'ai aucune raison de m'excuser. Ta grand-mère et moi étions en tous points opposés.

— Pourquoi vous êtes-vous mariés, alors ?

— Nous n'avions pas le choix. C'était un mariage arrangé par nos parents. Ils voulaient unir deux grands magiciens spécialistes de l'horlogerie. Nos deux familles étaient issues d'une lignée magique aussi pure que puissante, fruit de l'union de couples doués de magie sur plusieurs générations. Ma magie est puissante, celle de ta grand-mère l'était aussi, et quant à Elliot...

Il ouvrit grand les bras.

— J'ignore quelle était l'ampleur de ses pouvoirs : sa mère l'a supplié de cacher sa magie depuis sa plus tendre enfance. Il était peut-être encore plus puissant qu'elle et moi, mais il ne laissait rien paraître. Lorsque je lui posais des questions, il refusait d'y répondre. Alors que toi... toi...

Il ricana au-dessus de son verre.

— Si seulement nos parents avaient vécu assez longtemps pour t'entendre dire que tu fais de la magie sans incantations, et de façon aussi spectaculaire, qui plus est ! Ils s'en seraient réjouis. Mais évidemment, tes quatre grands-parents étaient des magiciens.

— Les quatre ! m'écriai-je.

— Ton grand-père maternel était un magicien confiseur et ta grand-mère maternelle était une magicienne pâtissière, avant leur mariage. Sa spécialité, c'était les gâteaux. Ta mère a hérité de sa magie pâtissière. Elliot ne te l'a jamais dit ?

Je le dévisageai, bouche bée, jusqu'à ce que Willie claque des doigts tout près de mon oreille.

— Tu es toujours avec nous, India ?

J'opinai. Un magicien confiseur ! Voilà qui expliquait pourquoi j'aimais tant les sucreries. Mon attrait pour les bonbons était presque aussi fort que mon besoin compulsif de toucher des horloges et des montres.

— Je croyais que j'aimais simplement les sucreries, dis-je.

Matt eut un petit rire.

— Allez, reprenez votre histoire, insista Willie, pareille à une enfant impatiente. Les guildes vous ont forcé à fuir l'Angleterre.

Chronos confirma d'un signe de tête.

— Elles m'auraient dénoncé à la police, si j'étais resté.

— Et maintenant, vous êtes de retour, et elles sont toujours après vous.

— Même après toutes ces années, elles n'ont pas oublié, dit-il.

Abercrombie, le maître de la guilde, est le fils du précédent maître, celui qui voulait me capturer et me punir.

— Sait-il que vous êtes à Londres ? demandai-je.

Voilà donc pourquoi Chronos n'était pas venu à l'enterrement de mon père ! Cela expliquait qu'il n'ait pas cherché à me retrouver : sa tête était mise à prix. Je le regardais à travers mes cils à moitié baissés. Ou alors, c'était peut-être par égoïsme et par indifférence.

— Je n'en suis pas sûr, dit Chronos. Quand je vous ai vus à la fabrique de Worthey, j'ai cru que c'était lui qui vous envoyait. J'ai paniqué et pris la fuite. Cyclope dit que c'est cet imbécile de Dr Hale qui vous a mis sur ma piste. Il n'était que magicien apothicaire, pas médecin. Vous le saviez ?

Matt hocha la tête.

— Comme vous, nous avons fait l'erreur de croire que sa magie était en lien avec la médecine. Mais au moins, il nous a menés jusqu'à vous.

— Comme c'est ironique, dit Chronos d'un air pincé.

— Pourquoi êtes-vous revenu à Londres ? demanda Matt.

— Une minute, intervint Willie en levant une main. Tu brûles les étapes, Matt.

Puis, s'adressant à Chronos :

— Vous avez quitté l'Angleterre et vous êtes parti en Amérique après l'échec de votre expérience sur le vagabond.

— Pas tout de suite. Le magicien médecin m'avait parlé de son cousin, qui était lui aussi magicien, voyez-vous. Ils s'étaient perdus de vue depuis plusieurs années. Tout ce que je savais, c'était que ce cousin avait voyagé en France et en Italie. J'ai parcouru toute l'Europe en long, en large et en travers pour le retrouver. Il ne restait jamais longtemps au même endroit. Puis j'ai fini par perdre sa trace pour de bon. Il avait quitté la Prusse au début des années 1880 sans laisser d'adresse. J'ai mis pas mal de temps et dépensé des sommes considérables pour découvrir qu'il était parti en Amérique. Son regard se fit soudain nostalgique.

— C'est une jolie veuve prussienne qui a fini par me fournir cette information, mais je me suis donné du mal pour l'obtenir.

— Ce cousin, c'était le Dr Parsons, devina Duc. L'homme que vous avez cherché à travers toute l'Europe.

Chronos hocha la tête.

— Je l'ai trouvé dans ce trou perdu appelé Broken Creek. Il a fallu le convaincre pour qu'il accepte d'essayer de combiner nos deux magies. Mais en fin de compte, c'est vous qui l'avez fait changer d'avis, Glass.

— Moi ? Comment cela ? Je n'avais jamais parlé à aucun de vous deux avant de recevoir cette balle.

— Vous étiez jeune et en bonne santé, et votre mort avait été causée par le geste d'un autre homme, et non par une maladie ou un acte divin, pour parler comme ce dévot naïf. Et puis, il y avait des gens qui tenaient à vous.

D'un geste de la main, il désigna Willie, Duc et Cyclope, qui échangèrent des regards graves.

— J'ai fait remarquer tout ça à Parsons, et il a bien voulu essayer. Si vous aviez été un vieillard sans toit ni famille, il aurait sans doute refusé.

— Pourquoi l'incantation a-t-elle fonctionné sur moi, mais pas sur Mr Wilson, la première fois ? demanda Matt.

— Le premier médecin avait buté sur un des mots. C'est un accent difficile à maîtriser, et il a un peu écorché la prononciation. Avec vous, le Dr Parsons n'a pas commis cette erreur.

— Merci d'avoir persuadé le Dr Parsons d'essayer, dis-je d'une voix douce qui résonna au milieu du silence.

Quoi que je puisse penser de cet homme et de ses expériences, sans lui, Matt ne serait plus là.

Chronos posa les yeux sur moi, puis sur Matt, la mâchoire agitée d'un soubresaut nerveux.

— Par la suite, Parsons n'arrêtait pas de grommeler, disant que c'était mal. J'ai perdu trop de temps à m'efforcer de lui faire changer d'avis, à cette tête de mule. Si je ne m'étais pas tant attardé en Amérique, j'aurais pu avancer davantage dans mes recherches.

— Vos recherches ? répéta Matt. Vous cherchez donc à retrouver le premier magicien médecin ?

— Non, il est mort. Mais je suis certain qu'il y en a un autre.

— Comment le savez-vous ?

Chronos but une nouvelle gorgée avant de s'essuyer la barbe avec son pouce et son index.

— Il se trouve que le cousin du Dr Parsons, le Dr Millroy, le premier magicien avec qui j'ai combiné mes pouvoirs ici, à Londres, avait un fils.

Matt se leva d'un bond et se mit à faire les cent pas.

— Il ne devrait pas être trop difficile de le retrouver. Avez-vous essayé ?

— Assieds-toi, Matt, dit Willie. Pourquoi es-tu soudain si agité ?

Je déglutis péniblement et attendis que Matt lui réponde, mais il n'en fit rien. Il se contenta de fixer sur Chronos un regard si intense qu'il semblait à deux doigts de le transpercer.

— Où habitait le Dr Millroy ? insista Matt. Sa femme et son fils y vivent peut-être encore. Et sinon, les nouveaux occupants sauront peut-être où les trouver.

Chronos secoua la tête.

— Millroy n'a pas eu d'enfants avec sa femme. Il a eu un fils, mais de sa maîtresse.

— Pas de chance, marmonna Matt.

— Connaissez-vous le nom de sa maîtresse ou son adresse ? demandai-je.

— Non, répondit Chronos.

J'appuyai ma main sur mon ventre. J'avais la nausée. Après toutes ces années, il serait pratiquement impossible de la retrouver.

Chronos n'avait pas réparé la montre de Matt, et je comprenais mieux pourquoi, désormais : il avait besoin, comme la première fois, de combiner sa magie avec celle d'un magicien médecin. C'était si évident ! Comment avions-nous pu ne pas nous en rendre compte ? Nous avions cru aveuglément le Dr Parsons quand il avait prétendu que seul l'horloger qui avait prononcé l'incantation était nécessaire. Avait-il menti délibérément ? Ou était-ce seulement de l'ignorance ?

— Pourquoi avez-vous besoin de son fils ?

À en juger par le timbre aigu qu'avait pris la voix de Willie, je me doutai qu'elle connaissait déjà la réponse à cette question.

— Alors ?

Elle traversa le tapis d'un pas lourd jusqu'à Matt et lui donna un grand coup dans l'épaule.

— Pourquoi tu ne nous as pas dit que sa magie ne l'avait pas réparée ? Hein ? Réponds-moi, Matt.

Elle s'apprêtait à lui donner un autre coup, mais j'attrapai son poignet.

Elle fondit en larmes et se dégagea. Elle donna un coup de pied dans le sofa, puis un deuxième, puis un troisième, jusqu'à ce que Matt passe son bras autour d'elle. Duc s'avança et Matt la dirigea vers lui. Elle se laissa enlacer avec une docilité surprenante.

— Ce n'est pas en pleurant que nous retrouverons ce fils naturel, lui dis-je en sentant à mon tour des larmes de frustration me monter aux yeux. Si tu y réfléchis bien, en réalité, nous avons plus de chances de réparer la montre de Matt que nous n'en avions hier.

— Qu'est-ce que tu veux dire ? sanglota Willie.

— Hier, nous n'avions ni magicien médecin, ni Chronos. Et maintenant, nous avons l'un, et une piste sérieuse pour trouver l'autre. Tout ce qu'il nous faut, c'est découvrir l'adresse de la maîtresse du Dr Millroy. Il doit bien y avoir quelqu'un qui sait ce qu'ils sont devenus, elle et son fils.

— Espérons qu'il n'est pas mort, lui.

Matt vint s'asseoir à côté de moi et me prit la main. Il la serra un peu trop fort, mais je ne pus me résoudre à lui dire d'arrêter. Il semblait avoir besoin de ce contact.

— Vous avez raison, India. Vous arrivez toujours à voir le bon côté des choses.

— India est quelqu'un d'optimiste, expliqua Duc à Chronos par-dessus la tête de Willie, qui était toujours enfouie contre son torse.

— Moi aussi, dit Chronos comme si nous faisions la liste de nos points communs et de nos différences. Trouvez son bâtard, et vous aurez sûrement un magicien médecin, s'il a hérité des pouvoirs de son père, bien sûr.

— Millroy lui a-t-il appris l'incantation ? demanda Matt.

Chronos secoua la tête.

— Le petit n'était encore qu'un nourrisson quand son père est mort.

Il leva un doigt pour faire taire la foule de questions que nous nous apprêtions à lui poser.

— Il y a un journal. Le Dr Millroy y a tout consigné, y compris l'incantation. Je le sais bien, parce que je l'ai vue écrite dedans de mes propres yeux.

Je posai mon autre main sur celle de Matt, osant à peine le regarder. Ce n'est que lorsqu'il retira sa main et se leva que je tournai la tête vers lui. Il s'accouda contre le manteau de la cheminée et se passa les doigts dans les cheveux.

— Ce journal pourrait être n'importe où, à présent, dit-il avec un lourd soupir. Il a peut-être été détruit.

Je me levai pour m'approcher de lui, mais finis par me rasseoir. Ce n'était pas à moi de le réconforter, et je n'osais pas lui montrer combien il comptait pour moi de peur qu'il y voie une invitation : si cela arrivait, ma volonté risquait fort de céder.

Je repris mon verre à la main et me mis à boire lentement. Chronos m'étudiait avec une curiosité qui lui faisait hausser un sourcil. Puis il partit d'une espèce de rire guttural et hocha lentement la tête. Rien ne lui échappait.

— Commençons par chercher le journal chez sa veuve, suggéra Duc. Savez-vous où elle habite ?

Chronos secoua la tête.

— Le journal n'est pas en sa possession. Je me suis renseigné. Elle a dit qu'il ne l'avait pas sur lui quand la police l'avait retrouvé, et que ça lui avait paru étrange. Il ne se séparait jamais de son journal.

Il tapota la poche de son gilet.

— Il le gardait toujours là.

— Il a disparu, alors, dit Willie en reniflant. Une vieille bique a dû le brûler pour se tenir chaud.

— À moins qu'il ne soit entre les mains de son assassin.

— Son assassin ! répétèrent en chœur plusieurs voix, dont la mienne.

— Millroy a été tué, précisa Chronos en se passant la main devant la gorge pour mimer le mouvement d'un couteau.

— D'après la police, un témoin aurait vu un homme dissimulé sous une cape quitter les lieux avec des objets appartenant au Dr Millroy.

Il était rare que quelque chose nous laisse tous sans voix, mais là, c'était bien le cas.

— Et avant que vous ne me posiez la question, dit Chronos, je ne sais pas qui est l'assassin. Impossible de tirer la moindre information de la police, mais personne n'a été arrêté.

Matt avait des contacts à Scotland Yard. Il ne nous serait peut-être pas impossible d'en apprendre plus sur cette enquête. Nous trouverions peut-être une liste de suspects dans les archives.

— Dans ce cas, nous vous aiderons à retrouver l'assassin du Dr Millroy.

Je me tournai vers Matt.

— Nous avons un certain talent pour ce genre de chose, vous et moi.

Matt ne semblait guère convaincu. Je dirais même qu'il avait l'air ailleurs.

— J'ai une proposition à vous faire, Chronos, déclara-t-il au bout d'un moment. Vous voulez rester caché. Ici, vous serez à l'abri, sans compter que mes amis et moi pouvons assurer votre protection. Restez ici, et nous vous aiderons à trouver le journal et le fils du Dr Millroy. Marché conclu ?

— Et en échange ? demanda Chronos.

— En échange, vous aiderez India à comprendre sa magie.

Après avoir hésité une fraction de seconde, Chronos lui tendit la main.

— Marché conclu.

— Fais-lui signer un papier, souffla Willie à Matt sans la moindre discrétion alors qu'ils échangeaient une poignée de main.

— J'ai pas confiance.

— Vous pouvez me faire confiance, dit Chronos. Je suis suffisamment intrigué par India pour vouloir en apprendre plus sur sa magie.

Sur ma magie, pas sur *moi*. Un sentiment de déception vint se loger dans ma poitrine comme un caillou minuscule.

— Trinquons pour rendre la chose officielle, dit Matt en versant un autre verre pour Chronos et pour lui-même.

— India ?

— Non merci, dis-je. Je crois que je vais plutôt aller me coucher.

Matt me rattrapa à la porte, son beau front barré d'un pli soucieux.

— Tout va bien ? murmura-t-il. Vos blessures causées par l'accident vous font-elles encore souffrir ?

J'avais presque oublié les contusions que m'avait laissées notre voiture en se renversant, dans un accident qui avait coûté la vie à notre cocher. Tout cela était arrivé il y a quelques jours, mais qui me paraissaient des mois.

— Je suis fatiguée, c'est tout, le rassurai-je.

Ses doigts effleurèrent les miens. Un chaud picotement me parcourut tout le bras. Je me dégageai, et je me serais éloignée s'il n'avait pas pris la parole.

— Restez.

Ce mot avait la douceur d'un soupir. Personne, à part moi, n'aurait pu l'entendre. Son regard implorant me causa un pincement au cœur, et je me demandai s'il était en train de me demander de rester boire avec eux, ou de rester vivre chez lui.

— Je ne peux pas.

Ses yeux d'un brun couleur chocolat plongèrent dans les miens, et un nouveau fourmillement parcourut ma peau. J'étais comme pétrifiée, hypnotisée par l'intensité de son regard ; je sentais que j'allais y sombrer sans pouvoir m'en empêcher. Ce regard, si vulnérable et si fort à la fois, me donnait envie d'oublier toute ma détermination et de rester dans cette maison, où je pouvais le voir dès que je le voulais, cette maison où je pouvais m'imaginer maîtresse des lieux, à ses côtés.

— Matt, aboya Willie.

Son ton suffit à me faire comprendre ce qu'elle n'avait pas besoin d'ajouter : *Elle n'est pas pour toi.*

Je rassemblai mes jupes et sortis de la pièce en courant, mon cœur battant à tout rompre.

* * *

Et moi qui m'étais imaginé que je réussirais à dormir ! Je tendis l'oreille pour essayer d'entendre des bruits de pas dans le couloir, mais personne ne passa, et la chambre de Matt était située plus loin que la mienne. Avec ce plancher qui grinçait, il était impossible qu'il soit passé aussi silencieusement. Il était presque minuit, et Matt devait être exténué. Même s'il avait encore puisé dans la magie de sa montre, il avait toujours besoin de dormir comme n'importe qui. Je ferais peut-être bien d'aller m'assurer qu'il prenait soin de sa santé.

Je m'enveloppai les épaules d'un châle et enfilai une paire de chaussons. Il n'y avait pas un bruit dans le couloir, mais j'entendais des voix venant du rez-de-chaussée monter jusqu'à moi. Je connaissais parfaitement les lieux, si bien que, même dans le noir, je n'avais pas besoin de chandelle pour descendre les escaliers. Une lampe jetait sa lumière tamisée dans le hall d'entrée où je m'arrêtai pour écouter. Les voix ne venaient pas des quartiers des domestiques, mais du petit salon. Je collai mon oreille contre la porte.

— Tu es sûr ? entendis-je Willie demander. Ça fait beaucoup.

— Tu n'auras pas de mal à suivre, dit Matt sur un ton vaguement agacé. Tu as gagné toute la soirée.

— C'est ce qui m'inquiète, justement. Je ne te bats jamais.

— Je suis rouillé.

— Là, ce n'est pas parce que tu es rouillé. Tu as carrément la poisse.

— Je n'ai pas de chance, en ce moment.

Je devais tendre l'oreille pour entendre ce qu'il disait.

— C'est bon, Matt, fit la voix de Cyclope. Il est temps d'arrêter. Tu sais que tu ne devrais pas jouer.

Depuis que je connaissais Matt, il n'avait joué au poker pour de l'argent qu'une seule fois, et c'était uniquement pour regagner un objet qui avait beaucoup de valeur pour Willie. Pourquoi ses amis ne l'avaient-ils pas empêché de jouer ce soir, puisque c'était si mauvais pour lui ?

— Tu sais que tu n'aimes pas non plus boire autant, ajouta Duc.

— Tu n'es pas ma nourrice, gronda Matt.

— Mais enfin, laissez-le boire !

La voix de Chronos venait de résonner avec toute la clarté d'une chaude journée d'été.

— Un homme a bien le droit d'avoir quelques vices. Autrement, à quoi bon vivre ?

— La ferme, lui dit sèchement Willie. Vous ne connaissez pas Matt, vous ne pouvez pas comprendre.

— J'ai des yeux, je m'en sers.

— Et que voyez-vous ? demanda Matt.

Je l'imaginai en train de lancer un regard noir à Chronos, qui devait se demander s'il valait mieux répondre ou ne rien dire.

Je posai la main sur la poignée de la porte, décidée à les interrompre pour apaiser les tensions. C'est alors que Chronos parla, et je sus que je tenais à entendre ce qu'il allait dire.

— Je vois que vous êtes en colère et contrarié, et que ma petite-fille est une idiote.

Comment osait-il parler de moi ainsi ? Il me connaissait à peine !

— India n'est pas une idiote, dit Matt.

— Alors pourquoi part-elle vivre dans une petite maison en bordure de la ville, alors qu'elle pourrait vivre ici, dans le luxe ? Vous habitez à Mayfair, bon sang ! Le seul moyen pour une femme comme elle de vivre dans une maison comme celle-ci, c'est d'avoir un amant plein aux as qui l'y installe, et quand bien même...

J'entendis alors les sons étouffés d'une rixe.

— Nom de Dieu ! s'exclama Chronos. Je n'ai pas dit qu'elle était *la vôtre*, de maîtresse, Glass. Lâchez-moi !

J'aurais dû entrer à ce moment-là. J'aurais dû faire semblant que je venais de me réveiller et que j'étais venue retrouver mes amis. Mais je n'en fis rien, aussi Matt me surprit-il en train d'écouter leur conversation.

Il apparut soudain dans mon champ de vision. La rougeur qui lui colorait les joues s'accentua encore quand il m'aperçut. Je ravalai mon cri de surprise en remarquant les signes d'épuisement qui se lisaient sur chacun des plis qui lui marquaient la bouche, chacune des ombres qui cernaient ses yeux tourmentés. Mais ce que j'y voyais, ce n'était pas seulement de la fatigue. Il était accablé de chagrin.

CHAPITRE 3

att fronça les sourcils d'un air inquiet.

— Depuis combien de temps étiez-vous là ? demanda-t-il.

Je pris une profonde inspiration pour me donner du courage. Il était en colère, mais pas nécessairement contre moi. Du moins, c'était ce que j'espérais.

— Assez longtemps pour vous avoir entendu défendre mon honneur. Merci.

Les muscles de son visage se détendirent.

— Votre grand-père est un malotru.

— C'est un prix négligeable à payer pour ce qu'il peut faire pour vous.

Il se rapprocha et se pencha pour murmurer au creux de mon oreille. Il sentait le brandy haut de gamme et le parfum.

— S'il vous calomnie encore, tenez-moi informé.

— Je suis capable de m'en arranger seule.

Il se redressa lentement.

— Je sais que vous n'avez pas besoin de moi, India, mais de temps à autre, vous pourriez faire semblant pour ménager ma fierté masculine.

— Mais si, j'ai besoin de vous.

Cet aveu m'avait échappé avant que j'aie pu le retenir. Je me mordis violemment l'intérieur de la joue de peur de le répéter.

Matt me dévisagea. Sa respiration s'accéléra. J'aurais voulu qu'il dise quelque chose, n'importe quoi, pour rompre ce silence assourdissant, mais les mots semblaient lui manquer.

— Tiens, ton argent, dit Willie, derrière lui.

— Garde-le, répondit Matt sans se retourner.

Je fis un pas de côté pour le laisser passer, étudiant ensuite son dos raidi pendant qu'il montait les marches de l'escalier. Une sensation d'engourdissement s'insinua jusqu'au fond de mes os. Je ne savais pas quoi penser, ni comment réagir. Pouvait-il lire dans mes pensées ? Savait-il *pourquoi* il était impératif que je déménage ?

— Ce n'est pas une bonne idée de partir maintenant, India.

Apparemment, Willie pouvait lire dans mes pensées, elle.

Elle était assise avec Chronos à la table qu'ils avaient fait installer pour jouer aux cartes, et Duc et Cyclope étaient à leurs côtés, mais ils ne jouaient pas. Ils me regardaient tous les quatre avec divers degrés d'intérêt. Cependant, Willie était la seule à serrer les dents avec une détermination farouche. Je me préparai au pire. Quand elle avait quelque chose à dire, elle n'était pas du genre à se gêner. Mon grand-père et elle devraient bien s'entendre.

— Normalement, je serais pour que tu déménages, reprit-elle. Vu qu'il rentrera en Amérique quand sa montre sera réparée, et que tu pourrais le tenter de rester à Londres. Mais plus maintenant. Maintenant, je veux que tu restes dans cette maison plus longtemps.

— Qu'est-ce qui t'a fait changer d'avis ? lui demandai-je.

— Jusqu'à ce soir, c'était parce que j'ai vu comme vous êtes doués pour résoudre des énigmes ensemble, toi et Matt. Qui a ce journal, par exemple, ou comment retrouver le bâtard du médecin.

— Je peux l'aider à résoudre des énigmes tout en habitant ailleurs, et en venant ici tous les jours.

— C'est pas pareil. Parfois, il y aura des affaires urgentes à régler, et tu seras trop loin.

Je hochai la tête pour reconnaître que, sur ce point, elle avait raison.

— Et depuis ce soir ? Pourquoi veux-tu que je reste, maintenant ?

— À cause de ça, dit-elle en me montrant la table où se trouvaient les verres et la carafe en cristal vide.

Un poids se déposa dans ma poitrine.

— Alors ? intervint Duc. Vous restez, India ?

Cyclope ramassa tous les verres d'une seule de ses grandes mains.

— C'est juste le temps que toute cette histoire soit terminée et que la montre de Matt soit réparée, dit-il en posant les verres sur le plateau. Ensuite, on rentrera chez nous, et vous pourrez faire ce que vous voudrez.

Je croisai les bras pour réprimer un frisson, mais cela ne l'empêcha pas de remonter le long de ma colonne vertébrale.

— Je vais y réfléchir.

* * *

Le lendemain matin, je n'eus pas l'occasion de parler à Matt. Il partit immédiatement après le petit déjeuner pour s'entretenir avec le Commissaire Munro à Scotland Yard. Avant son départ, il nous suggéra, à Chronos et moi, de travailler dans son bureau, à l'abri des regards et des oreilles indiscrètes.

Je veillai d'abord à ce que Miss Glass ait tout ce qu'il lui fallait et, Cyclope ayant promis de lui tenir compagnie, je me dirigeai vers la chambre que Mrs Bristow avait attribuée à Chronos. De là, il me suivit jusqu'au bureau de Matt, où il s'assit derrière le bureau dans le fauteuil de Matt, me laissant l'autre chaise.

Il promena les yeux sur les objets disposés sur le bureau et, n'y voyant rien d'intéressant, il me dit :

— Fais-moi voir ta montre.

— Pourquoi ?

Il soupira.

— Je veux voir quelle magie tu y as mise.

— Je vous l'ai dit, je n'ai pas *mis* de magie dedans. La magie s'y est installée d'elle-même, j'ignore comment.

Cela paraissait absurde, mais aucun de nous ne rit.

Il tendit le bras par-dessus le bureau.

— Montre-la-moi, India. J'ai besoin de voir de quoi tu es capable si je veux pouvoir t'apprendre ce que tu ne sais pas.

— Mais je ne sais rien, justement. Tout ce que j'ai fait était purement accidentel.

Je plaçai néanmoins ma montre dans le creux de sa main.

Il la laissa tomber sur la surface du bureau en agitant la main.

— Bon sang !

— Faites attention !

Je la repris d'un geste vif et inspectai le boîtier en argent pour vérifier qu'il n'était pas cabossé.

— Cette montre était un cadeau de mes parents. C'est ce que je possède de plus précieux.

— Ce n'est qu'une montre chasseur relativement bon marché, dit-il distraitement tout en examinant la paume de sa main.

— Elle n'a peut-être pas beaucoup de valeur à vos yeux, mais pour moi, elle est inestimable. Mais je me doute bien que vous ne pouvez pas comprendre. De toute évidence, seule la valeur monétaire compte à vos yeux.

— Pas tout à fait.

Il leva les yeux de sa main. Elle était rouge. C'était ma montre qui avait fait cela. Ou plutôt, la magie qui se trouvait dans ma montre. Chaque fois que j'avais touché un objet qui avait été manipulé par un magicien, je n'avais ressenti qu'une douce chaleur, jamais une sensation de brûlure capable de laisser une marque. Chronos devait y être plus sensible que moi.

— Tu es en colère contre moi, dit-il.

— Quelle perspicacité !

Il soupira.

— Je ne voulais rien de tout ça.

— Vous l'avez déjà dit hier soir. Vous ne vouliez pas être un mari, un père ni un grand-père. Je sais que vous pensez que cela vous absout de tout reproche pour avoir abandonné votre famille quand vous l'avez fait, mais je ne vous le pardonnerai jamais.

— Je suis parti parce que je craignais pour ma vie. Et quand je suis revenu, je ne t'ai pas cherchée parce que c'est toujours le cas. Tu veux donc que je me fasse tuer ?

— Je n'ai pas encore décidé.

Il partit d'un petit rire.

— Tu tiens beaucoup de ta grand-mère. Elle avait un caractère bien trempé. Nous passions notre temps à nous écharper.

Je n'avais pas toujours eu un caractère bien trempé. Autrefois, j'étais humble et docile, et il m'arrivait encore de l'être. C'était la femme qu'Eddie avait appréciée, ce qui faisait qu'elle ne me plaisait plus guère. Toutefois, cela n'empêchait pas ce côté de ma personnalité de refaire fréquemment surface. Mais Chronos, lui, faisait ressortir mon côté hargneux.

Je ramassai ma montre en la prenant par sa chaîne.

— Voulez-vous que je l'ouvre pour vous ?

Il tira de la poche de son gilet un mouchoir dont il se servit pour empêcher la montre de toucher directement sa peau, puis il sortit sa trousse à outils en tissu. Tout en maintenant sa loupe en position, il ouvrit le boîtier de ma montre et en retira un des ressorts au moyen d'une petite pince.

— Combien de fois as-tu travaillé sur cette montre ?

— Une centaine de fois, peut-être plus. C'est quelque chose que je fais pour me calmer lorsque je suis anxieuse. Cela m'apaise, de la bricoler. Ça doit paraître idiot, ajoutai-je.

Il ne fit aucun commentaire, continuant seulement à en extraire les différents composants à l'aide de sa pince. Je n'étais pas inquiète. Ils étaient assez faciles à remettre en place.

— Ça explique qu'elle soit si chaude, dit-il.

Je me penchai en avant, pensant qu'il venait de trouver l'explication en observant le mécanisme de la montre. Mais il n'y avait rien d'inhabituel dans les éléments étalés sur la table à côté du boîtier. C'étaient les composants ordinaires d'une montre ordinaire.

— Que voulez-vous dire ?

Il replaça un ressort dans le boîtier.

— Chaque fois que tu l'as manipulée, tu as ajouté une nouvelle couche de chaleur. L'horloge du salon était chaude, elle aussi, mais pas aussi brûlante.

— J'ai dû la démonter trois ou quatre fois, je crois.

— Parce qu'elle retardait ?

— Non.

Il eut un sourire malicieux.

— Parce que tu ressens le besoin de manipuler les horloges.

— Je ne peux pas m'en empêcher.

Je me frottai les mains l'une contre l'autre sur mes genoux en me disant qu'il n'avait pas besoin de mon aide pour tout remonter.

— C'est normal. N'importe quel magicien, quelle que soit sa discipline, te dira qu'il est irrésistiblement attiré vers son art.

Je hochai la tête, me rappelant qu'Oscar Barratt, journaliste et magicien de l'encre, avait dit la même chose.

— Ce que je ne comprends pas, poursuivit Chronos, c'est d'où vient la chaleur de cette montre et de l'horloge, si tu n'as pas utilisé d'incantation. À ma connaissance, la chaleur magique n'apparaît que lorsqu'une incantation a été prononcée.

— La chaleur de ma montre pourrait-elle être causée par la magie de mon père ? C'est lui qui me l'a offerte, avec ma mère, qui, vous l'avez dit, était magicienne, elle aussi.

C'était comme si une plaie béante venait de se rouvrir en moi. Ces derniers temps, j'avais été si occupée à aider Matt que je ne pensais que rarement à mes parents, mais quand je pensais à eux, leur absence me pesait cruellement. Ma mère était morte depuis plusieurs années, et pourtant elle me manquait toujours, et je gardais un souvenir ému de ses mains douces qui arrangeaient ma coiffure, de ses bras rassurants autour de moi, de son sourire. Et de ses délicieuses pâtisseries. La mort de mon père étant plus récente, mes souvenirs de lui étaient plus frais, et parfois si douloureux que je risquais de fondre en larmes. Je serrai la montre dans ma main et inspirai à fond pour reprendre mes esprits.

— Cela n'expliquerait pas une chaleur si intense, dit Chronos. À moins qu'il ne l'ait manipulée des centaines de fois, lui aussi. Et ça n'explique pas l'horloge du rez-de-chaussée.

Il se leva et s'approcha du manteau de la cheminée, où une horloge en cristal à régulateur émettait un battement régulier. Il toucha les dorures de l'un des pieds et ôta sa main aussitôt.

L'imitant, je touchai l'horloge à mon tour.

— Elle est un peu chaude, concédai-je.

— Très chaude, même, rectifia-t-il. Tu ne sens probablement

pas l'intensité de cette chaleur parce qu'elle est le fruit de ta magie.

Il me dévisagea en agitant la tête.

— C'est remarquable, souffla-t-il. Ton pouvoir est puissant, en effet.

Je baissai les yeux sur mes mains. C'était assez grisant de l'entendre parler de la puissance de mon pouvoir, jusqu'à ce que je me souvienne de ce que cela signifiait : pratiquement rien. Certes, ma montre et certaines horloges m'avaient aidée, et je mesurais la chance que j'avais eue, mais si je ne possédais ni boutique ni fabrique, à quoi bon posséder cette magie ? Et même si je tenais une boutique et vendais des montres, à quoi pourrait-elle bien me servir ?

— Un magicien orfèvre m'a dit un jour...

— Orfèvre ! s'exclama-t-il en se rasseyant dans le fauteuil de Matt. Quelle chance il a !

— Il est mort, et tout porte à croire qu'il était le dernier. Par ailleurs, il ne pouvait pas fabriquer d'or ; il détectait seulement la magie dans de l'or manipulé par un magicien au cours des années passées. C'est lui qui m'a dit que les magiciens se servent de leur pouvoir pour accomplir la chose qu'ils désirent le plus dans leur métier. Pour un médecin, il s'agit de sauver des vies ; pour un charpentier, il s'agit d'obtenir une structure stable, pour un cartographe, de trouver l'emplacement des choses, et nous, les horlogers, nous voulons que nos appareils fonctionnent avec précision.

De sa main levée, il me fit signe de me taire.

— Où veux-tu en venir ?

— Un magicien possède un seul talent.

— Pas tous. Moi, par exemple, j'en ai deux. Faire en sorte qu'une horloge fonctionne avec précision, et prolonger les effets de la magie des autres.

Je me penchai en avant.

— Dites-m'en plus.

J'allais peut-être enfin comprendre l'utilité de la magie.

— Je vais t'expliquer. Au cours de mes voyages, j'ai rencontré un grand nombre de magiciens, et la plupart croient, comme toi, que la magie ne sert à rien. Mais moi qui ai écouté les légendes d'autres cultures magiques plus anciennes, plus reculées et plus ancestrales que la nôtre, je pense qu'autrefois, elle avait une utilité plus décisive.

— J'ai bien entendu parler de cartes qui prenaient vie et dont les rivières s'échappaient des limites de la feuille pour submerger des villages entiers. Mais ce ne sont que des légendes, ajoutai-je en secouant la tête.

— Tu en es sûre ?

Je gloussai d'une façon extrêmement inélégante pour une jeune femme.

— Avez-vous déjà entendu parler d'un village englouti à cause d'une ligne tracée sur une feuille de papier ?

Ses lèvres esquissèrent un nouveau sourire dédaigneux.

— Cela t'arrive-t-il de lire la Bible ?

— Je vais régulièrement à l'église. Plus souvent que vous, je parie.

— C'est plus que probable, mais ce n'est pas le sens de ma question. Si tu as lu la Bible, tu te souviens certainement des histoires qui parlent de fléaux, de déluges et de toutes sortes de phénomènes miraculeux.

— Êtes-vous en train de dire que tous ces événements ont été causés par la magie ?

— Il y a aussi d'autres mythes et légendes. Des tapis volants, des serpents à la place des cheveux, de magnifiques jardins n'ayant pas besoin d'être arrosés, ou des cours d'eau qui remontent des pentes.

— Je vous repose la question : pensez-vous que tout cela s'explique par la magie ?

— Et pourquoi pas ? Il serait logique de les attribuer à la magie. Certains d'entre eux paraissent impossibles, et pourtant, aujourd'hui, nous en avons la preuve. Les structures antiques, par exemple. Les pyramides, les aqueducs, les tunnels, les viaducs... Il y en a beaucoup qui, après plusieurs millénaires, tiennent toujours debout. Comment, sinon grâce à la magie ?

— Vous êtes fou.

— Tu ne serais pas la première à le dire. Pas même la première de ma famille.

Il reprit son mouchoir et le remit dans sa poche.

— Mais j'ai posé les mains sur les pierres d'une pyramide égyptienne, et je peux te jurer qu'elles étaient chaudes.

— Il fait chaud, en Égypte.

— La chaleur de la magie est différente de celle du soleil. Même toi, tu le sais. Arrête de chercher délibérément à me contredire, India.

— Mais non, ce n'est pas mon intention !

— Je vois bien que si. Tu tiens ça de moi, dit-il en ébauchant un sourire satisfait.

— Je préférerais que vous arrêtiez de dire ça, marmonnai-je. Je ne vous ressemble pas du tout.

— Ça, tu ne peux pas encore le savoir. Tu ne te connais même pas encore vraiment toi-même.

— Bien sûr que si, je me connais, et mieux que vous. Quelle notion absurde !

— Ce n'est qu'à partir de quarante ans environ qu'on commence à savoir qui on est et quelle est notre place en ce bas monde.

Je levai les yeux au ciel et croisai les bras.

— Pour vous, peut-être. Quoi qu'il en soit, je ne vais pas fabriquer de montres ou d'horloges, ni utiliser ma magie autrement que pour des bricolages occasionnels. Tous ces mythes dont vous parlez ne sont plus que des histoires, maintenant. S'il a jadis existé une incantation capable de faire voler un tapis, elle est tombée dans l'oubli. Et c'est peut-être mieux comme ça. De toute façon, il est interdit de pratiquer la magie. Ça aussi, c'est peut-être une bonne chose.

— Tu ne t'es jamais demandé à quoi ressemblerait le monde si nous, les magiciens, nous pouvions utiliser librement notre magie ? Si les profanes nous acceptaient ? S'ils venaient même nous demander d'améliorer leurs créations médiocres de profanes ?

Je gardai les yeux fixés sur la montre que je tenais toujours dans ma main.

— Les artisans profanes perdraient leurs clients et leur gagne-pain.

— Et les magiciens prospéreraient. Et alors ?

Je levai soudain les yeux.

— Seriez-vous assez insensible pour souhaiter à plusieurs milliers de personnes de perdre leur emploi ? Voulez-vous que leurs enfants meurent de faim ?

— Ils trouveraient un autre métier.

Je répondis par un claquement de langue réprobateur sans prendre la peine de débattre avec lui. Je ne le ferais pas changer d'avis en quelques mots.

— À présent, tu parles comme ton père, dit-il en secouant la tête. Et comme ta mère, et ta grand-mère...

— Arrêtez ! Arrêtez de parler d'eux comme s'il ne s'agissait que de connaissances mutuelles. Ils ne comptaient peut-être pas pour vous, mais...

— Je n'ai jamais dit ça !

Il se releva d'un bond et gagna la porte à grandes enjambées, mais il ne partit pas. L'horloge de la cheminée sonna quatre heures, perçant le lourd silence de son timbre clair et délicat.

— Je ne pense pas pouvoir te former.

— Comment ?

— Je ne suis pas sûr de pouvoir t'apprendre quoi que ce soit, India. Tu sembles déjà savoir réparer les montres et les horloges.

— Pas toutes. Il y en avait deux dans le bureau de mon père que je n'ai jamais su faire marcher. Une qui retardait, et une qui avançait.

Il se retourna pour me regarder, ses sourcils blancs levés très haut.

— Tu as essayé de les réparer ?

— Oui, une fois, quand j'étais petite. Père ne m'a plus jamais laissée y toucher. Il disait que c'était leur défaut qui les rendait intéressantes, uniques. Il n'a jamais cherché à les vendre.

Il soupira.

— Je n'ai jamais compris Elliot.

Il alla chercher l'horloge sur le manteau de la cheminée et me fit signe de le rejoindre de l'autre côté du bureau. Il rapprocha aussi ma chaise pour que nous puissions nous asseoir tous les deux, avec l'horloge posée devant nous sur le bureau.

— Apprenez-moi l'incantation de précision, dis-je au cas où il aurait l'intention de parler d'autre chose.

Et il s'exécuta. C'était une incantation assez simple, quelques phrases dans une langue inconnue à l'intonation très musicale.

— Quelle est cette langue ?

— La langue de la magie.

— Ce n'est pas une vraie langue.

— Si tu arrives à la trouver sous un autre nom dans un beau livre qui explique clairement d'où elle vient, je ne t'empêche pas de l'appeler comme ça, si ça te chante. Mais moi, je continuerai à l'appeler la langue de la magie, comme je l'ai toujours fait, et comme l'ont toujours fait tous les magiciens que j'ai rencontrés dans ma vie.

S'il n'était pas aussi arrogant, je serais ravie d'appeler cela la langue de la magie. Cette formulation avait un petit côté romantique. Mais il n'était pas question que je l'admette. À mon avis, il était tout sauf quelqu'un de romantique. Il ne ferait que se moquer de moi.

— Et maintenant, la deuxième incantation, dis-je. Celle qui prolonge les effets de l'autre magie à laquelle elle est combinée. Celle que vous avez utilisée sur la montre de Matt. Apprenez-moi celle-là.

Il tritura l'horloge quelques instants, prenant son temps pour refermer l'arrière du boîtier.

— Allons, insistai-je en faisant glisser l'horloge vers mon côté du bureau, où il ne pouvait plus l'atteindre.

— C'est une incantation plus complexe.

— Apprenez-la-moi.

— J'allais le faire, India, dit-il avec un soupir d'exaspération. Ça ne te ferait pas de mal d'apprendre à être plus patiente. Tu es aussi impatiente que...

Il s'éclaircit la gorge.

— Enfin bref.

L'incantation de prolongation de la magie était beaucoup plus longue, et j'eus du mal à en retenir tous les mots. Cependant, Chronos refusait de me la dicter, disant qu'il serait trop dangereux de laisser traîner ce papier. Il était rare que les magiciens notent leurs incantations ; la plupart préféraient les transmettre oralement. Cela expliquait que tant d'incantations aient été perdues, et je n'étais pas sûre que ce soit un bon moyen de garantir la survie de la magie, mais je comprenais la nécessité d'en protéger les secrets. Le Dr Millroy, qui avait écrit l'incantation dans son journal, semblait être l'exception.

Même lorsque j'eus mémorisé les mots dans le bon ordre, Chronos dit que je ne maîtrisais pas encore l'incantation. Il y avait des nuances, certains mots à prononcer avec une intonation plus douce, et d'autres en insistant davantage. Il fallait aussi que je parvienne à reproduire parfaitement la prononciation.

— Je crois que tu y es, dit-il au bout d'une demi-heure passée à la répéter. Tu l'as apprise vite. Mais bien sûr, nous ne saurons pas si ça a marché tant que tu n'auras pas essayé de la combiner avec l'incantation d'un autre magicien, et même à ce moment-là, tu devras attendre de voir si l'autre magie se dissipe, ou si elle perdure.

Je répétai à nouveau les deux incantations, en portant une attention toute particulière à celle qui servait à prolonger la magie.

— Très bien.

Chronos se passa les mains dans ses cheveux clairsemés, les faisant danser au-dessus de son crâne.

— Et maintenant, je n'ai plus qu'à m'en souvenir.

— Tu y arriveras, avec un peu d'entraînement. Nous répéterons les mots tous les jours, plusieurs fois par jour, jusqu'à ce que tu les connaisses.

Il se tapota la tempe.

— Ça ne tardera pas à rentrer. Mais pour l'instant, il est temps d'arrêter et de nous reposer. J'ai mal à la tête.

Je le suivis jusqu'à la porte.

— Où avez-vous appris l'incantation qui prolonge la magie ? lui demandai-je.

— Je la tiens de mon père, qui la tenait du sien. Mon grand-père était un puissant magicien. Il était capable de réparer n'importe quelle montre et de faire fonctionner n'importe quelle horloge avec précision. Ce qui est sacrément impressionnant, étant donné l'état rudimentaire des connaissances scientifiques de son époque.

— S'en est-il servi pour prolonger la vie de quelqu'un comme vous l'avez fait ?

— Je n'en sais rien. Je ne lui ai jamais posé la question, et il n'en a jamais parlé. Ce n'est qu'après sa mort que j'ai commencé mes expériences, et il m'a encore fallu plusieurs années pour réaliser que cette incantation, combinée à la magie d'un médecin, pouvait servir à sauver une vie. Parfois, je me demande ce qu'il en aurait pensé.

— Était-ce un homme honorable, ou avait-il des valeurs morales aussi dénaturées que les vôtres ?

Il plissa les yeux d'un air mauvais.

— Pour quelqu'un qui a besoin de mon aide, tu ne manques pas de toupet, comme disent les Américains.

— Mais je n'ai plus besoin de votre aide, maintenant que vous m'avez appris vos incantations.

Son visage se décomposa et un sentiment de satisfaction se fit jour en moi.

— Ne vous en faites pas, *Grand-Père*, je ne demanderai pas à Matt de vous jeter dehors. Après tout, vous êtes de ma famille, et dans une famille, il faut rester solidaires, même de ses parents les plus acariâtres.

Je m'engageai tranquillement dans le couloir devant lui, regrettant de ne pas avoir des yeux dans le dos pour voir sa tête. Je refusais de me retourner pour le regarder. Je tenais à lui faire croire qu'il ne m'intéressait pas.

J'aurais préféré qu'il ne m'intéresse pas. Hélas, c'était très loin de la vérité.

* * *

À MESURE que la matinée s'écoulait, il devenait évident que Chronos était le genre d'homme qui préférait avoir quelque chose à faire plutôt que de rester assis dans un salon avec des femmes. Il venait à peine de passer cinq minutes en compagnie de Miss Glass quand il suggéra de sortir marcher un peu. Cyclope, qui se tenait près de la porte, refusa d'un signe de tête.

— Ce n'est pas une bonne idée, dit-il d'un air impassible.

Chronos leva les mains d'un geste vif.

— Je ne vais pas essayer de m'échapper. J'ai passé un accord avec Mr Glass.

— De vous échapper ? répéta Miss Glass en repoussant la lettre qu'elle était en train d'écrire.

Chronos eut l'air pris au piège. Je lui avais dit de ne pas parler de magie en présence de la tante de Matt pour préserver sa santé mentale déjà fragile. Pour elle, il n'était que mon grand-père que j'avais perdu de vue depuis longtemps, et qui était revenu pour voir sa petite-fille.

— C'est une façon de parler, dit-il. Je n'aime pas rester enfermé trop longtemps.

Elle plia sa lettre et la reposa sur l'écritoire de voyage installée sur ses genoux.

— Je vous ferai la conversation pour vous distraire.

Il lança un rapide coup d'œil vers Cyclope comme s'il hésitait à le bousculer pour s'enfuir.

Je souris et m'installai sur le sofa.

— Excellente idée, Miss Glass. De quoi allons-nous parler ? De vos amies ? De cette nouvelle mode des manches bouffantes ? Oh, je sais : et si vous parliez à Chronos de vos nièces ? Je suis sûre que des anecdotes sur les femmes de la famille Glass lui feront oublier en un rien de temps ses projets d'évasion.

Si un regard pouvait tuer, celui de Chronos m'aurait proprement écartelée en place publique.

Miss Glass fit un petit bruit de gorge dégoûté.

— Ces petites pintades n'intéressent personne, India. Vous êtes d'une humeur bien étrange, aujourd'hui.

Puis, se tournant vers Chronos, elle changea de sujet.

— Parlez-moi de vos voyages. Mon frère, le père de Matthew, a beaucoup voyagé. Et Matthew aussi, dans son enfance. J'aurais aimé visiter le continent, mais mon père et mon frère aîné ne me l'ont jamais permis.

— Quel dommage, dit Chronos. Les voyages sont formateurs, ils favorisent l'ouverture d'esprit. J'ai remarqué que les gens qui n'ont jamais voyagé ont une vision du monde rigide et étriquée.

Miss Glass sourit, mais pas moi.

— Je n'ai jamais voyagé, lui dis-je. Ai-je une vision du monde rigide et étriquée ?

— Pour l'instant, je te connais à peine, mais si j'en crois mon expérience, c'est probablement le cas.

Il haussa une épaule, comme si ce geste pouvait suffire à atténuer la rudesse de ses propos.

Quel malotru ! Il avait beau être mon grand-père, ça ne lui donnait pas le droit de me parler ainsi.

— Tu n'as donc jamais quitté Londres ? me demanda-t-il.

— Rarement. Nous étions toujours trop occupés à tenir la boutique. Bien sûr, si mon grand-père avait été présent, il aurait pu prêter main-forte à mes parents pour leur laisser le temps de m'emmener en vacances à la mer.

Miss Glass murmura *Doux Jésus* et se mit à étudier avec attention le motif du bois sur son écritoire.

— La boutique était loin de rapporter assez pour qu'ils puissent se permettre ce genre de fantaisies, rétorqua Chronos. Peut-être que si ton père et ta grand-mère avaient fait usage de leur...

Il s'interrompit soudain en me voyant secouer frénétiquement la tête.

— Peut-être que s'ils avaient vraiment eu le sens des affaires, ils auraient mieux gagné leur vie, se reprit-il.

— C'était difficile pour eux, surtout pour ma grand-mère, dis-je. À ce qu'on m'a dit, même lorsque vous étiez encore à Londres, vous ne les aidiez que rarement. Vous étiez toujours occupé à... vos autres activités.

— C'était le choix de ta grand-mère. Elle tenait à ce que les choses soient faites d'une certaine façon : la sienne. Elle n'appréciait pas que je lui dise comment gérer la boutique. Et ton père n'était guère différent. Pour être honnête, je n'étais pas un très bon commerçant. Mes autres activités, comme tu dis, étaient nettement plus importantes.

— Uniquement à vos yeux.

Il soupira et leva les yeux au plafond.

— Quand je suis parti, c'était une bonne chose pour tout le monde.

— Et quand vous avez cessé tout contact ?

— Ça valait mieux comme ça.

— Comment pouvez-vous savoir ce qu'ont ressenti tous les autres, alors que vous ne les avez jamais revus ?

— Arrêtez ! s'écria brusquement Miss Glass. Cessez de vous

quereller. Vous me donnez mal à la tête. India, cela me déçoit de votre part. C'est la première fois que vous vous conduisez de façon aussi puérile.

Sa réprimande me laissa pantoise. Je ne savais pas si je devais me vexer ou me justifier. Mais quelques instants de silence firent retomber ma colère, et je dus bien reconnaître qu'elle n'avait pas tort. Je n'aimais pas le genre de personne que je devenais lorsque Chronos me poussait à bout. Il était trop tard pour changer le passé ou pour lui faire comprendre les conséquences que son absence avait eues sur notre famille, et il valait mieux que j'économise mon énergie pour aider Matt à trouver le journal du Dr Millroy et son fils naturel.

C'est justement ce moment que choisit Matt pour arriver. Il resta sur le pas de la porte, indécis, les sourcils légèrement froncés.

— Est-il arrivé quelque chose ? s'enquit-il prudemment.

— Tout le monde est un peu tendu, dit Miss Glass en tendant la main. Aidez-moi à me lever, Cyclope. Je vais monter terminer ma correspondance dans ma chambre.

Cyclope partit avec elle mais, avant de refermer la porte, il glissa à Matt quelques mots à voix basse. J'ignorais ce qu'il venait de lui dire, mais cela parut déplaire à Matt. Il lui répondit par un regard noir, et Cyclope tourna les talons en secouant la tête, puis il me fit comprendre d'un signe que Matt avait besoin de se reposer.

Et en effet, il avait une mine épouvantable. En dépit de son apparence soignée, il avait les yeux injectés de sang et soulignés de cernes aussi sombres que des hématomes tout frais. Malgré cela, je ne lui ordonnai pas d'aller se reposer. Parfois, il était préférable de faire preuve de tact avec lui.

— Qu'est-ce qui a poussé ma tante à s'en aller ? demanda-t-il en s'asseyant à côté de moi sur le sofa.

— Des chamailleries de bas étage entre Chronos et moi, expliquai-je. Cela ne se reproduira pas.

Chronos répondit par un grognement.

— Alors, qu'a dit la police ?

— Au début, le Commissaire Munro était réticent à l'idée de rouvrir une vieille enquête, dit Matt.

— Pourquoi cela ? lui demandai-je. Ils n'ont jamais découvert qui était l'assassin. De nouvelles preuves ne seraient-elles pas les bienvenues ?

— Nous n'avons pas de nouvelles preuves. Il estimait que ce serait gaspiller les ressources de la police.

— Mais vous l'avez convaincu de changer d'avis ? le pressa Chronos.

Matt hocha la tête.

— J'ai fini par y parvenir, oui. Voilà pourquoi ça m'a pris si longtemps. Après avoir vu Munro, je suis allé parler à Brockwell, un inspecteur-chef que nous connaissons.

— Brockwell ! fis-je avec une moue dédaigneuse. Je n'ai pas encore décidé si je l'appréciais ou non. Il n'a pas fait preuve de beaucoup de zèle dans l'affaire du meurtre du Dr Hale.

— Il est méthodique, répliqua Matt. En fin de compte, il a obtenu des résultats, et il a veillé à ce qu'il n'y ait aucune erreur et à ce que rien ne puisse être interprété de travers par ses supérieurs.

— Je ne crois pas qu'il ait fait grand-chose en ce sens, dis-je. Sans compter qu'il ignore l'existence de la magie. Comment lui confier ce que nous savons sans en parler ?

— Avec précaution.

— Je suis de l'avis d'India, dit Chronos. On dirait bien que ce Brockwell pourrait devenir gênant.

— Je n'avais pas d'autre option, rétorqua Matt sèchement.

Il se pinça l'arête du nez entre le pouce et l'index. Je me retins de lui poser une main sur le bras.

— Brockwell s'est entretenu avec Munro, et le commissaire a autorisé Brockwell à nous aider tant qu'on ne lui aurait pas confié une affaire plus urgente.

— Vous lui avez graissé la patte, dit Chronos d'un ton neutre.

Matt secoua la tête.

— Brockwell est incorruptible.

— C'est un cas unique parmi les forces de l'ordre, alors.

— Il n'aime pas les questions restées sans réponses, ajouta Matt. C'est une affaire qui n'a jamais été résolue, et il veut trouver l'assassin. Je crois qu'une enquête qui n'a rien donné le tourmente autant qu'un livre inachevé tourmente un passionné de lecture.

— Alors qu'a-t-il découvert sur le meurtre du Dr Millroy ? lui demandai-je.

— Nous avons passé un certain temps aux archives, à lire les rapports de l'inspecteur-chef en charge du dossier. Il est décédé depuis, mais il a tout documenté méticuleusement. Millroy a eu la gorge tranchée à l'aide d'une lame affûtée qui n'a jamais été retrouvée. Il y avait beaucoup de sang sur la scène du crime.

Il étendit ses jambes et croisa les chevilles.

— Un enfant dit avoir vu un homme de haute taille s'éloigner du corps, mais il n'a pas vu son visage.

— C'est tout ? demanda Chronos. Tout ça, je le savais déjà ; il suffit de lire les journaux.

— Ce sont les seules preuves matérielles retrouvées sur les lieux du crime, poursuivit Matt. Après avoir interrogé sa veuve, l'inspecteur chargé de l'enquête a découvert que le Dr Millroy, avant sa mort, avait été pris à partie par des membres de la Guilde des Chirurgiens ainsi que de la Guilde des Horlogers.

— Des Horlogers ! répétai-je. Pourquoi eux, alors qu'il ne faisait pas partie de cette guilde ?

— Parce qu'ils avaient eu vent de notre expérience sur Mr Wilson, expliqua Chronos avec un soupir.

Il se gratta la barbe d'un air absent, les yeux dans le vague.

— Abercrombie est venu me demander des comptes, à moi aussi. Abercrombie, l'ancien maître de la guilde, pas le maître actuel, qui est son fils. Je me demande comment les guildes l'ont su.

— Êtes-vous sûr que vous n'en avez parlé à personne ? insista Matt. Pas même à votre femme ?

— Surtout pas à ma femme. Mais Millroy n'a peut-être pas eu la même présence d'esprit.

— Il l'a peut-être racontée dans son journal, suggérai-je. Quelqu'un aurait pu le lire et transmettre l'information aux deux guildes. Mais qui ? Et pourquoi ?

— Son assassin ? dit Matt. Il espérait peut-être attirer à Millroy des ennuis avec la guilde pour venger la mort de Wilson, et quand il a vu qu'elle ne le sanctionnait pas, il a pris les choses en main.

Chronos secoua la tête.

— Il faudrait que ce soit quelqu'un qui tenait à Wilson, et il n'avait personne. Le vagabond sur lequel nous avons tenté cette expérience n'avait ni toit, ni famille, ni amis.

— Un justicier solitaire, alors ? suggérai-je.

— L'ennui avec cette théorie, dit Matt, c'est que l'assassin aurait dû s'en prendre aussi à Chronos.

Nous regardâmes tous deux mon grand-père.

— Il a peut-être essayé, dit Chronos. J'ai quitté Londres le lendemain du jour où j'ai appris la mort de Millroy dans les journaux. Abercrombie de la Guilde des Horlogers est venu me voir et m'a accusé de me servir de ma magie pour commettre des meurtres. Il m'a dit qu'il me dénoncerait aux autorités et qu'il les informerait du rôle que j'avais joué dans la mort de ce vagabond. Il m'a même accusé d'être mêlé à la mort du Dr Millroy. J'ai pris la fuite le jour même.

— Les comptes-rendus précisent-ils comment la police a été informée de la confrontation entre la guilde et le Dr Millroy ? lui demandai-je.

— C'est sa veuve qui l'a dit à l'inspecteur, répondit Matt.

J'agitai mon index dans sa direction, pensive.

— Et si elle avait eu une raison de tuer son mari ? Nous savons qu'il avait une maîtresse, qui a même eu un enfant de lui. Elle l'a peut-être tué par jalousie ou sous le coup de la colère. Son meurtre n'avait peut-être rien à voir ni avec les guildes, ni avec cette expérience. Ce qui signifierait que, depuis tout ce temps, vous étiez en fuite alors que vous n'aviez rien à craindre, dis-je à Chronos.

— Les guildes veulent tout de même m'accuser de la mort du vagabond.

— Scotland Yard ne sait pas que vous étiez impliqué, dit Matt. J'ai demandé à Brockwell si vous étiez recherché par la police pour un crime, quel qu'il soit. Il a vérifié et m'a assuré que non.

— Vraiment ? dit Chronos d'une voix tremblante. Mais alors... Abercrombie n'a jamais mis ses menaces à exécution ?

— Vous devriez tout de même rester caché. Je ne fais pas confiance à la Guilde des Horlogers, et eux, ils n'ont pas confiance en vous. Ils pourraient encore contacter la police s'ils apprenaient que vous êtes vivant et que vous êtes revenu.

Chronos hocha lentement la tête.

— Vous avez raison. Mais c'est tout de même un soulagement.

— Si Mrs Millroy est impliquée dans la mort de son époux, dit Matt, elle a trouvé quelqu'un d'autre pour commettre le meurtre à sa place. C'est un homme qui a été vu fuyant la scène du crime, pas une femme.

Il réprima un bâillement tout en évitant mon regard.

J'irai parler à Abercrombie cet après-midi pour savoir s'il a des souvenirs de la visite de son père chez le Dr Millroy avant qu'on ne le tue.

— Bonne chance pour obtenir quoi que ce soit de lui, dis-je.

— S'il tient de son père, c'est une sale petite fouine sournoise, ajouta Chronos.

— Dans ce cas, il est exactement comme son père.

Matt se releva du sofa et étouffa un autre bâillement. Il se dirigea vers la porte mais, au dernier moment, il s'arrêta et fit volte-face. Il me regarda en fronçant les sourcils.

— D'ordinaire, vous demandez à m'accompagner pour mener l'enquête, India. Mais pas cette fois. Pourquoi ?

Flûte ! J'aurais préféré attendre d'avoir vu Oscar Barratt avant de mentionner le journaliste. Mais je ne pouvais pas mentir à Matt.

— Puis-je vous parler en privé ?

Il lança un coup d'œil furtif à Chronos.

— C'est bon, je m'en vais.

Chronos se faufila près de moi pour passer mais, avant de partir, il s'arrêta.

— L'incantation, India. La deuxième que je t'ai apprise. Tu devrais l'essayer, dit-il en désignant Matt d'un signe de tête.

Je le dévisageai en ouvrant de grands yeux ronds. Il me croyait capable de réparer la montre de Matt, *moi*, alors qu'il n'avait pas réussi ?

Après tout, je pouvais toujours essayer. Je me ruai sur Matt et me mis à déboutonner sa veste. Chronos s'avança aussi, les yeux brillants de curiosité.

Matt leva les mains en signe de capitulation quand j'entrepris de déboutonner son gilet. Je fus parcourue d'un frisson en sentant la chaleur qui émanait de lui. Mes gestes se firent maladroits. Il n'y avait plus que sa chemise entre sa peau et la mienne, mais en cet instant, cela m'importait peu. Tout ce qui m'intéressait, c'était sa montre.

Se pouvait-il que je réussisse là où Chronos avait échoué ? Que ma magie soit assez puissante pour réparer la montre magique sans l'aide d'un médecin ?

Je sortis la montre de sa poche, les mains tremblantes, et la serrai au creux de mon poing. Je prononçai les paroles que Chronos m'avait apprises, en m'appliquant bien sur le rythme et la prononciation. À la troisième tentative, la montre s'illumina d'un halo violet plus brillant qu'avec l'incantation de Chronos. La chemise blanche de Matt devint violette, elle aussi, ainsi que mes ongles. À mes côtés, je sentis Chronos se pencher et s'approcher pour mieux voir. J'entendis nettement Matt déglutir, mais je ne levai pas les yeux vers lui avant de lui avoir rendu sa montre.

— Essayez, maintenant, dis-je sans parvenir à contenir une pointe d'optimisme dans ma voix.

Retenant mon souffle, je le regardai fermer les yeux et laisser son corps s'imprégner de magie.

CHAPITRE 4

— lors ? demandai-je, impatiente, dès que Matt eut refermé le boîtier de sa montre.

— Y a-t-il une amélioration ? renchérit Chronos.

Il avait l'air excité aussi, et pour la première fois, je sentais un lien s'établir entre lui et moi.

Matt baissa les yeux sur la montre qu'il tenait dans sa main, avec sa chaîne qui pendait entre ses doigts.

— Il y a quelque chose de différent.

J'inspirai une grande bouffée d'air en frémissant, puis posai ma main tremblante par-dessus la sienne.

— Matt...

J'étais incapable de parler, trop ébranlée pour articuler la question que j'avais à lui poser.

Il leva la tête pour me regarder dans les yeux et referma son autre main sur la mienne.

— Je me sens plus fort, India, plus vigoureux. Il y avait des semaines que je ne m'étais pas senti en aussi bonne santé.

— Aussi bonne que la première fois que vous vous en êtes servi à Broken Creek ?

— Non

Matt porta ma main à ses lèvres et y déposa un baiser délicat sans me quitter des yeux.

— Mais c'est une amélioration.

— Oui, dis-je, un peu hébétée. C'est vrai.

— Merci, murmura-t-il, ses lèvres contre ma main.

Du coin de l'œil, je vis Chronos quitter discrètement la pièce. Il ferma la porte, nous laissant seuls dans le salon, Matt et moi.

Matt lâcha aussitôt ma main.

— Je dois vous présenter mes excuses pour hier soir.

Ce brusque changement de sujet me prit au dépourvu. Je voulais continuer à parler de sa santé, et je pensais qu'il voulait savoir pourquoi je ne l'accompagnais pas chez Abercrombie.

— Vous n'avez aucune raison de vous excuser, dis-je.

— Si. Je me suis comporté comme un mufle.

— Si vous regrettez votre conduite, c'est à Willie et aux autres que vous devriez faire des excuses. Et puis vous étiez déçu que votre montre ne fonctionne pas mieux après l'incantation prononcée par Chronos. Tous les espoirs que vous aviez conçus ont volé en éclats.

Je lui serrai le bras.

— Vous vouliez tout oublier pour quelques heures, et c'est bien compréhensible.

Il fit une grimace gênée, et je remarquai que les pattes d'oie qu'il avait au coin des yeux paraissaient moins marquées, et que les grosses marques sombres qui entouraient ses yeux n'étaient plus que de simples cernes. Je ne voyais guère de différence avec son apparence habituelle après avoir utilisé la montre.

— Ne soyez pas si indulgente, dit-il à voix basse. Je ne le mérite pas.

Je souris.

— Avez-vous besoin de vous reposer ?

— Un peu moins que ces derniers jours, répondit-il, l'air surpris.

— C'est déjà ça.

— Je me reposerai avant d'aller voir Abercrombie. À propos, pourquoi n'insistez-vous pas pour m'accompagner cet après-midi ?

— Je veux rendre visite à Oscar Barratt, lui dis-je. Je devrais aller prendre de ses nouvelles.

— Ah.

Il me sourit d'un air un peu forcé.

— Souhaitez-lui un bon rétablissement de ma part. Allez-vous accepter son invitation au théâtre ?

— Mais... vous aviez promis de m'y emmener vous-même.

Seigneur, quel effet pitoyable je devais lui faire !

— Je n'ai pas oublié ma promesse, mais rien ne vous empêche d'y aller aussi avec lui.

Je le considérai par-dessous mes cils.

— Pourquoi ?

— Pourquoi pas ? Il vous apprécie. C'est quelqu'un de bien, quoiqu'un peu trop insistant. Au sujet de la magie, ajouta-t-il avant de se racler la gorge. Saluez-le de ma part, conclut-il en tournant les talons.

Je mis plusieurs secondes à me remettre de la déception que me causait son changement d'attitude vis-à-vis de mon amitié avec Barratt. Mais comme je ne voyais pas son visage, je n'avais pas la moindre idée de ce que cela signifiait.

— Une dernière chose, dit-il en se retournant. Au sujet de votre intention de déménager... Êtes-vous sûre de ne pas changer d'avis ?

— J'y réfléchis encore. Je pensais avoir pris ma décision, mais maintenant, j'hésite.

Un sourire presque imperceptible se dessina sur ses lèvres.

— Prenez votre temps. Rien ne presse.

* * *

Oscar Barratt m'avait donné son adresse personnelle quelque temps auparavant, pour que je puisse lui rendre visite à toute heure du jour ou de la nuit si j'avais des questions concernant la magie. Je m'attendais à ce qu'il soit chez lui, à se remettre sur pied, mais je me trompais. Sa logeuse me dit qu'il était retourné à son travail, et je le trouvai dans les bureaux de la *Gazette Hebdomadaire*, sur Lower Mire Lane, la petite rue insignifiante non loin de Fleet Street, qui était plus fréquentée. La *Gazette Hebdomadaire* ne comptait pas parmi les journaux majeurs de la ville, mais elle était très populaire auprès des classes moyennes, qui préféraient ses articles racoleurs à l'approche politique et financière des quotidiens à la réputation plus établie.

Je trouvai Mr Barratt à son bureau dans la pièce du fond, le bras en écharpe, occupé à écrire frénétiquement. Dans le bureau voisin, un autre journaliste tapait sur une machine à écrire. Le claquement régulier des touches était plus apaisant que je ne l'aurais cru, et ce n'est qu'en inspirant profondément que je pris conscience que j'avais les nerfs à fleur de peau.

— Même une blessure par balle ne vous ralentit pas, dis-je à l'intention de la tête brune penchée au-dessus du bureau.

Mr Barratt leva les yeux.

— India ! Quelle charmante surprise !

Il se leva prestement, mais se toucha aussitôt le bras avec une grimace de douleur.

— Tout va bien ?

Je fis le tour du bureau mais m'arrêtai avant de trop m'approcher. Je lui adressai un sourire compatissant.

— Je m'en remettrai. Je me suis levé trop brusquement, c'est tout.

Il me fit signe de m'asseoir sur la chaise en face de lui.

— Je suis heureux que vous soyez là. Je voulais venir vous rendre visite, mais je ne savais pas si c'était une bonne idée. L'Inspecteur Brockwell a dit que vous aviez été passablement secouée le jour où j'ai reçu cette balle.

— Au moins, je n'ai pas été blessée.

— Comment avez-vous échappé à Mr Pitt ? Brockwell est resté vague sur les détails.

— Matt était là.

— S'il vous avait sauvé la vie, Brockwell me l'aurait dit.

Il se pencha en avant.

— Était-ce votre montre ?

Je me retournai pour lancer un bref coup d'œil en direction de la porte. Bien qu'il n'y ait personne, je répondis à voix basse :

— Oui, et Matt a fait diversion.

Il laissa tomber son porte-plume, qui atterrit sur sa feuille de papier en projetant des éclaboussures d'encre, mais il n'y fit pas attention.

— Je le savais ! s'écria-t-il avec un large sourire. Formidable.

Il s'avança vers moi pour me tapoter la main, mais se cogna le bras contre le bord de son bureau et grimaça de douleur.

— Vous avez l'air de souffrir, Mr Barratt. Puis-je faire quelque chose pour vous ?

Il hésita.

— Vous pouvez me trouver une épaule neuve, sans trou dedans, plaisanta-t-il avec un demi-sourire qui donnait à ses traits avenants un charme proprement extraordinaire.

— En réalité, ce n'est pas aussi douloureux qu'on pourrait le croire. La balle n'a pas vraiment pénétré l'épaule, elle n'a fait que m'érafler. Elle est toujours logée dans le mur de la salle de la presse.

— Vous avez eu beaucoup de chance. Je suis tellement soulagée que vous n'ayez rien de grave, et Matt aussi. Nous nous en voulons terriblement de vous avoir impliqué. Rien de tout cela ne serait arrivé si nous n'avions pas cherché à vous parler après avoir lu votre article.

— Je vous pardonne, à une condition.

Doux Jésus. Qu'allait-il me demander ? Plus qu'une sortie au théâtre ?

Il partit d'un léger rire qui le rendit encore plus séduisant.

— Vous n'avez aucune raison de vous inquiéter. Ma condition, c'est que vous m'appeliez Oscar, puisque j'ai pris la liberté de vous appeler India.

Je souris, plus par soulagement qu'en réaction à sa plaisanterie.

— Volontiers.

— Et de toute façon, ce n'était pas votre faute. C'est moi qui ai écrit l'article sur le Dr Hale, ce qui a attiré l'attention sur moi et sur la magie. Je ferais peut-être bien de suivre votre exemple et de me faire plus discret.

— Vous avez attiré l'attention d'un certain nombre de personnes. À propos, saviez-vous que Mr Pitt m'avait emmenée chez Lord Coyle, quand il m'a enlevée d'ici ?

— Brockwell me l'a dit, mais il prétendait que Pitt avait trop présumé de ses liens avec Coyle.

Il repositionna son écharpe et posa avec précaution son bras sur le bureau. Son visage s'éclaira comme s'il flairait une histoire intrigante.

— Coyle aurait-il orchestré le meurtre de Hale en trouvant un moyen de pousser Pitt à agir à sa place ?

— Nous n'en savons rien, mais je voulais juste vous recommander d'être prudent. Si Lord Coyle vous pose encore des questions sur la magie, il vaut peut-être mieux rester le plus vague possible tant que nous n'aurons pas découvert pourquoi il collectionne les objets magiques. C'est un homme riche et influent, qui sait parvenir à ses fins. Heureusement, l'Inspecteur Brockwell est incorruptible.

Il eut un petit rire sceptique.

— On ne lui a peut-être pas encore proposé la bonne contrepartie.

J'aurais dû défendre l'intégrité de Brockwell, mais il nous avait compliqué la tâche pendant notre enquête sur la mort de Hale. Matt avait peut-être de l'estime pour lui, mais j'étais plus réticente à m'en faire un ami.

— Il y a une chose dont je voudrais vous parler, Oscar. Une idée que vous avez avancée précédemment, mais que nous avions rejetée, Matt et moi. Je pense qu'elle mérite d'être à nouveau explorée.

— Voilà qui m'intrigue. Je suis tout ouïe.

— Si nous reparlions d'écrire un article pour révéler au grand public l'existence de la magie ?

CHAPITRE 5

Oscar se rassit lourdement, ce qui dut raviver sa douleur à l'épaule, et pourtant il n'eut pas même un tressaillement. Il resta un moment à me dévisager. Puis, très lentement, un sourire se dessina sur ses lèvres.

— Vous voulez que j'écrive un article révélant l'existence des magiciens ?

— Je veux discuter de ce que ça impliquerait, c'est tout.

— Dans la perspective de le publier.

— Peut-être.

Il sortit du premier tiroir de son bureau un crayon et un carnet, qu'il ouvrit à une page vierge. Il appuya son avant-bras en écharpe sur le petit carnet et traça une ligne verticale au centre de la page, la divisant en deux colonnes. En haut de l'une, il inscrivit POUR, et en haut de l'autre, CONTRE.

— Est-ce pour cela que vous êtes venue sans Mr Glass ? demanda-t-il lorsqu'il eut fini d'écrire. Parce que son naturel prudent ne voit que les inconvénients ?

— Il n'est pas aussi prudent dans la plupart des autres domaines, dis-je. Au contraire, il lui arrive d'être plutôt téméraire. Mais pour ce qui est de la magie, il estime que le monde n'a pas à connaître notre existence. Il pense qu'une telle révélation ne ferait que mettre les magiciens en danger. Bien que, dans une certaine mesure, je partage son avis, j'ai aussi plus de foi en l'humanité. Je ne crois pas que cela provoquerait le chaos qu'il prédit, même s'il faut s'attendre à une période de flottement, le temps que profanes et magiciens apprennent à vivre et travailler ensemble. Mettez cela dans la colonne des CONTRE.

Il nota *Tensions* dans la colonne CONTRE et *Progrès* dans la colonne POUR. Je trouvai qu'il insistait un peu trop sur le côté positif.

— Comme vous, je suis convaincu qu'il existe en ce monde plus de bonnes personnes que de mauvaises, India. Mr Glass a dû connaître quelque déconvenue avec ses amis, pour avoir une vision aussi cynique.

— Pas avec ses amis.

À peine eus-je prononcé ces mots que je les regrettai. Il allait deviner que c'était la famille de Matt qui l'avait trahi, et Matt ne voudrait pas qu'il le sache.

— Notez dans la colonne CONTRE que les commerces des profanes en pâtiront.

Il s'exécuta, avant de contrebalancer cet argument en ajoutant dans la colonne POUR *Meilleurs produits et services*, puis *Liberté pour les magiciens* et *Ne plus avoir peur*.

J'approuvai d'un hochement de tête. Si les magiciens étaient libres de vivre au grand jour, cela signifiait qu'il serait facile de trouver un magicien médecin. Écrire des articles sur la magie pourrait bien s'avérer le moyen le plus rapide d'en débusquer un. Peut-être le fils naturel du Dr Millroy se manifesterait-il même spontanément.

Cela pourrait aussi inciter les malades et les cas désespérés à frapper à sa porte dans l'espoir qu'il les guérisse. Bien sûr, s'il parvenait à prolonger leur vie, ce ne serait qu'un bref sursis... sans mon aide ou celle de Chronos.

— Faux espoirs, dis-je à mi-voix.

Oscar leva les yeux, son crayon en suspens au-dessus de la feuille.

— Que voulez-vous dire ?

— La magie est temporaire. Un objet imprégné de magie ne conservera pas longtemps ses propriétés. Les faux espoirs risquent d'engendrer de la colère chez ceux qui ignorent ces limites.

— Il existe peut-être des incantations permettant de prolonger les effets de la magie. Si nous incitons les magiciens à sortir de l'anonymat, nous découvrirons peut-être d'anciennes incantations que l'on croyait oubliées.

Il semblait particulièrement fier de son hypothèse.

Je retins mon souffle, faisant dans ma tête ma propre liste de pour et de contre : devais-je lui parler de Chronos et de l'incantation qui prolongeait les effets des autres ? Oscar était si avide de partager la magie avec le reste du monde qu'il risquait d'en oublier toute prudence. Mais d'un autre côté, il avait accepté de ne pas parler explicitement de magie dans ses articles. Je pouvais lui faire confiance pour garder ce secret. Je *voulais* lui faire confiance.

Une fois de plus, je me retournai pour lancer un bref coup d'œil en direction de la porte. N'étant pas totalement sûre que personne ne pouvait nous entendre, je me levai pour la fermer. Oscar était parfaitement immobile sur sa chaise, les yeux écarquillés, attendant que je lui en dise plus. J'avais piqué sa curiosité, cela ne faisait aucun doute.

— Vous ne devrez parler à personne de ce que je m'apprête à vous dire, commençai-je. Je vous défends d'écrire quoi que ce soit à ce sujet, et même d'y faire allusion à demi-mot. Comprenez-vous bien, Oscar ?

Il opina.

— De quoi s'agit-il, India ? Qu'avez-vous découvert ?

— Il existe un sortilège qui prolonge les effets de la magie d'un autre magicien.

Il haussa les sourcils si haut qu'ils disparurent presque sous ses cheveux.

— La magie du temps… murmura-t-il. Vous avez ce pouvoir, n'est-ce pas ?

Il frappa du plat de la main sur le dessus de son bureau et me regarda, rayonnant.

— Je me posais justement la question. Depuis que je vous ai rencontrée, cela m'a traversé l'esprit, mais comme je n'avais jamais entendu parler de deux types de magie combinés ensemble, j'avais abandonné cette idée. Racontez-moi tout ! Comment avez-vous découvert que c'était possible ?

— Avant toute chose, promettez-moi de n'en parler à personne.

— Je vous le promets.

Je poussai un soupir de soulagement.

— J'ai trouvé quelqu'un pour m'en apprendre plus sur ma magie.

— Un autre magicien horloger ? De qui s'agit-il ?

— Il préfère que personne ne connaisse son identité. C'est un homme très mystérieux.

— Voilà qui m'intrigue.

Il s'avança sur sa chaise, les yeux plus brillants que jamais. Oscar aurait aimé autant que Brockwell le métier d'inspecteur.

— Il m'a appris une incantation pour qu'une montre ou une horloge soit parfaitement à l'heure, dis-je. Avant, je savais réparer la plupart des modèles, mais pas tous.

D'un geste impatient de la main, il me fit signe de continuer.

— C'est une incantation admirable, et je me doute qu'elle correspond à ce que les horlogers cherchent à accomplir par-dessus tout dans leur métier. Tant mieux pour vous. Je suis ravi que vous ayez trouvé quelqu'un pour vous aider. Mais parlez-moi de l'incantation qui prolonge la magie.

— Elle lui a été transmise par ses ancêtres, et il a passé plusieurs années à faire des expériences avec d'autres magiciens en utilisant cette incantation pour combiner sa magie avec la leur. Dans certains cas, il y est parvenu.

— Quels types de magiciens ?

— Des charpentiers, des modistes, des ferronniers. À chaque fois, les effets de la magie ont duré plus longtemps qu'à l'accoutumée.

— Un médecin ? demanda-t-il aussitôt.

Il avait l'esprit vif. Presque trop vif pour moi. La plupart des gens n'auraient pas immédiatement pensé à cette association.

— Il est à la recherche d'un magicien médecin.

Ce n'était pas tout à fait faux, c'était juste un mensonge par omission ; aussi ma conscience s'en accommodait-elle sans mal.

Il étudia la liste sur son carnet, puis traça une ligne en dessous.

— Dommage qu'il n'en ait pas trouvé. Imaginez les possibilités. Les vies qui pourraient être sauvées, les...

— Non. Stop.

Je lui pris son carnet des mains et le refermai. Il me regarda en clignant des yeux, interloqué par ma réaction.

— Qu'y a-t-il, India ?

Il me faisait penser à Chronos, avec son enthousiasme et sa vision biaisée des choses. Comme Chronos, il ne semblait pas voir les dangers.

— Combiner deux incantations n'est pas sans conséquences. Prolonger la vie d'une personne qui aurait dû mourir, c'est mal ; cela revient à se prendre pour Dieu. Cela pourrait engendrer toutes sortes de bouleversements, peut-être même au-delà de tout ce que nous pourrions imaginer au cours d'une discussion comme celle-ci.

— Et si c'est quelqu'un qui n'aurait pas dû mourir ? Si quelqu'un, victime d'un tueur forcené, est à l'article de la mort, mais qu'il est encore possible de le sauver grâce à la magie ?

Cette si parfaite ressemblance avec la situation de Matt me glaça le sang. Je frottai mes mains sur mes bras, mais sans parvenir à me réchauffer.

— On ne peut pas utiliser l'incantation sur certaines personnes et pas sur d'autres, dis-je pour changer de sujet. Personne n'a le droit de prendre cette décision.

— Alors si une mère vous demandait d'utiliser la magie pour prolonger la vie de son enfant mourant, vous refuseriez ? Même si elle vous suppliait ?

— Arrêtez, Oscar.

— Très bien, voilà ce que je pense : il est clair que vous connaissez cette incantation, et votre mentor aussi. Pour l'instant, vous ne savez pas où trouver un magicien médecin, mais imaginez que vous en trouviez un ? Pourquoi seriez-vous, vous et votre mentor, les seuls à pouvoir en profiter ? Ne serait-ce pas injuste ?

— Nous n'en profiterons pas. Nous en connaissons les implications éthiques.

C'était un mensonge pur et simple, et il n'était pas dupe.

— Vous, peut-être, mais lui ? Et en outre, pouvez-vous m'assurer honnêtement que vous vous abstiendriez d'utiliser cette incantation si une personne que vous aimez était en train de mourir et que vous connaissiez un moyen de la sauver ?

Il jeta son crayon, qui roula sur le bureau et alla heurter l'encrier.

— Ne le dites à personne, Oscar. N'en parlez surtout pas dans vos articles.

— Dans ce cas, que faites-vous ici, India ? demanda-t-il d'une voix plus forte qui résonna dans son bureau exigu. Pourquoi m'avoir raconté tout cela, si vous ne vouliez pas que cela se sache ?

Je déglutis avec peine. Il était hors de question que je le laisse rejeter la faute sur moi. Je pouvais comprendre son enthousiasme, mais pas accepter son indignation.

— Parce que je voulais explorer avec vous la possibilité d'un article général pour révéler notre existence au grand public.

Et parce que je n'avais pas prévu qu'il pense aussi vite à une application de la magie au domaine médical.

— Je connais si peu de magiciens, et vous êtes le seul avec lequel je voulais partager cela. J'ai cru pouvoir vous faire confiance, Oscar. J'ai cru que votre bon sens surpasserait votre désir de révéler l'existence de la magie. Je me suis trompée.

Je ramassai mon réticule et, le cœur battant à tout rompre, mais à un rythme stoïque, je me levai.

— Bonne journée. Inutile de me raccompagner.

— Attendez.

Il fit le tour de son bureau et me rattrapa par le coude.

Je gardai mon visage détourné pour qu'il ne voie pas mes yeux pleins de larmes. Je me sentais horriblement sotte. J'avais été bien naïve de venir ici et de faire confiance à un journaliste ! Matt n'aurait jamais commis une telle bévue.

— Attendez, India, je vous en prie.

Sa voix avait pris une inflexion douce et suppliante qui me redonna espoir.

— Je vous dois des excuses. Vous avez raison. Cette magie capable de prolonger les autres doit rester un secret. Il y a tant de choses que nous ignorons à ce sujet, et c'est vrai qu'elle risquerait de causer des problèmes. J'ai tendance à me laisser griser par les possibilités sans penser aux inconvénients. Acceptez-vous de me pardonner ?

Je levai les yeux pour rencontrer les siens. Il paraissait sincère, mais c'était un domaine dans lequel je ne pouvais guère me fier à mon instinct.

— À condition que vous me promettiez de ne répéter à personne que la magie du temps peut être combinée avec d'autres. Cette promesse inclut la forme écrite, et aussi les allusions.

— Je vous l'ai déjà promis.

— Promettez-le-moi encore.

Il caressa mon bras avec son pouce avant de le lâcher.

— Je vous le promets, India. Parce que c'est vous.

Parce que c'est moi ?

— Et si nous essayions de combiner ma magie de l'encre avec la vôtre pour prolonger ses effets ? Ai-je besoin d'une autre incantation pour que cela fonctionne ?

— Moi oui, mais pas vous.

— Combien d'incantations votre mentor connaît-il ?

— Seulement deux. Il pense qu'autrefois, tous les magiciens en connaissaient davantage, mais qu'elles sont tombées dans l'oubli au fil du temps, quand les magiciens ont été contraints de vivre cachés.

Il fit glisser vers lui une feuille de papier et tendit la main vers son encrier.

Je l'arrêtai d'un geste.

— Pas aujourd'hui.

Il eut l'air déçu.

— Très bien. Si vous changez d'avis, vous savez où me trouver.

Il traversa avec moi l'antichambre du bureau, où le rédacteur en chef me salua d'un signe de tête. Lorsqu'il m'eut raccompagnée jusqu'à l'accueil, Oscar posa la main sur la poignée de la porte, mais sans l'ouvrir.

— Avez-vous réfléchi à la pièce de théâtre que vous aimeriez voir ? demanda-t-il.

Il n'avait donc pas oublié.

— Je... je crois qu'il vaut mieux attendre que votre épaule soit guérie.

Il hésita, puis me sourit.

— J'espère me remettre rapidement, alors. Bonne journée, India.

* * *

Matt arriva à Park Street peu de temps après moi. Il avait de nouveau l'air exténué, tous les bienfaits de l'utilisation de sa montre après mon incantation s'étant dissipés. Mon cœur se serra à cette vue. Il se laissa tomber dans un fauteuil de la bibliothèque et se passa une main sur le front. Son profond soupir résonna au milieu des murs recouverts de livres. Il devait se sentir aussi mal qu'il en avait l'air.

Je lui servis une tasse de thé et m'éclaircis la gorge. Matt leva la tête, tenta vaguement de sourire et accepta la tasse que je lui tendais.

— Vous ne vous sentez pas mieux, n'est-ce pas ?

Je redoutais presque d'entendre sa réponse, que je pressentis pourtant avant même qu'il ne me la donne. Son état déplorable se lisait sur chacun des traits tirés de son visage.

— Les effets de la magie ont duré plus longtemps, cette fois, dit-il d'une voix plus enjouée que je ne l'aurais cru. Vous avez fait du bon travail, India.

— Pas assez bon, soupirai-je. J'espérais que l'amélioration serait plus nette.

— Je ne me suis pas reposé après l'avoir utilisée, cette fois. Je vous avais promis de le faire, mais je voulais voir combien de temps j'arrivais à rester concentré sans me reposer. Alors vous le voyez bien : votre magie m'a vraiment aidé.

— C'est un début, répondis-je en m'efforçant d'imiter son optimisme.

S'il parvenait à rester positif pour moi, je pouvais bien en faire autant pour lui.

— Ma tante est-elle là ? demanda-t-il.

— Bristow a dit qu'elle était sortie avec Lady Rycroft.

— Tante Beatrice ? Où cela ?

Sa stupéfaction était compréhensible : les deux belles-sœurs se haïssaient férocement.

— Je crois qu'elles sont allées faire des emplettes.

— J'espère qu'elles ne vont pas finir par s'entretuer.

— J'aurais dû partir avec elle, dis-je en prenant ma tasse de thé dans mes mains. Je suis censée être sa dame de compagnie.

— Elle savait que vous sortiez pour voir Barratt. Si elle en avait décidé autrement et qu'elle avait tenu à votre présence, elle vous l'aurait dit.

Il n'empêche que j'avais négligé mes responsabilités, ces derniers temps. Je devais me reprendre. Mais pour l'instant, j'avais du travail à faire avec Matt.

— Je vois qu'Abercrombie n'a pas lancé à vos trousses la police, ses sbires ni ses chiens.

— C'est que vous n'avez pas vu les traces de dents, répliqua-t-il avec un sourire mutin, et je me détendis : quel que soit son état de fatigue, il parvenait presque toujours à trouver la force de me sourire.

— Je vous raconterai ce qu'a dit Abercrombie quand les autres seront là. J'ai envoyé Bristow les chercher, et Cyclope est en train de rentrer la voiture aux écuries.

Il se concentrait sur son thé, qu'il buvait à petites gorgées tout en me regardant par-dessus le bord de sa tasse.

— Et de votre côté ? Comment va Barratt ?

— Oscar n'est pas trop grièvement blessé.

Il reposa sa tasse sur sa soucoupe dans un tintement de porcelaine.

— Oscar ?

Je gardai la tête baissée pour qu'il ne voie pas mes joues en feu.

— Je veux dire, Mr Barratt.

Je m'éclaircis la gorge.

— La balle n'a fait que l'égratigner. Il a déjà repris le travail, et il était intéressé par tout ce qui concernait l'enquête sur le meurtre du Dr Hale. Brockwell est resté assez évasif.

— Et il a bien fait. On ne peut pas faire confiance à Barratt pour ne pas publier les détails dans son journal.

— Il a bien le droit de savoir ce qui s'est passé. Après tout, il en a été victime, au même titre que vous et moi.

— Premièrement, je ne suis pas une victime.

Son attitude était passée de cordiale à maussade en un clin d'œil.

— Et deuxièmement, il n'a pas à savoir quoi que ce soit. Il est évident que Brockwell ne lui faisait pas confiance. Et vu les articles irresponsables que Barratt a écrits sur la magie par le passé, je ne peux que partager son point de vue.

S'il connaissait la véritable raison de ma visite à Oscar, il serait encore plus furieux. Je gardai le visage détourné.

— Dans ce cas, pourquoi avoir accepté que je lui rende visite ? Vous avez même dit que c'était quelqu'un de bien. Pourquoi avez-vous changé d'avis si rapidement ?

Il hésita si longtemps avant de répondre que je n'eus pas d'autre choix que de le regarder.

— Je... je ne sais pas.

Il secoua la tête et se passa la main sur le visage.

— Vous avez raison, India. Je suis peut-être injuste avec lui. C'est probablement un homme digne de confiance, malgré son enthousiasme un peu excessif pour la magie. Je vois tout à fait pourquoi vous l'appréciez. Vous avez beaucoup de points communs, tous les deux.

Je reposai ma tasse de thé et ma soucoupe.

— Voilà que vous recommencez. Vous changez sans cesse d'avis. Et de quels points communs parlez-vous ? Hormis la magie, je n'en vois aucun.

Il tapota le côté de sa tasse du bout du doigt, avant de tendre soudain la main vers moi en claquant des doigts.

— Il vient d'une famille d'artisans, comme vous. C'est une chose qui vous rapproche.

— Merci de souligner l'infériorité de mes origines.

Il fronça les sourcils.

— J'ai dit qu'elles étaient similaires, par inférieures.

— Pas par rapport à lui, mais par rapport à vous.

Je me levai et marchai d'un pas décidé vers la porte, sans trop savoir où j'irais ensuite. Tout ce que je savais, c'est que je ne pouvais pas rester auprès de Matt s'il comptait me pousser vers Oscar.

Malheureusement, Matt refusa de me laisser partir. Sans que je sache comment, il réussit à atteindre la porte avant moi. Il me barrait le passage de sa carrure imposante, avec un air sévère qui faisait ressortir les signes de fatigue sur son visage.

— Ce n'est pas ce que je voulais dire, se défendit-il.

— Je ne suis plus sûre de rien, Matt !

Il mit alors ses mains dans son dos.

— Vous avez raison. J'ai été pénible, ces temps-ci. Je me laisse trop souvent aller à ma mauvaise humeur. Je vais faire plus d'efforts.

— Non, Matt.

Je fermai les yeux, regrettant de m'être emportée.

— Ce n'est pas ça. Moi aussi, je me sens déboussolée. Il s'est passé tellement de choses ces dernières semaines, et j'essaye tant bien que mal de reprendre mes esprits malgré mon trouble. C'est comme si je courais après un omnibus dans lequel je cherchais à monter, mais sans parvenir à le rattraper.

— Et moi, je cours à côté de vous, murmura-t-il.

Au-dehors, des voix animées retentirent dans l'escalier, mais je n'avais pas fini ma conversation avec Matt. Soudain, je tins à ce qu'il comprenne une chose.

— Je ne m'intéresse pas à Oscar Barratt comme... enfin, autrement que comme un ami. Je reste convaincue que nous pouvons lui faire confiance, mais la question n'est pas là. Quant à mes sentiments pour lui, ils ne sont pas de nature romantique.

Il essaya de croiser mon regard, mais avant qu'il ait le temps de répondre, Willie, qui ne regardait pas où elle allait, se cogna contre son dos. Elle prit tout juste un instant pour s'excuser avant de reprendre sa discussion avec Duc et Chronos.

— Retire ce que tu viens de dire, Duc ! pérora-t-elle.

Duc leva les mains comme pour se défendre.

— Tout ce que je dis, c'est la vérité.

— Tu mens ! Il n'y a pas que des mauvaises graines chez les Johnson. Dis-lui, Matt.

Matt détacha son regard de mon visage.

— Quoi ? demanda-t-il, l'air un peu absent.

— Duc parlait de notre famille à Chronos. Il a dit que les Johnson étaient tous des filous.

Duc leva un doigt.

— J'ai dit fous, pas filous. Et je n'ai pas dit que vous l'étiez tous. J'ai dit tous sauf Matt.

Willie mit les mains sur les hanches.

— Alors comme ça, tu me traites de folle ?

— Tu es la plus timbrée d'entre vous.

— Ha !

Duc désigna sa tenue.

— Je n'ai jamais vu aucune autre femme s'habiller comme un homme.

— Ce n'est pas de la folie, ça, rétorqua-t-elle aussitôt. C'est juste du bon sens. On vit dans un monde d'hommes, et s'il y en a qui croient pendant une ou deux minutes que j'en suis un, tant mieux. Ça rééquilibre les choses. Pas vrai, India ?

Malgré ma réticence à intervenir dans leur querelle, je fus bien obligée de lui donner raison.

— Je ne suis pas sûre que porter un pantalon gomme les inégalités pour très longtemps, mais c'est vrai que tu n'as pas tort, Willie. Désolée, Duc.

Il répondit par un grognement.

— Il n'y a pas que ça qui me fait dire que tu es folle, Willie. Il y a aussi ta manie de te promener avec un revolver à travers toute la ville.

— Mon Colt m'a sauvé plus d'une fois, dit-elle, triomphante. Tu as d'autres raisons, Duc, ou c'est tout ?

— Ça suffit ! fit sèchement Matt en s'avançant à grands pas vers la cheminée. Le prochain qui commence à se chamailler, je l'envoie dormir dans les écuries.

Chronos m'adressa un clin d'œil en passant.

— Tu ferais bien de tenir ta langue, India.

Matt lui lança un regard noir. Je trouvai cela un peu cocasse, mais je me mordis la lèvre pour réprimer un sourire. Matt n'était pas d'humeur à apprécier l'humour de la situation.

— Un peu de thé ? proposai-je aux nouveaux venus.

— Tu n'as pas quelque chose de plus fort ? me demanda Chronos.

Willie fit mine de s'approcher du buffet où Matt gardait une carafe de brandy et des verres, mais Duc la retint par le poignet. Il secoua la tête avec un geste du menton en direction de Matt. L'expression de Willie changea peu à peu, à mesure qu'elle comprenait.

— On prendra tous du thé, India, déclara-t-elle. Bristow n'aime pas qu'on boive avant le dîner. Il dit que ça ne se fait pas, à Londres.

— Dans *ce quartier* de Londres, peut-être, commenta Chronos, mais il accepta la tasse de thé que je lui tendis et n'insista pas.

Cyclope nous rejoignit quelques minutes plus tard.

— Qu'est-ce que j'ai raté ?

— J'allais raconter à tout le monde ce que m'a dit Abercrombie, répondit Matt, qui restait debout tandis que nous étions tous assis. Il a reconnu que son père avait chassé les magiciens de la guilde, du temps où il en était le maître. Il en était même fier, et je n'ai eu aucun mal à le persuader de me donner cette information.

— Dommage, marmonna Willie. S'il y en a un qui mérite que tu le *persuades*, c'est bien lui.

Chronos regarda successivement Matt, puis Willie, plusieurs fois.

— Lui ?

— Matt se donne peut-être des airs de gentleman anglais bien propret, mais c'est un Américain, il a la fougue du Far West dans le sang. Une fois qu'il a décidé de tirer les vers du nez à quelqu'un, personne ne lui résiste.

Chronos dévisagea Matt comme s'il le voyait sous un jour nouveau.

— Un petit gars comme je les aime.

— Je peux continuer, maintenant, Willie ? cingla Matt.

D'un geste, elle l'invita à poursuivre.

— Abercrombie considère ça comme l'héritage de son père, reprit Matt. Il a chassé deux magiciens de la guilde après avoir découvert leur secret. Abercrombie, celui d'aujourd'hui, était au courant de vos pouvoirs, Chronos.

— Abercrombie père a dû donner à son fils autant d'informations que possible avant de passer l'arme à gauche, dit Chronos. Sait-il que je suis à Londres, et bien vivant ?

— Je n'ai pas su jauger s'il le savait ou pas.

— Pourquoi ne pas lui avoir posé la question franchement ?

— Parce qu'il aurait pu en déduire que vous êtes bel et bien en vie, ici, et que je suis au courant.

— Bien vu, fit Duc.

D'un signe de tête réticent, Chronos admit qu'il avait raison.

— Abercrombie pense que vous tenez votre magie de Chronos, me dit Matt. Il semble croire que votre père était un profane, et il n'a pas mentionné vos autres grands-parents.

— Il ne savait sans doute pas qu'ils étaient magiciens, expliqua Chronos. La famille de ma femme cachait soigneusement sa magie. Quant aux grands-parents maternels d'India, leurs pouvoirs étaient liés à un autre métier, et ils étaient tenus secrets aussi.

— Ce qui veut dire qu'Abercrombie ignore la puissance d'India, dit Duc. Je me demande ce qu'il ferait s'il savait.

Personne n'avait de réponse à cela, et un ange passa dans la pièce jusqu'à ce que Matt rompe le silence.

— J'ai dit à Abercrombie que vous vouliez en savoir plus sur votre grand-père, India. Je lui ai posé des questions, en particulier sur la polémique autour des dernières années de la vie de Chronos. J'ai dit que vous aviez entendu des rumeurs, et que vous vouliez démêler le vrai du faux. Il s'est fait un plaisir de me raconter vos expériences visant à prolonger la durée de la magie, Chronos, ainsi que la mort que vous avez causée.

— Ce n'était pas complètement ma faute, protesta Chronos d'un ton renfrogné.

— Abercrombie se souvenait de l'émoi qu'avait provoqué votre expérience au sein de la Guilde des Horlogers et de celle des Chirurgiens. Son père et l'homme qui était, à l'époque, à la tête de la Guilde des Chirurgiens se sont mis d'accord pour venger la victime.

— Mais comment ? s'exclama Chronos. Ils ne connaissaient même pas son nom, c'est impossible !

— Si leur projet n'a pas abouti, c'est uniquement parce que le Dr Millroy est mort peu après... et vous aussi, en apparence.

Toutefois, son expression ne m'a pas permis de déterminer s'il savait que votre mort n'était qu'un subterfuge.

Une sensation de froid s'installa dans ma poitrine. Je reposai ma tasse de thé pour ne pas attirer l'attention sur mes mains tremblantes. Sur ce point, j'étais d'accord avec Abercrombie. Mon grand-père croyait peut-être qu'il avait fait ce qu'il fallait, que c'était une bonne action, mais il était tout de même un meurtrier. Il avait mis fin aux jours d'un homme dont l'heure n'était pourtant pas encore venue. Cela me rendait malade.

— India ? s'inquiéta Matt d'une voix douce.

Je lui fis signe de continuer. Je ne pouvais me résoudre à regarder Chronos, mais, les yeux baissés et fixés sur mes genoux, je sentais son regard insistant me transpercer le dessus du crâne.

— J'ai interrogé Abercrombie sur le meurtre du Dr Millroy, dit Matt. À l'époque, il avait une vingtaine d'années et son père était à l'apogée de sa puissance à la tête de la guilde. Il a avoué ne rien savoir de plus que ce qu'avait rapporté la presse, et il a supposé que l'assassin de Millroy était sans doute un voleur opportuniste à la recherche d'objets de valeur.

Chronos souffla du nez au-dessus de sa tasse de thé.

— Est-ce que tu sais si on a retrouvé des objets de valeur sur le corps ? s'enquit Cyclope.

— Le rapport de police signale qu'il n'avait qu'un crayon sur lui, dit Matt.

— C'était peut-être un opportuniste, concéda Chronos. Mais plusieurs questions restent sans réponses. Pour commencer, que faisait le Dr Millroy dans un endroit pareil ? Ses patients étaient d'une classe plus élevée, ils ne vivaient pas dans les bas quartiers.

— Peut-être cherchait-il un nouveau cobaye pour vos expériences ? suggérai-je d'un ton acide.

— Je te l'ai dit : après la mort de Wilson, il a refusé de réessayer.

— Il avait peut-être changé d'avis.

Chronos répondit par un grognement, l'air peu convaincu.

— Abercrombie n'a pas voulu savoir pourquoi vous lui posiez toutes ces questions sur le Dr Millroy ? demanda-t-il à Matt.

— Je lui ai dit qu'India voulait se constituer un portrait aussi complet que possible de son défunt grand-père.

Chronos fit un nouveau grognement.

— S'il se doute que vous êtes ici, ce ne sera pas à cause de moi.

Matt lança un regard vers la carafe et les verres, avant de se resservir une tasse de thé. Il retourna se poster près de la cheminée. Dans l'environnement masculin de la bibliothèque, entouré de livres aux reliures de cuir et de meubles en bois massif, il paraissait vigoureux et en bonne santé. Cela me déchirait le cœur de savoir que ce n'était qu'une illusion.

— Une fois sorti de la boutique d'Abercrombie, je suis allé au siège de la Guilde des Chirurgiens, reprit-il. Je voulais savoir qui était maître de la guilde à cette époque, afin de l'interroger.

Ses lèvres esquissèrent un sourire amusé.

— Vous l'avez déjà rencontré, India.

Je me mis à réfléchir à toute vitesse. Je ne connaissais que deux médecins dans la bonne tranche d'âge.

— C'est soit le Dr Ritter, soit le Dr Wiley.

— Ritter.

— Qui ça ? demanda Chronos.

— Le chef du service de chirurgie du London Hospital, dit Matt. Nous l'avons rencontré quand nous enquêtions sur la mort de Hale.

— Pensez-vous que ce soit une coïncidence ?

Matt haussa une épaule.

— Difficile à dire.

— L'avez-vous interrogé ? demandai-je.

Il fit non de la tête.

— Il n'était pas à l'hôpital, et je n'ai pas voulu traverser toute la ville à sa recherche. Je n'avais plus beaucoup de temps.

Il était inutile de lui demander pourquoi : nous savions tous qu'il avait besoin d'utiliser sa montre et de se reposer. Matt n'aimait plus s'en servir à l'extérieur de la maison, de peur d'être surpris. Le Shérif Payne l'avait déjà vu l'utiliser dans la voiture. Cela dit, il n'était pas non plus toujours à l'abri, même dans la maison. Sa cousine Hope l'avait vu faire, elle aussi, un jour où elle avait surgi dans le salon à l'improviste.

— Nous irons demain, déclarai-je. Et cette fois, je viendrai avec vous.

— Pour me surveiller ? demanda-t-il avec un demi-sourire.

— Pour vous protéger du Dr Ritter, lui répondis-je avec un clin d'œil. Je me souviens que c'est un adversaire redoutable.

Il pouffa légèrement au-dessus de sa tasse de thé.

Willie leva les yeux au ciel en secouant la tête mais, heureusement, elle ne fit aucun commentaire. Chronos avait un sourire bien trop goguenard à mon goût. Pourquoi prenait-il cet air entendu ?

— Tu veux que je parle à l'infirmière que j'ai rencontrée à l'hôpital l'autre fois ? proposa Willie. Elle m'avait drôlement aidée.

— Inutile, dit Matt. Mais je te remercie.

La porte s'ouvrit soudain et Bristow entra. Il avait l'air d'avoir très chaud, et sa cravate était de travers. C'était la première fois que je voyais le majordome aussi débraillé.

— Navré de vous interrompre, Monsieur, dit-il en se recoiffant d'une main. On vous demande au petit salon. Miss Glass vient de rentrer et elle est dans tous ses états.

Matt passa à côté de lui à toutes jambes sans même lui laisser le temps de finir sa phrase. Quant à nous, il nous fallut courir pour le rattraper. Les pensées se bousculaient dans ma tête, et j'imaginai tout ce qui avait pu arriver à Miss Glass. Ni son esprit ni son corps n'était particulièrement robuste.

J'aurais dû l'accompagner.

CHAPITRE 6

— *J*ls veulent me faire enfermer, Harry ! s'écria Miss Glass en se cramponnant au bras de Matt.

Elle l'implorait, la face rouge et les yeux écarquillés.

— Ne les laisse pas m'emmener.

— C'est promis, la rassura-t-il. Vous êtes chez vous, maintenant, Tante Letitia. Vous n'avez plus rien à craindre.

— Emmène-moi avec toi, Harry. J'ai changé d'avis. Moi aussi, je veux aller visiter le continent.

— Qui est Harry ? murmura Chronos.

— C'est son frère, le père de Matt, répondit Willie. Parfois, elle prend Matt pour lui.

— Vous voulez dire qu'elle a un grain ?

Je lui lançai un regard furibond, mais il était trop concentré sur la scène qui se déroulait sous ses yeux pour faire attention à moi. Je m'accroupis devant Miss Glass et, prenant sa main entre les miennes, je lui parlai avec douceur mais fermeté.

— C'est moi, Miss Glass. Tout va bien.

— Veronica ?

Elle regarda tout autour d'elle.

— Que faites-vous chez Harry ?

— Et qui est Veronica ? demanda Chronos.

— Une femme de chambre qu'elle a connue dans le temps, lui expliqua Willie.

Je me retournai pour gratifier Chronos de mon regard le plus impérieux.

— C'est une affaire privée. Ça ne vous ennuie pas de nous laisser ?

— Privée ? répéta-t-il. Mais vous ne faites pas partie de la famille.

— Je suis sa dame de compagnie.

Je me tournai de nouveau vers Miss Glass et je ne vis pas Chronos sortir, mais je l'entendis s'éloigner.

— Voulez-vous aller vous allonger ? demandai-je à Miss Glass. Ou vous asseoir ici et boire une tasse de thé pour vous calmer ?

— J'ai besoin d'une glace, dit-elle en s'éventant le visage avec sa main. Comme il fait chaud, ici !

Et en effet, elle était très rouge et avait le souffle court. Je me tournai vers Matt, perplexe.

— N'était-elle pas censée être avec Lady Rycroft ?

— Avec Maman ?

Miss Glass se mit à secouer la tête sans plus pouvoir s'arrêter.

— Décidément, vous tenez des propos bien étranges, Veronica. Maman est décédée depuis plusieurs années.

Matt se tourna vers la porte en même temps que moi.

— Bristow ! tempêta-t-il.

Miss Glass se couvrit les oreilles et je le réprimandai gentiment. Il s'excusa, puis demanda à Bristow comment Miss Glass était rentrée.

— Je l'ignore, dit le majordome. Elle a frappé à la porte, et elle était seule.

— Ma Tante ? dit Matt. Letitia ? Êtes-vous rentrée à pied ?

— Naturellement, répondit Miss Glass en tapotant les cheveux à l'arrière de sa tête.

Ses boucles coiffées avec soin s'étaient détachées, et plusieurs mèches lui tombaient négligemment dans le dos.

— Je n'ai pas de quoi prendre un omnibus ou un fiacre. Et d'ailleurs, je serais bien incapable d'en héler un. Eh bien, Harry ? Qu'en dis-tu ? Puis-je t'accompagner, en fin de compte ?

Elle se croyait revenue une quarantaine d'années en arrière, à l'époque où son frère n'avait pas encore quitté l'Angleterre.

Apparemment, il lui avait proposé de l'accompagner dans ses voyages mais, la mort dans l'âme, elle avait refusé et fini par mener une vie suffocante sous la tutelle de son père, puis de son autre frère. Même à son âge avancé, elle était restée sous la coupe de son frère et de sa belle-sœur, Lord et Lady Rycroft, et elle n'avait que rarement été autorisée à sortir seule. Elle semblait revivre ce passé lointain, allant même peut-être jusqu'à s'imaginer une réalité différente dans laquelle elle aurait accompagné Harry sur le continent. Cela me faisait de la peine, de me dire qu'elle regrettait d'avoir choisi de rester.

— Vous pouvez venir avec moi, lui dit Matt d'une voix douce en lui tenant la main. Nous vivrons toutes sortes d'aventures ensemble.

Elle lui sourit, la lèvre inférieure toute frémissante.

— Et nous emmènerons Veronica aussi.

Peter apporta un plateau chargé de tout ce qu'il fallait pour prendre le thé, et je lui en servis une tasse. Elle la prit entre ses mains tremblantes et se mit à boire lentement, à petites gorgées. Ce rituel familier eut l'air de la rasséréner. Personne ne l'interrompit, et elle termina sa tasse en silence, puis la reposa.

— Tante Letitia ? demanda Matt d'un ton hésitant. Comment vous sentez-vous ?

Elle se toucha la joue du dos de la main.

— Il fait un peu chaud, ici. As-tu fait allumer un feu, Matthew ?

J'échangeai un sourire discret avec Matt. Il était redevenu son neveu, et non plus son frère. Le changement avait été rapide.

Willie se laissa tomber lourdement dans un fauteuil en laissant échapper un soupir.

— Contente de vous revoir parmi nous, Letty.

— Ne mettez pas vos pieds sur la table, la tança aussitôt Miss Glass. Vous n'êtes pas dans un saloon.

— Je n'allais pas mettre les pieds sur la table ! se défendit Willie avec un petit sourire.

Miss Glass fronça les sourcils.

— Mais enfin, que vous arrive-t-il ? Pourquoi souriez-vous comme une démente, Willemina ?

— Je dois être heureuse, c'est tout.

— Eh bien arrêtez. Ce n'est pas anglais, de sourire de cette façon.

— Je ne suis pas anglaise, et nous, les Américains, on sourit comme ça tout le temps.

— Où est Tante Beatrice ? s'enquit Matt.

— Chez elle, probablement.

Miss Glass considéra sa tasse de thé d'un air perplexe, comme si elle se demandait comment elle était arrivée là.

— Elle est venue me chercher.

— Où êtes-vous allées ?

— Faire des emplettes, et ensuite, nous avons rendu visite à une de ses amies. J'étais amie avec elle, moi aussi, il y a bien des années.

Elle renifla avec dédain et tourna la tête pour contempler la cheminée.

— Aujourd'hui, je ne peux plus la souffrir. Elle porte des manches à froufrous et une fleur rose dans les cheveux. Les froufrous et les fleurs, c'était joli quand elle était jeune, mais maintenant, elle devrait avoir honte. Elle se prend encore pour une jeune fille de dix-sept ans qui va à ses premiers bals.

Elle se frappa la tempe du bout du doigt.

— Elle a complètement perdu la tête.

Un éclat de voix retentissant dans le vestibule annonça l'arrivée de Lady Rycroft. Bristow essaya de nous en informer, mais avant même qu'il ait pu finir de prononcer son nom, elle le poussa pour faire irruption dans la pièce avec un claquement de langue désapprobateur. Ses trois filles lui emboîtaient le pas, à la file par ordre de taille.

— Ah, vous voilà !

Lady Rycroft s'avança vers sa belle-sœur d'un pas si menaçant que, l'espace d'un affreux instant, je crus qu'elle allait la gifler. Elle garda néanmoins les bras ballants, se contentant de la dominer de toute sa haute taille comme une cheminée crachant à chaque mot l'épaisse fumée de sa colère noire.

— Espèce de vieille chouette ridicule ! Comment osez-vous m'humilier de la sorte ?

Patience Glass, sa fille aînée, réagit à la tirade de sa mère par un cri horrifié. Charity, sa deuxième fille, ricana au creux de sa main et Hope, la plus jeune et la plus jolie des trois, s'empourpra mais ne montra aucun autre signe d'émotion. Cependant, ses yeux pleins de malice restèrent à peine un instant sur sa tante et sa mère, préférant s'attarder à deux reprises sur Matt comme pour rassasier sa vue après une longue absence.

Miss Glass demeurait étonnamment impassible devant l'emportement de sa belle-sœur.

— Mais enfin, que voulez-vous dire, Beatrice ? S'il y en a une qui est ridicule, c'est Penelope. Avez-vous vu cette fleur qu'elle avait dans les cheveux ? À son âge ? Je ne pouvais pas supporter sa compagnie une seconde de plus.

— Alors vous avez décidé de partir comme ça ? glapit Beatrice. Sans en informer qui que ce soit, et en me laissant me demander où vous étiez passée ? Êtes-vous donc sans-gêne, en plus d'être folle ?

— Tante Beatrice, intervint Matt d'un ton menaçant. Reprenez-vous.

Il n'avait pas à s'inquiéter pour sa tante Letitia : Miss Glass était parfaitement capable de se défendre, ces temps-ci. Depuis qu'elle ne vivait plus avec son frère, mais avec Matt, elle avait pris confiance en elle. C'était une chose que nous avions en commun, elle et moi.

— Ne faites pas semblant de vous soucier de mon bien-être, Beatrice.

— Mais bien sûr, que je m'en soucie ! rétorqua Lady Rycroft. Lord Rycroft me rendrait responsable de votre disparition.

— Après tout, c'est bien vous qui m'avez traînée jusque chez Penelope, alors que vous savez ce qu'elle m'a fait.

Miss Glass acheva sa phrase d'une voix étranglée qui éveilla ma curiosité. Que lui avait donc fait cette Penelope, pour lui donner non seulement envie de rentrer à pied, mais aussi pour la bouleverser à ce point ?

— Que vous a-t-elle fait ? demanda Hope.

Je n'étais pas surprise qu'elle ait osé prendre la parole : c'était la plus hardie des trois. Patience était bien trop timide, quant à Charity, elle s'était déjà désintéressée de la conversation et était occupée à essayer d'attirer l'attention de Cyclope.

Cyclope, lui, faisait en sorte de s'éloigner discrètement. Si elle s'avisait de pousser l'audace plus loin qu'un simple regard, il était bien capable de prendre ses jambes à son cou.

— Tante Letitia n'aurait pas dû avoir à rentrer seule, dit Matt. Pourquoi n'était-elle pas accompagnée ?

Lady Rycroft se redressa de toute sa hauteur.

— C'est précisément la question que je me pose, Matthew : pourquoi n'était-elle pas accompagnée, puisqu'elle a une dame de compagnie ? ajouta-t-elle en me lançant un regard appuyé.

Il m'était difficile de soutenir son regard, parce que je me sentais coupable.

— India avait une tâche à accomplir pour moi, aujourd'hui.

Le mensonge de Matt lui vint tout naturellement.

— India n'est pas ma dame de compagnie à plein temps, renchérit Miss Glass. Matthew et moi, nous nous la partageons.

Elle me prit la main comme j'avais pris la sienne un peu plus tôt.

— Quant à savoir qui est à blâmer, sachez que je suis la seule responsable. C'est moi qui ai décidé de partir. Ce n'est la faute de personne d'autre.

N'importe qui d'autre dans cette pièce aurait pu répondre, mais étrangement, c'est Willie qui fut la première à réagir.

— Vous n'étiez pas vous-même quand vous êtes arrivée, Letty. Je dirais même que vous n'aviez pas l'air de savoir où vous étiez.

Personne ne savait aller droit au but comme Willie.

— Bien sûr que si, je le savais, protesta Miss Glass. Nous étions chez Penelope. Je ne l'aime pas, alors je suis partie.

— Vous pensiez être poursuivie par quelqu'un qui voulait vous faire enfermer.

— C'est d'ailleurs tout ce qu'elle mériterait, marmonna Lady Rycroft.

Les trois cousines Glass répétèrent leurs réactions du début : Patience poussa un cri horrifié, Charity gloussa et Hope piqua un fard. Cette dernière, détournant pour une fois les yeux de Matt, regarda sa mère.

— Voulez-vous rester prendre le thé ? suggéra Matt.

Parfois, j'avais envie de l'étrangler !

Hope sourit.

— Ce serait...

— Non, la coupa Lady Rycroft.

Dans la pièce, la tension était si palpable qu'on aurait pu croire que les murs eux-mêmes venaient de pousser un soupir de soulagement.

— La journée a été bien assez longue comme ça. Letitia, mes filles et moi partons bientôt au domaine de Rycroft pour préparer le mariage de Patience. Vous partez avec nous. Allez faire vos bagages. Il a été décidé que vous ne retourneriez pas à Londres. Le meilleur endroit pour vous...

— Je vous demande pardon ? s'indigna Miss Glass.

Elle avait réussi à imprimer à sa voix pourtant frêle toute la majesté d'une reine.

— Il n'est pas question que je voyage avec vous, ni que je reste dans cette vieille bâtisse délabrée. Je reste ici, et je ne voyagerai qu'avec Matthew, le moment venu.

— Ne dites pas de bêtises. Vous adorez notre domaine. Si vous faites des difficultés, c'est uniquement pour me contrarier.

— Ma tante ne vous suivra que si elle en a envie, dit Matt. Si cette décision déplaît à mon oncle, il n'a qu'à s'adresser à moi. Est-ce clair ?

Les narines de Lady Rycroft se dilatèrent. Elle se préparait à livrer bataille.

— Elle se pliera à la volonté de son frère.

— Non.

Ce mot à lui seul était empreint d'une fermeté et d'une détermination inébranlable. Matt n'avait pas l'intention de céder.

— Je vous demande pardon ?

— J'ai dit non.

Il se leva et, d'un geste de la main, lui indiqua la sortie.

— Et maintenant, si ça ne vous fait rien, je suis un homme très occupé. Dites à mon oncle que je le salue.

Lady Rycroft était toute frémissante de rage, ce qui faisait trembler son double menton.

— Vous êtes aussi entêté que votre père.

— Merci.

Elle plissa les yeux d'un air mauvais.

— Pensez à votre famille, Matthew. Pensez aux effets que ses crises embarrassantes peuvent avoir sur notre réputation. Aujourd'hui, j'ai été humiliée devant mon amie. Imaginez que Penelope aille le raconter partout ? Ou que Letitia fasse une autre crise ?

— Ne sortez plus avec elle, alors. La solution est toute simple.

— Elle a besoin d'être à un endroit où l'on s'occupera bien d'elle, et d'arrêter de s'enfuir et de dire des choses à nos amis.

— Elle ne s'enfuit pas quand elle est ici. Assez, ajouta-t-il d'une voix plus grave lorsqu'elle ouvrit la bouche pour répondre. Je ne veux plus rien entendre à ce sujet. Est-ce clair ?

Elle serra les dents, et si elle avait voulu plisser encore davantage les paupières, elle aurait dû tout bonnement fermer les yeux.

— Venez, mes filles.

Hope et Charity sortirent sur les talons de leur mère, mais Patience resta. De ses trois filles, elle était la dernière que je me serais attendue à voir défier l'autorité de sa mère. Elle se pencha pour embrasser Miss Glass sur la joue.

— Merci pour le cadeau de mariage, lui glissa-t-elle à mi-voix. Il est ravissant.

— Mais je t'en prie, ma chère enfant, dit Miss Glass. Allez, file, ou ta mère va exploser.

Patience tourna les talons, prête à partir, mais elle fit alors une chose incroyable : elle m'attrapa la main et m'entraîna à sa suite.

— J'ai quelque chose à vous dire, me souffla-t-elle.

Je la regardai, mais elle avait les yeux fixés droit devant elle. Elle avançait lentement pour ne pas rattraper sa mère, qui l'attendait à présent devant la porte d'entrée.

— Vous souvenez-vous de cet homme très mal élevé qui avait interrompu notre dîner, l'autre soir ? demanda-t-elle.

— Le Shérif Payne ? dis-je. Oui, pourquoi ?

— Hope a parlé avec lui hier.

Je m'arrêtai et la dévisageai, incrédule. Par chance, nous étions seules, Matt étant parti s'entretenir avec sa tante Beatrice. Patience n'aurait rien pu dire de plus inattendu.

— Pourquoi ? Et d'ailleurs, comment savait-elle où le trouver ?

— Mes sœurs et moi étions sorties nous promener, et en rentrant chez nous, nous l'avons aperçu qui rôdait aux abords de la maison. Charity et moi n'avons pas voulu nous approcher, mais Hope est allée au-devant de lui. Ils ont parlé pendant plusieurs minutes, et son expression est passée de la colère à la curiosité. Lorsqu'elle est revenue auprès de nous, je lui ai demandé ce qu'il voulait, et elle a prétendu que ce n'était rien. Je ne l'ai pas crue.

— Patience ! appela Lady Rycroft. De quoi parles-tu ?

Je serrai sa main dans la mienne et lui murmurai :

— Merci.

Elle me sourit avant de rejoindre sa mère et ses sœurs. Lady Rycroft, impatiente de ce retard, eut un claquement de langue agacé. Si Hope soupçonnait sa sœur de m'avoir parlé d'elle, elle n'en montra rien. Les trois filles suivirent leur mère comme des moutons.

Une fois qu'elles furent sorties, Matt referma la porte.

— J'ai essayé de détourner l'attention de ma tante pour vous permettre de parler avec Patience. Ça n'a pas marché très longtemps.

— C'était suffisant, dis-je. Elle a eu le temps de me dire ce qu'elle avait à dire. Matt, elle m'a raconté une chose pour le moins troublante.

Je jetai un coup d'œil au salon. Miss Glass était toujours là avec Willie, Duc et Cyclope. Je ne pouvais pas parler de cela devant elle. Dans le vestibule, en revanche, nous étions seuls. Aussi me rapprochai-je de lui.

— Patience m'a dit que Hope avait parlé au Shérif Payne hier.

— Quoi ? s'étrangla-t-il en chuchotant, mais assez fort pour attirer l'attention de Duc. Il nous regarda en fronçant les sourcils, mais il ne vint pas vers nous.

Je pris Matt par le bras et l'entraînai vers l'escalier pour nous éloigner plus franchement du salon. Je ne voulais pas que Miss Glass se doute de quoi que ce soit.

— Patience a dit qu'elles l'avaient vu devant chez elles, et que Hope était allée lui parler.

Je lui répétai ensuite le peu de détails que m'avait donnés Patience.

Il s'accouda sur la rambarde et se passa nerveusement la main dans les cheveux. Il était temps pour lui de se reposer, pas de s'inquiéter de ça. Je regrettais de le lui avoir dit.

— Nous en reparlerons plus tard, dis-je en le poussant légèrement. Cela peut attendre.

— Je préfère en parler tout de suite.

— Mais...

— Non, India, me coupa-t-il du même ton péremptoire que celui dont il avait usé avec Lady Rycroft.

Il dut s'en rendre compte, parce que son expression se radoucit et il m'effleura le bout des doigts.

— Je vais très bien, et je tiens à en parler tout de suite.

— Qu'est-ce qui se passe ? demanda Duc, qui se tenait sur le seuil du salon.

Matt me lâcha les doigts et répéta à Duc ce qu'avait dit Patience.

— Payne !

Duc poussa un juron.

— Je me demande ce que mijote cette vermine, cette fois !

— Il cherchait sans doute à obtenir des informations sur moi, répondit Matt. Il s'imagine à tort que ma famille connaît mes faiblesses, et peut-être mes activités.

Cela paraissait plausible, mais je n'étais guère convaincue. Il suffisait d'être un tant soit peu observateur pour savoir qu'il ne rendait que rarement visite aux aristocrates de sa famille. Peut-être était-ce justement ce que Payne était venu faire : observer. Il avait peut-être compris que les Rycroft ne pourraient rien lui dire.

— Dans ce cas, pourquoi Hope lui a-t-elle parlé aussi longtemps, si elle ne sait rien ? demandai-je. Elle n'avait aucune raison de lui parler, d'ailleurs. Elle a vu la façon dont il a fait irruption à notre dîner, et elle vous a vu le jeter dehors, Matt. Elle doit savoir que vous le haïssez. Et pourtant, elle n'a pas envoyé promener Payne. Au contraire, elle a discuté avec lui et, d'après

Patience, son visage exprimait la curiosité. À mon avis, il n'y a qu'une explication : c'est Payne qui lui a appris une chose sur vous, et non l'inverse. Une chose qui l'a intriguée.

Duc s'assit sur la deuxième marche de l'escalier et poussa un nouveau juron.

— Ça ne me dit rien qui vaille, Matt. Quels mensonges est-il encore allé raconter ?

— C'est vrai qu'elle vous a regardé d'une drôle de façon, aujourd'hui, fis-je remarquer. Avec beaucoup d'insistance, comme si elle cherchait à se faire une opinion de vous.

— J'ai remarqué aussi, dit Duc. Je pensais que c'était parce qu'il lui plaît, et que sa mère cherche à les marier.

— Moi aussi, c'est ce que j'ai cru au début, concédai-je.

Matt me regarda à travers ses cils.

— Il lui a sûrement parlé des crimes qu'il t'accuse d'avoir commis, dit Duc en secouant la tête. Il veut provoquer une brouille entre toi et ta famille. Dommage pour lui : c'est déjà fait.

Matt hocha lentement la tête, perdu dans ses pensées. Je m'assis à côté de Duc sur sa marche, un mouvement que mon corset et ma robe à tournure rendaient quelque peu difficile, et je réfléchis à ce que tout cela impliquait, me demandant si une confrontation avec Hope était une bonne idée. Cela pouvait marcher. En usant de son charme sur elle, Matt réussirait peut-être à obtenir des réponses.

— Mais pourquoi Patience trahirait-elle sa sœur ?

C'était ça, la question que se posait Matt ?

— Parce que Hope est odieuse avec elle, je parie, dis-je en haussant les épaules. C'est peut-être un moyen pour elle de prendre sa revanche après toute une vie passée dans l'ombre d'une sœur cadette plus jolie et à l'esprit plus vif.

Il haussa les sourcils.

— Ce n'est tout de même pas la faute de Hope si elle est plus jolie.

— Lady Rycroft fait tout pour que les sœurs de Hope sachant que c'est elle, la préférée. Et Hope n'est pas du genre à le leur laisser oublier. Je sais que vous me trouvez injuste avec elle, mais je ne suis pas de votre avis. Cela dit, peu m'importent les raisons qui ont poussé Patience à la dénoncer. Ce qui m'inquiète, c'est que Hope vous a vu utiliser votre montre, Matt. Elle connaît votre secret.

Il me fit signe de lui faire de la place sur notre marche. Je me décalai et il s'assit, si bien que je me retrouvai serrée entre les deux hommes.

— Elle ne peut pas savoir ce que cela signifie, c'est impossible, dit-il. Même les hypothèses les plus invraisemblables seraient encore très loin de la vérité.

— Payne aussi sait que cette montre est importante pour toi, dit Duc. Il a essayé de te la voler.

— Mais lui non plus, il ne sait pas à quoi elle sert réellement.

— Il a vu la lueur dans la voiture, une fois, dis-je. S'il connaît l'existence de la magie, il risque de deviner.

Matt secoua la tête.

— Vous vous inquiétez pour rien, tous les deux. Hope est ma cousine. Elle ne va pas me trahir.

Il se leva et monta l'escalier, grimpant les marches quatre à quatre. Il disparut rapidement.

Duc soupira et se renversa en arrière, prenant appui sur ses coudes.

— Il ne va pas très bien, India.

— Je sais, répondis-je à voix basse. Sa santé est déjà un problème, mais son état d'esprit en est un autre. Il a une énorme pression sur les épaules, et maintenant, il doit s'inquiéter de ce que Payne pourrait faire aux membres de sa famille. Même s'il ne les aime pas beaucoup, il se sentirait responsable s'il arrivait quelque chose à l'un d'entre eux.

— Oui.

Une pensée me vint soudain, et je me tournai vers Duc. Il me regarda avec une expression amicale sur son visage massif, curieux d'entendre ce que j'allais dire.

— Et si nous avions tout faux ? Peut-être que Payne ne cherche pas à se renseigner sur Matt ni à faire courir des rumeurs épouvantables... Et s'il essayait de séduire Hope ?

Il se redressa brusquement. Enfin, il éclata de rire.

— Je lui souhaite bien du courage, alors !

— Duc ! Je suis sérieuse. Matt se sentirait responsable de son bien-être.

— C'est une fille qui sait se débrouiller. Imaginez s'ils se mariaient : ça réglerait tous nos problèmes. Payne se retrouverait avec une pimbêche sournoise sur les bras, et Hope serait unie à un homme qui finira derrière les barreaux un jour ou l'autre. Ils sont bien assortis.

— Vous oubliez un détail. Jamais la fille d'un aristocrate britannique n'épousera un shérif américain. En revanche, il peut la déshonorer.

* * *

Le Dr Ritter était aussi heureux de nous voir que je l'avais escompté. Autrement dit, pas du tout. Une infirmière du London Hospital qui nous avait escortés jusqu'à son bureau, sans savoir que nous connaissions le chemin, nous annonça lorsque le médecin-chef l'invita à entrer.

Il fronça ses épais sourcils, furieux.

— Que voulez-vous, tous les deux ?

L'infirmière s'éclipsa prudemment avant que le Dr Ritter ne puisse la morigéner.

— Vous avez jadis été à la tête de l'Honorable Société des Chirurgiens, dit Matt, employant le titre officiel de la guilde.

— Oui, et alors ?

Le Dr Ritter était aussi âgé que Chronos mais, comme mon grand-père, il était vigoureux et en parfaite santé. C'était un homme de taille modeste, mais il avait une forte présence, avec sa grosse barbe grise et sa paire de sourcils drus qui suffisaient à en imposer.

— Eh bien voilà, Miss Steele et moi-même travaillons à une nouvelle enquête sur un vieux meurtre. La victime était membre de votre guilde du temps où vous en étiez le maître.

Il se renversa en arrière dans son fauteuil, toute son agressivité envolée.

— Je veux parler du Dr Millroy, ajouta Matt.

Le Dr Ritter n'eut pas l'air surpris.

— Pourquoi vous y intéresser maintenant ? Quel rapport avec vous ?

— Le Commissaire Munro se félicite du nombre d'affaires de

meurtre que nous avons élucidées. Il nous a demandé de rouvrir celle-ci dans l'espoir de trouver l'assassin. La mention de ce nom et de ce grade avait pour but d'impressionner le Dr Ritter et de donner une apparence plus officielle à notre visite. Il était impossible de dire si cette tactique fonctionnait. Le Dr Ritter avait toujours l'air stupéfait.

— Il doit y avoir des dizaines de meurtres non élucidés dans cette ville, dit-il. Pourquoi celui-là ?

Matt se contenta de hausser une épaule.

— Vous n'aurez qu'à poser la question au Commissaire Munro.

Matt s'approcha du bureau et avança une chaise vers moi. Le Dr Ritter nous regarda en clignant des yeux, l'air hébété, comme s'il n'arrivait pas vraiment à croire que tout cela recommence. Et il avait de bonnes raisons de se méfier de nous. Même s'il n'avait pas été impliqué dans le meurtre du Dr Hale, notre enquête avait révélé qu'il avait tenté de tirer un bénéfice de la vente illégale des remèdes du Dr Hale. Visiblement, la direction de l'hôpital ne lui avait pas encore retiré son poste de médecin-chef. Un nouveau scandale pourrait bien lui forcer la main.

— À voir votre réaction, j'en déduis que vous vous souvenez du Dr Millroy, dit Matt en s'installant sur la chaise.

Il prit quelques instants pour regarder, tout autour, les étagères chargées d'ouvrages de médecine, le cadre où était exposé son diplôme de Cambridge, les croquis et les documents empilés en désordre sur la surface du bureau. Il semblait parfaitement à l'aise pour mener un interrogatoire et totalement maître de la situation.

— Dites-moi ce que vous savez sur la mort du Dr Millroy, poursuivit-il.

— Rien, cracha le Dr Ritter. Cela remonte à si loin... c'est à peine si je me souviens des détails.

— Dites-moi ce dont vous vous souvenez.

Le Dr Ritter coula un regard dans ma direction.

— Devant une dame ? Certainement pas !

— Ne faites pas attention à moi, dis-je en sortant mon calepin et mon crayon de mon réticule. J'ai l'habitude des détails sordides. Comme l'a dit Mr Glass, nous avons travaillé ensemble pour élucider un certain nombre de meurtres pour la police. Rien de ce que vous pourrez dire ne me choquera, mais je vous sais gré de votre sollicitude.

Le Dr Ritter soupira, peut-être parce qu'il voyait bien qu'il n'avait pas le choix. Cette nouvelle mention de la police semblait avoir fait son effet, elle aussi.

— Je n'ai appris la mort du Dr Millroy qu'en lisant les journaux, comme tout le monde. Naturellement, cela m'a choqué et attristé. Tout le monde s'accordait à dire que c'était un excellent médecin, et il était membre de la guilde du temps où je la dirigeais.

— Était-il un membre actif ? demanda Matt.

— Pas particulièrement, mais peu de membres le sont. La Cour des Assistants n'offre qu'un nombre limité de postes.

— Vous dites que c'était un excellent médecin, dis-je. Comment le savez-vous ?

— Il y a des membres qui se font une certaine réputation. J'en entends parler, en bien comme en mal. La profession médicale est un petit monde, Miss Steele, surtout à mon niveau. Le Dr Millroy était très demandé parmi certains patients de la haute société.

Comme beaucoup de magiciens dans leurs domaines respectifs. Mr Pitt, le magicien apothicaire, avait lui aussi une clientèle huppée. Bien sûr, il l'avait perdue à présent, et il risquait de perdre la vie si un jury le déclarait coupable d'avoir tué le Dr Hale.

— C'est pourquoi il est étonnant qu'il ait été tué dans les bas quartiers.

Le Dr Ritter fronça le nez comme s'il sentait l'odeur des gueux qui peuplaient les quartiers les plus miséreux de Londres.

— Il est impossible qu'il y soit allé pour rendre visite à un patient.

— Il offrait peut-être ses services à titre bénévole, suggéra Matt.

Le Dr Ritter eut un petit rire moqueur.

— Pas Millroy. Il est plus probable qu'il se soit simplement perdu et qu'un criminel des environs en ait profité.

— Savez-vous s'il avait sur lui un journal ? demanda Matt.

— Non. Je vous l'ai dit, je le connaissais peu.

— Mais vous saviez tout de même qu'il avait tenté une expérience sur un malade, et que le patient est mort.

La pomme d'Adam du Dr Ritter fit quelques soubresauts dans sa gorge, mais aucun son n'en sortit.

— Vous avez interrogé le Dr Millroy sur son rôle dans la mort d'un vagabond, insista Matt.

— Comment l'avez-vous su ? demanda enfin le Dr Ritter.

— C'est la police qui me l'a dit.

Le Dr Ritter frappa du poing sur son bureau et je sursautai. Mon crayon traça une rature au milieu de la page.

— C'est absurde. Je n'ai rien à voir avec la mort du Dr Millroy.

— Comment avez-vous découvert son expérience sur ce vagabond ? Je doute que le Dr Millroy vous en ait parlé de lui-même, ni à personne d'autre de la guilde.

Le Dr Ritter lissa du plat de la main la couverture en cuir d'un gros volume médical posé sur son bureau.

—Sa femme est venue me trouver. Elle m'a dit tout ce qu'elle savait sur cette expérience.

Je n'aurais su dire si elle lui avait parlé de magie, ou s'il savait que la magie existait et avait joué un rôle dans cette affaire. Je ne m'attendais pas à ce que Matt le lui demande explicitement, même si je trouvais que ce serait une bonne idée. Avec une question franche, on obtenait plus de réponses franches. Mais sur ce point, nous avions un avis très différent.

Au moins, maintenant, nous avions la source des informations.

—Pourquoi aurait-elle trahi son mari ? demandai-je à Matt.

Mais c'est le Dr Ritter qui me répondit :

— Les femmes ne savent pas tenir leur langue. Il a été bien imprudent de lui confier ces informations.

— Je ne suis pas de votre avis. Les femmes sont tout aussi capables que les hommes de garder un secret. Si elle est venue vous trouver, Dr Ritter, c'est qu'elle avait une raison. Savez-vous laquelle ?

— Bien sûr que non. L'esprit des femmes est un mystère impénétrable.

— Pour certains hommes, sans doute.

J'étais tentée de lui demander s'il était marié, et si sa femme était capable de communiquer à ses supérieurs des informations susceptibles de lui nuire, mais je décidai de m'abstenir.

— Savez-vous à qui aurait pu profiter la mort du Dr Millroy ? demanda Matt. Un rival, peut-être, ou un héritier ?

— Il n'avait pas de rivaux à ma connaissance, mais c'était un excellent médecin avec une liste de patients riches et influents. Une telle réussite fait forcément des envieux. Pour ce qui est d'un héritier, il me semble qu'il n'avait pas d'enfants. Je suppose qu'il a tout légué à sa femme.

Le Dr Ritter se leva et nous montra la porte.

— Et maintenant, si vous voulez bien m'excuser, j'ai des malades à soigner.

J'allais sortir la première, quand Matt s'arrêta sur le seuil.

— Une dernière chose. Mrs Millroy aurait-elle par hasard mentionné que le Dr Millroy avait une maîtresse qui lui avait donné un fils illégitime ?

— Comment ?

Le Dr Ritter éclata de rire.

— Est-ce une plaisanterie ?

— Non.

— Bien sûr que non, elle n'a jamais rien dit, et je l'ignorais. Comment aurais-je pu le savoir ?

Matt traversa à mes côtés le dédale de couloirs et de salles qui menait à la sortie de l'hôpital. Aucun de nous ne rompit le silence avant de respirer enfin l'air lourd du dehors.

— Allons-nous voir Mrs Millroy, maintenant ? demandai-je tout en descendant les marches de l'hôpital.

— Faisons d'abord un détour, dit Matt.

— Où cela ?

— Je veux voir l'endroit où est mort le Dr Millroy.

Il m'ouvrit la portière de la voiture et déplia le marchepied.

— Pensez-vous pouvoir tenir le coup, India ? Ce n'est pas un quartier très fréquentable.

— Bien entendu. Je ne suis pas une petite chose délicate qui risque de se briser au moindre choc.

Je rassemblai mes jupes et saisis la main qu'il me tendait.

Matt sourit et donna à Duc des indications pour se rendre sur la scène du crime. C'était à Whitechapel, non loin de là où avaient eu lieu les meurtres de Jack l'Éventreur, à peine vingt mois plus tôt. Je serrai mon réticule contre ma poitrine, rassurée de sentir à l'intérieur la forme solide de ma montre. Elle nous serait peut-être utile.

CHAPITRE 7

Il était rare de voir un attelage à Whitechapel. En sillonnant au pas le labyrinthe de ses rues sinistres, notre voiture attirait l'attention, mais ce n'était pas de la curiosité. Même les enfants, au lieu de lever sur nous des yeux pleins d'émerveillement, semblaient nous jauger d'un air calculateur. Si nous tenions à nos effets personnels, mieux valait rester sur nos gardes et garder nos objets de valeur à l'abri des mains chapardeuses.

Nous nous arrêtâmes devant un passage voûté en briques trop étroit pour que la voiture puisse passer. Le panneau à moitié effacé qui le surmontait signalait qu'il menait à Bright Court, un nom dont l'ironie semblait faite pour narguer les malheureux étrangers venus chercher un peu de sécurité. Derrière ces briques noires de suie, aucune trace de la belle terre promise baignée de soleil. Où que l'on regarde, on n'y voyait que du gris. Même en plein milieu de la matinée, l'air poisseux lui donnait des allures de crépuscule.

Le seul objet de valeur que je possédais était ma montre. Je l'avais suspendue autour de mon cou, bien cachée sous ma veste. Elle sonnerait pour m'avertir en cas de danger. Toutefois, cela ne m'empêcha pas de prendre le bras que m'offrait Matt et de rester tout près de lui. Duc resta surveiller la voiture et le cheval. Si seulement nous avions emmené Cyclope ou Willie avec nous ! Mais Cyclope s'était proposé pour rester à la maison et garder un œil sur Chronos, qu'il soupçonnait encore de chercher à filer. Quant à Willie, elle nous avait prévenus qu'elle serait absente toute la journée. À mon avis, elle regretterait de ne pas être venue avec nous, ne serait-ce que parce qu'elle aurait certainement trouvé une occasion de dégainer son revolver.

— Et si nous nous séparions pour interroger deux fois plus de monde ? suggérai-je en comptant le nombre d'immeubles qui bordaient la place carrée. Il semblait y en avoir huit, mais je n'aurais pas su dire si l'intérieur de ces bâtiments vétustes, en bois pour certains, en briques pour d'autres, était divisé en logements plus nombreux. Combien de familles vivaient dans chacun d'eux ?

— Il n'y a vraiment que vous pour faire ce genre de plaisanterie, dit Matt.

Nous traversâmes prudemment la cour aux pavés glissants pour aller aborder une femme qui, pliée en deux près de la pompe, peinait à porter un seau. À chacun de ses pas saccadés, il débordait d'un côté et de l'autre, éclaboussant sa jupe.

— Permettez, dit Matt en le lui prenant des mains.

Elle repoussa son bras d'un geste brusque.

— Rends-moi ça, saligaud ! C'est à moi !

— Je ne vais pas vous le prendre, lui expliqua Matt d'une voix légèrement amusée. Je veux juste vous aider à le porter jusqu'à votre destination.

D'un geste du menton, il indiqua la porte la plus proche.

— C'est par là ?

La femme se redressa et se massa la hanche de ses mains rouges et abîmées. Elle n'était pas aussi vieille que je l'avais cru à première vue. Son visage ne portait aucune ride profonde, et les mèches de cheveux qui s'échappaient de sous sa coiffe ne montraient aucune trace de gris. Malgré tout, ses yeux étaient aussi fatigués et enfoncés que ceux de Matt lorsqu'il avait besoin d'utiliser sa montre. Elle devait avoir une quarantaine d'années.

— Qu'est-ce que vous me voulez ? demanda-t-elle, méfiante. J'ai rien pour des gens comme vous.

Puis, avec un regard dans ma direction :

— Je suis pas une de ces femmes, moi. Si vous cherchez la gaudriole, c'est au coin de la rue.

— Nous ne sommes pas là pour ça, lui assurai-je en m'efforçant de ne pas trop penser à ce qu'elle avait pu s'imaginer. Nous voulons seulement vous demander si vous vous souvenez d'un crime qui a été commis ici il y a plusieurs années.

Elle courba le dos, remontant son châle sur sa nuque comme pour se protéger d'un courant d'air froid.

— Vous avez pas des têtes de roussins.

— Nous ne sommes pas de la police, lui expliquai-je. Nous sommes de la famille d'un homme qui est mort ici, et nous souhaitons simplement en savoir plus sur sa mort, pour pouvoir faire notre deuil.

C'était le prétexte que nous avions imaginé dans la voiture, et je trouvais que j'avais très bien récité mon mensonge. Matt aurait sans doute été plus convaincant, mais nous avions convenu que si nous parlions à une femme, il valait mieux que ce soit moi qui l'interroge, et qu'il fasse de même avec les hommes. Les femmes avaient tendance à faire plus facilement confiance à d'autres femmes, en particulier dans un quartier comme celui-là, où elles étaient souvent victimes de la violence masculine.

— Va falloir être plus précise que ça, dit-elle. Les crimes et les morts, c'est pas ça qui manque, ici.

— Il s'agissait d'un meurtre, précisai-je. Il a eu lieu il y a bien des années. Habitiez-vous déjà ici à l'époque ?

— J'ai habité à Bright Court toute ma vie.

La femme inspira bruyamment entre ses dents disjointes.

— Je m'en rappelle. J'étais encore toute gamine.

Elle tendit la main vers un coin au fond de la cour, près d'une porte.

— On l'a retrouvé là un matin. C'était un bourgeois. Comme vous, m'sieur. C'est pour ça que je m'en souviens, de çui-là.

Combien y avait-il donc eu de meurtres à Bright Court, pour qu'elle ait du mal à se les rappeler tous ?

— Avez-vous vu le corps ? demandai-je.

La femme tendit la main. Matt sortit une pièce de sa poche et la posa au creux de sa paume. Elle la fit aussitôt disparaître dans les plis de sa jupe.

— Oui. On l'a tous vu avant que la police arrive.

— Y a-t-il des détails dont vous vous souvenez ?

— Pas grand-chose. Ses habits étaient tout couverts de sang, là, fit-elle en indiquant le haut de sa poitrine et sa gorge.

Des cris d'enfants venant de l'immeuble le plus proche se firent entendre. Notre informatrice ne cilla même pas et ne fit pas non plus mine d'aller voir. Derrière nous, quelqu'un toussa. En me retournant, j'aperçus une femme penchée au-dessus d'une cuve toute fumante, et qui nous observait de loin. Elle touillait le contenu de la cuve à l'aide d'un bâton, mais sans nous quitter des yeux. Je ne vis personne d'autre, mais je sentais pourtant une douzaine de regards fixés sur moi. J'avais conscience de détonner dans cette cour, malgré ma robe grise toute simple, et je me sentais très vulnérable. Il n'y avait qu'une issue, ce qui signifiait que si quelqu'un décidait de s'en prendre à nous, nous serions pris au piège.

Comme le Dr Millroy.

— Un enfant a déclaré avoir vu l'assassin quitter les lieux, dis-je. Était-ce vous ?

— Non, c'était mon frère, dit notre informatrice. Il aimait bien venir ici la nuit, quand notre mère travaillait et que notre père dormait.

— Où peut-on le trouver, maintenant ?

— Au cimetière de Kensal Green, dans le carré des indigents.

Elle accompagna son trait d'humour d'un petit rire cassant qui finit en une quinte de toux sèche.

— Votre frère vous a-t-il dit si l'assassin avait quoi que ce soit de remarquable ? demanda Matt.

— Il a dit que c'était un homme, mais il a pas vu son visage. Il a dit qu'il est juste reparti tranquillement en essuyant son couteau plein de sang sur son manteau. Il était pas pressé de s'en aller.

Elle rajusta à nouveau son châle autour de son cou.

— C'est bizarre, de tuer quelqu'un et de pas s'enfuir, non ? C'est ça, qui m'a marquée.

— Votre frère a-t-il vu l'assassin voler quelque chose sur le cadavre ?

— Il pensait que oui. L'assassin est resté un petit moment à côté du corps, alors c'est sûrement vrai. J'aurais fait pareil, à sa place. Quand on est mort, on emporte rien de l'autre côté.

— Vous dites que vous avez vu le visage de la victime, repris-je. L'aviez-vous déjà vu ici auparavant, vous ou quelqu'un d'autre du quartier ?

— Non. Ils ont dit que c'était un docteur.

Elle haussa ses maigres épaules, ce qui dérangea à nouveau son châle.

— On le connaissait pas, nous. Il soignait pas les malades du coin, ajouta-t-elle en gloussant.

— Avez-vous une idée de ce qu'il était venu faire à Bright Court, alors ? demanda Matt.

Elle haussa encore les épaules.

— Il a dû se perdre en rentrant d'une maison close.

Elle me sourit de toutes ses dents.

— Ça vous choque, mam'zelle ?

— Pas du tout, répondis-je. Et il n'y avait pas de maison close à Bright Court, à cette époque, par hasard ?

Son sourire disparut.

— On est des honnêtes femmes, ici !

— Je n'en doute pas. Mais à l'époque ?

Elle s'essuya le nez du dos de la main. Ce mouvement ne m'empêcha pas de remarquer la direction dans laquelle elle regardait. Ses yeux allèrent de l'endroit où l'on avait retrouvé le Dr Millroy à la porte.

— Y a-t-il quelque chose que vous voudriez nous dire ? demandai-je pour l'encourager à poursuivre.

— Peut-être bien, mais j'ai une de ces faims !

À cet instant, deux enfants surgirent de la porte voisine en s'invectivant mutuellement à pleins poumons.

— Et mes gosses ont faim aussi. Il faut que j'aille trouver de quoi leur faire à manger.

Mais elle ne bougea pas.

Matt, qui avait compris l'allusion, lui tendit deux autres pièces. Elles disparurent comme par magie dans les replis de sa jupe.

— Y avait parfois des hommes qui venaient voir la vieille Nell, dit-elle. Elle avait toujours de quoi manger et nourrir son bébé, et son frère aussi. Avec les gamins du quartier, on avait bien deviné pourquoi, surtout que nos mères l'ont jamais beaucoup aimée.

— Elles ne l'aimaient pas parce que c'était une prostituée ? demandai-je.

— Oui, mais aussi parce que la vieille Nell se croyait mieux que les autres. Elle prenait ses grands airs en ce temps-là, et c'est encore pire maintenant, vu qu'elle a son fils qui a réussi.

— Quel genre de clients passait chez elle ? demandai-je. Des hommes comme le Dr Millroy ?

Elle réfléchit quelques instants, puis finit par hocher la tête.

— Ça se tient, mais à l'époque, elle a jamais dit qu'elle le connaissait.

Cela paraissait logique, si elle avait quelque chose à voir avec son meurtre. Et même si elle n'y était pas mêlée, elle n'aurait pas eu intérêt à attirer l'attention de la police ou de ses voisins déjà hostiles.

— En tout cas, ses clients étaient pas des messieurs chics comme lui, dit la femme tandis que ses enfants repassaient en courant sans cesser leurs criailleries. Mais ils étaient pas trop pouilleux non plus. Des ouvriers qui avaient quelques sous à dépenser, surtout. C'est son frère qui les lui ramenait. Il habitait avec elle, mais ça fait longtemps qu'il est parti.

— Et son bébé ? demanda Matt. C'est lui, ce fils qui a réussi dont vous avez parlé ?

Cette question la prit au dépourvu.

— Oui. Jack habite plus là, mais il vient souvent la voir. Mais il pourra rien vous dire. C'était qu'un bébé, à l'époque.

— Elle vit toujours dans ce logement ? demanda Matt avec un signe de tête vers la porte près de laquelle avait été retrouvé le corps du Dr Millroy.

— Oui, répondit-elle en se balançant légèrement d'un pied sur l'autre. Si vous avez d'autres questions, je vais devoir vous demander plus d'argent. C'est pour les enfants, vous comprenez. Ils ont rien à manger.

Matt lui tendit une autre pièce.

— Où voulez-vous que je porte ce seau ?

Elle le dévisagea avec des yeux ronds, comme si elle s'était attendue à ce qu'il le lâche, maintenant qu'il avait obtenu d'elle ce qu'il voulait.

— À l'intérieur.

— Venez avec moi, India.

J'entrai derrière Matt et la femme en passant devant les deux enfants, un garçon et une fille, qui avaient cessé de se disputer le temps de nous regarder. L'immeuble était propre, malgré son plancher irrégulier et ses murs d'où émanait une odeur d'humidité. Contournant une cage d'escalier qui menait au logement d'une autre famille, nous suivîmes un petit couloir. Le logement était constitué de deux pièces au rez-de-chaussée : une chambre avec deux lits tout affaissés et des matelas par terre, et une autre servant à la fois de cuisine et de salon. Matt posa le seau sur le sol près de la table et remercia la femme, puis il ressortit.

— C'est vous qui poserez les questions délicates à la vieille Nell, dit Matt en m'offrant son bras sans me regarder.

Il avait les yeux rivés sur la porte près de l'endroit où avait été retrouvé le corps du Dr Millroy.

— Vous êtes plus douée que moi pour ça.

— Je ne suis pas nécessairement de votre avis, dis-je en lui prenant le bras. Nous verrons bien quel genre de femme elle est. Elle sera peut-être plus réceptive à votre charme qu'à mes questions directes.

Il eut un léger rire et je me réjouis de le voir de bonne humeur. Je me demandai si c'était parce que nous nous apprêtions à parler à la femme qui, potentiellement, avait été la maîtresse du Dr Millroy et à son fils ; nous étions peut-être sur le point de trouver un magicien médecin.

Matt frappa avec assurance à la porte et une voix venant de l'intérieur nous ordonna de la laisser tranquille. Matt frappa encore.

— Allez-vous-en, sales petits monstres, avant que je vous envoie mon fils Jack !

— Allez-y, entrez, dit la femme qui transpirait au-dessus de sa cuve. Elle est clouée au lit, et des fois, les enfants s'amusent à toquer à sa porte pour la faire enrager. Et, Monsieur ?

— Oui ?

— Faut pas croire tout ce que dit Maisie.

Elle ponctua son conseil d'un signe de tête en direction de la maison dont nous étions sortis.

— Elle est prête à raconter n'importe quoi pour quelques pièces. Et ça, c'est une information que je vous donne pour rien.

Elle empoigna son bâton à deux mains et se mit à touiller sa lessive. Derrière elle, suspendue sur une corde à linge, une chemise s'égouttait, formant une flaque boueuse.

— Savez-vous quelque chose sur le meurtre du Dr Millroy, qui a eu lieu il y a vingt-sept ans environ ? lui demanda Matt.

Elle secoua la tête.

— J'étais pas née.

— Si nous ne pouvons pas croire Maisie, nous voilà revenus à la case départ, dis-je à Matt tandis que nous examinions la porte.

— Peut-être. Mais peut-être aurons-nous seulement à démêler le vrai du faux. La plupart des mensonges contiennent une part de vérité par souci d'authenticité.

Je lui serrai le bras.

— Voyons ce que la vieille Nell aura à nous dire.

Il ouvrit la porte et entra dans la pièce sombre. Mes yeux mirent un certain temps à s'accoutumer à l'obscurité. Une fois que je pus voir devant moi, je remarquai que la disposition des lieux était semblable à celle du logement de Maisie, avec une étroite cage d'escalier qui montait sur notre gauche et, sur notre droite, un couloir tout aussi étroit. Droit devant nous, au bout du couloir, se trouvait la cuisine, d'où j'entendais venir le bruit de quelqu'un qui s'affairait et coupait des légumes. Un parfum de cuisine flotta jusqu'à nous, nettement plus agréable que l'odeur d'humidité qu'on sentait chez Maisie et que la fumée du feu sous la cuve à lessive.

Nous nous dirigeâmes vers la cuisine, mais nous nous arrêtâmes devant une porte derrière l'escalier. Elle était ouverte et donnait sur une chambre. Une femme était assise dans son lit, adossée à un oreiller, les yeux clos. Sans être aussi vieille que Chronos, elle était déjà à un âge avancé, et les seuls vestiges qui lui restaient de sa beauté passée étaient ses pommettes hautes et ses lèvres charnues. Une épaisse couverture recouvrait la majeure partie de l'édredon, et une autre était pliée sur la chaise bien rangée sous la coiffeuse, près de l'armoire. Sur la coiffeuse trônaient un petit miroir en émail blanc et une brosse assortie et, près du lit, sur la table de chevet, une lampe répandait une lueur tamisée. Une boîte de confiseries était ouverte, à moitié vide. Ce n'était pas la chambre d'une femme qui avait du mal à joindre les deux bouts. Elle était simple, mais ni sale, ni humide, ni dépouillée. Il y avait quelqu'un qui prenait bien soin de la vieille Nell.

Matt m'encouragea d'un léger coup de coude.

Je m'éclaircis la gorge.

— Nell ? demandai-je, regrettant de ne pas avoir demandé son nom de famille à ses voisines.

Ses yeux s'ouvrirent et sa bouche se mit à remuer furieusement. Je crus qu'elle avait du mal à parler, mais elle fit alors un bruit de succion, et je compris qu'elle avait un de ses bonbons dans la bouche.

— Qui êtes-vous ?

Encore une chose à laquelle je ne m'attendais pas : sa voix. Une voix grave et puissante pour une femme, qui contrastait avec la mince et frêle silhouette allongée dans le lit.

— Mon nom est Mrs Wright, et voici mon époux, dis-je, me servant des noms d'emprunt que nous avions choisis en chemin.

Le regard de Nell ne passa sur moi qu'un bref instant, mais il s'attarda sur Matt. Elle passa ses longs cheveux blancs par-dessus son épaule et se saisit de la bonbonnière. Elle sourit, dévoilant une dentition irrégulière.

— Un bonbon ?

Je finis par réaliser que ce n'était pas à moi qu'elle proposait l'une des confiseries de sa boîte, mais à lui.

Il se fourra un bonbon dans sa bouche.

— Hmm. Mes préférés. Je les achète sur Oxford Street.

Il inspecta l'étiquette sur le côté de la boîte.

— Où est cette boutique ?

— Je n'en sais rien. C'est mon fils qui me les achète. Il est très gentil avec moi.

Si son fils était celui qui lui procurait ses bonbons, ses couvertures et ses bibelots, il gagnait bien sa vie, en effet. Il avait plus d'argent que la plupart des habitants de l'East End. Était-ce parce qu'il était médecin ? Ou, à défaut d'avoir obtenu un diplôme de médecine à l'université, peut-être était-il une sorte de guérisseur ?

Je m'apprêtais à poser la question à Nell, lorsqu'elle dit à Matt :

— Vous n'êtes pas anglais, vous.

— Dernièrement, j'ai vécu en Amérique.

— Comme c'est exotique !

Il la complimenta sur l'odeur qui provenait de la cuisine.

— Est-ce un gâteau ?

Elle renifla.

— Je n'en sais rien. Mary saura vous le dire. Mary ! Elle est sourde, s'excusa-t-elle en baissant la voix. Si je ne crie pas, elle ne m'entendra pas. Mary !

Une jeune femme entra mais, en nous voyant, elle s'arrêta sur le seuil avec un cri de surprise. Elle devait en effet être dure d'oreille, pour ne pas nous avoir entendus entrer.

— Mary, voici Mr Wright et sa femme, dit Nell. Tu fais de la pâtisserie ?

— Oui, c'est un gâteau pour Jack, répondit Mary en rougissant. Il avait l'air un peu triste, la dernière fois qu'il est venu, alors je voulais lui remonter le moral.

— Jack va très bien. Il va toujours très bien. Apporte-nous du gâteau et du thé, Mary. J'ai des invités.

— Nous ne pouvons pas rester longtemps, protestai-je. Nous avons quelques questions à vous poser, et ensuite nous nous en irons.

La déception se peignit sur le visage de Nell.

— C'est dommage. Je ne reçois presque plus de visites. Pas comme dans le temps.

Elle étouffa un petit rire.

— Ah, quand j'étais jeune, c'était autre chose ! J'étais drôlement jolie. J'avais les cheveux blonds, et qui faisaient de belles boucles.

— Vos cheveux sont encore beaux, dit Matt, galant.

Nell lui sourit.

— Allez, file, Mary.

— Oui, Miss Sweet. La jeune femme fit une rapide révérence et sortit.

— Elle n'est pas de très bonne compagnie, commenta Nell. Et elle n'a rien d'une beauté, mais elle ne coûte pas grand-chose à mon fils, parce que personne d'autre ne veut d'elle. Elle aussi, elle en a bavé. Comme moi. Mais Mary et moi, on est des battantes. Quand on tombe, on se relève.

— Mary a beaucoup de chance de vous avoir, vous et votre fils, dit Matt. Ce n'est pas donné à tout le monde.

— Oui, c'est bien vrai.

— J'ai cru l'entendre vous appeler Miss Sweet ? demanda Matt en haussant un sourcil avec un sourire.

Il montra la bonbonnière.

— Un nom prédestiné, pour une femme qui aime les douceurs.

Nell répondit avec un petit rire.

— Est-ce que votre femme sait que vous êtes un charmeur ?

— Je suis au courant, oui, dis-je.

En voyant le sourire de Nell s'effacer, je décidai de garder le silence. Pour parler à Nell Sweet, Matt s'en sortirait mieux que moi... à condition qu'il pense à lui poser des questions sur le meurtre. Il semblait vouloir lui parler de tous les sujets, excepté celui-là.

— Votre fils doit être quelqu'un de très bien, dit Matt. J'ai remarqué que les hommes qui prennent soin de leur mère sont de vrais gentlemen.

Je trouvai qu'il était un peu exagéré de qualifier de gentleman le fils d'une femme de mauvaise vie, mais je gardai ma réflexion pour moi.

Nell sourit.

— Avez-vous des enfants, Mr Wright ?

— Pas encore.

— Eh bien, n'attendez pas trop longtemps, dit-elle en me regardant. Elle n'est plus toute jeune, celle-là.

Je dus me mordre la langue pour ne pas faire de commentaire.

— Où travaille Jack ? demanda Matt.

— Dans une boutique d'un quartier chic, à ce qu'il m'a dit.

— Quel est son métier ?

— Il répare des choses. Il est comme ça, mon Jack, toujours à réparer les choses.

— Quel genre de choses ?

J'espérais qu'elle allait répondre *Des gens*.

— Je n'en sais rien.

Elle se pencha en avant et baissa la voix.

— Je suis bien contente qu'il ait trouvé un vrai travail, ailleurs qu'à Whitechapel. Ici, les gens sont tous des menteurs qui vendraient leur propre mère pour un shilling. Mais mon fils est un bon garçon. Il prend soin de sa vieille maman.

— Et son père ?

— Mort.

Elle baissa les yeux sur ses genoux.

— Dieu ait pitié de son âme, à ce bon à rien.

— Quand est-il mort ?

— Ça fait longtemps. Des années.

— Comment s'appelait-il ?

Elle lui lança un regard pénétrant et pencha légèrement la tête sur le côté.

— Pourquoi est-ce que vous me demandez ça ?

Matt leva les mains comme pour se défendre.

— Je suis curieux, voilà tout.

Nell referma le couvercle de sa bonbonnière.

— Qu'est-ce que vous voulez ?

Elle semblait avoir compris qu'il entreprenait de la charmer. C'étaient sans doute les questions sur le père de Jack qui l'avaient fait se refermer.

— L'une de vos voisines nous a conseillé de venir vous parler, dis-je. Nous avons des questions à propos d'un vieux crime qui a été commis ici. Vous souvenez-vous du meurtre du Dr Millroy ? Son corps a été découvert devant votre porte.

— Je sais. Bien sûr que je m'en souviens. Je suis vieille, pas stupide.

— Avez-vous vu le corps ?

— Non.

— Savez-vous ce qu'il faisait à Bright Court ?

— Bien sûr que non. Pourquoi je l'aurais su ?

— Il n'était pas venu pour vous voir, alors ?

Le doigt replié comme un crochet, elle me fit signe d'approcher. Je m'avançai prudemment.

— Écoutez-moi bien, Mrs Wright, me siffla-t-elle à l'oreille avec mépris, je n'avais pas besoin de voir un docteur, en ce temps-là. On a dû vous dire le métier que je faisais, à l'époque, comment je gagnais de quoi nourrir mon frère et mon fils.

Je sentis mon visage s'empourprer, malgré mes efforts pour surmonter ma gêne. Parler de prostitution, c'était une chose, mais en parler directement avec une prostituée, c'en était une autre.

Nell enfonça son doigt osseux dans mon épaule avec une force étonnante pour une vieille femme si frêle.

— Cette Maisie est une vraie langue de vipère, elle ne perd jamais une occasion de raconter des mensonges sur moi. Mais figurez-vous que je n'avais pas de maladies. Il n'a jamais mis les pieds ici, ce docteur. Il est mort devant ma porte, mais je n'y suis pour rien.

— Et avez-vous reçu quelqu'un d'autre chez vous, cette nuit-là ? demanda Matt. Pensez-vous que l'un de vos... visiteurs aurait pu le connaître ?

— Je ne me rappelle pas si j'ai eu de la visite ce soir-là. Ça remonte à trop longtemps.

— Et votre frère ?

Elle soupira et secoua la tête.

— Ce n'était pas lui, dit-elle sans aucune colère dans sa voix. Il avait déjà disparu. Demandez à qui vous voudrez.

— Disparu ?

Ses grands yeux bleus s'emplirent de larmes.

— Je ne sais pas où il est parti.

Elle renifla et se tamponna le coin de l'œil.

Matt tapota la main de Nell.

— Merci, dit-il. Pouvons-nous revenir si nous avons d'autres questions ?

— Non. Vous pouvez revenir si vous voulez passer un peu de temps avec moi en partageant des bonbons, mais pas si vous avez des questions. Je n'aime pas parler du passé. Sauf de Jack. Vous pouvez venir parler de Jack quand vous voudrez.

Je la remerciai à mon tour et nous prîmes congé sans avoir

besoin d'être raccompagnés. Nous traversâmes la cour, et un frisson me parcourut la colonne vertébrale. Les voisines de Nell nous observaient, j'en étais certaine, bien que la cour soit totalement déserte. Les seuls signes de vie étaient la cuve à lessive qui continuait de bouillir sur le feu et la corde à linge où séchaient à présent deux chemises. Je n'entendais même plus les enfants de Maisie se chamailler.

— Tout va bien, Duc ? demanda Matt en rejoignant la voiture.

Duc nous attendait près du cheval, la main sur le nez.

— Oui. À part quelques regards insistants, et un petit chenapan qui est monté dans la voiture.

Matt eut un petit rire.

— J'étais sûr qu'il y en aurait un qui essayerait.

— Je l'ai laissé jouer les grands seigneurs quelques minutes pour faire rigoler ses copains, qui étaient restés sur le trottoir.

— Allons maintenant chez Mrs Millroy, dit Matt en m'ouvrant la portière. Ensuite, nous rentrerons déjeuner.

Je savais qu'il irait également se reposer, mais je ne fis aucune remarque.

— J'ai eu une autre idée, intervint Duc. Je m'ennuyais en vous attendant, alors j'ai demandé à quelques personnes si elles connaissaient près d'ici une institution qui offrait le gîte aux sans-logis. Vous comprenez, j'ai commencé à me demander si le vagabond sur lequel Chronos et le Dr Millroy ont fait leur expérience était vraiment un sans-logis, ou s'il avait essayé de demander l'hébergement auprès de l'une de ces œuvres de charité, ou peut-être dans un hospice. Je ne vois pas pourquoi un homme vivrait dans la rue sans nécessité. Il y en a une à Bethnal Green, pas loin d'ici, et Chronos a dit, justement, que c'est à Bethnal Green que lui et le Dr Millroy avaient trouvé Mr Wilson. Je pense qu'on devrait y aller tout de suite, puisque ce n'est pas loin.

— Cela pourrait valoir la peine d'essayer, dis-je à Matt. Quelqu'un se souvient peut-être de lui.

— C'était il y a si longtemps, objecta Matt. Il y a peu de chances que des employés de l'époque y travaillent encore aujourd'hui.

— Ils ont peut-être des archives. Nous savons qu'il s'appelait

Wilson. Allons à celle-ci, et si c'est une perte de temps, nous en resterons là.

Matt caressa le flanc du cheval.

— Vous avez raison. Nous verrons bien ce que nous arriverons à découvrir, mais nous ne pourrons jamais visiter tous les foyers d'accueil et hospices de la ville. J'imagine que si Wilson a en effet cherché un abri cette nuit-là, il est sans doute allé à celui de Bethnal Green.

Je remontai en voiture et Matt m'imita. Duc replia le marchepied et la voiture pencha sous son poids lorsqu'il grimpa sur le siège du cocher. Matt retira son chapeau et, passant une main dans ses cheveux, il se frotta l'arrière de la nuque. Il étendit ses jambes en diagonale pour avoir plus de place. Je ne lui demandai pas comment il allait. Il ne semblait pas d'humeur à me dire la vérité, de toute façon.

— Pensez-vous que Nell ait pu être la maîtresse du Dr Millroy ? demandai-je, estimant qu'il valait mieux lui occuper l'esprit. Elle affirme qu'elle était belle à cette époque, et je la crois.

— Je doute que la beauté soit suffisante.

— Elle l'est pour certains hommes. Je dirais même que pour beaucoup d'entre eux, c'est tout ce qui compte.

Il eut un petit rire de dédain tout en regardant Whitechapel défiler en un flot de grisaille sans fin.

— Les hommes qui disent ça sont de sombres crétins incapables d'apprécier une femme qui a de l'esprit et de la répartie. Mais passons...

Il se tourna enfin vers moi. Il n'y avait plus en lui aucune trace du séducteur qui avait fait rougir la vieille Nell.

— Pour commencer, il semblerait qu'elle... recevait encore d'autres clients à l'époque. J'imagine qu'un médecin aisé aurait exigé l'exclusivité.

Je fis la grimace.

— Je n'arrive pas à croire que nous en parlions comme si elle était une loge d'opéra. C'est tellement sordide !

— C'est un métier sordide, mais ne vous y trompez pas, c'est bel et bien un métier. Quoi qu'il en soit, je ne suis toujours pas convaincu qu'elle ait été sa maîtresse.

Il se retourna vers la fenêtre.

— Pendant quelques minutes, j'ai cru que nous avions trouvé le fils naturel du Dr Wilson. J'ai pensé qu'elle était sa maîtresse et que son fils Jack était son enfant illégitime. Mais ensuite, tout s'est effondré. Je ne sais même pas à quel moment précis c'est arrivé.

— Je ne suis pas de votre avis.

Il se tourna brusquement vers moi.

— Je vous écoute.

— Elle a dit que Jack réparait les choses. Un médecin répare les gens, d'une certaine façon. Peut-être est-ce ce qu'elle voulait dire ? Se pourrait-il que la boutique où il travaille soit un cabinet médical, ou une clinique pour les patients qui ne sont pas trop regardants sur les diplômes universitaires ?

— Peut-être. C'est une corrélation ténue, mais ça reste une corrélation. Nous n'avons presque rien d'autre qui la lie au Dr Millroy. Notre seule certitude, c'est qu'il a été assassiné devant chez elle. Il se pourrait que le lieu ne soit qu'une coïncidence.

Vu sous cet angle, il est vrai que nous avions bien peu d'éléments. Je commençais à me dire qu'il avait raison et que nous n'avions pratiquement rien appris, aujourd'hui. Peut-être aurions-nous dû interroger d'autres habitants de Bright Court.

— Avez-vous remarqué que Mary l'avait appelée Miss Sweet ? demandai-je. Sa langue a-t-elle fourché, ou pensez-vous que Nell ne s'est jamais mariée ?

— Plutôt la deuxième option, mais elle avait l'air de se souvenir du père du garçon.

— Elle l'a traité de bon à rien. Et pour ce qui est de son frère, qu'en pensez-vous ?

Il haussa les épaules.

— Il est parti ou mort avant le meurtre ; ce n'est donc pas un suspect.

— À moins qu'il ne soit revenu, et qu'elle ne le protège.

— Bonne remarque, dit-il en esquissant un sourire. J'aime bien cette théorie.

Je lui rendis son sourire et me laissai aller à un silence songeur, bercée par le mouvement de la voiture. Matt en fit autant, les traits de son beau visage empreints d'une réflexion intense.

— Nell n'a sans doute pas eu une vie facile, dit-il, comme parlant à son reflet dans la vitre. Elle a élevé son fils toute seule. La vie est dure pour les femmes célibataires.

— Seulement pour celles qui n'ont pas les moyens de subvenir à leurs propres besoins.

Moi, j'avais acquis mon indépendance financière grâce à l'argent de la récompense. Maintenant que je l'avais investi dans une petite maison, je n'avais pas à me préoccuper de mariage.

Cette pensée me serra le cœur. Je n'avais pas besoin de me marier, c'est vrai, mais j'en avais envie. Mais pas avec n'importe qui, évidemment. Je détournai le regard et étudiai mon reflet dans l'autre vitre. Je n'étais plus toute jeune, et si je voulais des enfants, je n'avais plus que quelques années pour me marier. Dans la mesure où il n'était pas envisageable d'épouser Matt, je devais porter mon choix sur quelqu'un d'autre, pour son bien comme pour celui de sa tante.

Je n'étais pas sûre de pouvoir m'y résoudre.

— Avez-vous décidé si vous alliez partir ou rester ? me demanda Matt d'une voix douce.

Mon regard rencontra le sien dans le reflet de la vitre. J'en fus consumée avec la même intensité que si je l'avais regardé directement.

— Quand nous aurons réglé cette histoire, je prendrai une décision. Pour l'instant, je vais rester chez vous.

Et garder un œil sur son penchant pour la boisson et les jeux d'argent.

— Quand nous aurons réglé cette histoire, tout sera différent, dit-il. Dans le bon sens du terme.

Je me retournai enfin pour lui faire face et lui souris, même si cela me faisait mal. Je ne voulais pas qu'il s'imagine que j'espérais qu'il ne guérirait pas. Bien sûr, que je voulais qu'il guérisse, mais cela voulait dire qu'il nous faudrait avoir une discussion difficile qui mettrait au jour des vérités difficiles à accepter, et il quitterait probablement l'Angleterre avec du ressentiment à mon égard.

Mais j'allais un peu vite en besogne. Il fallait d'abord qu'il recouvre la santé. C'était notre priorité. Il était aussi possible que les sentiments pour moi auxquels il avait fait allusion s'atténuent le temps que nous trouvions un magicien médecin.

La voiture ne tarda pas à arriver à la Société pour l'Accueil des Sans-Logis de Bethnal Green. Comme Whitechapel, Bethnal Green était un quartier où les pauvres de Londres vivaient entassés dans toutes les fissures et tous les recoins possibles. Duc rata l'entrée de l'hospice, que rien ne signalait, et dut faire demi-tour quand Matt cogna du poing sur le plafond de l'habitacle pour l'en avertir. L'hospice semblait faire partie d'un édifice tout en longueur avec une façade en brique sobre et des fenêtres à l'espacement régulier. Le bâtiment n'avait absolument rien de remarquable, mais il avait l'air solide, ce qui était peut-être la seule qualité qui comptait pour les indigents à la recherche d'un toit.

L'intérieur était plus silencieux que je ne l'aurais cru. De l'arrière du bâtiment nous parvenaient des voix féminines, mais il n'y avait aucune trace des miséreux qui entraient et sortaient par cette porte. Matt ouvrit la porte suivante pour voir d'où venaient ces voix. De l'autre côté se trouvait une vaste pièce remplie de longues rangées de caisses rectangulaires disposées sur le sol, toutes recouvertes d'un sac rectangulaire en toile de jute. Il devait y en avoir des centaines. Il me fallut un petit moment pour prendre conscience que ces caisses étaient ce qui faisait office de lits, et que les sacs de toile servaient de grabats sur lesquels dormir. Ces lits n'étaient pas assez longs pour accueillir un homme de la taille de Matt, c'était certain.

La partie gauche de la pièce était cloisonnée à l'aide de vieux rideaux délavés. Une femme écarta l'un des rideaux et j'entrevis une cuvette servant à se laver. Cet endroit semblait accorder beaucoup d'importance à l'hygiène, mais pas au confort.

Une autre femme s'éloigna de ses deux compagnes occupées à refaire les lits.

— Puis-je vous renseigner ? demanda-t-elle en remontant une paire de lunettes sur son nez à la romaine.

— Êtes-vous la responsable, ici ? dit Matt.

— Non, c'est Mr Woolley, répondit-elle en nous montrant une porte fermée sur la gauche. Je suis l'une des bénévoles qui viennent chaque matin remettre les lieux en état.

— En prévision des hommes qui viendront ce soir demander à leur tour un abri ? demandai-je.

— Il n'y a pas que des hommes, Madame. Nous avons aussi des femmes et des enfants de l'autre côté du bureau de Mr Woolley.

— Combien par nuit ?

— Cela dépend du temps. Par une belle soirée d'été, seul un quart de ces lits seront occupés. Mais en hiver, nous manquons de place.

— Vous arrive-t-il de refuser des gens ?

Elle confirma d'un signe de tête qui fit glisser ses lunettes. Elle les remonta de nouveau sur son nez.

— Si vous êtes venus pour faire un don, il sera fortement apprécié. Nous avons toujours besoin de linge propre, de savon désinfectant et de nourriture.

— Vous les nourrissez aussi ? demanda Matt.

Elle fit oui de la tête en souriant. Elle avait un visage avenant, quoique plutôt quelconque, et j'étais heureuse que des gens comme elle soient prêts à faire ce genre de travail ici. Londres avait grand besoin d'elle.

— Y a-t-il des membres du personnel qui étaient déjà là il y a vingt-sept ans ? demanda Matt.

Elle le regarda en clignant des yeux, surprise par cette question.

— Mr Woolley, peut-être, mais personne d'autre. Puis-je vous demander pourquoi ?

— Nous essayons de reconstituer l'itinéraire d'un vagabond qui est mort il y a vingt-sept ans. Il aurait peut-être passé une nuit ou deux ici à l'époque, et nous avions l'espoir que quelqu'un se souviendrait de lui. Nous voulons en apprendre davantage à son sujet.

Elle appuya sa main sur son ventre.

— Je vois. En ce temps-là, c'était un asile de nuit.

— Un asile de nuit ? demanda Matt.

— Un dortoir bon marché pour les malheureux qui n'avaient nulle part où aller. Mais les temps ont changé, et il a été remplacé par une œuvre charitable. Maintenant, c'est gratuit, mais les lits sont réservés aux personnes *méritantes*.

— Les fainéants peuvent passer leur chemin ? demandai-je, ironique.

— Parfaitement, répondit-elle avec le plus grand sérieux. Mr Woolley se souvient peut-être de la victime, ou il pourra consulter les archives pour vous.

— Il y a des archives qui remontent à si loin ? demanda Matt.

Elle lui fit un nouveau sourire.

— C'est très probable. Il consigne tout méticuleusement. Nos donateurs y tiennent, vous comprenez, ça leur permet de tenir leurs comptes. Je crois que le gouvernement verse une subvention pour chaque personne hébergée ici.

Ce système me semblait ouvrir grand la porte à la corruption, mais je gardai cette réflexion pour moi.

— Et Mr Woolley n'aime pas jeter, poursuivit-elle. La cave s'en trouve très encombrée, mais nous avons eu beau lui demander plus de place pour entreposer du matériel, il refuse de détruire quoi que ce soit. Il dit que les donateurs ou le gouvernement pourraient un jour nous demander ces informations, et que ce n'est pas à lui de les détruire. Suivez-moi. Je vais vous le présenter.

Mr Woolley nous accueillit dans son bureau et nous salua cordialement. Ce bureau était tout aussi blafard que le bâtiment lui-même. Les murs étaient nus, à l'exception d'un grand portrait du généreux fondateur de l'hospice. La surface du bureau était presque entièrement couverte de documents administratifs et de registres, et je me doutai que les placards sur le côté renfermaient les dossiers de ceux qui étaient venus récemment chercher un hébergement. Pleine d'espoir, je me voyais déjà fouiller dans les archives entreposées à la cave et y trouver notre Mr Wilson.

— Que puis-je faire pour vous ? demanda Mr Woolley en joignant le bout de ses doigts devant lui. Lui aussi avait un physique assez banal, avec un crâne légèrement dégarni et une barbe bien taillée. Il émanait de lui une légère odeur de savon désinfectant, à moins qu'elle ne vienne du dortoir. Cela donnait l'impression que le bâtiment tout entier avait été soigneusement récuré, et ses occupants avec.

Matt nous présenta et répéta la raison de notre visite. Pour conclure, il dit :

— Puisque c'est vous qui avez le plus d'ancienneté, vous vous souvenez peut-être de lui.

— Je n'étais pas là il y a vingt-sept ans, bien que par moments, j'ai l'impression d'être ici depuis une éternité, répondit Mr Woolley en riant. Et puis nous accueillons tant de monde ici qu'il est impossible de se rappeler tous leurs noms. Certains ne restent qu'une nuit, et nous ne les revoyons plus jamais. Au fil des ans, nous avons accueilli des milliers de personnes, si l'on prend en compte l'époque où c'était un asile de nuit.

— Vos archives pourraient peut-être nous en dire plus.

— C'est possible, mais je ne peux pas laisser n'importe qui les consulter comme ça.

Il décolla ses mains l'une de l'autre et haussa les épaules.

— Je suis navré, mais c'est la règle.

— Mais pourquoi consigner leurs noms, alors ? demanda Matt d'une voix qui dénotait une certaine tension. Il serrait si fort les accoudoirs de sa chaise que ses phalanges étaient toutes blanches. Je me retins de poser ma main sur la sienne pour lui témoigner mon soutien.

— Pour savoir si ceux qui viennent ici méritent réellement notre assistance, ou s'ils sont simplement paresseux.

Voyant notre air interloqué, il ajouta :

— Quand quelqu'un sollicite trop souvent notre aide, c'est généralement le signe qu'il abuse de notre charité et qu'il ne fait pas assez d'efforts pour trouver un travail et un logement permanent.

— Cela peut aussi signifier qu'il n'y a pas de travail ni de logements permanents à des prix raisonnables.

Mr Woolley pinça les lèvres.

— Croyez-en ma longue expérience : donnez quelque chose de gratuit à ces gens-là, et ils ne se le feront pas dire deux fois. Voilà pourquoi nous gardons une trace écrite. J'écris leurs noms dans le registre, et à la fin de la semaine, je note les dates de leur séjour dans leur dossier individuel. Il faut tout consigner, sous peine de voir les mêmes profiteurs revenir constamment. Si on ne les oblige pas à faire des efforts, ils ne s'en sortiront jamais, Monsieur.

— Vous refusez du monde même si vous avez des lits disponibles ? dit Matt, incrédule.

— Bien entendu.

— Même des veuves avec des enfants ?

— Naturellement.

— Combien de nuits suffisent, selon vous ? s'indigna Matt. Quelle est la limite entre les personnes méritantes et ceux que vous appelez les profiteurs ?

Mr Woolley garda le silence quelques instants.

— Avec tout le respect que je vous dois, Monsieur, vous ne connaissez pas ces gens. Vous ne savez pas à quel point ils sont prêts à abuser de la charité. Moi, je le sais.

— Nous travaillons pour la police, dis-je avant que Matt n'oublie entièrement ses bonnes manières et ne gâche toutes nos chances. Le Commissaire Munro nous a chargés d'enquêter sur le meurtre d'un certain Mr Wilson en 1863.

— Je vous l'ai dit, je ne peux pas laisser n'importe qui consulter ces archives comme ça.

Il écarta à nouveau les mains, puis les colla l'une contre l'autre dans un geste qui rappelait une prière.

— Avez-vous une lettre de recommandation du commissaire attestant qu'il vous a habilités à mener cette enquête ?

— Vous ne nous croyez pas ? gronda Matt.

Mr Woolley pinça les lèvres.

— Vous comprendrez, j'espère, que je ne peux pas communiquer des informations privées...

— Vous avez été très clair.

Matt se leva brusquement.

Je fis de même.

— Merci de nous avoir accordé un peu de votre temps, Mr Woolley. Nous reviendrons avec la lettre du commissaire.

— Merci pour votre compréhension, Miss Steele. Au plaisir de vous revoir.

Il me serra la main mollement. Matt ne lui tendit pas la sienne, ce que je lui reprochai en sortant.

— Il a tout fait pour ne pas nous aider, se défendit-il en m'ouvrant la porte qui donnait sur la rue. Il aurait pu nous donner l'accès à sa cave dès aujourd'hui. Maintenant, il aura le temps de se débarrasser du dossier de Wilson, s'il y en a un.

— Vous pensez qu'il a menti ? Qu'il était là à l'époque, et qu'il connaissait Mr Wilson ? Vous pensez qu'il aurait une raison de détruire le dossier de Wilson ?

— C'est l'impression que j'ai eue.

Je n'avais pas eu d'impression de ce genre, mais je n'étais pas spécialement douée pour détecter les mensonges.

— Nous pourrions aller tout de suite chez le Commissaire Munro et revenir immédiatement.

Il commençait à se faire tard et Matt ne devrait pas trop tarder à utiliser encore sa montre.

Duc partageait mon avis. Quand Matt lui ordonna de nous emmener à Scotland Yard, il commença par refuser.

— Tu as besoin de rentrer.

— Ne me dis pas ce que j'ai à faire ! répliqua sèchement Matt.

Je me mordis la langue pour ne pas commettre la même erreur que Duc. Je gardai le silence pendant tout le trajet jusqu'à Scotland Yard, et je n'entrai pas dans le bâtiment avec Matt. Je restai assise avec Duc sur le siège du cocher, à regarder les passants sur Victoria Embankment jusqu'à ce que Matt revienne, d'une humeur plus sombre que lorsqu'il était entré.

— Il s'est absenté pour la journée, dit Matt avant que nous ayons pu lui poser de questions.

Il m'aida à descendre du siège du cocher pour remonter dans la cabine.

— Rentrons déjeuner à la maison. Nous avons assez perdu notre temps. Après le déjeuner, nous irons voir Mrs Millroy.

— Vous ne voulez pas retourner à l'hospice ? demandai-je. Pensez-vous que cela n'en vaut pas la peine, en fin de compte ? Rien ne garantit que ce Mr Wilson ait passé la nuit là-bas, ni que les registres nous révéleront des informations personnelles sur lui qui puissent nous être utiles.

— Si, je vais y retourner.

Il étendit le bras le long du rebord de la fenêtre en tambourinant sur le cadre du bout des doigts.

— Mais vous resterez à la maison, India.

— Pourquoi ?

— Parce que je compte y retourner cette nuit.

Je laissai échapper un cri de stupeur.

— Vous allez entrer par effraction ?

— Je vais y demander un hébergement et trouver où est la cave.

Je le dévisageai, attendant le moment où il me dirait qu'il plaisantait. Mais ce moment ne vint pas.

— Ne soyez pas ridicule, Matt. Mr Woolley connaît votre visage, ainsi qu'au moins un membre du personnel. Ils vont vous reconnaître.

— J'irai incognito, alors.

Il était fou ! C'était la seule explication. Fou à lier et prêt à tout.

— Seul ?

— Oui.

— Non.

Il se tourna vers moi.

— Pardon ?

— J'ai dit non. Je viens avec vous.

Il éclata d'un rire bref comme si j'avais fait une mauvaise plaisanterie. Je le dévisageai en haussant les sourcils.

— Me croyez-vous incapable de me faire passer pour une femme qui cherche un hébergement ? Dois-je vous rappeler que j'ai failli dormir dans un endroit de ce genre, le jour où j'ai pris le thé avec vous à l'Hôtel Brown ? Si vous ne m'aviez pas accueillie chez vous, j'aurais dû m'en remettre à la charité pour avoir un toit au-dessus de ma tête.

Matt inspira brusquement et retint son souffle. Il baissa les yeux sur ses genoux.

— Vous ne venez pas, un point c'est tout.

C'était ce qu'on allait voir ! Son idée était insensée, et il était d'une humeur massacrante. Il avait besoin de quelqu'un pour l'accompagner et veiller à ce qu'il garde la tête froide. Cyclope, Willie et Duc attireraient trop l'attention avec leur accent, et de toute façon, je ne croyais pas Willie capable de rester discrète. Matt avait besoin de quelqu'un qui l'aide à rester calme. Sans compter qu'une montre qui sonne l'alerte à l'approche d'un danger, c'était également un atout.

Le reste du trajet se fit dans un silence tendu, mais une fois devant le numéro seize de la rue Park Street, Matt retrouva ses manières de gentleman et m'aida à descendre de voiture.

— Je suis désolé de vous avoir parlé sèchement, India.

— Je ne vous en veux pas. Vous subissez une lourde pression.

— Je n'ai aucune excuse.

Il referma son autre main sur la mienne.

— Je suis content que vous n'hésitiez pas à me répondre sur le même ton. Je le mérite.

Il porta ma main à ses lèvres et embrassa le dessus de mon gant. Il leva les yeux sur moi et me regarda à travers ses longs cils. Cela me brisait presque le cœur de voir la tristesse qu'il avait au fond des yeux et, l'espace d'un instant, j'eus la gorge si serrée que je ne pus articuler un seul mot.

— Ne me laissez pas me conduire ainsi sans me remettre à ma place, murmura-t-il.

Heureusement, je n'eus pas à chercher de réponse car la porte d'entrée s'ouvrit. Seulement, ce ne fut pas Bristow qui nous ouvrit, mais mon amie Catherine Mason, qui se tordait les mains d'un air catastrophé. Que faisait-elle ici ? Et où étaient tous les autres ?

— Catherine ?

Je montai les marches en courant, Matt à mes côtés.

— Que se passe-t-il ?

— Oh, India, se lamenta-t-elle. C'est ma faute.

— Que s'est-il passé ?

— Il a disparu ! Votre invité, Chronos... il a disparu ! Et c'est ma faute.

CHAPITRE 8

$\mathcal{M}$att saisit Catherine par les épaules.

— Comment ça, il a disparu ? Cyclope était censé le surveiller.

Catherine blêmit et ses lèvres se mirent à trembler.

— Nous étions occupés à parler tous les deux dans le salon, sanglota-t-elle. Il y avait du thé et du gâteau et nous étions absorbés par notre conversation. Et malheureusement, Chronos en a profité pour filer.

— Et ni Bristow ni aucun domestique n'a rien vu ?

Catherine secoua la tête, ce qui fit rouler sur ses joues les grosses larmes qu'elle avait dans les yeux.

— Bristow et votre valet de pied sont actuellement en train d'aider Nate à le chercher.

Il me fallut un moment pour me rappeler que Nate était le vrai nom de Cyclope, celui par lequel il préférait que Catherine s'adresse à lui.

— Ce n'est pas votre faute, lui dit Matt en balayant la rue du regard. Cyclope aurait dû être plus attentif.

— Matt ! le réprimandai-je. C'est injuste. Chronos aurait pu échapper à Cyclope à tout moment s'il l'avait décidé.

— Cyclope ne se laisse pas distraire si facilement, India. Ce ne serait pas arrivé si...

Il secoua la tête et redescendit les marches du perron. Il

grimpa à côté de Duc sur le siège du cocher et, après un rapide échange, ils repartirent à vive allure.

— Ce n'est pas ta faute, Catherine, lui dis-je en la ramenant dans la maison.

— Matt a l'air de penser que si, bien qu'il dise le contraire.

Elle renifla et essuya ses larmes avec son mouchoir.

— Et maintenant, il va se fâcher contre Nate. Je n'aurais pas dû venir aujourd'hui.

— Mais dans ce cas, tu n'aurais pas eu l'occasion de bavarder avec Cyclope.

Je passai mon bras autour de ses épaules graciles et l'emmenai vers le salon.

— Ils ne tarderont pas à retrouver Chronos, j'en suis sûre. Mais même s'ils rentrent bredouilles, ça n'a plus d'importance. Je connais ses incantations.

Elle cligna de ses yeux encore humides, ébahie.

— Pardon ?

— Cyclope ne t'a pas dit qui il est ?

— Non. Il a dit que vous aviez un invité chez vous, mais c'est tout. Qui est-ce ?

— Mon grand-père.

Elle porta son mouchoir à sa gorge.

— Mais tes deux grands-pères sont morts.

— Mes parents m'ont menti.

Je lui racontai que Chronos avait disparu après s'être attiré des ennuis avec les guildes et les autorités, mais sans lui parler de la mort de Mr Wilson, le vagabond, ni du Dr Millroy, son associé.

— Nous voulions qu'il reste pour m'enseigner ses incantations. Et c'est ce qu'il a fait, alors ce n'est pas si grave que ça, s'il s'en va.

Je trouvais que Matt avait eu une réaction excessive qui avait fait horriblement culpabiliser Catherine sans raison. Il était souffrant, certes, mais il était allé trop loin.

Elle me posa des dizaines de questions auxquelles, souvent, je ne pus pas ou ne voulus pas répondre. Je préférai donc lui demander comment s'était passée sa conversation avec Cyclope.

Elle rougit et me dit qu'ils n'avaient pratiquement pas vu le temps passer.

Miss Glass nous rejoignit, demandant ce qu'il y avait à déjeuner. Mrs Bristow apporta un plateau de sandwichs que nous picorâmes toutes les trois. Miss Glass mangeait très peu, et ni Catherine ni moi n'avions beaucoup d'appétit. Nous ne cessions de tourner les yeux vers la porte et de sursauter au moindre bruit.

Heureusement, Miss Glass ne parut pas s'en apercevoir.

— Où est Willie ? demanda-t-elle.

— Elle est sortie, répondis-je. Elle n'a pas dit où elle allait.

— Je vous croyais avec Matthew ce matin, India.

— C'était le cas, mais il m'a ramenée et il a dû ressortir avec Cyclope et Duc.

— Ah oui, pour chercher Chronos. J'ai entendu les domestiques en parler, ajouta-t-elle. C'est donc vrai, qu'il est notre prisonnier ?

Je m'étranglai en avalant une bouchée de travers.

— Non, bien sûr que non. Matt s'inquiète pour lui, voilà tout. Cela ne fait pas longtemps qu'il est rentré à Londres, et il pourrait se perdre.

— Pourquoi donc ? Parce qu'il est vieux, et que nous, les vieux, nous ne savons plus où nous habitons ?

Dans son cas, c'était parfois vrai, mais je m'abstins de le lui faire remarquer, me contentant de lui adresser un sourire rassurant dont elle sembla se satisfaire.

L'horloge sur le manteau de la cheminée sonna doucement, ce qui attira l'attention de Catherine.

— Oh, mais il faut que je rentre ! Au revoir, Miss Glass.

— Au revoir, ma chère. Revenez bientôt. Je ne manquerai pas de dire à Cyclope que vous êtes toute fébrile d'impatience à l'idée de le revoir.

Catherine écarquilla les yeux et sa peau laiteuse prit une teinte rose spectaculaire. Je la fis sortir avant qu'elle ait repris ses esprits. J'étais heureuse que Miss Glass ait trouvé de quoi s'occuper, et jouer les entremetteuses était un passe-temps relativement innocent, quand il ne s'agissait ni de Matt, ni de moi. Et d'ailleurs, j'étais de son avis : Cyclope et Catherine feraient un couple parfait. Il était l'homme idéal pour lui faire découvrir le monde et la ramener chez elle chaque fois qu'elle aurait besoin de voir sa famille.

— Dis à Nate que je suis désolée, m'implora-t-elle une fois dans le vestibule. J'espère sincèrement qu'il n'aura pas trop d'ennuis.

— Je veillerai à ce que Matt reste raisonnable. Alors, as-tu passé un bon moment jusqu'à cet incident ?

Elle sourit.

—Oui.

Elle se pencha vers moi.

— Il est vraiment charmant, à sa manière. Il a une sorte d'innocence, comme s'il n'avait pas conscience d'être charmant. Je suppose que c'est ce qui fait... tout son charme, justement.

Je ris et, j'eus le plaisir de voir qu'elle riait aussi.

— Il apprécie ta compagnie, Catherine. Il me l'a dit après ta dernière visite.

—Oh ?

Elle se mordit la lèvre, mais ne put réprimer un sourire.

— Il pourrait peut-être t'emmener au théâtre, ou manger une glace, maintenant qu'il commence à faire plus doux.

— J'en serais ravie, mais...

Elle soupira.

— J'ai bien souvent laissé entendre que j'aimerais aller voir tel ou tel spectacle, ou aller me promener, mais il n'a jamais eu l'air de saisir l'allusion. Je *crois* qu'il m'apprécie...

Elle se mit à triturer ses gants, lissant les plis du cuir et tirant sur les poignets.

— Alors pourquoi ne veut-il pas me voir ailleurs que dans cette maison ?

J'avais déjà abordé ce sujet avec Cyclope, mais j'estimais que ce n'était pas à moi de lui répéter ce qu'il avait dit. Cependant, elle avait raison : Cyclope l'appréciait en effet. Mais il s'inquiétait de ce que dirait sa famille si une jeune Anglaise respectable de la classe moyenne comme elle se mettait à fréquenter un homme à la peau noire dont la tête était mise à prix dans son pays. Bien qu'il ne soit plus recherché par les autorités, il avait provoqué la colère d'un homme puissant qui voulait le voir se balancer au bout d'une corde, et qui était prêt à y mettre le prix. Cyclope refusait d'impliquer Catherine dans tout cela.

— Je sais bien qu'on nous regardera de travers, India, poursuivit-elle. Je ne suis pas naïve au point de croire que tout le monde nous acceptera. Je sais que mes parents me feront la morale au début, et qu'ils essayeront de me convaincre de ne pas m'afficher avec lui, mais je sais aussi que c'est parce qu'ils ont peur que je sois blessée par tous ces regards et ces murmures. Mais ils ne m'affecteront pas, et je ne veux pas qu'ils affectent mes parents non plus. Je veux simplement savoir si j'apprécie assez Nate pour lui permettre de me faire la cour.

— Il y aura probablement plus que des regards et des murmures, Catherine.

Malgré la tentation, je me retins de lui parler du passé de Cyclope. Il devait lui en parler lui-même, s'il voulait gagner sa confiance.

Elle m'embrassa sur la joue et je la laissai sortir. Je la regardai s'éloigner et, quand elle eut disparu, je scrutai la rue dans les deux directions. Il n'y avait aucun signe de Chronos ni de ses poursuivants.

Ce qui m'inquiétait, ce n'était pas qu'ils n'aient pas trouvé Chronos. C'était le fait que Matt devait avoir un besoin urgent d'utiliser sa montre, à présent, et tant qu'il serait assis sur le siège du cocher, où tout le monde pouvait le voir, il n'en aurait pas l'occasion.

Je retournai au salon et bavardai avec Miss Glass. Elle me parla de ses amies, de ses achats et du mariage de Patience. Au bout d'un moment, elle finit par s'assoupir, mais elle se réveilla quand Bristow entra et que je l'accueillis avec enthousiasme :

— Vous voilà revenu !

Je rajustai sa cravate, ce qui me permit de m'approcher assez pour lui souffler :

— L'avez-vous trouvé ?

— Il est rentré de lui-même, dit-il. Voilà un quart d'heure qu'il est dans la cuisine, en train de manger du pain et du miel.

— Et personne ne m'a rien dit ?

— J'ai réprimandé Mrs Bristow pour cet oubli, mais elle a dit que son absence n'avait pas l'air de vous inquiéter.

Je ne pouvais pas lui reprocher de le penser, puisque c'était vrai.

— Et Matt ? Et Cyclope ?

— Je l'ignore. Je viens seulement d'apprendre qu'ils étaient partis à la recherche de Chronos, eux aussi.

— Qu'avez-vous donc à échanger des messes basses, tous les deux ? nous interpella Miss Glass. Bristow, veuillez me faire apporter du thé, je vous prie. Je meurs de soif. India, en prendrez-vous avec moi ?

— Dans un instant. Je vais demander à Chronos s'il souhaite se joindre à nous.

Je le trouvai dans la cuisine, en train de saucer du miel dans une assiette à l'aide d'un morceau de pain.

— India, dit-il en agitant son pain en guise de salut. Content de te voir.

— Où étiez-vous passé ? lui demandai-je sèchement.

Il se fourra son morceau de pain dans la bouche et haussa nonchalamment les épaules. Ne me satisfaisant pas de cette réponse, je le pris par le bras et l'entraînai de force hors de la cuisine. Je le poussai dans le bureau de Bristow et claquai la porte.

— Où étiez-vous passé ? répétai-je

Il leva les yeux au ciel.

— Ce maudit majordome m'a déjà posé la question.

— Toute la maisonnée était à votre recherche.

— N'exagère pas, India,

— Matt vous cherche encore, alors qu'il devrait être en train d'utiliser sa montre. À son retour, il sera dans un état épouvantable.

Je lui enfonçai le bout de mon doigt dans l'épaule.

— Sans compter qu'il reprochera à Cyclope de ne pas vous avoir surveillé, et c'est injuste.

— Il l'a un peu mérité. Il était trop occupé à flirter avec cette jolie fille pour me remarquer.

Je lui donnai une claque sur le bras.

— Cette fille, c'est Catherine Mason.

— Mason a une fille ? Eh bien, elle est ravissante. Mason est au courant qu'elle a une liaison avec un pirate ?

— Ce n'est pas un pirate, et ils n'ont pas de liaison. Mais vous, où étiez-vous ?

— J'étais sorti me promener. J'en avais assez de rester enfermé toute la journée. Maintenant, je regrette d'être rentré, si c'est pour que ma petite-fille me traite comme ça. De quoi avais-tu peur ? Que je m'enfuie ? Je ne vois pas pourquoi je m'enfuirais. On me nourrit gratuitement, et j'ai un très beau toit au-dessus de ma tête. J'aurais pu trouver bien pire. Et toi aussi, India. Il serait temps de renoncer à tes idées d'indépendance et d'ouvrir les yeux sur l'opportunité qui s'offre à toi.

— Mon départ de cette maison n'a rien à voir avec mon indépendance. Et ne changez pas de sujet. Ce qui compte, c'est que vous avez délibérément pris la fuite pendant que Cyclope était distrait, sans dire à personne où vous alliez.

— Qu'est-ce que ça peut faire ? Tu connais mes incantations. Vous n'avez plus besoin de moi, si ?

— C'est une bonne question. Peut-être que non. Je pourrais écrire à Mr Abercrombie pour lui dire que vous êtes chez nous. Ou mieux, je pourrais informer la police. Elle sera certainement intéressée par ce que vous pourrez lui dire sur le meurtre du Dr Millroy et sur la mort prématurée d'un vagabond en 63.

Il mit son index sur sa bouche pour me faire taire.

— Les domestiques risquent de t'entendre.

Je levai les mains en l'air pour lui signifier que je renonçais. Il n'y avait pas la moindre trace de remords dans son ton. J'ouvris la porte et faillis heurter de plein fouet Matt, qui s'apprêtait à entrer.

Il me saisit par les épaules comme il l'avait fait sur le perron avec Catherine, me serrant si fort que ses doigts s'enfoncèrent dans ma chair. Il jeta à Chronos un regard noir par-dessus ma tête, ses yeux lançant des éclairs de rage, les muscles de sa mâchoire contractés. Son épuisement se lisait dans les rides qui marquaient sa peau blême, mais ce n'était rien à côté des signes de sa colère. Je le sentais trembler.

— Je vous ai cherché, lui dit-il d'une voix grave et menaçante.

Il me fit entrer et referma la porte en la poussant avec le talon de sa chaussure.

Derrière moi, j'entendis Chronos déglutir bruyamment.

— J'étais allé me promener. Et maintenant, je suis revenu. Il n'y a pas de quoi s'alarmer. Je ne risquais rien.

— Ce n'est pas votre sécurité qui m'inquiète, nom de nom !

— Quoi donc, alors ?

Je me retournai pour lancer un regard à Chronos. Il était pâle, mais son visage commençait à retrouver quelques couleurs. Il secoua la tête, cherchant à comprendre la fureur de Matt. J'étais tout aussi perplexe.

— Vous êtes le grand-père d'India, et vous avez promis de rester pour l'aider, gronda Matt.

— Je l'ai aidée. Elle connaît mes incantations. Il n'y en a que deux. Demandez-lui, si vous ne me croyez pas.

— Vous devriez faire plus pour elle que lui apprendre quelques incantations. Vous êtes le dernier membre de sa famille. Après la mort de son père, elle se croyait seule au monde, et plus encore quand son fiancé l'a trahie. Quand, plus que jamais, elle a eu besoin de quelqu'un pour la guider, vous n'étiez pas là. Quand elle a eu besoin de soutien, vous n'étiez pas là. Il y a vingt-sept ans, vous avez choisi de ne pas être là. Vous avez déjà fui votre famille une fois, Chronos. Cette fois, vous ne pouvez plus fuir. Je ne vous laisserai pas faire.

Je restai là, totalement sidérée, incapable de faire un pas. C'était comme si mes pieds s'étaient enracinés dans les dalles du sol. Était-ce réellement pour moi que Matt était si contrarié et si furieux ? Il évitait mon regard, mais il me tenait toujours par les épaules. Nous étions si près l'un de l'autre que son souffle faisait frémir une mèche de mes cheveux et que je sentais la pulsation du sang dans ses veines.

— Elle n'a pas besoin de *moi*, répliqua Chronos, puisqu'elle vous a, vous.

Matt me lâcha tout à coup et mit ses mains derrière son dos. Privée de sa force, je vacillai légèrement quand Chronos nous poussa pour passer. Il ouvrit la porte et faillit s'écraser contre Cyclope.

Celui-ci, l'air mauvais, lui empoigna les bras, forçant le vieillard à se mettre sur la pointe des pieds. Il le secoua.

— Je vous ai cherché partout.

Cyclope avait beau être un colosse au grand cœur, il savait tout de même prendre une voix extrêmement menaçante.

— J'ai cru que j'allais devoir revenir pour dire à Matt que vous aviez disparu. Et croyez-moi, ça ne m'enchantait pas du tout.

Chronos se dégagea de l'étreinte de Cyclope et rajusta sa veste.

— Vous n'avez rien à craindre. Il a déchargé toute sa colère sur moi.

— Pas toute, non, gronda Matt.

Cyclope déglutit péniblement.

Chronos sortit précipitamment et Cyclope s'apprêtait à en faire autant, quand Matt chancela. Je l'attrapai par les bras, tâchant de le redresser. Heureusement, il ne s'écroula pas entièrement, et Cyclope était rapide : seule, je n'aurais pas réussi à l'empêcher de tomber. Nous le guidâmes jusqu'à un fauteuil et je l'aidai à sortir sa montre de la poche intérieure de son gilet.

Je lui retirai son gant et ouvris le boîtier de sa montre. Ses doigts se refermèrent autour d'elle et la magie inonda aussitôt son corps. Il garda les yeux fermés jusqu'à ce que la lueur colorée atteigne la naissance de ses cheveux, puis il referma brusquement le boîtier.

— Tu étais censé le surveiller, dit-il à Cyclope.

— Ça n'arrivera plus, Matt, dit Cyclope, les yeux fixés sur ses bottes.

— Fais ce qu'il faut pour.

— Ce n'était pas la faute de Cyclope, intervins-je. Si Chronos avait vraiment voulu s'échapper, il aurait bien fini par y arriver.

Matt répondit par un simple grognement, mais il m'était impossible de dire s'il était d'accord avec moi ou non.

— Ça ne te ressemble pas, de laisser quelqu'un échapper à ta vigilance, Cyclope, dit-il. Que s'est-il passé ?

Cyclope se racla la gorge. Il avait soudain l'air jeune et innocent, et il était facile d'oublier sa carrure et sa terrifiante balafre.

— Miss Mason est passée, mais comme India n'était pas là, j'ai pris l'initiative de lui tenir compagnie.

— Où était ma tante ?

— Elle nous a rejoints au bout d'un moment, et c'est là que je me suis aperçu que Chronos avait disparu. J'ai donné l'alerte et j'ai envoyé Peter et Bristow à sa recherche, et ensuite, j'y suis allé aussi.

— Catherine se sent coupable, lui dis-je.

Cyclope eut une grimace de douleur.

— C'est injuste. Ce n'était pas sa faute.

Matt regarda son ami en plissant les yeux, mais sa colère semblait s'être envolée.

— Tu devrais le lui dire en personne.

— La prochaine fois qu'elle viendra ici, c'est ce que je ferai.

— Et si tu lui rendais visite, toi ? Tu pourrais y aller cet après-midi, puisque Chronos a prouvé que s'il s'en va, il reviendra.

— Arrête, Matt. Tu sais bien pourquoi je ne peux pas faire ça.

Cyclope tourna les talons et quitta le bureau d'un pas vif.

— Je sais pourquoi tu *penses* que tu ne peux pas faire ça, lui dit Matt alors qu'il s'éloignait. Mais ton raisonnement ne tient pas debout, Cyclope. Il s'est déjà à moitié effondré.

— Et le tien a une immense faille en plein milieu, Matt, et pourtant je ne te dis rien.

Il disparut de notre champ de vision et Matt expira longuement. Il baissa la tête, et je fus tentée de poser ma main sur sa nuque. Il marmonna quelques mots inintelligibles puis, avec un profond soupir, il se releva lourdement de son fauteuil. M'attendant presque à ce qu'il perde à nouveau l'équilibre, je me préparai à le rattraper, mais il se cramponna au bureau et laissa passer quelques instants pour reprendre ses esprits.

— Vous sentez-vous capable de monter l'escalier, ou dois-je aller chercher Peter ? lui demandai-je.

Il me fusilla du regard mais ne dit rien.

Je soutins son regard avec la même intensité.

— Je vous ai posé une question.

— J'ai un peu mal à la tête, c'est tout. Je peux marcher tout seul.

— Tant mieux, parce que vous êtes de bien trop méchante humeur pour moi. J'aime mieux parler avec Miss Glass que de vérifier que vous êtes bien arrivé dans votre chambre en un seul morceau. Je tournai les talons avant qu'il ne puisse voir que je n'en pensais pas un mot.

* * *

Quand Matt se réveilla, il était trop tard pour rendre visite à Mrs Millroy. Il semblait aller mieux : non seulement la sieste après avoir utilisé sa montre l'avait revigoré, mais globalement, il avait l'air de meilleure humeur. Il entra dans le salon où nous étions en train de jouer aux cartes et demanda pardon à Cyclope pour lui avoir reproché la disparition de Chronos.

— Où est Willie ? demanda-t-il alors en s'installant près de la cheminée.

— Elle est rentrée il y a environ une heure, dis-je en étudiant mes cartes. Elle s'est changée, et elle est ressortie.

— Pour aller où ?

— Elle n'a pas voulu nous le dire.

Duc tapota le dessus de ses cartes du bout du doigt.

— Elle fait trop de cachotteries, je n'aime pas ça. Quand elle fait des cachotteries, ça veut dire qu'elle mijote quelque chose, et quand Willie mijote quelque chose, c'est dangereux.

Cyclope opina d'un air solennel.

— Elle rentrera soit en ayant perdu son revolver aux cartes, soit avec des boutons de manchettes en or dont elle ne voudra même pas, mais elle sera folle de joie de les avoir soufflés au pauvre benêt qui les aura misés.

— Voyez-vous, Chronos, elle est comme ça, notre Willie, dit Miss Glass depuis le sofa où elle lisait un livre à la lumière de la lampe. Il faut toujours qu'elle soit extatique ou dévastée. Il n'y a jamais d'entre-deux, avec elle.

Elle baissa son livre et le posa sur ses genoux.

— Cela dit, je ne suis pas certaine qu'elle soit allée jouer aux cartes. Lorsqu'elle est partie, elle sentait l'eau de rose.

Cette remarque attira l'attention de tout le monde, hormis Chronos, qui ne leva pas les yeux de ses cartes.

— Si votre amie veut attirer un homme, elle ferait mieux de mettre une robe et de se donner un coup de peigne, dit-il. Ce ne sont pas quelques gouttes d'eau de rose qui suffiront à faire la différence. Autant mettre un vase de fleurs dans une porcherie.

Trop absorbé par ses cartes, il n'eut pas l'air de remarquer le silence pesant qui s'ensuivit.

Duc se mit à triturer son col et à desserrer le foulard qu'il portait autour du cou. Il se concentra un long moment sur les cartes qu'il avait à la main, avant de les jeter sur la table.

— J'abandonne.

Il alla s'accroupir devant la cheminée et donner de grands coups de tisonnier dans les braises du feu.

J'échangeai un regard avec Matt. Cyclope fit mine de se lever de sa chaise puis, sur un signe de ma part, il se rassit. Il valait sans doute mieux qu'il évite de parler à Duc de ses sentiments pour Willie devant nous tous. D'ailleurs, peut-être Miss Glass s'était-elle trompée et Willie ne sentait-elle pas l'eau de rose quand elle était partie. Et même si c'était le cas, il pouvait y avoir toutes sortes d'explications à cela. Même si, pour l'instant, il ne m'en venait aucune.

— Rappelez-moi, dit Chronos, comment ça s'appelle quand on a cinq cartes de la même couleur ?

Cyclope et moi jetâmes nos cartes sur la table, découragés. Chronos sourit et attira ses gains vers lui.

Matt regarda les cartes de la défausse et eut un petit rire.

— Il bluffait.

— Il apprend vite, dit Cyclope en rangeant le paquet.

Je dus attendre un certain temps avant d'avoir une occasion de lui parler en privé. Miss Glass monta se coucher tôt, et il semblait que Chronos ne tarderait pas à en faire autant. Il étouffa un bâillement derrière sa main.

— C'est fatigant, de sillonner toute la ville, pas vrai ? fit Cyclope avec un sourire narquois.

Il n'avait toujours pas pardonné à Chronos de lui avoir filé sous le nez.

— J'ai beaucoup marché, dit Chronos. Et vous deux ? nous demanda-t-il, à Matt et moi. Avez-vous de nouvelles pistes pour retrouver le journal du Dr Millroy et son fils ?

Matt et moi leur répétâmes ce que nous avions appris à Bright Court et au foyer d'accueil pour les sans-logis puis, pour conclure, nous leur exposâmes son projet d'y retourner ce soir pour consulter leurs vieux dossiers.

— Fichtre, marmonna Chronos. C'est un sacré risque !

— Tout va bien se passer, dit Matt. J'ai déjà fait ce genre de chose.

— Et j'y vais avec lui, leur dis-je avant que Matt ne puisse me contredire.

Il se contenta de froncer les sourcils, mais sans faire d'objection.

— Non, dit Chronos en secouant la tête. Tu ne vas nulle part.

— Si, j'y vais, rétorquai-je avec véhémence.

— Je suis encore ton grand-père, et je te l'interdis. C'est beaucoup trop dangereux.

— Pardon ?

Cyclope et Duc tressaillirent comme un seul homme en entendant mon ton glacial.

— Depuis ma naissance, vous n'avez jamais tenu votre rôle de grand-père, alors n'allez pas vous imaginer que vous pouvez entrer dans ma vie un beau matin et me dicter ma conduite. Je l'accompagne ce soir, un point c'est tout. Je vous saurais gré de ne pas vous mêler de mes affaires.

Voilà. Cette fois, Chronos se le tint pour dit et croisa les bras sur sa poitrine.

— Je n'arrive pas à croire que vous la laissiez faire une chose pareille, Glass.

— Je sais que je n'ai pas intérêt à essayer de l'en empêcher, dit Matt. Dans ma vie, il n'y a jamais eu que des femmes au fort caractère. India ne déroge pas à la règle.

Je ne savais pas trop comment prendre cette réflexion. Venait-il de m'inclure parmi les femmes de sa vie ? C'était à la fois agréable et préoccupant.

— Il ne lui arrivera rien, reprit-il. La mission devrait être relativement simple du moment qu'elle garde la tête froide, et India est largement assez habile pour duper le personnel de l'hospice.

Chronos eut un éclat de rire moqueur.

— Les hommes n'aiment pas les femmes pénibles, India. Tâche de t'en souvenir.

Je levai les yeux au ciel et surpris le sourire en coin de Matt. Je résistai à la tentation de lui lancer un cousin.

— Je viens aussi, déclara Duc.

— Non, dit Matt en ramassant et battant les cartes. Juste India et moi.

— Je peux conduire. Vous aurez besoin de filer rapidement avant de vous faire repérer. Mieux vaut que ce soit moi plutôt que Cyclope.

— Je sais, je sais, grommela Cyclope. J'attire trop l'attention.

Duc confirma en s'excusant d'un léger haussement d'épaules.

— Mais je sais bien me cacher dans l'ombre, reprit Cyclope, à qui cette idée commençait à plaire. Si vous ne me laissez pas entrer, laissez-moi au moins rôder dehors au cas où vous auriez des ennuis.

— Nous n'aurons pas d'ennuis, dit Matt en distribuant les cartes. Duc, tu joues ?

— Oui.

Duc s'assit sur le siège d'où Chronos venait de se lever.

— Je vais me coucher, déclara Chronos. Amusez-vous bien, avec votre enquête nocturne. Et dites, Glass ? Je vous préviens. S'il arrive quoi que ce soit à India...

— Il ne lui arrivera rien, et je n'aime pas vous entendre insinuer que je ne suis pas capable de veiller sur elle.

— Vous ne devriez pas avoir de problème si vous utilisez votre montre avant de partir, mais autrement, vous ne serez même pas en état de vous protéger vous-même, et encore moins de la protéger, elle.

Matt se leva et, se redressant de toute sa hauteur, il toisa Chronos d'un air menaçant.

Chronos recula sous l'intensité de son regard.

— Bon. Voilà. J'ai dit ce que j'avais à dire. Bonne nuit, tout le monde.

Et il quitta la pièce sans demander son reste.

— Avez-vous fini de terroriser les vieillards ? demandai-je à Matt. Parce que si c'est le cas, je voudrais bien un verre de quelque chose de fort, et des cartes. Des bonnes, si possible. Je n'arrête pas de perdre depuis tout à l'heure, il est temps que ma chance tourne.

Il finit de distribuer tandis que Duc, debout devant le buffet, remplissait des verres. Il nous rejoignit à la table à jouer, mais il avait la tête ailleurs et essuya une défaite cuisante. Je perdis également. J'avais du mal à me concentrer sur chaque tour quand je voyais en face de moi Matt qui bouillait d'une fureur silencieuse. Mais il perdit aussi, ce qui était peut-être une forme de justice. Cyclope nous battit tous à plate couture et ramassa ses allumettes avec un sourire satisfait, avant de les ranger dans la boîte en vue de notre prochaine partie.

Quand l'horloge sonna neuf heures, Matt nous dit de préparer nos déguisements.

— Vous devriez peut-être retourner vous reposer, suggérai-je tandis que Cyclope et Duc sortaient.

— Je vais somnoler ici quelques minutes le temps que vous vous changiez, dit-il.

— Pas avec toutes ces distractions, objectai-je en lui prenant son verre des mains.

C'était son deuxième brandy de la soirée.

Sa mâchoire se desserra mais son regard se fit plus sévère.

— Vous ne me croyez pas capable de contrôler ma consommation d'alcool ?

— Je ne parlais pas de l'alcool.

D'un signe de tête, je lui montrai l'horloge.

— Elle sonne toutes les heures ; elle va vous réveiller.

Il reprit son verre.

— Dans ce cas...

Il vida d'un trait ce qu'il en restait.

— Je vais en prendre un autre.

Je rassemblai mes jupes et me précipitai pour le dépasser. J'arrivai devant le buffet avant lui et écartai les bras pour protéger la carafe qui était derrière moi.

— Il n'en est pas question.

— India, susurra-t-il d'une voix qui caressa ma peau comme de la soie. Je vous ai déjà soulevée pour vous déplacer hors de ma route, et je suis prêt à recommencer.

Je relevai le menton.

— Allez-y.

Il n'oserait pas. Je savais qu'il n'oserait pas. Pas cette fois. Pas maintenant qu'une telle promiscuité provoquait en nous deux des émotions qui nous étaient interdites.

Au bout d'un moment, il se mit à rire doucement.

— Très bien, vous avez gagné. Je n'avais pas vraiment envie de me resservir, de toute façon ; je voulais seulement voir jusqu'où vous iriez.

— Parce que vous trouvez que je suis allée très loin, à l'instant ? rétorquai-je. Détrompez-vous ! Je suis capable de résister à la violence de votre courroux, Matt. Ça ne me fait pas peur.

Je crus qu'il allait tourner les talons, mais il hésita. Un étrange sourire apparut alors sur ses lèvres.

— Ah, vraiment ?

Il s'avança peu à peu, jusqu'à ce que son torse soit tout près de mon visage. Il passa ses bras de part et d'autre de mon buste, me maintenant comme prisonnière entre les deux.

Lorsque j'osai lever les yeux, je le vis qui me regardait. Son sourire avait disparu. Ses yeux d'un noir d'encre inondaient tout mon être d'une douce chaleur.

— Et maintenant ? souffla-t-il.

Derrière moi, le tintement du cristal m'indiqua qu'il était en train de retirer le bouchon de la carafe.

— Êtes-vous capable de résister à la violence de ce qu'il y a entre nous, India ? Parce que moi, je ne suis pas sûr d'y arriver encore longtemps, malgré...

Il ferma les yeux et inspira profondément.

Les mains sur son torse, je le repoussai et il recula sans résister, les yeux baissés.

— Vous avez trop bu, Matt. Vous ne savez plus ce que vous dites.

— J'ai bu deux verres de brandy. Je suis en pleine possession de mes facultés.

Il se massa le front comme pour soulager un mal de tête.

— Mais je suis désolé.

Enfin, il leva les yeux pour rencontrer les miens. Il me regardait d'un air lucide, sans la moindre trace de désir. J'espérais que mon regard exprimait la même sérénité.

— Je suis désolé, je me suis montré trop familier, ajouta-t-il.

Je m'efforçai de reculer mes épaules et de redresser mon dos.

— C'est dans ces moments-là que vous me faites peur, Matt. Quand vous laissez vos émotions prendre le pas sur votre bon sens. Vous avez raison : vous ne devriez pas être si familier avec moi. Ce n'est pas correct.

— Non. Mais c'est agréable.

Il me fit un sourire hésitant, presque enfantin, et mon cœur bondit dans ma poitrine.

— Arrêtez, lui intimai-je en parvenant à imprimer à mon intonation une irritation assez convaincante ; puis, rassemblant mes jupes et mes esprits, je quittai la pièce en hâte. Je ne me retournai pas pour voir s'il me suivait des yeux. Je ne voulais pas voir le regard confus que j'étais sûre d'y trouver. La meilleure chose à faire était de lui faire passer les tendres sentiments qu'il aurait pu développer à mon égard. Après une ou deux rebuffades de ce genre, il se le tiendrait pour dit et cesserait tout bonnement de me voir sous cet angle.

* * *

À Bethnal Green, l'air humide du soir ne provenait pas de la pluie, mais des miasmes qui restaient comme accrochés aux bâtiments délabrés des bas quartiers avant de finir leur course dans les coins sombres de leurs ruelles sordides. Cet air était chargé des relents d'égouts et de misère qu'on semblait trouver partout où venaient chercher refuge les classes les plus déshéritées de Londres.

Il ne faisait pas froid, ce soir-là, aussi la Société pour l'Accueil des Sans-Logis disposait-elle de lits pour accueillir un homme et une femme qui venaient d'arriver dans la capitale dans l'espoir d'y trouver du travail. Comme plus personne n'embauchait et qu'ils avaient dépensé leurs derniers sous pour acheter du pain la veille, ils avaient décidé de demander un hébergement auprès d'une œuvre de charité plutôt que de prendre le risque de passer une autre nuit dehors. Les rues des bas quartiers n'étaient pas un endroit pour une femme, quand bien même elle aurait son mari avec elle pour la protéger. C'est ce que Matt expliqua au solide gaillard qui gardait la porte à notre arrivée.

Ce dernier ouvrit la porte du dortoir et l'odeur du savon

désinfectant me frappa de plein fouet. Je fronçai le nez et tâchai de ne pas inspirer trop profondément. Seule la moitié des caisses de bois rectangulaires était occupée par des hommes, dont certains dormaient et d'autres nous observaient avec curiosité. J'entendais des chuchotements, mais je ne pouvais déterminer s'ils venaient de ces hommes ou du personnel qui allait et venait pour apporter des cruches d'eau vers la zone protégée par les rideaux et remporter les cruches vides. Une femme qui portait un tablier blanc immaculé par-dessus une robe marron toute simple était assise à un petit bureau près de la porte. Dieu merci, ce n'était pas celle que nous avions vue plus tôt dans la journée. Bien que notre déguisement nous rende méconnaissables, je n'avais aucune envie de mettre à l'épreuve son efficacité. Matt ne risquait pas grand-chose, avec ses favoris touffus et sa fausse barbe, mais moi, je ne portais qu'une perruque noire. Je l'avais laissée détachée pour dissimuler autant que possible mon visage. En gardant la tête baissée, je ne devrais pas avoir de problème si nous croisions Mr Woolley ou la sympathique bénévole de ce matin.

— Vous avez manqué l'heure du repas, nous annonça la femme en nous voyant approcher.

Elle ne se leva pas, mais attira vers elle un bloc-notes et se saisit d'un crayon. Elle n'avait pas un visage aimable comme la bénévole que nous avions rencontrée plus tôt. Au contraire, ses lèvres étaient pincées et son front massif semblait figé dans un perpétuel froncement de sourcils.

— À cette période de l'année, le dîner est à six heures. Les hommes dorment ici, et les femmes là-bas, de l'autre côté.

Elle n'avait pas pris la peine de baisser la voix pour ne pas réveiller les hommes qui dormaient déjà dans leurs caisses en bois, mais personne ne lui demanda de se taire. Ils n'osaient pas, sans doute.

— Et les couples mariés ? demanda Matt dans une imitation parfaite de l'inflexion des classes populaires. Il n'avait plus aucune trace de son accent américain.

— Mariés ou pas, ça ne change rien, dit la femme. Les hommes ici, les femmes là-bas. Interdiction de se mélanger. Ce serait indécent, et nous sommes une institution respectable.

Elle renifla et me dévisagea d'un air hautain en fronçant son nez aplati.

— Si nos règles ne vous plaisent pas, vous pouvez partir.

Matt leva les mains en signe de capitulation. Je gardais les mains cachées dans le manteau que je serrais sur ma poitrine. Emballée dans le manteau était cachée la plus petite lampe que nous ayons pu trouver, ainsi qu'une boîte d'allumettes suédoises.

— C'est notre première règle : aucun mélange entre les hommes et les femmes. La deuxième, c'est que vous devez être propres. Il y a de l'eau et du savon derrière ces rideaux. Notre troisième règle est de respecter vos compagnons d'infortune et de ne jamais faire de mal à personne. La quatrième règle est l'obligation de nous fournir vos coordonnées. Trouvez-vous ces règles acceptables, tous les deux ?

Matt et moi acquiesçâmes.

— Très bien. Vous pouvez m'appeler Matrone.

Elle tint un crayon au-dessus d'un bloc-notes où étaient tracées maladroitement plusieurs colonnes. Chaque colonne était à moitié remplie.

— Vos deux noms ?

— Mrs Anne McTavish, dit Matt pour moi.

Comme je ne pensais pas pouvoir imiter un accent, nous avions décidé que ce serait lui qui parlerait.

— Et je suis William McTavish.

— Dernier domicile connu ?

— Wraysbury.

— Pouvez-vous être plus précis ?

— Baker Street, dit-il.

J'ignorais s'il y avait une rue appelée Baker Street à Wraysbury et Matt n'y avait sans doute jamais mis les pieds, mais c'était un nom plausible, et il y avait peu de chances que la matrone soit allée dans ce village.

— Avez-vous cherché du travail aujourd'hui ?

— Pourquoi ?

— Nous n'offrons le gîte qu'à ceux qui essayent de trouver un emploi, pas aux fainéants et aux bons à rien. Si vous revenez trop souvent, nous irons vérifier que vous avez bien cherché du travail là où vous dites en avoir cherché.

— Je comprends, Matrone. Laissez-moi réfléchir... Je suis allé voir aux docks et à la scierie qui est sur Glower Street.

La matrone nota ces informations et appela ses employés d'un geste de la main. Un homme et une femme qui m'étaient tous les deux inconnus s'approchèrent.

— Puis-je embrasser ma femme pour lui souhaiter bonne nuit ? demanda Matt.

— Non, dit la matrone. Mais vous pouvez échanger une poignée de main.

La barbe de Matt tressaillit. Se retenait-il de rire ? Je ne voyais là rien d'amusant. Je tremblais si fort que c'était un miracle qu'on n'entende pas mes dents s'entrechoquer.

Matt me prit un peu maladroitement par les épaules.

—Bonne nuit, mon amour.

—Bonne nuit, William, dis-je.

— Ça va me faire drôle, que tu ne sois pas là à mon réveil pour venir me secouer les puces.

— Nos lits sont propres, protesta vivement la matrone. Si vous trouvez des puces dans nos draps, elles seront dues au manque d'hygiène des autres personnes qui viennent se faire héberger ici. C'est la raison pour laquelle nous vous exhortons à bien vous laver. Malheureusement, certains n'y mettent pas autant de soin que d'autres.

L'homme guida Matt vers la zone cachée par les rideaux et moi, de mon côté, on m'emmena à l'autre bout de la rangée.

— Vous avez deux minutes, dit la femme en me tendant une serviette. Elle était déjà humide, et l'eau dans la bassine avait une couleur brunâtre. Combien de personnes s'y étaient déjà lavées avant moi ?

— Merci, dis-je à mi-voix et en gardant la tête baissée.

Avec un peu de chance, elle prendrait mon attitude pour de la timidité plutôt que de la malhonnêteté.

Elle déposa une lampe sur le sol et s'éloigna. Je posai mon manteau et la lampe que j'y avais cachée, puis je me lavai les mains avec le savon. Si je ne sentais pas le désinfectant, elle aurait des soupçons et m'obligerait à recommencer. La serviette ne servant pas à grand-chose, je finis de me sécher les mains en les essuyant sur ma jupe. Il me semblait que cela faisait une éternité que je n'avais pas mis cette robe que je portais presque tous les jours, du temps où je travaillais à la boutique. Elle était toute simple, avec un col montant, et j'avais décousu l'ourlet après le dîner pour lui donner l'air usé.

Je touchai ma montre sous mon corsage, résistant à la forte tentation de la sortir pour regarder l'heure. Je n'en avais pas besoin : je savais quand deux minutes étaient écoulées aussi sûrement que je connaissais mon nom.

La femme revint avec une minute de retard et me conduisit au dortoir des femmes. Contrairement à la section des hommes, il était presque plein, chaque caisse en bois rectangulaire étant occupée par une femme ou un enfant. Les très jeunes enfants dormaient dans le même lit que leur mère. Ici, il y avait plus de bruit. Des bébés pleuraient, des mères murmuraient des paroles apaisantes ou grondaient leurs enfants. Vers le fond de la salle, quelqu'un ronflait.

Je suivis ma guide jusqu'à un lit vide. En passant, je ne regardai pas le visage des autres femmes, mais les issues. Je repérai deux portes au fond de la pièce. Elles devaient donner sur la cuisine, l'arrière-cuisine et d'autres locaux d'intendance, ainsi que sur l'escalier qui descendait au sous-sol.

Ma guide s'arrêta devant un lit vide. Dedans, il y avait un mince grabat qui ne couvrait même pas toute la surface du sol délimitée par la caisse. Une couverture soigneusement pliée avait été posée au pied.

— Voici votre lit pour cette nuit, dit-elle. Nous vous conseillons fortement d'éviter les déplacements, mais si vous avez besoin de vous soulager, il y a des pots de chambre là-bas.

Elle pointa le doigt en direction d'une étagère séparant les deux portes, sur laquelle étaient disposés plusieurs pots de chambre en faïence.

— Avez-vous faim ? Je peux voir s'il est resté un peu de pain après le dîner.

— Non merci, dis-je avec un sourire. Vous avez été très aimable.

Elle répondit par un bref signe de tête et s'éloigna, emportant sa lampe avec elle. Les lampes fixées sur chacun des murs continuèrent d'éclairer les bords de la pièce pendant une heure, puis elles furent toutes éteintes, sauf deux. Une lampe restait allumée près des pots de chambre, et une autre éclairait la porte qui menait au dortoir des hommes, près de la chaise sur laquelle ma guide dormait, la tête basculée en avant. Autour de moi, les enfants s'étaient calmés et le silence n'était plus troublé que par quelques légers ronflements. Néanmoins, ils ne m'empêchaient pas de penser, et mon esprit s'égarait malgré moi dans toutes les directions. Je pensais avant tout aux innombrables façons dont la nuit risquait de mal tourner.

J'attendis encore un peu, jusqu'à ce que je juge l'heure venue. Je sortis alors lentement ma montre, mais je ne distinguais pas le cadran. Avec ma couverture et ma lampe serrées sur ma poitrine, j'avançai prudemment entre les rangées de lits jusqu'à l'étagère des pots de chambre et profitai de la lumière pour vérifier l'heure. J'avais quinze minutes d'avance. Voilà les effets de l'appréhension : même une personne habituellement dotée d'un sens très précis du temps finit par se tromper.

Je pris l'un des pots de chambre et fis semblant de me soulager dedans. Sans lâcher mon manteau ni ce qu'il contenait, c'était une entreprise délicate, mais au moins, cela fit passer le temps. Si une femme m'observait depuis son lit plongé dans l'obscurité, j'espérais qu'elle finirait par se lasser et fermer les yeux.

Lorsque j'estimai les quinze minutes bientôt écoulées, je replaçai le pot de chambre sur l'étagère et inspirai à fond pour me donner du courage. D'une main tremblante, j'ouvris la porte la plus proche et me glissai dehors. Le couloir n'était pas éclairé. Je gardai la porte ouverte afin de laisser passer la faible lueur venant du dortoir assez longtemps pour discerner que j'étais seule et que le couloir donnait sur quatre portes.

Je refermai la porte et me retrouvai plongée dans le noir et dans un silence si profond que j'entendais les battements de mon cœur. Quand je pensai enfin à respirer, j'eus l'impression de faire beaucoup de bruit. Pourvu que Matt arrive bientôt ! Mais je n'entendais aucun bruit de pas s'approcher, et je ne voyais pas comment il pourrait savoir où me trouver, puisqu'il ne connaissait pas les lieux et n'avait pas de quoi s'éclairer.

Je déposai mon paquet sur le sol et sortis à tâtons la lampe enveloppée dans mon manteau. Je fouillai dans la poche pour y prendre la boîte d'allumettes, et j'en frottai une pour allumer la lampe. Je rangeai la boîte d'allumettes dans la poche et ramassai mon manteau et la lampe.

Le petit halo de lumière éclaira une silhouette qui se tenait à un mètre ou deux de moi. J'étouffai un cri de frayeur.

— Comment avez-vous fait pour me trouver dans le noir ? demandai-je à Matt.

L'index posé sur ses lèvres, il me fit un clin d'œil. Je lui donnai la lampe et le laissai passer devant. Il ouvrit les portes sans un bruit et y passa la tête pour voir ce qu'il y avait derrière, procédant méthodiquement de la même façon avec chacune des portes du couloir. À chaque fois, il les referma avant que je puisse voir sur quelle pièce elles donnaient. Devant la dernière pièce, il laissa la porte ouverte et entra. C'était un escalier qui descendait dans les profondeurs du bâtiment.

Il me tendit la main et, après un instant d'hésitation, je la saisis. L'escalier était juste assez large pour nous permettre de passer de front. Je craignais que le bruit de nos pas qui résonnait sur les pierres n'attire l'attention, mais personne ne vint. Le couloir au-dessus était désert, la majeure partie du personnel étant partie après l'extinction des feux. Nous ne devrions rencontrer personne.

L'escalier débouchait sur une pièce froide pleine de classeurs à tiroirs, de caisses et de bois de chauffage. Le plafond bas et voûté tranchait avec le reste du bâtiment au-dessus de nous, bien plus moderne ; je me demandai à quoi avait pu servir cette pièce, autrefois. Matt et sa lampe s'éloignèrent. Je le suivis promptement, préférant rester aussi près que possible de la lumière et de lui. Je ne m'étais jamais considérée comme une femme peureuse, mais cette cave sombre plongée dans les ténèbres avait un aspect cauchemardesque.

— C'est là, dit Matt, qui lisait les étiquettes de l'un des classeurs à tiroirs. Voilà les registres datant de la première moitié des années 1860.

Il ouvrit un tiroir portant l'étiquette *SOIXANTE-TROIS*. Tout près, un animal prit la fuite en entendant le grincement du bois. Matt n'eut pas l'air de le remarquer, trop occupé qu'il était à feuilleter les dossiers.

Je l'aidai à passer au crible la section marquée de la lettre W. Par deux fois. Il n'y avait aucun dossier au nom de Wilson.

— Pas de chance, marmonna Matt.

— Je vais encore vérifier, dis-je.

— C'est inutile. Nous avions peu de chances de trouver notre vagabond, de toute façon.

Il referma le tiroir.

— Allons-nous-en. Ça ne sert à rien de rester toute la nuit.

— Ne risquons-nous pas d'éveiller les soupçons si nous partons maintenant ? Nous laisseront-ils sortir, d'ailleurs ?

— Ce n'est pas une prison, India.

Sa voix avait une intonation amusée, et j'étais heureuse qu'il ne soit pas trop déçu de ne pas avoir trouvé le nom de Mr Wilson. Il avait raison : les chances étaient minces, de toute façon.

La porte en haut de l'escalier s'ouvrit et un rai de lumière descendit jusqu'à nous. Je me figeai et mon sang se glaça dans mes veines. Matt posa un doigt sur ses lèvres et éteignit la lampe.

La lumière qui venait du haut de l'escalier se fit plus vive à mesure que la lampe se rapprochait. Un bruit de pas résonna sur les marches en pierre, à un rythme menaçant.

— Qui est là ? tonitrua un homme à la voix grave.

— Elle est entrée là, je l'ai vue, dit une voix de femme.

Mon corps s'affaissa. Quelqu'un m'avait vue. Et moi qui m'étais crue si maligne et silencieuse !

— Et lui aussi, je l'ai vu, fit la voix d'un deuxième homme.

Une voix que j'identifiai comme étant celle de Mr Woolley, le directeur de l'hospice. S'il nous reconnaissait, nous allions au-devant de terribles ennuis.

— Sortez de là, reprit le premier homme.

En haut de l'escalier apparurent deux jambes vêtues d'un pantalon, qui descendaient chaque marche avec précaution.

— Je suis l'agent Lalor. Sortez de votre plein gré, ou vous serez en état d'arrestation.

CHAPITRE 9

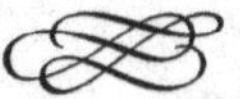

— **C**achez-vous, murmurai-je en poussant Matt vers une pile de caisses.

Mais au lieu de s'exécuter, il m'attrapa et me coinça contre son torse. Il avait dû poser la lampe, parce qu'il me maintenait de ses deux mains.

— J'ai une autre idée, me répondit-il sur le même ton. On n'a rien fait de mal ! lança-t-il alors au policier. Ne nous arrêtez pas, m'sieur l'agent !

Il comptait donc s'en sortir par quelque boniment. Et connaissant Matt, il était bien capable de réussir.

Ses doigts tâtonnèrent sur ma gorge pour trouver mon col dans le noir. Il défit un bouton de ma robe, puis un autre, puis un troisième, et procéda ensuite de même avec ma chemise.

C'était donc *ça*, son plan ! Je l'aidai à déboutonner mes vêtements extérieurs jusqu'à laisser voir mon corset. Il enleva ses doigts et j'entendis le bruissement du tissu m'indiquant qu'il se dévêtait à son tour. Décidant de pousser encore plus loin le réalisme, je tirai sur mon corset pour le descendre un peu et dévoiler le galbe de mes seins.

La lumière de la lampe du policier tomba sur nous. Je clignai des yeux et levai une main pour me protéger de la lumière, sachant pertinemment que ce mouvement attirerait l'attention sur le désordre de ma tenue. Le cri scandalisé de la femme me confirma que j'avais réussi. La lumière était trop vive pour savoir si l'agent de police et Mr Woolley étaient choqués.

Matt me remarqua, lui aussi. Il reboutonna précipitamment ma robe en détournant les yeux. Lorsqu'il effleura ma peau nue du dos de ses doigts, je n'aurais su dire s'il l'avait fait exprès ou non. Heureusement, il faisait trop sombre pour qu'il puisse me voir rougir !

Le policier baissa sa lampe.

— Ce ne sont pas des voleurs, c'est juste un couple d'amoureux !

— Mais tout de même !

C'était la matrone aux lèvres pincées que nous avions rencontrées à la porte d'entrée.

— Le règlement de l'hospice défend aux hommes et aux femmes de se mélanger ! C'est strictement interdit.

Mr Woolley apparut à ses côtés. Il tendit le cou pour essayer de nous voir dans la pénombre. Je baissai la tête, mais pas Matt.

— On ne mélange rien du tout, s'emporta Matt. On est mariés !

— Mariés ou pas, c'est tout de même interdit !

La voix cassante de la matrone se répercuta sur les murs.

— On ne fait rien d'illégal, insista Matt. Pas vrai, m'sieur l'agent ?

— Il a raison, dit le policier. Ce n'est pas un lieu public, et s'ils sont mariés...

— C'est un scandale !

La matrone se tourna vers Mr Woolley et nous désigna d'un brusque hochement de tête.

— Eh bien ? Qu'avez-vous à dire de cette... de cette indécence, Monsieur ?

Mr Woolley descendit les marches et s'approcha de nous. Il m'ignora, avançant droit sur Matt. Je les observai à travers mes cils baissés tandis qu'ils se toisaient mutuellement. Matt avait-il perdu la raison ? Il fallait qu'il détourne le regard avant que Woolley ne le reconnaisse ! Le cœur battant à tout rompre, je priai intérieurement pour que Matt cesse de le provoquer. Enfin, il céda. Quand j'osai enfin lever les yeux sur Mr Woolley, il avait l'air satisfait d'avoir remporté ce bras de fer mental ; Dieu merci, il ne semblait pas l'avoir reconnu.

— On s'excuse, Monsieur, marmonna Matt dans sa barbe. C'est qu'Anne est toute émotionnée sans moi, vous comprenez, alors je lui ai dit de me retrouver ici. C'est calme, il n'y a que les souris pour vous déranger. Il fait un peu frais, mais on arrive à se tenir chaud.

— Émotionnée ? répéta Mr Woolley, la tête légèrement inclinée sur le côté.

— Oui, m'sieur. Elle se met à trembler et à chouiner comme un chiot qui aurait perdu son maître.

Un chiot qui aurait perdu son maître ! J'eus toutes les peines du monde à ne pas lever les yeux au ciel.

— Je vois, dit Mr Woolley.

— C'est une bonne épouse, poursuivit Matt.

Je commençais à penser qu'il prenait plaisir à cette mascarade.

— Elle est facile à vivre, elle veut toujours bien faire.

Il y prenait plaisir, ça ne faisait plus aucun doute !

— Remarquez, ce n'est pas tellement ce que je veux chez une femme. Je préfère une fille qui a du répondant plutôt qu'une trop docile, mais je ne vais quand même pas jeter Anne dehors pour ce qu'elle est, parce qu'elle est folle amoureuse de moi, voilà ce qu'elle est. Pas vrai, Anne ?

Sa barbe frémit sous l'effet de son sourire goguenard.

Soit. S'il n'avait pas peur d'être reconnu, c'est que je ne risquais pas de l'être non plus ; je gardai toutefois le visage détourné.

— Je ne savais pas que tu aimais les femmes avec du caractère, William, dis-je en faisant de mon mieux pour imiter l'accent de Matt. Mais maintenant que je le sais, il va y avoir du changement.

Je lui pris la main et, passant devant les autres, je l'entraînai dans l'escalier pour remonter.

— Pour commencer, tu vas accepter ce travail d'égoutier que tu as refusé, et ensuite, avec ta première paye, tu iras chez le barbier pour qu'il te rase cette vilaine barbe.

Nous suivîmes le couloir pour ressortir en traversant le

dortoir des femmes, puis celui des hommes. Nous avions laissé derrière nous Mr Woolley et le policier, mais la matrone nous suivait toujours. Peut-être tenait-elle à s'assurer que nous étions bien partis. Notre lampe était restée dans la cave, mais c'était sans importance. Nous étions libres, et c'était tout ce qui comptait.

— Bon débarras, dit la matrone en nous voyant descendre les marches et regagner la rue. La porte se referma en claquant derrière nous.

Matt passa son bras autour de moi et m'attira contre lui. Il embrassa le dessus de mon crâne avec un petit rire.

— Bravo, Mrs McTavish. C'était très réussi.

J'aurais dû me dégager, mais je n'en fis rien. J'étais bien au chaud contre son corps, et je me sentais en sécurité.

— Mon accent était atroce. Je suis sûre qu'ils vont s'en rendre compte et se lancer à notre poursuite d'une minute à l'autre.

Il resserra son étreinte et son rire résonna dans l'air embrumé.

— Avec un nom comme McTavish, nous aurions dû prendre un accent écossais. Ce sera pour la prochaine fois.

— Mes talents de comédienne ne vont pas jusque-là. Il faudra que je fasse semblant d'être muette.

— Mais je ne pourrai pas profiter de votre sens de la répartie. Il ne vous a fallu que quelques mots bien sentis pour me remettre à ma place.

— Je ne suis pas sûre que la matrone ait apprécié mon accès de colère. Sans rire, elle pinçait les lèvres si fort qu'elles ont failli disparaître !

— La matrone a une vision bien étrange des relations entre les hommes et les femmes. Si elle nous avait réellement surpris en train de nous mélanger, elle se serait certainement évanouie.

— Je doute qu'il existe des choses capables de faire s'évanouir la matrone. Elle semblait plutôt du genre stoïque. Je me demande s'il lui arrive de rougir.

— Ses joues n'oseraient pas !

J'éclatai de rire et il me serra de nouveau contre lui. Il ralentit le pas et, levant les yeux vers lui, je m'aperçus qu'il était tourné vers moi. Heureusement, il faisait trop noir pour que je puisse discerner son expression. Je ne voulais pas voir son désir. J'avais décidé de le dissuader d'avoir ce genre de sentiments pour moi, mais pour l'instant, c'était un échec total. Après tout, comment pouvais-je l'en dissuader alors que j'appréciais sa compagnie ? Cette montagne me paraissait insurmontable pour le moment, j'avais le sang trop échauffé d'avoir vécu une soirée aussi mouvementée et de le sentir si près de moi.

— India, dit-il, redevenu soudain sérieux.

Trop sérieux. Posant la main sur ma mâchoire, il m'inclina très légèrement la tête. Puis il effleura mes lèvres avec les siennes.

Je reculai. Il fallait que je comble ce silence, mais je ne savais pas quoi dire. Je n'étais même pas sûre de pouvoir parler. Mon corps était tout tremblant et ma voix le serait également, ce qui me trahirait. Je ne pouvais pas lui avouer ce que je pensais vraiment de l'idée d'une relation entre nous. Pas encore. Pas tant qu'il ne serait pas suffisamment rétabli pour me quitter, et pour quitter l'Angleterre.

Par chance, Cyclope sortit de l'ombre et ouvrit la porte de la voiture. Matt et lui s'assirent tous les deux à l'intérieur avec moi. Je ne cherchai à parler à aucun des deux hommes et, pendant tout le trajet, j'évitai de regarder Matt.

Il parlait à voix basse à Cyclope, lui racontant comment s'était passée notre mission à l'hospice. Sa voix avait perdu son inflexion rieuse, son sens de l'humour et de l'aventure.

Duc alla directement s'arrêter aux écuries. J'attendis pendant que Matt et Cyclope les aidaient, lui et le palefrenier qui tombait de sommeil, à dételer le cheval et à le ramener dans sa stalle.

— Alors ? s'enquit Duc tandis que nous rentrions à la maison. Est-ce que vous avez trouvé le nom de Wilson dans les archives ?

— Non, dit Matt.

Cyclope leva sa lampe pour voir nos visages.

— Est-ce que tu veux essayer une autre institution ?

— Je ne vois pas l'intérêt. En apprendre plus sur Wilson ne nous aidera pas à retrouver l'assassin ni le journal.

— À moins que l'assassin n'ait tué le Dr Millroy en guise de représailles pour l'expérience faite sur Mr Wilson, objectai-je. Et que le dossier de Wilson ne nous indique son ancienne adresse, ce qui nous permettrait de retrouver la trace d'une éventuelle famille.

— Il n'avait ni famille ni amis, dit Matt. C'est du moins ce que pensait Chronos.

— C'est quand même malheureux, ça, murmura Duc.

— Chronos se trompe peut-être, insistai-je.

— Ça m'étonnerait, dit Matt en donnant un coup de pied dans les pavés. Tout cela n'a servi à rien. Nous n'aurions pas dû perdre notre temps.

Cyclope et Duc échangèrent plusieurs regards avant de se tourner vers moi avec un haussement de sourcils interrogateur. Je me contentai de poursuivre mon chemin.

Nous entrâmes dans la maison en passant par l'entrée de service située au sous-sol. Duc s'apprêtait à fermer la porte, quand un homme qui tenait une lampe arriva de la rue et descendit l'escalier.

— Attendez-moi !

Ce n'était pas un homme ; c'était Willie. Elle nous sourit et salua Duc d'une claque amicale sur l'épaule.

Il fit un pas de côté pour la laisser passer.

— Tu ne rentres que maintenant ?

— Oui, et ça ne te regarde pas, Duc.

Elle passa devant lui et passa son bras autour du mien.

— Comment s'est passée votre enquête ?

— Nous n'avons rien appris sur notre vagabond, lui dis-je. Où étais-tu passée ?

— J'étais en vadrouille.

— Tu es allée jouer au poker ? demanda Matt.

— Je viens de dire que ça ne vous regardait pas, non ? s'emporta-t-elle avec véhémence. Et ça vaut pour vous tous.

— Si Matt doit encore te sortir du pétrin, ça le regarde, rétorqua Duc.

— Je n'ai pas joué à des jeux d'argent.

Elle s'éloigna rapidement en faisant osciller sa lampe à chaque pas.

— C'est pas croyable, une femme ne peut rien faire ici sans que tout le monde vienne y fourrer son nez ?

Duc semblait prêt à la rattraper, mais il se ravisa.

— Elle a raison, me dit-il. Ça ne me regarde pas, si elle s'est dégoté un homme.

Je marchai lentement aux côtés de Duc, laissant Matt et Cyclope nous souhaiter bonne nuit et rentrer à la suite de Willie.

— Êtes-vous certain que ça ne vous regarde pas ? lui demandai-je d'une voix douce.

Il se contenta de hausser les épaules.

— Ce n'est pas comme ça, entre elle et moi.

— Ça pourrait l'être, si vous lui disiez ce que vous ressentez.

Il secoua la tête.

— Je ne peux pas. Je ne suis même pas sûr de ce que je ressens.

— Tâchez de me l'expliquer, alors. Cela pourrait vous aider à trouver une façon d'aborder le sujet avec elle.

— Voyons voir...

Il soupira bruyamment.

— Elle est insupportable, elle me tape sur les nerfs. Elle dit et elle fait des choses stupides qui me donnent envie tantôt de lui hurler dessus, tantôt de l'embrasser.

Je souris.

— C'est donc que vous la désirez.

— Je crois bien. Mais qu'est-ce qui arriverait, si je l'embrassais pour de vrai ? Ça changerait tout entre nous, voilà ce qui arriverait. Je ne sais pas si je veux que ça change. J'aime bien la relation qu'on a depuis toujours.

— Vous avez simplement peur d'être rejeté. À moins que ce ne soit le changement qui vous effraie.

— Possible. Je ne voulais pas quitter l'Amérique parce que j'avais peur de ne pas être à ma place, ici. Et maintenant que je suis là, je ne sais plus si j'ai envie de repartir.

C'était un aveu qui n'avait rien d'anodin, et que je ne m'attendais pas à entendre venant d'un des compagnons de Matt. Ils semblaient toujours si déterminés à rentrer chez eux dès que la montre de Matt serait réparée !

— Je n'aime pas l'idée qu'elle voie un autre homme, ajouta-t-il. Ça ne me plaît pas, qu'elle partage des secrets et des plaisanteries avec quelqu'un d'autre. Vous comprenez, elle n'a jamais fait ça avec personne d'autre. On est amis depuis toujours.

Il soupira.

— Je crois que je me suis toujours imaginé que j'étais l'homme le plus important dans sa vie, à part Matt. Et maintenant... maintenant, ce n'est peut-être plus le cas.

Pauvre Duc ! Je passai mon bras au creux du sien et posai ma tête sur son épaule.

— Vous devriez lui dire tout ça.

— Elle va me rire au nez ou me dire que je suis trop sensible.

Il faut dire qu'il n'avait pas tort.

— India... Vous voulez bien essayer de savoir si elle a rencontré un homme ? Vous, elle vous le dira peut-être.

— Je vais essayer, mais si elle se confie à moi et me demande de ne rien vous dire, je devrai respecter sa volonté.

Je lui tapotai le bras.

— Et après tout, tout est possible, avec Willie. Elle pourrait tout aussi bien être allée voir un combat de boxe qu'une pièce de théâtre.

— Pourquoi toutes ces cachotteries, alors ?

* * *

Je posai la question à Willie le lendemain matin, après un petit déjeuner tardif, mais elle refusa de me donner le moindre détail sur son excursion nocturne.

— Va dire à Duc de s'occuper de ses oignons, dit-elle.

Toutefois, elle rougit aussi. Je pris cela comme une confirmation : elle avait bel et bien une liaison avec un homme. Je n'en informai pas Duc.

Je proposai de rester avec Miss Glass au lieu d'aller voir Mrs Millroy avec Matt, mais il ne voulut rien savoir.

— Je sais que vous voulez venir, dit-il.

— Oui, mais je devrais passer du temps avec votre tante. Elle a l'air de se sentir seule. Imaginez qu'elle se perde encore ?

— Ça n'arrivera pas, parce qu'elle ne sortira plus avec ma tante Beatrice. J'ai demandé à Willie et Duc de se relayer pour lui tenir compagnie. Ils doivent aussi rencontrer un nouveau cocher potentiel. Un candidat doit venir aujourd'hui. Cyclope nous conduira.

La veuve du Dr Millroy ne vivait qu'à quelques minutes de chez nous en voiture. Nous aurions pu y aller à pied, mais Matt profita des petites pluies éparses comme prétexte pour prendre la voiture. Je ne pus m'empêcher de me demander s'il ne cherchait pas simplement à passer le moins de temps possible avec moi, après ce moment gênant hier soir, pendant le trajet du retour. La conversation entre nous était forcée, et finit par cesser complètement avant notre arrivée.

J'avais même du mal à le regarder en face. Cela me faisait de la peine de le voir encore si fatigué, même après plusieurs heures de sommeil, mais ce qui était plus dur encore, c'était de me retrouver en sa présence maintenant que je savais qu'il avait des sentiments pour moi.

Pour moi !

J'avais passé une nuit agitée, à me tourner et me retourner dans tous les sens, m'efforçant de ne pas m'imaginer en train de marcher vers l'autel où il m'attendrait. Sans succès. Il m'était impossible de ne pas rêver d'une vie à ses côtés ; il m'était impossible de ne pas me sentir grisée à l'idée qu'il puisse partager ce rêve. Et il m'était tout aussi impossible de ne pas me désoler en me rappelant qu'il ne se réaliserait jamais.

— Nous pouvons y arriver sans qu'il y ait de gêne entre nous, dit Matt, rompant le fil de mes pensées mélancoliques.

Je hochai la tête en souriant.

— Bien sûr. Nous avons une importante mission à accomplir. Comptez-vous essayer de lui faire du charme, ou vaut-il mieux que j'essaye de la réconforter ?

— Nous verrons comment elle réagit lorsque nous mentionnerons la maîtresse.

Ce n'était pas une perspective qui m'enchantait.

Heureusement, Mrs Millroy vivait dans la même maison qu'à l'époque où elle était mariée au Dr Millroy. Chronos nous avait donné l'adresse, mais sans vérifier si elle y habitait toujours. Sa maison était située dans un quartier connu pour ses loyers élevés, tout près de la clinique où exerçait son défunt époux, à Savile Row. J'étais heureuse d'apprendre qu'après sa mort, elle ne s'était pas retrouvée ruinée et à la rue.

— Êtes-vous Mrs Millroy ? demanda Matt à la femme mince

aux cheveux gris et bien habillée qui ouvrit la porte après qu'il eut toqué.

— Oui. Et vous, qui êtes-vous ?

Sa façon d'articuler me rappelait Miss Glass et les gens de sa condition. Sans compter qu'elle était également vêtue comme Miss Glass, avec une robe de jour bien coupée, faite sur mesure, qui mettait en valeur sa taille cintrée et son buste étroit. À côté d'elle, je me sentais dodue.

— Mon nom est Matthew Glass et voici mon associée, Miss Steele. Nous sommes des enquêteurs privés, et nous aidons la police dans son enquête sur le meurtre de votre défunt époux.

À sa place, j'aurais été ébahie par une nouvelle aussi solennelle, annoncée tant d'années après les faits. Mais elle haussa simplement l'un de ses sourcils fins et peu fournis.

— Je vois.

Matt sourit, mais sans grande conviction. Il savait déjà que son charme serait sans effet sur elle.

— Pouvons-nous entrer, Mrs Millroy ? Ce n'est pas une discussion à avoir sur le pas de la porte.

Cette approche plus pragmatique de Matt l'incita à nous ouvrir plus grand la porte. À l'intérieur, il ne faisait pas beaucoup plus chaud que dehors. Il n'y avait pas de tapis sur le carrelage bleu et blanc du vestibule et, dans le salon, la cheminée était vide. Toutefois, quelqu'un s'était assis là tout récemment, à en juger par la tasse à thé sale posée sur la table et par la couverture négligemment jetée sur l'accoudoir du fauteuil.

Mrs Millroy replia la couverture et nous invita à nous asseoir sur le sofa aux couleurs passées. À l'instar du vestibule, le salon était très dépouillé. Hormis un ravissant vase en porcelaine Wedgewood, il n'y avait que quelques bibelots qui ressemblaient à ceux que l'on pouvait acheter aux vendeurs ambulants de Petticoat Lane.

— Je vous proposerais bien du thé, dit-elle, très raide, mais mon intendante a pris sa journée.

Elle lui avait donné congé en plein milieu de la semaine ? C'était très généreux.

— Mrs Millroy, lui dis-je, nous savons qu'il vous sera pénible de répondre à ces questions, mais il nous faut néanmoins vous les poser.

— Pourquoi ? Pourquoi la police veut-elle trouver qui a tué mon mari maintenant ? Il est mort il y a des années.

— C'est une situation qui se produit de temps en temps.

— Balivernes. Je ne suis pas idiote, Miss Steele.

Elle avait peut-être l'air frêle et âgée, mais son corps et son esprit avaient gardé toute leur vigueur. Il faudrait plus que deux personnes venues lui poser des questions sur la mort de son mari pour la décontenancer.

— Quelqu'un a fourni de nouveaux éléments, mentit Matt.

— Quel genre d'éléments ?

— Nous ne sommes pas autorisés à le dire, mais le Commissaire Munro n'a pas assez d'hommes pour envoyer un inspecteur, alors il s'est adressé à nous. Nous l'avons déjà aidé pour d'autres enquêtes, avec un certain succès.

Ses narines se dilatèrent.

— Je vois qu'il ne prend pas le meurtre de mon époux très au sérieux. Il n'a pas assez de moyens pour mettre un inspecteur sur l'affaire, mais juste assez pour se décharger du problème sur quelqu'un d'autre. Je suppose qu'il espère que vous ne trouverez rien et que la mort de James retournera prendre la poussière aux archives, au milieu des centaines d'autres crimes qui n'ont pas été élucidés dans cette ville.

Elle fit entendre un claquement de langue désapprobateur.

— Ça ne m'étonne pas.

— Nous comprenons que cela vous affecte, lui dis-je d'une voix douce. Et c'est bien normal. Cela a dû être une période terrible pour vous, et le fait que l'enquête n'ait jamais rien donné vous a empêchée de faire réellement le deuil de votre époux.

Elle éclata d'un rire bref plein d'amertume.

— Est-ce une plaisanterie ?

— Euh, non.

— Miss Steele...

Elle orienta ses genoux dans la direction et serra ses mains sur ses genoux.

— Vous avez raison, cette période a été terrible pour moi,

mais pas à cause du meurtre de mon mari. Au contraire, j'en ai été presque soulagée.

Je me penchai en avant, aussi intriguée que choquée.

— Je vous écoute.

— Je sais que vous êtes déjà au courant, alors inutile de feindre l'ignorance. Les policiers ont découvert tous les détails sordides. Ils ont même pensé, à un moment donné, que c'était *elle* qui l'avait tué, mais ils m'ont dit qu'ils n'avaient aucune preuve. Peut-être même ai-je fait partie des suspects. J'étais sans doute sur leur liste, mais ils ne me l'ont pas dit.

Je m'abstins de préciser qu'elle était toujours sur la nôtre.

— Vous parlez de la maîtresse de votre mari, dit Matt.

J'étais soulagée qu'il recommence à mener la conversation parce que, maintenant que le moment était venu, je me sentais tout à fait incapable de lui en parler.

Elle confirma d'un signe de tête un peu raide.

— À l'époque du meurtre, vous avez été interrogée, reprit Matt. C'est d'ailleurs vous qui avez informé les enquêteurs de l'existence d'une maîtresse et d'un fils, mais sans leur préciser depuis combien de temps vous étiez au courant.

— Je m'en doutais depuis un certain temps, mais je n'en avais eu confirmation qu'un mois avant sa mort.

— Comment l'avez-vous su ?

— Il me l'a dit.

Elle lissa sa jupe du plat de ses mains.

— Enfin, disons que je lui ai réclamé des explications, et il me l'a avoué. Il rentrait souvent tard de son travail. Ce n'était pas nouveau. Mais ensuite, en rentrant, il s'est mis à sentir le parfum de luxe. Pas tous les soirs, mais assez souvent pour éveiller mes soupçons. Je ne lui en ai pas parlé immédiatement. Je me disais qu'il arrêterait de lui-même. Ce n'était pas la première fois que je le soupçonnais d'avoir une liaison avec quelque traînée, mais cette fois... c'était toujours le même parfum.

— Combien de temps avez-vous attendu avant de lui en parler ? demandai-je.

— Plus d'un an. C'est lorsqu'il a commencé à me refuser certaines choses que j'ai décidé qu'il avait dépassé les bornes.

— Vous refuser certaines choses ? répéta Matt.

— De nouveaux rideaux, des vacances au bord de la mer, de la viande de première qualité, ce genre de choses. Tout d'un coup, il semblait que nous n'avions plus les moyens. Alors je lui ai demandé sans détours s'il entretenait une autre femme. Il m'a avoué que oui, et qu'elle venait de donner naissance à un fils.

Ses épaules s'affaissèrent, mais un instant seulement, et elle ne tarda pas à retrouver sa posture altière.

— Vous-même, vous n'avez pas eu d'enfants, fis-je remarquer à mi-voix.

— Cela n'a rien à voir. Ce qui compte, c'est que mon mari avait une autre famille, dans un autre foyer.

— Connaissez-vous leurs noms ? demanda Matt.

— Il a emporté ce secret dans la tombe. Même son avocat ne l'a jamais su.

— Son testament ne prévoyait pas de pourvoir aux besoins de cet enfant ?

Elle releva fièrement le menton.

— Et de quel droit ? Il n'était pas le fils légitime de James. Il n'avait pas de prétentions à faire valoir. C'est moi, son héritière.

Une fois de plus, elle passa la paume de ses mains sur sa jupe.

— Et de toute façon, James ne m'a pas légué grand-chose. Je suppose qu'il a dépensé une fortune pour cette femme avant de mourir. Alors vous feriez peut-être bien de vous pencher sur cette piste si vous voulez savoir qui l'a tué, Mr Glass.

— Je ne demande pas mieux, mais j'ignore où la trouver.

— Vous êtes enquêteur privé, c'est votre travail de le découvrir.

— Pourquoi l'aurait-elle tué, s'il lui donnait de l'argent ? demandai-je. Cela n'a pas de sens.

Elle haussa une épaule.

— Il allait peut-être la quitter. Il voyait peut-être quelqu'un d'autre ; ou c'est peut-être elle qui le trompait. Ou ils se sont peut-être querellés sur un sujet quelconque, peu importe. Il y a bien des raisons possibles, Miss Steele. Avec un petit effort, vous pourriez en trouver par vous-même.

Je me hérissai. Une telle impolitesse n'était pas nécessaire.

— Que pouvez-vous nous dire d'autre sur la nuit du meurtre ? lui demanda Matt.

— Rien. J'étais ci, comme je l'ai dit à la police.

— Le Dr Millroy a été retrouvé à Bright Court, dans le quartier de Whitechapel. Savez-vous ce qu'il faisait là-bas ?

— Non. Il n'avait pas de clients à Whitechapel, et pas non plus d'amis ni de fréquentations, à ma connaissance. Je ne peux que supposer qu'il était allé voir sa maîtresse et son enfant. À moins qu'il ne m'ait caché autre chose. Vous devriez peut-être demander aux habitants du quartier s'ils se souviennent de lui.

— C'est déjà fait.

Elle haussa les sourcils.

— Et donc ?

— Et donc nous poursuivons notre enquête.

Elle plissa les yeux.

— Si vous découvrez quelque chose, j'aimerais en être tenue informée.

J'étais tentée de refuser, mais Matt fut plus rapide que moi.

— Nous ne manquerons pas de vous informer de tout ce que vous aurez besoin de savoir.

Ses lèvres s'étirèrent en une mince ligne. Ce n'était pas exactement ce qu'elle avait demandé, mais il avait formulé sa réponse de façon à couper court à toute protestation.

— Le nom de Nell Sweet vous dit-il quelque chose ? demanda Matt.

Ses yeux lancèrent des éclairs.

— Est-ce le nom de cette femme ?

— Et Chronos ?

Mrs Millroy se raidit.

— Ce nom vous est familier, insista Matt.

— Oui, admit-elle. Mais ce n'est pas son vrai nom, bien entendu. Je ne le connaissais que sous ce nom. C'était un horloger, une connaissance de mon mari. Pensez-vous que... ?

Elle s'agita sur sa chaise, mal à l'aise.

— Pensez-vous qu'il ait eu quelque chose à voir avec le meurtre de James ?

— Non, dis-je à l'instant précis où Matt répondait « C'est possible ».

Je lui lançai un regard noir, mais il m'ignora. Il regarda Mrs Millroy droit dans les yeux, et elle lui rendit aussitôt son regard, comme hypnotisée.

— Votre mari était un magicien, reprit Matt.

Il était comme une locomotive à vapeur lancée dans une pente, qui prenait de la vitesse en enfonçant tous les obstacles qui lui barraient la route. Je n'aurais pas voulu me trouver sur les voies à ce moment-là. Mrs Millroy avait intérêt à lui répondre honnêtement, parce qu'il ne s'arrêterait pas avant d'avoir obtenu ce qu'il voulait.

Elle hocha timidement la tête.

— Oui. Et l'horloger Chronos en était un également, mais je devine que vous le savez déjà.

— Votre époux avait-il de la famille ? reprit Matt.

— Un cousin, mais je ne sais pas grand-chose de lui, si ce n'est qu'il est mort, à présent, et qu'il n'a pas eu d'enfants. Il était médecin aussi, et il a vécu en Amérique un certain temps. Je ne saurais pas vous dire si c'était un magicien ou non.

Ce cousin, c'était le Dr Parsons, mais Matt préféra, comme moi, garder cette information pour lui.

— Et vous savez déjà que nous n'avons pas eu d'enfants, tous les deux, poursuivit-elle. Bien sûr, le bâtard de James a peut-être des pouvoirs magiques, mais je n'ai pas la moindre idée d'où il pourrait être. Est-ce là la véritable raison de votre visite ? Pour trouver un magicien médecin ?

Ses lèvres se tordirent en une moue de dégoût.

— Vous êtes tous les mêmes. Vous ne voulez pas vraiment retrouver son assassin, n'est-ce pas ? Êtes-vous malade ? L'un de vous deux est-il mourant ?

— Nous sommes envoyés par Scotland Yard, répondis-je. Demandez au Commissaire Munro ou à l'Inspecteur-chef Brockwell, ils vous le confirmeront.

— Les dirigeants de la Guilde des Chirurgiens savaient que votre époux était un magicien, poursuivit Matt. Ils l'ont découvert juste avant sa mort, et ils l'ont poussé à avouer. Il se pourrait qu'ils l'aient tué eux-mêmes.

Ses lèvres s'entrouvrirent, laissant échapper sans bruit un hoquet de surprise. Ses yeux cherchèrent ceux de Matt, puis retombèrent sur ses mains qu'elle se mit soudain à tordre sur les genoux, prise d'une extrême agitation.

— Ils n'auraient jamais fait une chose pareille. Ce sont des *médecins*. Ils ne tuent pas les gens.

— C'est vous qui leur avez dit qu'il avait des pouvoirs, n'est-ce pas ? demanda Matt.

Trahie par son regard, elle finit par fermer les yeux et hocha presque imperceptiblement la tête.

— Ça ne peut pas être quelqu'un de la guilde. C'est impossible. Le Dr Ritter dirige le London Hospital, aujourd'hui ; c'est un homme tout ce qu'il y a de plus respectable.

— Comment a-t-il réagi lorsque vous le lui avez dit ?

Elle fronça les sourcils, puis se frotta le front de la main gauche. Elle ne portait pas d'alliance.

— C'était curieux… ça ne l'a pas choqué. Il semblait soulagé. Je pense qu'il était jaloux du talent de James, et la magie expliquait ce talent. Les médecins accordent une importance primordiale à leur instruction, vous comprenez. Ce qui compte pour eux, c'est la faculté où un médecin ou un chirurgien a fait ses études, et le professeur qui l'a formé. En apprenant que le talent de James n'était pas acquis, mais inné, le Dr Ritter n'avait plus ce sentiment d'infériorité par rapport à lui.

— Avez-vous parlé de la magie de votre mari à quelqu'un d'autre ? demanda Matt.

Elle secoua la tête.

— Non, seulement à la guilde.

Elle avait un air satisfait, et je savais qu'elle l'avait fait pour se venger des infidélités de son mari. Une part de moi lui pardonnait.

— Et la Guilde des Horlogers ? demandai-je. Leur avez-vous parlé de la magie de Chronos ?

Elle garda les yeux baissés sur ses mains croisées.

— Le Dr Ritter en a informé la Guilde des Horlogers. Quand je lui ai raconté leur expérience sur le vagabond, le Dr Ritter m'a demandé le nom du deuxième magicien, alors je lui ai parlé de Chronos. Ne connaissant pas son vrai nom, j'ai décrit son apparence. Il a dit qu'il était contraint d'en informer le maître de la Guilde des Horlogers. Je n'ai rien eu à voir avec ça.

— Vous lui avez causé de graves ennuis ! m'exclamai-je. Comment avez-vous pu faire cela à quelqu'un que vous connaissiez à peine, simplement parce que vous vouliez vous venger de votre mari ?

— Chronos a contribué à la mort d'un homme, Miss Steele. Voilà pourquoi je l'ai fait. Il ne méritait pas d'échapper aux conséquences de ses actes. Mais il n'a pas vraiment été puni, puisqu'il est mort.

Elle avait les joues rouges et marbrées, les lèvres blanches et les narines dilatées comme un taureau fou de rage.

— J'ai entendu dire que Chronos était mort peu de temps après James, ce qui veut dire qu'aucun des deux n'a payé pour le crime qu'ils ont commis envers ce malheureux. Sa famille n'a jamais obtenu justice.

— Il n'avait pas de famille, dit Matt.

— En êtes-vous certains ?

J'échangeai un regard avec Matt.

— On nous a dit qu'il s'agissait d'un vagabond du nom de Mr Wilson, sans amis ni famille. Il était mourant et n'avait aucune chance de se rétablir.

— C'est peut-être en partie vrai, mais contrairement à vous, je n'ai pas confiance en ma source.

Mrs Millroy avait l'air de quelqu'un qui s'apprête à dévoiler ses cartes gagnantes au poker.

— Mon mari était un menteur doublé d'un vantard égocentrique à la morale douteuse. Pendant plus d'un an, chaque soir en rentrant de ses visites, il me mentait sans vergogne quand je lui demandais s'il avait travaillé tard. Ce n'est pas le comportement d'un homme digne de confiance.

— Avez-vous une preuve que ce vagabond avait une famille ? demanda Matt.

— Je lui ai parlé moi-même. Un soir, j'étais venue rendre visite à James à sa clinique de Savile Row en espérant qu'il n'y serait pas, pour le mettre au pied du mur. Cependant, il était là, avec Chronos. C'était ma première et unique rencontre avec l'horloger. J'ai deviné ce qu'ils tramaient : cela faisait des années que James parlait de faire une expérience de ce genre, mais il n'avait encore jamais rencontré de magicien horloger. En voyant ce malade allongé sur le lit, j'ai compris ce qu'ils s'apprêtaient à faire ce soir-là.

Elle secoua la tête, sans toutefois avoir l'air trop ébranlée par ce souvenir. Elle racontait ces événements comme quelqu'un qui y aurait assisté de loin plutôt que du point de vue d'une partie prenante.

— J'ai eu un bref échange avec cet homme avant que James ne m'ordonne de sortir. Il m'a dit qu'il s'appelait Wilson et qu'il avait une femme et un enfant, mais qu'il les avait perdus. J'ai supposé qu'il avait voulu dire qu'ils étaient morts, mais j'ai pu me tromper. Il était très perturbé et j'avais du mal à comprendre ce qu'il disait, mais je crois qu'il avait passé un certain temps dans un asile de nuit, et qu'il avait l'intention d'y retourner plus tard dans la soirée.

Elle se remit à secouer la tête.

— Il croyait que Chronos et James le guériraient.

— Mais ils ont échoué, soupirai-je.

— Apparemment, leur magie n'a pas fonctionné. Mais ce n'est qu'un détail, Miss Steele. Ce que vous ne semblez pas comprendre, c'est qu'ils ont mis un terme à la vie de cet homme plus tôt que Dieu ne l'avait prévu.

— Vous n'en savez rien.

— Et vous, vous n'avez aucune preuve du contraire.

Là, je dois dire qu'elle marquait un point.

— Mais d'ailleurs, pourquoi tenez-vous tant, aujourd'hui, à savoir si cet homme avait une famille ? demanda-t-elle à Matt. Il n'a rien à voir avec le meurtre de mon époux.

— Il est possible que sa famille ait cherché à se venger de votre mari, dit Matt.

— James a été assassiné par sa maîtresse, ou par une personne ayant un lien avec elle. Un autre amant, un membre de sa famille qui voulait la venger... cherchez-la, et vous trouverez l'assassin.

— Vous avez l'air catégorique. Pourquoi ?

— Ce n'est pas de la rancœur, si c'est ce que vous pensez.

Matt leva les mains en signe de capitulation.

— C'est du bon sens, tout simplement, dit-elle. Si ce n'est pas elle, c'est un voleur opportuniste qui est allé trop loin.

— Et vous ne savez vraiment rien d'elle ? demandai-je. Il n'a jamais prononcé son nom par mégarde, ou celui de son fils ?

— Non.

— Lui est-il arrivé d'aller dans des endroits où il n'aurait pas dû aller ?

— À Bright Court, le soir de sa mort, suggéra-t-elle avec une moue sarcastique qui laissait entendre que j'étais stupide.

— Pensez-vous que sa maîtresse vivait dans l'un des plus sordides bas-fonds de Londres ?

J'aurais voulu lui répondre par une moue tout aussi railleuse que la sienne, mais je parvins à garder le contrôle de mon expression.

Elle haussa les épaules.

— C'est peu probable. Il était particulièrement à cheval sur l'hygiène. L'hygiène et une dentition parfaite.

Les dents de la vieille Nell étaient peut-être en meilleur état il y a des années, mais Whitechapel suintait la crasse par toutes les fissures de ses murs délabrés. En vingt-sept ans, cela n'avait pas changé, en dépit des efforts des autorités pour assainir les bas quartiers.

— Et ses patients ? demanda Matt, pensif. Lui arrivait-il de vous parler d'eux ?

— Au début, oui, répondit-elle à mi-voix. Mais dans les derniers temps, une distance s'était installée entre nous et il ne me confiait plus rien, à moins que je ne lui pose franchement la question. Il a toujours eu un certain succès auprès des femmes. Avec son charme et sa magie, les patients se bousculaient pour le consulter.

— Et ses employées ? demanda Matt. Avait-il quelqu'un pour prendre ses rendez-vous, taper son courrier, ce genre de choses ?

— Bien entendu. Au début, c'est moi qui m'en chargeais, mais une fois sa réputation bien établie, j'ai décidé que j'avais mieux à faire à la maison. Au cours des dernières années de sa vie, il a employé deux femmes. La première a renoncé à son travail lorsqu'elle s'est mariée, et la seconde, Miss Chilton, est restée à son service jusqu'au bout. Et non, elle n'était pas sa maîtresse. C'était une vieille fille d'une trentaine d'années. Nous nous sommes perdues de vue après la mort de James. Elle n'a pas eu d'enfant au cours de cette période, ni de lui ni de personne d'autre. Je m'en serais aperçue.

Matt sortit un calepin et un crayon de la poche de sa veste.

— Puis-je avoir son nom complet et sa dernière adresse connue, je vous prie ?

— Miss Abigail Chilton.

Elle alla chercher une écritoire de voyage sur une étagère dans un coin de la pièce et la posa sur la table. Elle en tira un petit carnet qu'elle feuilleta jusqu'à trouver la page qu'elle cherchait.

— Elle habitait au vingt-trois Theberton Street, à Islington. J'ignore si elle y vit toujours.

Matt nota l'adresse dans son calepin.

— Qu'en est-il des dossiers de ses patients ? demanda-t-il sans lever les yeux. Les avez-vous conservés ?

Elle referma l'écritoire avec un claquement sec.

— Je les ai détruits. Pourquoi les aurais-je gardés ?

Oh, non ! Ils auraient pu nous être utiles, si la maîtresse du Dr Millroy avait été l'une de ses patientes.

— Et son journal ? demanda Matt.

Elle s'arrêta brusquement, l'écritoire à la main, avant de finir de la ranger. Elle reposa l'écritoire sur son étagère avec précaution, en prenant son temps.

— J'avais donc raison : c'est bien sa magie qui vous intéresse. Et dire que j'ai cru que vous me disiez la vérité et que vous vouliez sincèrement que cette femme réponde de son crime.

— Lorsque son corps a été retrouvé, il n'avait pas son journal sur lui, insista Matt. S'il l'avait eu sur lui, cela voudrait dire que son assassin l'a volé. Mais ça, vous le saviez déjà, Mrs Millroy. Est-il possible qu'il n'ait pas eu son journal sur lui, ce soir-là ? Y a-t-il une chance pour qu'il l'ait laissé ici, ou à sa clinique de Savile Row ?

— Il n'était pas ici, et je ne l'ai pas trouvé parmi les papiers restés à la clinique quand Miss Chilton et moi avons débarrassé ses affaires. Il le gardait toujours sur lui. Je l'ai dit à la police, mais sans préciser quel genre de secrets il y consignait. Cependant, vous semblez avoir deviné qu'il y avait noté ses incantations, entre autres choses.

— *Ses* incantations ? Il y en avait donc plusieurs ? m'étonnai-je. Chronos n'en connaissait qu'une.

— J'ignore combien il y en avait. La plupart ne fonctionnaient pas.

— Pourquoi cela ?

— Je ne suis pas magicienne, Miss Steele, mais je crois que c'est parce qu'il ne savait pas les prononcer correctement. Elles étaient complexes, et dans une langue inconnue.

— Les incantations qui étaient dans ce journal lui venaient de ses ancêtres, n'est-ce pas ?

— Êtes-vous en train d'insinuer que James aurait été tué pour son journal et les incantations qu'il contenait ? demanda-t-elle sans répondre à ma question.

— C'est une possibilité.

— Je ne suis pas de votre avis.

— Pourquoi donc ?

— Parce que très peu de gens connaissaient l'importance de ce journal. Il n'y avait que moi, et sans doute Chronos. Mon époux était prudent. Il ne parlait pas de magie avec beaucoup de monde, et certainement pas avec des gens de son métier. Les guildes sont puissantes et dangereuses, et elles n'aiment guère les magiciens. Il n'aurait jamais pris un tel risque, hormis avec quelqu'un en qui il avait une confiance totale.

— Mais vous, il vous faisait confiance, et pourtant vous l'avez trahi, Mrs Millroy, fit remarquer Matt d'une voix où pointait clairement le reproche.

— Vous avez parlé de sa magie et de son expérience à la Guilde des Chirurgiens.

— Il avait tué un homme ! Il fallait l'empêcher de recommencer.

Matt serra les poings sur ses genoux, puis il ouvrit les doigts comme pour évacuer son exaspération.

— La question que je me pose, lui dit-elle, c'est : comment se fait-il que vous connaissiez l'existence de ce journal ? Qui vous en a parlé ?

Quelqu'un toussa et un bruit de pas se fit entendre dans l'escalier qui menait à l'étage. Mrs Millroy se leva subitement et se précipita vers la porte du salon.

— Bonjour, Mrs Millroy, fit une voix d'homme suivie d'une nouvelle quinte de toux. J'ai entendu des voix.

— J'ai des visiteurs, lui dit-elle.

Il apparut dans l'encadrement de la porte, tendant le cou pour nous voir par-dessus la tête de Mrs Millroy. C'était un jeune homme avec des cheveux blonds qui auraient eu besoin d'un bon coup de peigne, et des vêtements dans lesquels il semblait avoir dormi. Il nous salua cordialement et étouffa un bâillement.

— Qu'y a-t-il pour le petit déjeuner ? demanda-t-il à Mrs Millroy.

— Je vous l'ai dit : le petit déjeuner est servi avant neuf heures. Vous trouverez du porridge dans la cuisine, mais il doit être froid, à l'heure qu'il est.

Il poussa un soupir exaspéré.

— Encore du porridge ? Et froid, en plus ? Je vous rappelle que je vous paye pour la chambre *et* le petit déjeuner.

Il sortit en piétinant furieusement, comme pour mieux marquer son aversion pour les petits déjeuners froids.

— Mon locataire, nous expliqua-t-elle.

Je comprenais mieux pourquoi elle prétendait avoir donné un jour de congé à sa bonne en plein milieu de la semaine. Elle n'en avait plus, vraisemblablement, et elle avait dû prendre des locataires pour améliorer sa situation financière. Cela expliquait aussi le mobilier usé jusqu'à la corde. En dépit de ses manières hautaines, elle avait du mal à joindre les deux bouts, comme des milliers d'autres veuves de cette ville.

— Merci pour votre assistance, Mrs Millroy, dit Matt en lui tendant la main. Je sais qu'il n'a pas dû être facile pour vous de nous parler, mais je vous assure que nous sommes déterminés à trouver qui a tué votre mari.

Elle lui serra la main et eut même l'air d'y prendre plaisir.

— Et à la livrer aux autorités pour qu'elle soit jugée, ajouta-t-elle.

Elle nous raccompagna à la porte et Matt donna à Cyclope l'adresse de Miss Chilton.

— Il est clair que Miss Chilton est convaincue que c'est sa maîtresse qui l'a tué.

Matt sourit.

— D'où vous vient cette idée ?

— Je suis particulièrement perspicace lorsqu'il s'agit de lire entre les lignes.

Il éclata de rire.

— J'ai du mal à avoir de la sympathie pour elle, ajoutai-je. J'avais de la peine pour elle, oui, mais pas de la sympathie. Cela fait-il de moi une sans-cœur ? En tant que femme, n'aurais-je pas dû prendre son parti ? Après tout, son mari l'a fait terriblement souffrir.

— Je ne connais personne de meilleur que vous, India, dit-il sans cesser un instant de sourire. Ce n'est pas parce que son mari l'a traitée de façon odieuse que Mrs Millroy mérite votre sympathie. Elle mérite votre compassion, mais pas votre sympathie. Alors, que pensez-vous de ce qu'elle nous a dit ?

— Elle a été honnête, peut-être même un peu trop franche.

— À moins qu'elle ne mente très bien.

— C'est vrai, mais pourquoi mentir ?

— Pour faire accuser la maîtresse.

J'opinai lentement.

— Pensez-vous que le vagabond avait une famille, comme elle le prétendait ? Pourquoi nous aurait-elle menti à ce sujet ?

— Je ne vois aucune raison. Tout porte à croire que la femme et l'enfant de Wilson sont morts avant lui, pourtant.

— Le pauvre homme. Ça ne m'étonne pas qu'il ait sombré. Il avait sans doute perdu goût à la vie.

Matt inspira brusquement en agitant son index sous mon nez.

— Mais dans ce cas, pourquoi a-t-il accepté de participer à l'expérience des magiciens ? C'est le signe qu'il était prêt à tout pour *vivre*, pas pour mourir.

— Oui, dis-je en hochant la tête, je vois où vous voulez en venir. Quand il a dit à Mrs Millroy qu'il avait perdu sa femme et son enfant, cela ne signifiait peut-être pas qu'ils étaient morts. Peut-être voulait-il dire autre chose... mais quoi ?

Matt haussa les épaules.

— C'est une bonne question.

* * *

MISS CHILTON n'habitait plus sur Theberton Street. Les nouveaux occupants n'avaient jamais entendu parler d'elle, mais ils ne vivaient là que depuis cinq ans. L'un des voisins d'à côté, qui habitait dans cette rue depuis plus longtemps, se rappelait que Miss Chilton s'était mariée et avait déménagé.

En remontant en voiture, je me sentais démoralisée, mais Matt était un peu plus optimiste.

— Nous pourrons aller consulter le registre des mariages dans les églises de la paroisse, dit-il. Elle s'est sûrement mariée dans l'une d'entre elles.

— Oui, le registre d'état civil a dû en conserver une trace, lui dis-je.

— Dans ce cas, je chargerai mon avocat d'aller vérifier pendant que nous poursuivons notre enquête ailleurs. Nous sommes sur la bonne voie, India. Je le sens.

Je ne sentais rien, moi, mais je lui souris pour ne pas gâter sa bonne humeur.

Cyclope nous reconduisit chez nous mais, avant même que nous ayons atteint la porte, celle-ci s'ouvrit à la volée et Willie dévala les escaliers, talonnée de près par Duc. Cependant, il ne lui courait pas après pour l'arrêter. Il se hâtait vers nous, lui aussi.

Willie colla un journal sous le nez de Matt. C'était un tirage de la *Gazette Hebdomadaire*, ouvert à l'une des pages intérieures. Elle avait le souffle si court qu'elle était incapable de parler, ne parvenant qu'à frapper violemment du doigt un article dont le titre proclamait : *LA MAGIE EXISTE, EN VOICI LA PREUVE*.

Et c'était signé Oscar Barratt.

— India, bredouilla Duc, qu'avez-vous fait ?

$\mathcal{J}$e portai une main à ma poitrine, mais mon cœur continua de tambouriner furieusement. Je dus lire l'article deux fois pour vraiment réaliser, mais même alors, je n'en croyais toujours pas mes yeux. Je comprenais les mots, mais je ne pouvais concevoir une telle trahison. Comment Oscar avait-il pu faire une chose pareille ? Nous nous étions pourtant mis d'accord pour ne pas écrire un tel article ! Du moins, c'était ce qu'il m'avait semblé. Avais-je pris cette décision seule ? M'étais-je imaginé qu'il avait accepté ?

— Matt, fis-je, mais sans trouver quoi dire d'autre.

Je secouai la tête, les yeux toujours fixés sur le journal qu'il tenait dans ses mains, l'esprit comme anesthésié.

Qu'est-ce que cela signifiait ? Que se passerait-il, à présent ?

Je relus l'article une troisième fois. J'avais beau me concentrer de mon mieux, je ne comprenais toujours pas pourquoi Oscar m'avait fait une chose pareille, à moi, mais aussi aux autres magiciens, ainsi qu'à lui-même et à sa propre famille. Son article allait éveiller les soupçons à l'égard de quiconque, homme ou femme, faisait preuve d'un talent exceptionnel dans son métier.

Son article déclarait que la magie était tenue secrète pour protéger les magiciens de la jalousie des membres de leur guilde. Il expliquait qu'elle était héréditaire, comme les yeux bleus ou les cheveux noirs. Il décrivait ce que les magiciens faisaient avec leurs incantations, prenant pour exemple des charpentiers, des constructeurs de bateaux, des joailliers, des fabricants de papier, et bien d'autres encore. Il évoquait aussi les cartographes, les orfèvres et les horlogers, mais sans citer de noms. Il n'y avait aucune mention de magiciens spécialisés dans l'encre ou la médecine.

Mes jambes flageolèrent. Ma vision se troubla. Mon cœur battait trop vite, bien trop vite. J'allai pour m'asseoir sur la marche, mais je remarquai le bras de Matt autour de moi, qui me soutenait. Il m'accompagna à l'intérieur, Duc et Willie sur ses talons.

— India ?

La voix de Miss Glass n'avait jamais paru si claire ni si forte.

— India, que s'est-il passé ? Êtes-vous souffrante ?

Je m'assis sur le sofa du salon. Miss Glass s'empressait autour de moi, retapant les coussins et donnant des ordres. Je n'arrivais pas à voir plus loin qu'elle. Je ne voyais pas Matt. J'avais besoin de le voir. J'avais besoin qu'il sache que je n'avais pas donné mon accord pour cet article.

— Matt, appelai-je d'une voix rauque. Matt !

Miss Glass essaya de me convaincre de m'étendre, mais je la repoussai d'un geste de la main.

Elle fronça les sourcils.

— Restez allongée là jusqu'à l'arrivée du docteur, India.

— Je n'ai pas besoin d'un docteur.

— Vous avez fait un malaise.

— C'est mon corset qui est trop serré.

Elle écarquilla les yeux, choquée.

— Il est hors de question que vous vous déshabilliez ici, dans le salon !

— Ma Tante, fit la voix impérieuse de Matt. India a simplement besoin d'air.

J'avais besoin de relire cet article et de faire l'inventaire de tout ce qu'Oscar avait écrit. Après quoi, j'irais tout droit à son bureau pour exiger qu'il imprime un démenti.

Comment avait-il pu faire une chose pareille ?

— Matt, répétai-je, puis-je vous parler en privé ?

— Non, dit Miss Glass sans lui laisser le temps de répondre. Elle se décala pour que je puisse le voir.

Il se tenait au milieu de la pièce, les bras croisés sur sa poitrine, chacun des muscles de son corps contracté. Son regard me parcourut de la tête aux pieds. Puis il tourna les talons et sortit.

Je dus me retenir de lui crier de revenir. Je fermai les yeux pour ne pas voir Willie et Duc qui me lançaient un regard noir, comme si l'article était signé de mon nom au lieu de celui d'Oscar. Je me laissai retomber sur le sofa avec un gémissement.

— Comment as-tu pu faire ça ? se lamenta Willie. Mais enfin, qu'est-ce qui ne va pas chez toi, India ?

— Mais de quoi parlez-vous ? s'enquit Miss Glass.

Personne ne lui répondit.

— Duc, donnez-moi ce journal, dit-elle.

Il le lui tendit en soupirant. Elle parcourut le journal et s'arrêta sur l'article en question. Elle le lut rapidement et abaissa la feuille.

— Oscar Barratt est votre ami, India.

— Plutôt une connaissance, marmonnai-je. Comment a-t-il pu me faire une chose pareille ? Nous avions convenu de ne rien publier.

— Mais vous en avez parlé, dit Duc en secouant la tête.

— Espèce d'idiote ! s'emporta Willie. Tu sais ce qui va arriver, maintenant ?

— Tous les membres de toutes les guildes vont s'en prendre à ceux qui sont meilleurs qu'eux et plus talentueux, dis-je. Oui, Willie, je suis bien consciente de ce qui va arriver maintenant. C'est pourquoi Oscar et moi, nous avions décidé de ne rien faire.

— Visiblement, il n'était pas du même avis, dit Duc.

Miss Glass eut un petit rire dédaigneux.

— Mais enfin, personne n'en croira un mot.

— Espérons-le.

Je me levai du sofa.

— Il faut que je voie Matt. Je dois lui expliquer.

— Lui expliquer quoi ? gronda Willie. Que toi et Oscar, vous avez manigancé tout ça dans son dos ?

— Ne sois pas ridicule, Willie. Nous n'avons rien manigancé.

Nous avons débattu du pour et du contre, c'est tout, et nous avons ensuite décidé que ce serait une mauvaise idée de révéler l'existence de la magie.

Elle arracha le journal des mains de Miss Glass.

— Si tu n'en avais pas parlé à Barratt, il n'aurait pas écrit ça !

Elle abattit brusquement le journal sur la table.

— Miss Glass a raison, repris-je. Personne n'en croira un mot.

— Ceux qui ont déjà des soupçons y croiront ! Ceux qui ont vu des choses qu'ils sont incapables d'expliquer y croiront ! Ceux qui ont vu un jour leur clientèle leur préférer un concurrent meilleur qu'eux y croiront !

— Et si ce n'était que le début ? demanda Duc. Si cela débouchait sur plus d'investigations ? Plus de vengeances personnelles, plus de gens qui voudront se faire justice eux-mêmes ? Nom de Dieu, India, cet article parle des horlogers !

C'était cela, le pire. Je croyais qu'Oscar était mon ami. Je croyais qu'il m'appréciait pour ma personnalité. Mais il s'avérait qu'il ne m'appréciait que pour les informations que je pouvais lui donner sur la magie. Une fois de plus, je m'étais lourdement trompée sur le compte d'un homme.

J'enfouis mon visage dans mes mains et fermai les yeux pour retenir les larmes que je sentais monter. Ce que j'avais pu être sotte ! J'étais vraiment une pitoyable idiote !

— C'est pour ça que Matt est en colère, dit Duc sur un ton plus doux. Il craint que quelqu'un vous associe à...

Je relevai la tête pour voir pourquoi il n'avait pas achevé sa phrase. Lui et Willie dévisageaient Miss Glass, les lèvres serrées. Mais Miss Glass, elle, me regardait, les yeux comme des soucoupes.

— Vous êtes une... une magicienne, India ? murmura-t-elle.

Oh non ! Ce n'était vraiment pas le moment.

Mais il était trop tard. Nous avions oublié qu'elle ignorait l'existence de la magie, et maintenant, il fallait que je lui avoue la vérité, je ne pouvais plus m'y dérober.

— Oui, je suis magicienne.

— Oh.

Ses yeux se perdirent dans le vague et ses traits se détendirent.

— J'aime beaucoup le bord de mer, pas vous ? Harry m'y emmènera peut-être à son retour. Savez-vous quand il rentrera, Veronica ?

Je soupirai, soudain prise du besoin de l'emmener dans sa chambre pour m'y cacher avec elle.

— Duc, allez chercher Polly.

— Qui est Polly ? demanda Miss Glass d'une voix affaiblie.

— Votre femme de chambre.

— Non, dit-elle en secouant la tête. C'est vous, ma femme de chambre, Veronica. Ne dites pas de sottises.

Polly arriva accompagnée de Mrs Bristow. Miss Glass les suivit sans protester. Son départ me laissa encore plus abattue, mais plus déterminée que jamais à parler à Matt.

Alors que, après une profonde inspiration pour me donner du courage, je m'étais levée, Chronos entra.

— C'est le branle-bas de combat, ici, remarqua-t-il en regardant par-dessus son épaule. Que s'est-il passé ?

Duc lui lança le journal. Je jugeai que le moment était bien choisi pour m'en aller.

Je n'allai pas plus loin que le vestibule. J'y trouvai Matt, qui prenait son chapeau des mains de Bristow. Peter accourut depuis l'arrière de la maison.

— Mr Cyclope arrive tout de suite avec la voiture, Monsieur.

— Je vous accompagne, dis-je à Matt.

Il me fusilla du regard.

— Vous ne savez pas où je vais.

— Bien sûr que si. Croyez-moi, j'ai autant de choses que vous à dire à Oscar, si ce n'est plus.

Il ne fit que froncer davantage les sourcils.

Bristow ouvrit la porte d'entrée au moment précis où Cyclope arrêtait la voiture en bas des marches. Matt échangea quelques mots avec lui, et Cyclope croisa mon regard par-dessus la tête de Matt. Je montai en voiture sans attendre qu'on m'aide.

— Je sais que vous ne me croyez pas, dis-je à Matt lorsqu'il s'assit en face de moi, mais je n'ai pas demandé à Oscar d'écrire cet article. Nous en avons parlé, mais nous étions parvenus à la conclusion qu'il serait trop risqué de révéler la magie au grand public. Du moins, je pensais que nous étions parvenus à la même conclusion.

— Je vous crois, India.

— Vraiment ? Pourquoi cet air furieux, alors ?

— Je n'ai donc pas le droit d'être furieux même si je vous crois ?

— Non ! Réservez cela à Oscar. Je ne veux que votre sourire, vos yeux limpides et votre charme.

Je reniflai, consciente d'avoir l'air ridicule et d'être injuste avec lui, mais incapable de réprimer mon chagrin.

— Vous êtes en colère contre moi, Matt. Je le sais bien.

— Ce n'est pas de la colère, dit-il d'un ton sec qui laissait entendre tout le contraire.

Il se détourna pour regarder par l'une des vitres, et je regardai par l'autre. Plusieurs minutes s'écoulèrent dans un silence atrocement douloureux. Au lieu de me concentrer sur Matt, je me mis plutôt à réfléchir à ce que je dirais à Oscar. Les mots de reproches à son encontre me vinrent bien plus facilement, malgré les larmes qu'ils me faisaient monter aux yeux. Il m'avait trahie. Je lui avais fait des confidences, et il avait tout étalé dans son journal sans aucun scrupule. Il m'avait manipulée jusqu'à ce que je l'apprécie, pour mieux parvenir à ses fins. Comme j'avais été naïve !

La voiture ralentit à mesure que la circulation s'intensifiait aux abords de Fleet Street. Lorsqu'elle s'arrêta complètement au carrefour de Ludgate, Matt vint s'asseoir à côté de moi. Il plaça sa main sur la mienne, qui était posée sur ma cuisse. Même si nous portions tous deux des gants, c'était un geste aussi intime que l'avaient été nos baisers. Mes yeux s'emplirent à nouveau de larmes, et je n'osai pas croiser son regard.

— Ne faites pas cela, dit-il simplement.

— Que je ne fasse pas quoi ?

— Vous vous faites des reproches. Vous avez tort. Je vous connais assez pour savoir que vous n'avez pas pu approuver cet article. Le seul coupable, c'est Barratt.

— Nous en avons parlé ensemble.

Il retira sa main de la mienne.

— Vous le défendez.

— Si je ne m'étais pas rendue là-bas dans l'intention de discuter d'un tel article, il n'aurait pas décidé de l'écrire. Il est normal que j'assume ma part de responsabilité.

Il ne répondit pas immédiatement, ce qui m'obligea à lever les yeux vers lui. Il me regarda en clignant des yeux.

— Vous êtes allée là-bas pour lui parler d'une idée d'article ?

Je fis une grimace gênée. C'était vraiment une idée idiote, que j'avais eue là.

— Oui.

— Vous n'aviez pas d'autre raison ?

— Je trouvais qu'il était poli de prendre des nouvelles de sa convalescence, mais ce n'était pas ma préoccupation première à ce moment-là.

Cela paraissait si insensible, maintenant que je le formulais à voix haute.

— Je vois, dit-il.

— Et que voyez-vous, au juste ?

Il gardait les yeux fixés sur ses mains, qu'il avait posées à plat sur chacune de ses cuisses.

— Je vois à présent que mon idée de vous inciter à devenir... plus que de simples connaissances ne marchera pas.

Je parvins tout juste à rire.

— Ça n'aurait jamais pu marcher.

Je ne précisai pas pourquoi, et il ne me le demanda pas. Ce sujet fut oublié et, quelques minutes plus tard, nous arrivâmes au bureau de la *Gazette Hebdomadaire*.

Au lieu d'attendre à la réception qu'un employé s'occupe de nous, nous fîmes irruption dans la grande salle où trois hommes, debout autour d'une longue table, étudiaient les feuilles disposées devant eux. Ils levèrent tous la tête. Je reconnus Mr Baggley, le vieux rédacteur en chef qui avait été présent quand Mr Pitt avait tiré sur Oscar à peine quelques jours plus tôt.

— Que puis-je faire pour vous ? demanda-t-il.

— Où est Barratt ? vociféra Matt.

Mr Baggley fit le tour de la table pour venir nous saluer.

— Il n'est pas là.

Mais Oscar se tenait déjà sur le seuil de son bureau.

— Tout va bien, dit-il à son rédacteur en chef. Je les attendais.

Il fit un pas de côté pour nous laisser entrer.

Matt se campa devant lui. L'espace d'un instant, je crus qu'il allait donner un coup de poing à Oscar, mais ses yeux tombèrent sur son bras en écharpe. Matt n'était pas du genre à frapper un homme blessé qui ne pouvait pas se défendre. Il poussa un gros soupir de frustration.

Oscar referma la porte de son bureau et nous invita à nous asseoir. Aucun de nous deux n'accepta.

— Comment osez-vous ! m'écriai-je. Nous étions d'accord pour ne pas publier d'article révélant l'existence de la magie.

Il se plaça de l'autre côté de son bureau, peut-être pour rester hors de portée de Matt qui, il faut bien l'admettre, avait l'air hors de lui.

— Il le fallait, India.

— Ne m'appelez pas India. Vous avez perdu ce droit, Mr Barratt. Nous ne sommes plus amis.

Il me fit un sourire triste.

— Alors vous ne voulez plus aller au théâtre avec moi ?

Je ne pris même pas la peine de lui répondre. Je m'assis simplement dans l'un des fauteuils et me massai le front. Comment pouvait-il plaisanter en de pareilles circonstances ?

— Barratt, vous n'êtes qu'un imbécile, dit Matt de sa voix calme, mais inflexible. Vous ne réalisez pas ce que vous avez fait.

— Bien sûr que si.

Oscar s'assit à son tour en faisant attention à son bras blessé.

— Je sais que vous craignez tous les deux les conséquences de cet article, mais j'ai l'intime conviction que toutes ces répercussions dont nous avons parlé, Miss Steele, ne seront que de courte durée.

— Une durée suffisante pour causer beaucoup de tort, gronda Matt. Pensez-vous honnêtement que les magiciens ne souffriront pas de cette révélation ?

Oscar se hérissa.

— Je n'ai cité aucun nom.

— Ça ne change rien. Quiconque s'est un jour attiré la jalousie des membres de sa guilde deviendra la cible de leurs soupçons. Et de là, il n'y a qu'un pas à faire pour en arriver à du ressentiment et de la haine. Nom de nom, India a déjà eu des ennuis avec la Guilde des Horlogers !

— Et il n'y a pas que moi, lui rappelai-je, et il n'y a pas que cette guilde.

Mais Matt n'eut pas l'air de m'entendre. Il restait debout, profitant de toute sa hauteur pour toiser Oscar en appuyant ses poings sur le bureau.

Oscar ne broncha pas.

— Miss Steele n'est membre d'aucune guilde. Elle n'a pas de boutique, elle ne fabrique pas d'horloges et ne pratique pas sa magie. Elle n'est une menace pour personne ; elle ne risque rien.

— Vous êtes bien naïf de croire cela.

— Et qu'en est-il de votre propre famille, Mr Barratt ? demandai-je. Ils travaillent dans l'industrie de l'encre et, d'après ce que vous avez dit vous-même, l'entreprise de votre frère fabrique la meilleure encre du pays parce qu'il est magicien. Il sera le premier à pâtir de votre article, puisque c'est vous qui l'avez écrit.

Il m'interrompit d'un geste de la main.

— J'ai déjà reçu un télégramme de mon frère. Laissez-le régler ses propres comptes avec moi. Il n'a pas besoin que vous montiez au créneau pour lui.

Je me reculai sur mon siège. Était-ce un stratagème élaboré pour provoquer la colère de son frère ? Y avait-il là une rivalité dont je n'avais pas eu connaissance ?

— Nos enquêtes ne vous ont-elles donc rien appris ? dis-je. Je sais que vous en connaissez les détails. Un jeune cartographe a été enlevé et tué à cause de ses compétences magiques. Par *jalousie*, Mr Barratt.

— Et c'est Mr Pitt qui a tué le Dr Hale, rétorqua-t-il, et pourtant, ils étaient *tous les deux* magiciens. Vous vous en prenez à moi avec véhémence, mais je sais que cette idée vous séduisait quelque peu. C'était forcément le cas, autrement vous ne seriez pas venue m'en parler. Ce n'est pas parce que *vous* avez changé d'avis...

Matt frappa sur le bureau du plat de la main, ce qui me fit sursauter. Ce geste fit taire Oscar, devenu soudain parfaitement attentif.

— Ne faites pas de reproches à India. Elle est revenue à la raison, pas vous.

La porte du bureau s'ouvrit et Mr Baggley passa la tête par l'entrebâillement.

— Vous avez un autre visiteur, Oscar. Il refuse de partir.

— Faites-le entrer.

La porte s'ouvrit à la volée et le nouveau venu apparut.

— Mr Gibbons ! m'exclamai-je en me levant. Je n'avais pas revu le grand-père de l'apprenti cartographe depuis que son petit-fils avait été tué par son rival. Ce vieux magicien cartographe m'avait appris plusieurs choses précieuses sur ma propre magie, mais en définitive, il était du même avis que Matt : il pensait qu'il valait mieux que les profanes n'apprennent pas l'existence de notre magie. Et il avait raison, comme l'avaient prouvé les événements : son petit-fils avait perdu la vie parce que des profanes étaient devenus jaloux de son prodigieux talent.

— Vous ? s'étonna Mr Gibbons en tendant le doigt vers moi, puis vers Matt. C'est vous qui êtes derrière toute cette histoire ?

— Non, dit Matt. Barratt a écrit son article de son propre chef. Nous sommes ici pour la même raison que vous, je crois. Pour lui dire qu'il n'est qu'un sombre imbécile.

Mr Gibbons, avec ses cheveux blancs comme neige, avait l'air vénérable au milieu de ce bureau, et les nouvelles rides qui étaient apparues sur son visage témoignaient de ses souffrances récentes. Je lui pris le bras et l'entraînai vers l'autre fauteuil avant de me rasseoir à mon tour.

— C'est de la folie, dit-il d'une voix chevrotante. Savez-vous ce que vous avez déclenché en écrivant cet article, Mr Barratt ?

Les lèvres d'Oscar s'étirèrent en un sourire implacable et satisfait.

— J'ai déclenché une révolution.

Peut-être était-ce Mr Gibbons qui avait raison : Oscar était fou. En tout cas, il en avait tout l'air en cet instant, avec ce rictus féroce et cette lueur fanatique dans ses yeux.

— Les révolutions tuent, dit Matt.

— Mais elles jettent à bas les oppresseurs, rétorqua Oscar.

— Et dans les deux camps, des innocents y trouvent la mort.

— C'est absurde, intervins-je. Vous n'avez pas déclenché de révolution, Mr Barratt, vous avez semé, dans le meilleur des cas, les graines du soupçon et de la jalousie, et dans le pire des cas, celles des représailles. Nous ne sommes pas opprimés par les guildes, enfin !

Il éclata de rire.

— Vous avez dit vous-même qu'elles vous avaient persécutée. J'ai entendu des dizaines d'histoires de magiciens qui ont été obligés de cacher leur talent à leur guilde, de peur d'en être chassés. Et d'ailleurs, une exclusion de leur guilde était le cadet de leurs soucis, dans certains cas. J'ai parlé avec vous, Mr Gibbons, après la mort de votre petit-fils, et vous m'avez dit que vous aviez passé toute votre vie à devoir cacher votre magie. Vous avez même délibérément introduit des erreurs dans vos cartes pour que votre guilde ne se doute de rien.

— Vous m'aviez promis de garder ce détail pour vous, protesta Mr Gibbons sans desserrer les dents.

— Et votre nom n'apparaît pas dans mon article. Ni aucun autre nom, d'ailleurs. Le monde n'est pas encore prêt, mais quand il le sera, mon nom sera le premier sur la liste des magiciens.

Oscar frappa du doigt sur son bureau.

— Je serai tout en haut. Je leur montrerai qu'ils ne peuvent pas m'intimider.

— Vous risquerez votre vie, dit Matt en secouant la tête.

— C'est un risque je suis prêt à courir.

— Vous changerez peut-être d'avis quand vous aurez vu la haine et la peur engendrées par votre article.

— Je ne crains pas pour ma vie, Mr Glass.

— Ni pour celle de votre famille, ni pour celle d'India ou de Mr Gibbons.

Matt se frappa la tempe du doigt.

— Vous ne réfléchissez pas, Mr Barratt.

— Je n'avais pas eu l'esprit aussi clair depuis des années, au contraire. Vos enquêtes récentes m'ont aidé à réaliser l'importance de cette décision pour les futures générations de magiciens. Mes articles rendent un hommage éclatant à tout le bien que peut faire la magie, à toutes les possibilités qu'elle offre. Les profanes viendront chez nous en foules et chanteront nos louanges, et les guildes n'oseront rien faire. Si elles exercent des représailles, leur geste sera vu pour ce qu'il est : un acte de jalousie. Les gens cesseront de croire que les membres des guildes sont les meilleurs artisans, parce qu'ils sauront que les meilleurs ont été ostracisés depuis plusieurs générations. Les guildes perdront leur pouvoir et le système restera sur le carreau. C'est un système archaïque, de toute façon. Il mérite d'être éradiqué.

— Si vous croyez que les guildes disparaîtront sans résister, vous êtes encore plus naïf que je ne le pensais, dit Matt en secouant la tête. Elles lutteront avec toutes les armes à leur disposition.

— Elles n'ont aucune arme contre l'opinion publique, Mr Glass. Et en définitive, ce qui compte, c'est l'opinion publique, rien d'autre. C'est elle qui change les comportements et les mentalités et, enfin, les lois.

Il parlait vraiment d'une révolution. Se pouvait-il qu'il y en ait une à l'horizon ? Se pouvait-il qu'il ait fait le bon choix ?

Et même s'il avait raison, je ne pouvais imaginer l'avenir qu'il décrivait sans qu'il y ait d'innombrables victimes innocentes. Mes amis les Mason seraient contraints de choisir leur camp, et puisqu'ils étaient profanes, il était facile de deviner lequel ils choisiraient. Mr Abercrombie et les autres avaient également prouvé jusqu'où pouvaient aller les guildes pour se préserver. Sa révolution coûterait trop de vies. Du moins, je le craignais.

— Vous ne convaincrez pas grand monde, dit Mr Gibbons. Pas parmi les magiciens.

Oscar ramassa une pile de documents sur son bureau. Il devait y avoir là au moins dix feuilles.

— Voici des messages de soutien qui ont été glissés sous la porte de la *Gazette* depuis que mon article est paru dans l'édition de ce matin. Chacun d'entre eux me *remercie* d'avoir révélé l'existence de la magie.

— Ces messages sont-ils anonymes ? demanda Matt.

Oscar reposa les feuilles sans répondre.

— Une révolution a besoin d'une armée prête à sortir de l'ombre pour se battre, Mr Barratt. Il vous faudra plus que des alliés anonymes.

— Ça viendra. Ils prendront de l'assurance quand j'aurai fait paraître d'autres articles. Je veux que mes textes servent à initier une conversation sur la question de la magie, et une fois que cette conversation sera lancée, alors les magiciens se feront connaître. Ils ont juste besoin de voir que le mouvement existe. Et quand ils le verront, ils s'y joindront. J'espère que *vous* me rejoindrez, Mr Gibbons. Et vous aussi, India.

Sa voix se radoucit et son regard se fit plus tendre pour m'enjôler. Il s'était remis à m'appeler par mon prénom, une stratégie que je ne manquai pas de remarquer. Pourtant, une part de moi espérait qu'il avait raison et qu'il avait bel et bien déclenché une révolution. Mais je priais de toutes mes forces pour qu'elle se fasse sans effusion de sang.

— Laissez India en dehors de ça, rugit Matt. Elle est bien trop intelligente pour se laisser prendre à votre propagande. Et Mr Gibbons aussi.

— Absolument, approuva Mr Gibbons.

— Miss Gibbons se laissera peut-être plus facilement convaincre. Elle avait l'air plus que disposée à parler de ce qui est arrivé à son fils...

Mr Gibbons se jeta en travers du bureau, mais Oscar se recula pour l'éviter.

— Laissez ma fille en dehors de tout cela. Elle est vulnérable depuis la mort de Daniel, et de toute façon, elle n'est pas magicienne.

Oscar leva une main en signe de capitulation.

— Si ça ne vous ennuie pas, j'ai un autre article à écrire pour l'édition de la semaine prochaine. Mon rédacteur en chef est ravi des réactions suscitées par le premier, et il veut que j'écrive un quart de page détaillant les différents cas de magiciens qui ont fait un travail remarquable et qui ont été réprimés par leur guilde. Ne craignez rien, je ne citerai aucun nom.

— Mais vous mentionnerez des événements que je vous ai racontés, objectai-je. Comment pouvez-vous me trahir ainsi, Oscar ? Je nous croyais amis.

— Je vous considère toujours comme mon amie, India. Vous le resterez toujours à mes yeux. Mais nous ne tomberons pas d'accord sur ce point. Je *dois* aller jusqu'au bout de mon projet.

Je secouai la tête et poussai un soupir. Personne ne pourrait lui faire entendre raison.

— Soyez prudent. Vous venez de vous coller une cible dans le dos.

Il me montra son bras en écharpe.

— J'ai l'habitude.

Mr Baggley passa à nouveau la tête dans l'encadrement de la porte.

— Il y a là deux messieurs qui veulent vous voir, Oscar, annonça-t-il avec un petit sourire. L'un d'eux est Mr Force, journaliste pour *The City Review*.

— *The Review* ! s'esclaffa Oscar. Qu'est-ce qu'il me veut ?

Mr Baggley haussa les épaules, mais Matt dit :

— Votre article affecte les commerces et les guildes. Il veut sans doute découvrir ce que vous savez de la magie, quelles sont vos sources, et si vous croyez à ce que vous avez écrit, ou si vous cherchez seulement à semer le chaos.

The City Review était un journal qui paraissait chaque matin, du lundi au vendredi, et qui était essentiellement consacré aux questions économiques. C'était le journal que les banquiers, les avocats et autres acteurs du secteur financier et gouvernemental lisaient en se rendant à leur travail. Son équipe éditoriale avait dû trouver l'article d'Oscar extrêmement intéressant : en effet, il avait un impact considérable sur les guildes, ce qui, par ricochet, avait des répercussions sur l'économie du pays. Tous les échelons de l'industrie et de l'artisanat étaient connectés par une multitude de liens parfois difficiles à démêler pour qui n'était pas du métier. Comme l'avait dit Matt, un journaliste du *City Review* avait intérêt à savoir si Oscar détenait des informations spécifiques, ou s'il faisait juste dans le sensationnalisme pour vendre ses journaux.

— Et l'autre visiteur ? demanda Oscar en ignorant la remarque de Matt.

— Un certain Mr Abercrombie, maître de la Guilde des Horlogers.

CHAPITRE 11

J e poussai un gémissement agacé. Matt posa une main
sur mon épaule et transperça Oscar d'un regard
accusateur.

Oscar prit un air satisfait.

— Parfait. Voyons ce que veut Abercrombie. Voulez-vous
rester, India ?

— Non, dit Matt avant que j'aie pu décider si je voulais rester
ou non.

— Il nous verra partir, dis-je à Matt. Autant écouter ce qu'il
va dire et lui assurer que je n'avais rien à voir avec cet article.

Sa mâchoire se crispa. Il n'avait pas du tout l'air d'apprécier
ma suggestion, mais il ne m'exhorta pas à partir.

Mr Gibbons, en revanche, prit congé.

— Bien que je ne sois plus actif au sein de la Guilde des
Cartographes, dit-il à Oscar, ni moi ni ma fille ne voulons être
mêlés à cela. Ne mentionnez pas le nom de ma famille. Est-ce
bien compris ?

Oscar acquiesça.

— Bien entendu. Merci d'être passé.

Mr Gibbons passa devant Mr Abercrombie et s'en alla. Le
second visiteur, le journaliste du nom de Mr Force, entra derrière
Abercrombie, mais il resta près de la porte, laissant Abercrombie
parler le premier.

Abercrombie ne me quittait pas des yeux. Son regard cruel exprimait un profond dégoût.

— Je me doutais que vous étiez derrière cette affaire, Miss Steele.

— Vous faites erreur, répliquai-je. J'étais venue dire à Mr Barratt que je n'approuvais pas son article.

La moustache huilée d'Abercrombie frémit, toute luisante d'indignation.

— Je ne suis pas naïf, Miss Steele. Cet article répétait mot pour mot vos propos.

— Me traitez-vous de menteuse ?

— India n'a rien à voir avec ça, vociféra Matt. Nous sommes ici pour la même raison que vous : pour dissuader Barratt d'écrire d'autres articles.

Il regarda l'autre journaliste derrière Abercrombie en le saluant d'un signe de tête. Je soupçonnai Matt de vouloir en dire plus, mais de ne pas faire confiance à cet inconnu.

— Détrompez-vous, Mr Glass, dit Abercrombie.

Sous sa moustache, ses lèvres pincées se tordirent en un étrange rictus.

— Je ne veux pas dissuader Mr Barratt d'écrire d'autres articles sur la magie. Je veux l'encourager à en écrire plus, au contraire.

— Plus ? répétai-je, consciente de saisir la perche qu'il me tendait.

— Personne ne le prend au sérieux, Miss Steele. Ce journal a déjà l'image d'un torchon racoleur de bas étage, et l'article de Barratt vient de le faire sombrer un peu plus.

— Je ne vous permets pas ! s'indigna Mr Baggley.

— Alors continuez d'écrire, Mr Barratt, dit Abercrombie. Poursuivez sur la même lancée, et faites encore plus de tort à la réputation de votre journal. Je vous mets au défi.

Son plan consistait-il seulement à espérer que le public trouverait les allégations d'Oscar ridicules ? Ce n'était pas un très bon plan, à mon avis. Les Londoniens étaient prêts à croire toutes sortes de rumeurs colportées par les journaux, simplement parce qu'ils pensaient que s'il y avait quelqu'un pour les publier, c'est qu'elles devaient être vraies. La preuve en était un témoignage récent selon lequel une sirène aurait été aperçue dans la Tamise. Bien des Londoniens juraient encore entendre le chant des sirènes au bord du fleuve, par les soirs de temps clair.

— Mon journal n'est ni racoleur, ni un torchon de bas étage, protesta Mr Baggley en croisant les bras. Oscar peut étayer chacun des faits qu'il avance dans son article. N'est-ce pas, Oscar ?

— En effet, dit Oscar.

Mr Force du *City Review* entra dans la pièce. Il était svelte et pas beaucoup plus grand que moi, avec un air d'aplomb et de suffisance qui me faisait penser à Oscar, bien qu'il n'y ait entre eux aucune ressemblance. Oscar avait les cheveux bruns et les yeux marron, tandis que Mr Force était blond avec des taches de rousseur.

— Prouvez-le, dit-il. Publiez les noms de vos sources.

— Hors de question, rétorqua Oscar.

— Alors vos histoires de magie seront considérées comme un vulgaire canular.

— Par qui ? Par vous ?

— Par moi, et par tous les autres journalistes et lecteurs qui vous soupçonneront d'avoir tout inventé pour vendre plus d'exemplaires.

Mr Baggley eut un petit sourire satisfait.

— C'est vrai que nous vendons plus d'exemplaires. Nous avons déjà tout vendu, ce qui est un record pour la gazette à cette heure de la journée. D'autres tirages de cette édition seront disponibles demain, et dans le numéro de la semaine prochaine, j'imprimerai plus d'exemplaires contenant le dernier article d'Oscar, et je parie que nous les écoulerons tous, eux aussi. Oscar a vu juste. Les Londoniens ont su voir qu'il disait la vérité. Ils le croient, parce qu'ils se doutaient depuis longtemps que les guildes cachaient un secret pour conserver leur emprise. Bien des gens avaient des soupçons, et certains ont même deviné la vérité.

Il ramassa sur le coin du bureau un exemplaire du dernier numéro et l'agita devant le visage de Mr Force.

— J'aurais dû laisser Oscar imprimer ça la première fois qu'il m'a présenté son idée, mais je lui ai demandé d'attendre d'avoir des preuves. Eh bien, il en a, à présent.

— Alors imprimez-les, vos preuves ! s'écria Mr Abercrombie. Publiez les noms de vos sources !

Oscar secoua la tête, impassible devant cet homme qui postillonnait au-dessus de son bureau.

— Je ne publierai rien qui permette d'identifier qui que ce soit. Mes sources ont tenu à rester anonymes, et je respecterai leur souhait. Si certaines acceptent que je publie leur nom, je le ferai bien volontiers.

Il ne chercha pas mon regard, mais c'était sans importance. Abercrombie savait que j'étais sa principale source d'informations. Il voulait juste que le reste du monde le sache, et c'était la raison de sa présence ici : pour faire honte à Oscar afin de le pousser à le révéler.

— Lâche, ricana Abercrombie.

— N'importe quel journaliste en ferait autant, dit Oscar en lançant un regard appuyé à Mr Force.

Celui-ci ne répondit que par un vague grognement.

— Vous finirez par regretter votre arrogance, Barratt.

— Et vous, d'avoir choisi le mauvais camp, Mr Force ; c'est ce qui causera votre perte, et celle de votre journal.

Mr Force eut un brusque rire de gorge.

— *The City Review* est bien au-dessus de ce fait divers ridicule, Barratt.

— Que faites-vous ici, alors ? Si vous êtes là, c'est que vous êtes inquiets, vous et vos investisseurs, ajouta-t-il avec un signe de tête à l'intention d'Abercrombie. Je me trompe ? Quelle autre raison auriez-vous de vous préoccuper de mon petit fait divers ridicule dans ce petit hebdomadaire ridicule ?

Je n'avais jamais vu Oscar parler avec tant d'orgueil, tant de dignité. Il croyait sincèrement en sa noble cause, sa révolution, comme il l'appelait. Il serait impossible de l'en faire démordre.

Mr Abercrombie avait dû s'en rendre compte aussi.

— Vous n'êtes qu'un méprisable pleutre ! Vous allez provoquer un véritable séisme qui plongera des familles entières dans la tourmente, et ça ne vous touche même pas.

Je crois bien que c'était la première fois que j'étais d'accord avec Abercrombie.

— Venez, Abercrombie, dit Mr Force. Nous avons du travail, vous et moi.

Contrairement à Abercrombie, il n'avait pas l'air inquiet du tout. Cette attitude désinvolte était une chose qu'il avait en commun avec Oscar.

— Ils vont écrire un démenti, dit Mr Baggley en les regardant partir.

— Laissez-les faire, dit Oscar. Cela ne fera que donner plus de poids à mon article. Les gens qui achètent leur journal et pas le nôtre seront curieux et chercheront à se procurer un numéro de la *Gazette* pour lire attentivement mon article.

Mr Baggley se frotta les mains.

— Je me félicite de ne pas avoir écouté tous ces mauvais coucheurs qui vous traitaient d'illuminé.

Il partit d'un petit rire.

— Quant à vous, dit-il en s'adressant à Matt et moi, il est temps de partir. Mon meilleur journaliste a du travail.

J'aurais voulu essayer encore de faire entendre raison à Oscar, mais je savais que c'était peine perdue. Matt avait dû parvenir aux mêmes conclusions, parce qu'il me prit par l'épaule et me guida vers la sortie.

— India, appela Oscar.

— Ne l'écoutez pas, me dit Matt sans s'arrêter.

— Je ne suis pas quelqu'un de rancunier, dit Oscar, qui se tenait sur le seuil de son bureau. Quand vous réaliserez que j'ai eu raison d'écrire cet article, j'aimerais vous parler. Ma porte vous sera toujours ouverte.

Matt s'arrêta dans l'antichambre du bureau et fit volte-face.

— Ne vous approchez plus d'India. C'est compris ?

Oscar le salua, ce qui lui valut un autre regard furieux de Matt. À croire qu'aujourd'hui, ses sourcils resteraient froncés en permanence.

Je dégageai mon coude de la main de Matt et sortis des locaux de la *Gazette* avant lui. Il dit à Cyclope de nous reconduire à la maison, puis il monta en voiture à côté de moi. Il retira son chapeau et se passa la main dans les cheveux. Son teint avait une pâleur cireuse et maladive et ses yeux laissaient deviner une migraine. Il était plus que temps pour lui d'utiliser sa montre.

Fallait-il que je lui dise de s'en servir maintenant, ou valait-il mieux garder mon avis pour moi ? Malgré son mal qui l'affaiblissait, il semblait tout de même prêt à me sauter à la gorge. J'étais peut-être injuste : c'était sans doute après Oscar qu'il en avait, mais je décidai de tenir ma langue tant que la situation ne serait pas désespérée.

Il finit par sortir de lui-même sa montre de sa poche. Il ferma les rideaux, ouvrit le boîtier et laissa son corps s'imprégner de la magie.

Une minute plus tard, il referma le boîtier. Son teint avait retrouvé un aspect normal et les muscles de son visage n'avaient plus l'air de tout faire pour contenir la douleur.

— Vous n'auriez pas pu empêcher Oscar d'écrire cet article, dit-il tout en rangeant la montre dans sa poche. Sa décision était prise avant même de vous rencontrer.

— Mais je lui ai fourni les preuves dont il avait besoin.

Il soupira.

— Non, India, cessez de vous en vouloir.

Je ne répondis rien. Je n'étais pas la seule à m'en vouloir. Même s'il disait tout ce qu'il fallait, tout ce que j'avais besoin d'entendre, je savais qu'il me tenait pour responsable, ne serait-ce qu'en partie.

Je me tournai vers la fenêtre et, au bout d'un moment, je rouvris le rideau. Je n'avais plus envie de parler d'Oscar et de son article, ni de tout ce que cela impliquait. La suite ne dépendait plus de nous. Nous ne pouvions pas empêcher Oscar d'écrire un deuxième article, pas plus que nous ne pouvions empêcher Mr Force du *City Review* d'écrire son démenti. Il ne restait plus qu'à voir de quel côté se rangerait le public, en supposant même qu'il s'y intéresse.

Mais si je ne voulais plus parler d'Oscar, c'était surtout parce que je ne voulais pas que Matt réalise que je partageais les idées d'Oscar sur sa révolution. Ce qui ne voulait pas dire que je n'étais pas inquiète. Je l'étais, et plus encore après avoir vu la colère d'Abercrombie quand Oscar avait refusé de révéler ses sources au public. Mais j'aimais l'idée que la magie ne soit plus un secret. Pouvoir entrer dans une boutique de montres sans avoir l'impression d'être porteuse d'une maladie contagieuse... ce serait merveilleux, libérateur. J'avais de sérieuses raisons de douter que nous puissions un jour en arriver là, mais je ne pouvais m'empêcher d'espérer.

Matt ne serait pas de mon avis, et je n'avais plus le cœur à me disputer avec lui.

* * *

Pendant que Matt se reposait dans ses appartements, j'informai Chronos, Willie, Duc et Cyclope de notre rencontre au bureau de la *Gazette*. Ils le prirent plutôt mal.

— Je vais y aller et braquer mon Colt sur cette raclure de brouette à fumier jusqu'à ce qu'il promette de ne plus écrire d'autres articles.

Tout en lâchant ses imprécations, Willie faisait les cent pas dans la bibliothèque. Heureusement qu'elle n'avait pas son arme sur elle, ou elle aurait risqué de se mettre en route sans plus attendre.

Je continuai de la surveiller de près tandis que les autres débattaient des mérites et des défauts de l'article d'Oscar. Chronos était le seul à penser que les choses pourraient bien se passer, à condition que les gens restent raisonnables.

— Mais c'est ça, le problème, objecta Duc. Les gens ne restent jamais raisonnables. Ils ne savent voir que leur point de vue, jamais celui des autres.

— Vous avez plus de foi en l'humanité que moi, dit Cyclope à Chronos. Quand le bon sens s'envole et laisse la place aux émotions, c'est le début des ennuis.

— Oui, approuvèrent Duc et Willie.

— Abercrombie est inquiet, ou il ne serait pas venu en personne voir Barratt, ajouta Chronos avec un rictus satisfait. J'aurais bien voulu voir sa tête quand Barratt lui a dit qu'il écrivait un autre article.

— La vengeance n'est pas une raison valable de soutenir Barratt, dit Duc. En particulier quand tout le monde risque d'en souffrir, les bons comme les mauvais.

— Les Mason vont perdre des clients, dit Cyclope en secouant la tête. Ce sont vos amis.

— Ce sont les amis d'Elliot, pas les miens, rectifia Chronos.

— Ce sont aussi les miens, ajoutai-je, ne sachant toujours pas dans quel camp me ranger. Je ne pourrais pas supporter de voir les Mason souffrir. Si le grand public croyait Oscar, ils perdraient une partie de leur clientèle au profit de magiciens, cela ne faisait aucun doute. D'un autre côté, il n'y avait pas de magiciens horlogers à Londres à part Chronos et moi, et aucun de nous n'avait de boutique.

Duc donna à Cyclope une légère bourrade assortie d'un clin d'œil.

— Tu pourras toujours prendre soin de Miss Mason s'il le faut.

— La ferme, maugréa Cyclope.

Duc et Willie gloussèrent tous les deux.

Nous entendîmes Bristow saluer quelqu'un dans le vestibule mais, la porte qui nous séparait étant fermée, nous n'entendîmes pas la voix qui lui répondait.

— Je dois vous prévenir, glissai-je discrètement à Chronos, profitant que les autres étaient distraits par l'éventualité d'une visite. Matt est opposé au plan de Barratt. Si vous voulez rester ici, mieux vaut éviter de dire que vous l'approuvez.

— Merci du conseil, dit-il. Mais c'est surtout toi qui as beaucoup à perdre si tu donnes ton avis, alors tu fais bien de tenir ta langue. Si tu mènes bien ta barque, tu pourrais profiter de tout ça jusqu'à la fin de tes jours, alors que moi, ma présence ici n'est que temporaire. Je vais bientôt repartir.

— Arrêtez, répliquai-je sèchement. Je travaille pour Matt, c'est tout. Cessez de sous-entendre autre chose.

Il secoua la tête.

— Je vois bien que tes parents t'ont inculqué trop de principes moralisateurs. Si c'était moi qui t'avais élevée...

La porte s'ouvrit et Bristow l'entrouvrit tout juste assez pour pouvoir se glisser dans l'entrebâillement.

— Miss Steele, Mr Hardacre demande à vous voir. Il dit qu'il sait que vous êtes là, et il refuse de partir tant que vous ne lui aurez pas parlé.

Il lança un coup d'œil oblique à Chronos.

— Que dois-je lui dire ?

— Comment sait-il qu'elle est ici ? demanda Cyclope.

Bristow n'avait pas de réponse à cette question.

— Je vais l'envoyer promener, dit Willie, qui avait déjà traversé la moitié de la pièce.

Je me levai.

— Non, j'y vais. S'il veut me voir, il ne renoncera pas tant qu'il n'y sera pas arrivé.

— Moi, je me demande surtout ce que te veut ton ancien fiancé.

— Hardacre ? répéta Chronos, qui venait de faire le rapprochement. Mais c'est le type qui a volé ma boutique !

Sa boutique ? Il ne manquait pas de culot !

— Bristow, veuillez accompagner Mr Hardacre au petit salon. Fermez la porte et restez avec lui jusqu'à mon arrivée.

Il ressortit aussitôt. Je ne voyais pas Eddie par l'embrasure de la porte, ce qui signifiait qu'Eddie ne voyait pas l'intérieur de la pièce. Tant mieux. S'il apercevait Chronos, cela nous attirerait plus d'ennuis que nous n'en avions déjà.

Je me tournai vers Chronos, les mains fermement posées sur les hanches.

— Ce n'était pas *votre* boutique. Vous y avez renoncé quand vous êtes parti en vous faisant passer pour mort. Cela aurait dû être *ma* boutique, léguée par mon père. Et maintenant, restez ici, et ne ressortez pas avant mon retour. Est-ce clair ?

Il renifla d'un air hautain.

— Je suis ton aîné. Fais preuve d'un peu de respect quand tu me parles.

— J'aurai du respect pour vous quand vous m'aurez prouvé que vous le méritez. D'ici là, je vous traiterai comme l'homme qui a abandonné sa femme et sa famille pour sauver sa peau.

— Elles s'en sont très bien sorties sans moi. Mieux, même.

— Ne vous montrez pas, lui ordonnai-je, irritée.

— J'ai bien des défauts, c'est vrai, mais la bêtise n'en fait pas partie. Bien sûr que je vais rester ici.

Je m'assurai que la voie était libre avant de sortir de la bibliothèque. Je traversai le hall jusqu'au petit salon en lançant un coup d'œil à l'étage du dessus en passant devant l'escalier. Je ne vis aucun signe de Matt. Avec un peu de chance, je parviendrais à me débarrasser d'Eddie avant qu'il ne se réveille. Matt avait déjà bien assez de soucis sans que je lui impose en plus la présence agaçante d'Eddie.

Quand j'entrai, mon ancien fiancé, au lieu de me regarder, leva les yeux au-dessus de ma tête. Je me retournai, m'attendant à voir Matt derrière moi, mais le hall était désert.

— Merci, Bristow, ce sera tout.

Le majordome me comprit à demi-mot et se retira avec une courbette. Je fermai la porte.

— Il n'y a pas de thé ? s'étonna Eddie. La maîtresse de maison ne me propose pas de gâteau ?

— Vous ne resterez pas assez longtemps pour prendre du thé et du gâteau, dis-je.

Il m'adressa son sourire terriblement charmeur que je trouvais jadis irrésistible, mais qui, je le savais à présent, n'était qu'une façade. Il le rendait encore plus beau pour qui aimait les traits fins et délicats surmontés de cheveux blonds ondulés. Ajoutez à cela ses yeux bleus, et je me souvenais sans mal des raisons pour lesquelles je m'étais crue amoureuse de lui, autrefois. J'avais été trop éblouie par sa beauté pour voir la laideur de son cœur. À présent, je pouvais à peine le regarder sans sentir mon estomac se soulever.

Si seulement j'avais pu déceler cette laideur avant l'enterrement de mon père ! Mais pour ma défense, Eddie avait été très persuasif. Ses sourires paraissaient sincères, son attachement pour moi paraissait réel. J'avais tant voulu croire qu'il tiendrait sa promesse de prendre soin de moi ! Aujourd'hui, je savais que je n'avais besoin de personne pour cela, mais à l'époque, je manquais autant de confiance en moi que de moyens de subsistance. Ma situation avait bien changé en quelques mois à peine !

Il s'assit sur un fauteuil près de la cheminée et me fit signe de m'asseoir sur le sofa. Je choisis de rester debout.

— Où est votre maître ? demanda-t-il.

— Si vous faites référence à mon employeur, Mr Glass n'est pas là.

— Est-il chez lui ? Le majordome n'a pas voulu me le dire.

— Pourquoi posez-vous la question ?

— Pourquoi refusez-vous de répondre ?

— Eddie, je n'ai pas le temps pour ce petit jeu, et je doute que vous puissiez vous permettre de laisser la boutique fermée très longtemps. Venez-en au fait.

Ses doigts se resserrèrent sur l'accoudoir du fauteuil, mais c'était le seul signe indiquant que mes paroles avaient fait mouche.

— Qui vous dit que je n'ai pas engagé un assistant ?

— Ça m'étonnerait que vous en ayez les moyens. La boutique ne faisait pas de gros bénéfices du temps de mon père, et il était meilleur horloger que vous, et meilleur commerçant, aussi.

— Balivernes ! Qui colporte des mensonges sur ma situation financière ? Est-ce la fille des Mason, cette petite cruche ?

Puis, avec un rire cruel, il ajouta :

— Une donzelle ridicule, toujours à battre des cils devant tous les hommes qu'elle croise. Elle ne peut pas s'empêcher de flirter, le saviez-vous ?

— Vous confondez être aimable et flirter.

— Je suis pas surpris que vous preniez sa défense.

— Naturellement, puisque c'est mon amie et qu'elle a toujours été là pour moi quand j'avais besoin d'elle. Mais vous seriez bien incapable de reconnaître la bonté chez les autres, puisque vous en êtes vous-même totalement dénué. Dites-moi ce qui vous amène, et allez-vous-en. J'ai mieux à faire que de parler avec vous.

— Vous acoquiner avec des journalistes, par exemple ?

Il croisa les jambes et joignit les mains devant lui.

Mes doigts frémirent de l'envie d'effacer de son visage ce sourire suffisant.

— L'article de la *Gazette* n'a aucun rapport avec moi.

— Ne me prenez pas pour un imbécile, India.

— Pourquoi pas ? C'est bien ce que vous êtes. Ainsi que le pantin d'Abercrombie. Est-ce lui qui vous envoie ?

Son sourire se fit plus pincé.

— Je suis bien trop intelligent pour être le pantin de qui que ce soit.

— Vous ? Intelligent ? C'est la meilleure !

C'était une remarque cruelle, mais cela me fit du bien, de le lui dire. L'aigreur qui se peignit sur son visage était une vision satisfaisante. Visiblement, son intelligence était pour lui un point sensible.

Il décroisa les jambes et se pencha en avant.

— Vous êtes une erreur de la nature, India. Ce n'est pas étonnant que vous ne soyez toujours pas mariée. Qui voudrait d'une épouse hargneuse comme une guêpe ?

Je lui donnai une gifle.

Sa tête partit violemment sur le côté et une marque rouge de la forme de ma main apparut sur sa joue.

— Garce !

Il se passa la main sur le visage, inspectant sa paume comme s'il s'était attendu à y voir du sang.

— Vous mériteriez que je vous donne une bonne correction.

Je reculai maladroitement, mais il ne tenta pas de s'avancer. Cela ne m'empêcha pas de me rapprocher de l'horloge posée sur le dessus de la cheminée. S'il essayait de me faire du mal, je la lui lancerais en espérant qu'elle infléchirait sa course pour le frapper comme l'avait fait l'horloge du tripot clandestin pour assommer mon agresseur.

— Mais vous n'oserez pas, parce que vous savez que Matt et ses amis vous le feraient payer.

Je parvins à empêcher ma voix de trembler, malgré mon cœur qui tambourinait furieusement. Il serait humiliant de faire maintenant preuve de faiblesse face à Eddie.

— Méfiez-vous, ou cette guêpe pourrait bien vous piquer.

Je refis un pas en avant et lui souris. Il se redressa lentement sur son siège.

— Voyez-vous, Eddie, ce que vous ne comprenez pas, c'est que la plupart des femmes préféreraient ne pas se marier du tout que de se contenter d'un homme comme vous.

— Et vous aussi, India, il y a une chose que vous ne comprenez pas, rétorqua-t-il en tirant sur ses manchettes et en rajustant sa cravate. C'est qu'une femme comme vous ne peut pas se permettre de rester célibataire toute sa vie. Oh, je sais que vous avez un peu d'argent de côté grâce à la récompense que vous avez touchée, mais il ne durera pas éternellement. Vous n'avez pas de famille, et aucune source de revenus. Nous savons tous les deux que vous ne pouvez pas compter sur Mr Glass pour vous épouser. Un homme comme lui peut avoir toutes les femmes qu'il veut ; pourquoi choisirait-il une femme banale et boulotte comme India Steele ? Vous êtes peut-être bonne pour une petite passade, mais espérer le mariage ? ajouta-t-il avec un rire cruel. Alors à votre place, je réfléchirais bien avant de me mettre à piquer, India, parce qu'il pourrait bien se lasser de vous plus tôt que vous ne le pensez.

— Ne vous inquiétez pas pour moi, Eddie, répondis-je d'une voix douce. Je réserve mes piqûres à ceux qui en valent la peine. Et à propos, il est temps pour vous de me dire ce que vous faites ici.

— Ah oui, le temps. Tout tourne toujours autour du temps, avec vous. Eh bien, voyons un peu... Pourquoi suis-je venu ?

Il jeta un coup d'œil vers la porte.

— Je me suis entretenu avec Abercrombie, ce matin. Nous avons parlé assez longtemps, à vrai dire, étant donné qu'il a pris l'habitude de partager avec moi les responsabilités de maître de la guilde depuis que j'en suis membre.

— Vous vous êtes entretenu avec Abercrombie ce matin ?

Était-ce avant ou après la visite d'Abercrombie au siège de la *Gazette* ?

— C'était il y a environ une heure et demie, dit-il avec un coup d'œil à l'horloge.

Une heure et demie plus tôt, c'était l'heure exacte à laquelle Abercrombie s'était rendu au bureau d'Oscar. Et il était parti avec l'intention de fournir à Mr Force des informations pour son article. Il était donc impossible qu'Eddie se soit longuement entretenu avec le maître de la guilde à ce moment-là. Mentait-il simplement pour se donner de l'importance ? Il était pathétique.

Il lança un nouveau coup d'œil vers la porte. Il craignait sans doute que Matt n'arrive et ne nous interrompe. Voilà donc pourquoi il avait demandé où était Matt : il voulait savoir s'il avait le temps de me parler seul à seule.

— Je vous repose la question, dis-je. Que voulez-vous, Eddie ?

Il s'assit sur le bord du fauteuil, sans s'enfoncer dedans ni croiser les jambes comme il l'avait fait un peu plus tôt. On aurait dit qu'il s'attendait à une nouvelle agression de ma part ; il était prêt à fuir.

— Mr Abercrombie a appris que vous enquêtiez sur la mort du Dr Millroy.

— Comment l'a-t-il appris ? demandai-je, même si j'étais presque sûre que c'était par le biais de Mrs Millroy.

Il se contenta de sourire.

— Vous ne pensez tout de même pas que je vais vous répondre ?

Je haussai les épaules.

— Notre enquête n'est pas un secret. La police nous a demandé de nous pencher sur le meurtre du Dr Millroy.

— Pourquoi ?

— Pour trouver l'assassin, bien sûr. Il s'avère que nous sommes d'assez bons détectives, ajoutai-je avec un sourire.

Il fronça les sourcils.

— Mais pourquoi rouvrir l'enquête maintenant ? Les faits se sont déroulés il y a vingt-sept ans.

— Vous n'aurez qu'à demander ses raisons au Commissaire Munro. Il ne me les a pas données.

— C'est absurde, s'emporta-t-il.

Mon sourire s'élargit. Il était extrêmement satisfaisant de le voir aussi frustré.

— Pourquoi vous intéressez-vous à notre enquête, Eddie ?

— Nous ne sommes pas stupides, India. Mr Abercrombie sait que votre grand-père et le Dr Millroy ont cherché à combiner leur magie et que leur expérience a échoué, causant la mort d'un homme.

— Cela n'explique pas votre intérêt pour l'enquête. Mon grand-père est mort, il ne peut plus être jugé. Cette affaire ne concerne plus la Guilde des Horlogers.

Il leva les yeux au plafond et poussa un profond soupir.

— Laissez-moi vous expliquer. Il est probable que le meurtre du Dr Millroy soit lié au meurtre de l'homme sur qui ils ont mené leur expérience. Cette affaire concerne donc les deux guildes.

— Mais ils sont morts tous les deux ! Et d'ailleurs, qu'est-ce qui vous fait penser qu'il y a un lien entre les deux événements ?

— Cela devrait pourtant être clair, même pour vous.

Il cherchait à me pousser à lui dire quelles preuves nous avions ou non, mais je ne me laisserais pas prendre à cette ruse. Je ne voulais surtout pas fournir d'informations à Abercrombie. Sans compter que je ne comprenais toujours pas pourquoi il s'y intéressait tant.

— Ce n'est pas un meurtre si la victime connaissait les risques et a accepté de leur servir de cobaye, dis-je.

— Comment savez-vous qu'il a accepté ? Étiez-vous présente ? Est-ce le fantôme de votre grand-père qui vous l'a dit ?

— N'essayez pas de plaisanter, Eddie. Vous n'êtes pas très doué pour l'humour. Je pourrais vous poser la même question : comment savez-vous que Mr Wilson n'était *pas* consentant ? Même Mrs Millroy affirme qu'il s'est prêté à l'expérience de son plein gré, alors qu'elle ne l'a rencontré que brièvement.

Il cligna des yeux, interloqué.

— Mr Wilson ?

— C'était le nom du vagabond.

— Vraiment ? Quel était son prénom ?

— Je ne sais pas. Avez-vous fini, maintenant ?

Il s'enfonça plus profondément dans son fauteuil et renversa sa tête en arrière. Ses mains agrippaient les accoudoirs et son pied tressautait juste assez pour m'agacer.

— Eddie ?

Il se releva soudain et boutonna sa veste.

— Je vous aurai prévenue, India.

— Ah bon ? Rappelez-moi, de quoi êtes-vous venu me prévenir, exactement ? D'arrêter de parler avec Oscar Barratt, ou de cesser notre enquête ?

— Les deux.

— Et si je refuse ?

Il regagna la porte en quelques grandes enjambées et l'ouvrit brusquement. Bristow se trouvait derrière, et Duc et Cyclope se tenaient un peu plus loin. Chronos n'était pas là, heureusement.

— Je laisserai Mr Abercrombie en décider, dit Eddie.

J'éclatai d'un rire dédaigneux.

— Vous n'êtes qu'un lâche, aussi servile que pathétique. Je suis sûre que Mr Abercrombie est ravi de vous laisser faire ses basses besognes.

Les yeux de Bristow s'agrandirent très légèrement. Cyclope et Duc s'approchèrent comme pour être prêts à se saisir d'Eddie s'il faisait mine de s'en prendre à moi, mais il était trop occupé à trépigner d'indignation.

— Je suis un membre éminent de la guilde, désormais.

Il se frappa la poitrine en baissant la tête pour approcher son visage du mien. Son haleine sentait le poisson qu'il avait dû manger au déjeuner.

— Vous n'avez même pas pu rejoindre nos rangs, vous, malgré l'appui de votre famille.

— À cause des préjugés de la guilde à l'égard des magiciens et des femmes. Ne prétendez pas le contraire, Eddie, vous savez que c'est la vérité. Et maintenant, allez-vous-en. Je n'aime pas qu'on vienne me menacer sous mon propre toit.

Son rire sardonique se répercuta sur le lambris des murs et le sol carrelé. Je me mordis la langue, regrettant de lui avoir fourni des armes contre moi en prononçant ces mots.

— Sous *votre propre toit* ? Je trouve que vous allez un peu vite en besogne. Méfiez-vous, India : plus haut vous êtes, plus la chute sera rude. Et croyez-moi, vous tomberez, le jour où il trouvera une aristocrate digne de lui.

— Vous êtes bien trop prévisible, Eddie, dis-je d'un ton plus calme que je ne l'étais réellement.

Mon corps tremblait et mon cœur battait à tout rompre, mais il était hors de question que je lui laisse voir combien ses paroles m'affectaient. — Bristow, veuillez vous assurer que Mr Hardacre s'en va. Je suis sûre que Cyclope et Duc vous aideront, si nécessaire.

L'apparition soudaine de Matt en haut des escaliers attira l'attention d'Eddie. Il se redressa, tira sur le bord de son chapeau et sortit avant que Bristow n'ait le temps de faire un seul pas vers lui.

— India ? m'interpella Matt en descendant rapidement les marches.

— Était-ce Hardacre ?

J'expirai de façon saccadée et échangeai un regard avec Cyclope.

— Oui, dis-je.

— Que pouvait-il bien vouloir, celui-là ?

La porte de la bibliothèque s'entrouvrit.

— Il est parti ? s'enquit Chronos.

— Il est parti, confirmai-je. Il voulait que nous cessions d'enquêter sur le meurtre du Dr Millroy, et aussi que nous arrêtions de parler à Oscar Barratt.

— Le meurtre de Millroy ? répéta Matt en posant une main dans mon dos.

Il semblait avoir deviné que j'avais besoin de sa présence pour me rassurer.

— Pourquoi ?

— Abercrombie lui aurait demandé de venir ici. Je pense qu'ils craignent que cela n'entache la réputation de la guilde, si nous nous intéressons de trop près à l'expérience que le Dr Millroy a faite avec Chronos.

— Ce qui suggère que la guilde est coupable de quelque chose.

— Du meurtre du Dr Millroy, par exemple.

Matt sourit.

— Bravo, India. Vous avez fait du bon travail.

Il passa sa main dans mon dos et son sourire s'estompa. Il effleura mon menton.

— Vous êtes toute pâle. Vous a-t-il menacée ?

— En un sens, oui, mais il est resté vague.

— Venez vous asseoir. Bristow, faites-nous apporter du thé et allez voir si la cuisinière a quelque chose de sucré pour elle. Elle aime les confiseries.

Je ne pus m'empêcher de rire à ces mots.

— C'est la faute de mes grands-parents maternels.

Matt retrouva son sourire, mais il n'était guère convaincant.

Il me reconduisit au salon avec les autres et me posa quelques questions supplémentaires. Je lui répétai ce qu'avait dit Eddie, mais sans mentionner les insultes que nous avions échangées ni la gifle. Lorsque j'eus terminé, Bristow était revenu entretemps avec un plateau chargé de thé et de bonbons. Matt veilla à ce que j'en mette deux dans mon assiette.

— Comment as-tu pu accepter d'épouser ce type ? demanda Chronos tout en examinant un bonbon sous toutes ses coutures. Ça m'a l'air d'être une sale petite fouine malveillante.

Je poussai un soupir.

— Croyez-moi, je me pose la même question.

— Il n'a pas toujours été comme ça, lui expliqua Matt.

— Vous l'avez donc rencontré du temps où India et lui étaient fiancés ?

— Non.

— Qu'en savez-vous, alors ?

— Je le sais parce qu'India n'est pas idiote. Il jouait un rôle quand il l'a rencontrée, comme un acteur de théâtre. Un rôle avec lequel il savait pouvoir plaire à une femme comme India. Ce n'est que plus tard qu'il a révélé sa vraie nature.

Chronos croqua dans son bonbon.

— S'il a réussi à faire ça pendant plusieurs mois, dit-il, la bouche pleine, c'est qu'il est plus malin que vous le croyez.

* * *

Je passai le reste de l'après-midi avec Miss Glass. Bien qu'elle n'ait pas insisté pour que je lui tienne compagnie, elle avait tout de même laissé entendre à plusieurs reprises qu'elle aimerait aller se promener et faire les boutiques à Piccadilly.

Le temps était couvert mais les nuages n'étaient pas trop épais, aussi prîmes-nous le risque de sortir sans nos parapluies. Pour aller à Piccadilly, nous fîmes un détour par Hyde Park. Je m'adaptai au rythme de Miss Glass, dont le débit de conversation était aussi vif que son pas était lent. Elle passait rapidement d'un thème à l'autre, et dès que je m'apprêtais à répondre pour lui donner mon opinion, elle changeait de sujet. Néanmoins, lorsqu'elle commença à parler de ses nièces, je préférai garder le silence.

— Hope ne fera pas un bon parti pour Matthew, déclara-t-elle. Ma belle-sœur a misé sur le mauvais cheval si elle croit pouvoir forcer un rapprochement entre eux à l'occasion du mariage de Patience. Comme Matthew logera au manoir de Rycroft, Beatrice s'imagine qu'il lui sera plus facile de pousser Hope vers lui, mais c'est sans compter sur ma présence. Je ne laisserai pas cette petite dinde le prendre dans ses filets. Elles essayeront de le piéger, vous savez. Hope et Beatrice. Elles lui donneront la chambre la plus proche de la sienne, et trouveront quelque moyen de la faire surprendre en flagrant délit avec lui. Dans une maison pleine d'invités, cela se saura rapidement et Matthew sera obligé de la demander en mariage.

Elle fit entendre un claquement de langue désapprobateur.

— Mais j'étoufferai leur projet dans l'œuf. Et d'ailleurs, il se pourrait bien que Matthew ait une bien-aimée d'ici là. C'est même plus que probable, lui qui est si beau et si charmant.

Sans parler de sa fortune et de son statut social... Je soupirai en regardant deux enfants d'environ huit ans sur leurs poneys, accompagnés d'un palefrenier qui montait un lourd cheval gris entre eux deux. Les poneys avaient certes l'air dociles, mais je ne les quittais pas des yeux, au cas où ils s'effraieraient de quelque chose. Aucun des deux enfants ne semblait très bon cavalier et, en cas d'incident, le palefrenier ne pourrait pas maîtriser trois chevaux à la fois.

— Matt devrait peut-être aller loger ailleurs, suggérai-je en ne prêtant plus qu'à moitié attention à la conversation à mesure que nous approchions des cavaliers.

— Ne dites pas de sottises ! Rycroft lui appartient.

— Pas encore.

— Mais il lui appartiendra un jour. Il a le droit d'y être, bien plus que ces filles.

Je n'approuvais pas sa logique, mais son opinion était faite ; elle n'en démordrait pas. Une fois les enfants passés sans me donner la moindre raison de m'alarmer, je me détendis un peu, jusqu'à ce que j'entende l'un d'eux dire à l'autre que la magie existait. C'était son papa qui l'avait dit.

Deux promeneuses marchant d'un bon pas nous dépassèrent, la tête inclinée l'une vers l'autre, de sorte que les bords de leurs chapeaux se touchaient.

— Quel choc cela a causé chez nous quand mon fils nous a lu l'article de la Gazette au petit déjeuner ! disait la plus grande à sa compagne. Il pense que la magie existe, mais je lui ai dit de ne pas croire à ces sornettes.

Puis, avec un petit rire, elle ajouta :

— Te rends-tu compte ?

— Ne rejette pas trop vite cette hypothèse, Frederica, répondit l'autre femme. George, mon mari, pense qu'il est non seulement possible que la magie existe, mais que cela expliquerait pourquoi notre service de verres à xérès en cristal de Baccarat ne s'est pas brisé quand le porteur a fait tomber la caisse au moment de la livraison. Il n'y en a pas eu un seul de cassé. À l'époque, il avait déclaré que c'était un miracle, mais maintenant...

— Mais l'un d'entre eux s'est cassé, l'été dernier, objecta la plus grande. Je m'en souviens très bien.

— C'est vrai, concéda sa compagne, pensive.

Oscar n'avait pas précisé dans son article que les effets de la magie étaient temporaires. Je me demandai si cette omission était délibérée.

À mes côtés, Miss Glass passa son bras dans le mien.

— Quelle magnifique journée, observa-t-elle d'un ton rêveur.

Elle avait certainement entendu cet échange, elle aussi, mais, dans sa sagesse confuse, elle avait choisi de ne faire semblant de rien.

Cela dit, la situation devenait de plus en plus difficile à ignorer. Près de la moitié des personnes que nous croisions discutaient de l'article avec leurs amis. Beaucoup ne l'avaient pas lu eux-mêmes, n'ayant pas pu s'en procurer un exemplaire, ce qui ne les empêchait pas de se lancer dans des spéculations parfois extravagantes. J'entendis même une femme dire qu'elle supposait que le journaliste qui avait écrit l'article connaissait le sujet de très près, et qu'il était peut-être lui-même magicien.

Les doigts de Miss Glass se resserrèrent autour de mon bras.

— Avez-vous besoin de quelque chose, India ? me demanda-t-elle.

Sa question était pour le moins inattendue et je mis quelques instants à comprendre ce qu'elle entendait par-là.

— J'ai tout ce qu'il me faut, lui assurai-je.

— Mais je tiens à vous acheter quelque chose.

Nous sortîmes du parc près de Hyde Park Corner et attendîmes que la circulation soit moins dense.

— Je vous en prie, Miss Glass, il n'est pas nécessaire de m'acheter des cadeaux.

— Ce n'est pas *nécessaire*, mais vous travaillez si dur, ces temps-ci, et vous avez eu tant d'incidents malheureux que je voudrais vous acheter quelque chose pour vous faire plaisir.

— Est-ce donc pour cela que vous avez insisté pour aller à Piccadilly ? Je trouvais cela étrange.

— Que diriez-vous d'un nouveau chapeau ?

— J'en ai déjà trois en excellent état.

— On n'a jamais trop de chapeaux ni de gants. Ni de chaussures, ou de châles.

— Vous m'avez déjà offert un châle il n'y a pas longtemps.

Je la guidai pour traverser la rue au milieu des voitures et des charrettes. Elle ne regardait pas où elle allait, gardant les yeux fixés sur ses pieds pour éviter de marcher dans les flaques de boue.

Au coin de la rue, un jeune garçon qui vendait des journaux annonça qu'un nouveau tirage de la *Gazette Hebdomadaire* était disponible. Cinq passants s'arrêtèrent pour en acheter un exemplaire, et trois autres firent demi-tour pour s'approcher.

— C'est de la folie ! s'emporta un cordonnier robuste, debout sur le seuil de son échoppe. La *Gazette* vous prend tous pour des imbéciles !

Plusieurs clients approuvèrent en hochant la tête, mais cette déclaration n'empêcha pas un attroupement de se former autour du jeune vendeur.

— Les gens sont prêts à croire n'importe quoi du moment qu'ils l'ont lu dans les journaux, commenta une femme qui passait à notre hauteur.

— La *Gazette Hebdomadaire* a toujours été un journal racoleur, renchérit l'homme qui l'accompagnait. C'est un coup monté du rédacteur en chef pour que son journal se vende mieux, je vous le garantis.

— Quelle bande de gogos, grommela un boucher qui était sorti de sa boutique pour voir ce qui causait ce remue-ménage.

— Je me demande à quoi peuvent servir les pouvoirs d'un magicien boucher.

La remarque de Miss Glass, prononcée assez bas pour que je sois la seule à l'entendre, me força à réprimer un sourire.

— Je ne crois pas que le métier de boucher ait la moindre part de magie.

Elle fit la grimace.

— Vous avez sans doute raison.

Elle pressa le pas et m'entraîna vers une mercerie.

— Un nouveau réticule ! Achetons des perles et d'autres choses, tout ce qu'il vous plaira, pour vous en faire un nouveau. Nous pourrons dessiner le patron ensemble.

Elle marqua un temps d'arrêt avant d'entrer dans la boutique.

— Pensez-vous qu'il serait impoli de demander au mercier s'il est magicien ? murmura-t-elle.

— Oui ! m'exclamai-je. Ne prononcez pas le mot *magie* à l'intérieur de la boutique. Est-ce bien compris, Miss Glass ?

Elle soupira.

— Rabat-joie.

Elle semblait avoir accepté l'existence de la magie dans notre monde bien plus vite que je ne l'aurais cru. Dieu merci ! Cela lui ferait toujours une raison de moins de faire une crise de démence.

* * *

— On ne parle que de ça partout, annonçai-je à Matt lorsque nous rentrâmes à la maison avec nos achats.

En plus des perles et des rubans, Miss Glass s'était acheté un chapeau et une épingle à chapeau, et elle avait commandé une nouvelle robe de promenade avec des manches trois-quarts qui, l'avais-je entendue confier à la modiste, m'était destinée.

— J'ai remarqué aussi, dit-il.

— Êtes-vous sorti ?

Nous étions assis seuls dans la bibliothèque. Ou plutôt, moi, j'étais assise ; quant à lui, il restait debout près du buffet, les mains derrière le dos, les yeux rivés sur la carafe. J'espérais qu'une conversation lui ferait penser à autre chose qu'à son envie de brandy.

— Je suis allé faire les boutiques, moi aussi.

Il sortit un sachet en papier de la poche intérieure de sa veste.

— Je suis sorti avec Chronos, figurez-vous, mais au bout d'un moment, il a préféré partir de son côté.

— Vous pensiez qu'il ne s'enfuirait pas, cette fois-ci ?

— Je suis sûr qu'il reviendra.

— C'est vrai qu'il se plaît, ici.

Il me tendit le sachet.

— C'est pour vous.

Je regardai à l'intérieur et en sortis une dragée au sucre.

— Merci, mais je vais grossir si vous m'achetez sans cesse des sucreries.

— Et si je promets de ne vous en offrir qu'en de rares occasions ?

Il me regarda fourrer le bonbon dans ma bouche.

— Quand j'ai quelque chose à me faire pardonner, par exemple.

Incapable de parler de façon digne, je lui répondis par un simple haussement de sourcils.

Il remonta le bas de son pantalon et s'assit sur le fauteuil près de la cheminée.

— J'ai conscience d'avoir été un peu abrupt tout à l'heure, dans le bureau de Barratt, quand je lui ai ordonné de ne plus s'approcher de vous. Je n'avais pas à faire ça. Vous êtes libre de voir qui vous voulez, bien sûr. J'aurais dû tenir ma langue.

— Ne vous tourmentez pas pour cette remarque. Elle vous a échappé sous l'effet de la colère, et je ne vous en veux pas. De toute façon, je n'ai aucune envie de revoir Oscar pour le moment.

— Vous changerez peut-être d'avis quand la situation se sera calmée.

— Se calmera-t-elle un jour ?

Quelqu'un frappa à la porte et l'ouvrit sans attendre l'invitation de Matt. Peter se tenait sur le seuil, l'air paniqué.

— Mr Glass, il y a là un agent de police qui demande à vous voir.

J'échangeai un regard avec Matt. La présence de la police au numéro seize de la rue Park Street n'annonçait jamais rien de bon.

— Est-il seul ? demanda Matt en se levant.

— Oui, Monsieur.

Je sortis à la suite de Matt et saluai à mon tour le policier.

— Vous devriez me suivre, Monsieur, dit l'agent d'un ton grave.

— Pour quel motif l'arrêtez-vous ? demandai-je. Qui a porté une accusation contre lui, cette fois ?

Le policier fronça les sourcils, perplexe.

— Je n'arrête personne, Madame. Un patient du London Hospital a demandé à le voir.

— Qui donc ? demandai-je en même temps que Matt.

— Il n'y a pas longtemps, j'ai amené un blessé à l'hôpital. Il n'a pas voulu me dire son nom ni celui de son agresseur, mais il m'a dit de venir ici et d'aller chercher Mr Glass.

— À quoi ressemble-t-il ? demanda Matt.

Mais je connaissais déjà la réponse.

— Un vieil homme, avec des cheveux et une barbe blanche, répondit l'agent.

Chronos.

— Il est mal en point, Monsieur. Venez vite, avant qu'il ne soit trop tard.

CHAPITRE 12

$\mathcal{M}$att semblait croire que j'avais besoin d'être réconfortée. Sur le chemin de l'hôpital, il me demanda à plusieurs si j'allais bien.

— Mais oui, lui dis-je. J'espère que Chronos n'est pas gravement blessé, bien sûr, mais sa mort ne m'attristera pas autant que celle de mon père ou de ma mère. Je le connais à peine. Et puis, je suis sûre qu'il ne mourra pas, maintenant que des médecins s'occupent de lui.

Il baissa les yeux sur nos mains entrelacées sans rien dire. Ce n'est qu'un peu plus tard que je réalisai que je serrais fort sa main, et je me forçai à desserrer mes doigts. Nous ne devrions même pas nous tenir la main, d'ailleurs. Ce n'était pas convenable ; chacun de nous s'était promis de cesser les familiarités avec l'autre, quoique pour des raisons différentes.

— C'est surtout pour vous que je m'inquiète, Matt.

Le soir commençait à tomber et cela faisait plusieurs heures qu'il n'avait pas utilisé sa montre. J'essayai de discerner son visage, mais il était plongé dans l'ombre.

— Nous n'avons qu'à fermer les rideaux pour que vous puissiez utiliser votre montre avant d'arriver à l'hôpital, lui dis-je en tendant la main vers le rideau.

— Je vais bien, India.

Sa main se referma sur la mienne et, cette fois, il ne la lâcha plus.

— Je m'en suis servi juste avant votre retour.

— D'accord. Très bien. Croyez-vous que je devrais renouveler l'incantation ? La dernière fois, ses effets ont duré un peu plus longtemps. Voulez-vous que je le fasse maintenant ?

— Non.

— Plus tard, alors.

— Si vous voulez.

Un silence s'installa en dépit de mes efforts pour trouver quelque chose à dire. Incapable de penser à rien ni à personne à part à Chronos, je me résolus enfin à parler de lui.

— Quel vieil imbécile !

— Oui.

— Il n'aurait jamais dû sortir.

— C'est vrai.

— C'est bien fait pour lui.

— En effet.

— Il aurait dû rester en sécurité dans la maison.

Je reniflai.

— S'ennuyer n'est pas une excuse pour mettre sa vie en danger.

Je reniflai encore.

— C'est un vieillard égoïste et arrogant qui ne s'intéresse qu'à une chose.

— Laquelle ?

— Combiner sa magie avec celle d'un médecin, bien sûr.

— Naturellement.

Je levai les yeux vers lui. Il était un peu flou.

— Vous n'êtes pas de mon avis ?

— Nous sommes arrivés.

Il ouvrit la portière avant même que la voiture ne soit complètement arrêtée et déplia le marchepied.

— Attendez-nous, dit-il à Duc et Cyclope, qui étaient assis sur le siège du cocher.

Il m'aida à descendre et m'escorta pour entrer dans le London Hospital. Pour la première fois, nous entrions dans cet édifice de Whitechapel Road non pas pour interroger un membre du personnel, mais pour voir un patient.

L'infirmière qui tenait le bureau à la réception refusa d'abord de nous laisser entrer dans la salle où étaient soignés les hommes, les heures de visite étant terminées, mais une fois que Matt lui eut expliqué la situation, elle nous fit conduire directement au lit de Chronos.

Il avait les yeux fermés et le teint pâle, mais pas au point de s'en alarmer. Une tache de sang maculait le bandage qui entourait sa tête, et sa mâchoire tuméfiée était marquée d'une ecchymose. Ses phalanges étaient écorchées, signe qu'il s'était défendu. Il n'avait pas l'air à l'article de la mort comme l'avait prétendu le policier. Cela dit, je ne m'attendais pas à voir un homme vulnérable à la place de Chronos, et une boule se forma dans ma gorge.

— Il s'est endormi, chuchota l'infirmière qui nous accompagnait. Dieu merci ! Ce n'est pas un patient facile.

— À quel point de vue ? demanda Matt sur le même ton.

— Il voulait s'en aller, il a refusé de nous dire son nom. Il est parti sans nous laisser le temps de panser ses plaies, et les garde-malades ont dû s'y mettre à deux pour le ramener.

Je souris, mais sans vraiment savoir pourquoi.

— Il est en état de marcher ? demanda Matt.

L'infirmière acquiesça.

— Vous pouvez le ramener chez vous, si vous voulez.

— Laissons-le dormir encore un peu. Le Dr Ritter est-il de garde ?

— Il me semble qu'il est en train de faire ses consultations dans l'aile des femmes. Si vous attendez à la réception, vous le verrez bientôt.

Matt me toucha le bras.

— Voulez-vous rester ici ?

— Je viens avec vous, murmurai-je.

Guidés par l'infirmière, nous retournâmes à l'accueil.

— Si vous voulez bien donner le nom du patient à l'infirmière du bureau pour notre registre, dit-elle.

Elle retourna auprès des patients, nous laissant devant le

bureau, Matt et moi. L'infirmière qui s'occupait du bureau leva les yeux et nous sourit.

— Son nom ? s'enquit-elle.

— Will Wordsworth, dit Matt. C'est un Américain de ma famille qui est venu passer quelque temps chez moi.

— William Wordsworth ? murmurai-je en m'éloignant du bureau avec lui. Vous n'auriez pas pu trouver autre chose que le nom d'un poète célèbre ?

— J'ai été pris de court.

À l'autre bout de la réception, la porte s'ouvrit et le Dr Ritter en sortit, un bloc-notes coincé sous le bras. Sitôt qu'il nous vit, il s'immobilisa avec un soupir résigné.

— Nous venons juste voir un patient, le rassura Matt. Mais puisque nous sommes là, nous avons pensé en profiter pour vous poser quelques questions.

— Je n'ai pas le temps.

Le Dr Ritter passa en le frôlant et se dirigea vers la salle où étaient soignés les hommes.

Matt et moi le suivîmes.

— Nous parlerons en marchant, alors, dit Matt.

— Je vais demander aux garde-malades de vous raccompagner jusqu'à la sortie.

— Au risque de faire un scandale ? Ce serait très mal vu, Dr Ritter. Allons, nous n'avons que quelques questions. Connaissez-vous une femme du nom de Nell Sweet, qui vit à Bright Court, dans le quartier de Whitechapel ?

— Je ne retiens pas les noms des patientes.

Je rassemblai mes jupes et m'empressai de les suivre tandis qu'ils regagnaient la salle de soins. Je balayai du regard la rangée de lits au bout de laquelle se trouvait celui de Chronos. Il dormait toujours.

— Le Dr Millroy a été assassiné devant chez elle, murmura Matt.

Le Dr Ritter s'arrêta pour consulter le dossier suspendu à un crochet au pied du lit d'un patient.

— Pensez-vous qu'elle était sa maîtresse ? demanda Matt.

— Une prostituée de Whitechapel ?

— Je n'ai pas dit que c'était une prostituée.

— À Whitechapel, elles se prostituent toutes, croyez-en ma longue expérience dans cet hôpital.

— Nous avons parlé à Mrs Millroy, et elle nous a confirmé que c'était bien elle qui vous avait informé de l'expérience que son époux avait conduite avec un horloger.

— Et alors ?

— Alors vous devez connaître le nom du magicien avec qui il travaillait ?

Le Dr Ritter jeta un coup d'œil au patient le plus proche. Matt ayant parlé à voix basse, il y avait peu de chance que qui que ce soit d'autre l'ait entendu.

— Il se faisait appeler Chronos. Un nom ridicule.

Son regard tomba un instant sur moi. Savait-il, ou se doutait-il que Chronos était mon grand-père ?

— Vous avez averti la Guilde des Horlogers de sa participation à l'expérience, en décrivant son apparence à partir des informations que vous avait données Mrs Millroy. Votre description leur a-t-elle permis de l'identifier ?

— Il faudrait leur poser la question.

— Et qu'en est-il de l'homme sur qui ils ont réalisé leur expérience ? Que pouvez-vous nous dire à son sujet ?

— Cet interrogatoire est-il nécessaire ? Je suis très occupé.

Il passa au patient suivant. Après avoir consulté son dossier, il posa quelques questions au patient sur l'intensité de sa douleur tout en lui appuyant sur l'estomac. À en juger par les cris du patient et sa façon de se plier en deux chaque fois que le Dr Ritter le touchait du bout des doigts, je dirais que sa douleur était considérable.

Le Dr Ritter chargea une infirmière de lui administrer une dose de morphine avant de se consacrer à un autre patient, se rapprochant peu à peu de Chronos. L'avait-il déjà rencontré ? Il était peu probable qu'il l'ait croisé à l'époque, et dans le cas contraire, qu'il puisse encore le reconnaître aujourd'hui.

— Et le vagabond qui a servi de cobaye au Dr Millroy ? insista Matt, qui ne lâchait pas le Dr Ritter d'une semelle. Notre enquête nous porte à croire qu'il avait peut-être une famille, en fin de compte. Savez-vous quelque chose à ce sujet ?

La question de Matt ne fit même pas ciller le Dr Ritter.

— Puisque vous avez parlé à Mrs Millroy, qui est, je le sais, une femme très franche et pragmatique, je suppose que vous savez déjà tout ce que je sais. Elle vous a probablement dit la même chose qu'à moi. Et maintenant, si vous voulez bien m'excuser, mes patients ont besoin de moi.

Il passa au lit suivant, lut le dossier, puis murmura quelques mots à une infirmière. Il n'était plus qu'à quatre lits de Chronos. Matt n'avait pas l'air inquiet. Mais je l'étais, moi. Même si le Dr Ritter n'avait jamais rencontré Chronos il y a vingt-sept ans, ne trouverait-il pas étrange que nous venions chercher un patient à l'hôpital ? Il risquait de faire le rapprochement.

— Avez-vous été en contact avec Mr Abercrombie, récemment ? demanda Matt tandis que le Dr Ritter passait au lit suivant.

Le médecin nota quelque chose sur le dossier et prit son temps pour l'étudier.

— Nous nous sommes vus pour parler de votre enquête sur le meurtre du Dr Millroy, avec le maître actuel de la Guilde des Chirurgiens. Cela ne signifie pas que nous soyons coupables, Mr Glass. Nous voulions simplement parler des éventuelles conséquences pour nos guildes respectives, puisque vous vous entêtez à nous cacher les raisons de la réouverture de ce dossier.

— Je ne vous ai rien caché, dit Matt. C'est la police qui a décidé de rouvrir le dossier.

Le Dr Ritter poussa un grognement avant de continuer sa progression. Il n'était plus qu'à deux lits de Chronos, à présent.

Chronos entrouvrit les yeux. Il regarda autour de lui, l'air sonné et désorienté. Il remarqua les plaies sur ses phalanges, puis porta une main au bandage qui entourait sa tête. Une infirmière s'approcha de lui en souriant et lui parla d'une voix douce.

Je restai immobile, hésitant à m'approcher de lui. Dans son état d'hébétude, il risquait d'en dire trop devant le Dr Ritter.

— À quelle heure êtes-vous arrivé à l'hôpital, aujourd'hui ? demanda Matt.

Le Dr Ritter fronça les sourcils.

— En milieu de matinée. Pourquoi ?

— Êtes-vous sorti ?

— Vous n'avez pas le droit de me poser ces questions absurdes. Elles n'ont rien à voir avec le meurtre du Dr Millroy.

— Avez-vous déjà rencontré le magicien horloger qui se faisait appeler Chronos ?

Je retins mon souffle. La question était bien trop audacieuse dans la mesure où Chronos était allongé juste à côté.

— Non, dit le Dr Ritter. Il est mort avant que je puisse l'interroger sur son rôle dans le meurtre du vagabond.

— Ce n'était pas un meurtre, dis-je. Le vagabond avait accepté de participer, et il connaissait les risques.

Le Dr Ritter me toisa d'un air supérieur.

— Je ne suis pas surpris que vous disiez cela, Miss Steele. Il me semble que c'était votre grand-père, n'est-ce pas ?

Ainsi donc, il était au courant. Pas de chance ! Je n'osais pas regarder en direction de Chronos.

— Excusez-moi, Dr Ritter, dit l'infirmière qui était penchée au-dessus de Chronos. Voulez-vous bien examiner ce patient avant de le laisser sortir ?

Mon cœur s'arrêta brusquement dans ma poitrine quand le Dr Ritter se mit à lire le dossier de Chronos. Chronos me regarda d'abord, puis il tourna son regard interrogateur vers Matt. Ce dernier le rassura d'un petit sourire.

— C'est mon oncle par alliance, dit Matt en tendant la main à Chronos.

Celui-ci la saisit et laissa Matt l'aider à se redresser dans son lit. Le Dr Ritter s'approcha et scruta le visage de Chronos, le front plissé. Il avait déjà admis n'avoir jamais rencontré Chronos, mais voyait-il un air de famille entre lui et moi, sous sa barbe blanche ? S'il remarquait la ressemblance et en informait Abercrombie, celui-ci viendrait tout droit chez nous pour le chercher.

— Il se nomme Will Wordsworth, ajouta Matt.

— Comme le poète, dit le Dr Ritter en hochant la tête.

Il loge chez nous, mais aujourd'hui, il est sorti seul et s'est perdu. On dirait qu'il s'est attiré des ennuis.

— L'oncle de Matt n'est pas très prudent ni très raisonnable, dis-je.

Chronos plissa les yeux.

— Il a dû s'aventurer dans un quartier malfamé.

Matt avait dit cela d'un ton désinvolte, mais il observait attentivement la réaction du Dr Ritter.

Le Dr Ritter me lança un bref coup d'œil avant de reporter son regard sur Chronos. Le moment était bien choisi pour observer attentivement mes bottines.

— Puis-je le ramener à la maison, maintenant ? demanda Matt.

Il s'approcha de Chronos pour l'aider à se lever, mais le Dr Ritter passa son bras autour du buste de Chronos, le forçant à rester sur son lit.

— Un instant.

Le Dr Ritter demanda à l'infirmière de lui donner le dossier qui était au pied du lit. Il sortit un crayon de la poche de sa blouse et le tint au-dessus du dossier.

— Comment vous appelez-vous ?

— Will Wordsworth, dit Chronos avec un accent américain.

L'infirmière fit une moue perplexe, mais elle ne dit rien, laissant le Dr Ritter noter son nom.

— Où habitez-vous ? demanda le Dr Ritter.

— En Californie, mais je suis venu rendre visite à mon neveu. Il a une grande maison à Mayfair, grâce au côté anglais de sa famille.

— Depuis combien de temps êtes-vous à Londres ?

Chronos lança un coup d'œil furtif à Matt. Le Dr Ritter suivit son regard. Matt restait parfaitement immobile, et quant à moi, je m'efforçais de ne rien laisser paraître non plus.

— Une semaine, dit Chronos. Peut-être plus, ajouta-t-il en portant la main à sa tête avec une grimace de douleur.

— Sur quel navire êtes-vous arrivé ?

Matt poussa un soupir agacé.

— Cette information n'est pas nécessaire pour soigner sa blessure à la tête.

— Mais elle m'aidera à déterminer si son cerveau a été endommagé.

— Mon cerveau fonctionne parfaitement bien, dit Chronos en repoussant les couvertures. Passez-moi mon pantalon. Je veux m'en aller. Je déteste les hôpitaux.

— Vous voyez ! dit Matt d'un ton enjoué. Il va très bien. Il est toujours comme ça, n'est-ce pas, India ?

— D'habitude, c'est même pire, dis-je en me retournant pendant que Chronos se rhabillait.

Le Dr Ritter nous dicta des instructions pour prendre soin de sa blessure à la tête et nous conseilla d'envoyer chercher un médecin s'il se sentait mal ou s'il avait des vertiges. Puis il s'en alla sans même nous dire au revoir.

Matt tendit la main à Chronos, mais Chronos la repoussa vivement.

— Je peux marcher, maugréa-t-il.

— Comme c'est curieux, fit remarquer l'infirmière tout en nous raccompagnant à l'accueil. Tout à l'heure, vous n'aviez pas d'accent.

— Le coup que j'ai reçu à la tête a dû affecter ma diction, dit Chronos sans hésiter une seule seconde.

— C'est remarquable. Je devrais en informer le Dr Ritter. Il sera intéressé...

— Non, répondit Matt en même temps que moi. Cela donnera lieu à de nouvelles questions, et mon oncle ne souhaite pas être dérangé, ajouta Matt.

Il lui adressa un sourire éblouissant.

— Vous faites vraiment un excellent travail ici... Quel est votre nom ?

Elle rougit.

— Lorelei Kenner, Monsieur. Merci, Monsieur. Il est rare qu'on nous félicite.

Il ralentit le pas pour marcher avec elle.

— Avez-vous eu une longue journée, aujourd'hui ?

— Oui, très longue. J'ai commencé à midi, et j'ai encore quelques heures à faire avant que l'équipe de nuit ne prenne la relève.

— La journée a-t-elle été chargée ?

Où Matt voulait-il en venir ?

— Pas excessivement. Il y a souvent beaucoup de travail le samedi et le dimanche, mais pas en milieu de semaine.

— Alors j'imagine que vous avez eu le temps de sortir un

moment pour dîner dans un bistrot, dit Matt avec un sourire complice qui fit encore plus rougir l'infirmière.

Ah, je commençais à comprendre. Je souris intérieurement. Il était doué pour obtenir des informations de cette façon. Beaucoup trop doué.

— Pas moi, Monsieur, protesta l'infirmière. Je suis restée ici tout l'après-midi. Les autres infirmières sortent parfois quand elles le peuvent, et les médecins vont et viennent sans cesse.

Matt hocha la tête d'un air entendu.

— Le Dr Ritter dit qu'il est sorti il y a environ une heure ou deux.

L'infirmière ne montra aucun signe qu'elle détectait son mensonge. Si je n'avais pas su que le Dr Ritter avait refusé de répondre à cette question, j'aurais cru que Matt disait la vérité.

— Je crois qu'il a dîné dans un bistrot, dit-elle.

— Viens, Oncle Will, dit Matt en prenant Chronos par le bras. Laisse-moi t'aider à marcher jusqu'à ma voiture.

Matt signa un formulaire à la réception, et nous nous apprêtions à partir, quand une voix que je connaissais nous appela :

— Matt ! India ! Qu'est-ce que vous faites là ?

En nous retournant, nous aperçûmes Willie qui descendait l'escalier en haut duquel se trouvaient les bureaux des médecins et les autres locaux administratifs.

— Willie ? dis-je avant de lui retourner la question qu'elle venait de nous poser.

Elle s'approcha, souriante, avant de remarquer Chronos.

— Ce n'est pas prudent de l'amener ici, vu que... vous savez bien.

Elle coula un regard furtif vers l'étage du haut.

— Le Dr Ritter pense que c'est mon oncle venu d'Amérique, dit Matt en nous emmenant jusqu'à la porte principale. Il s'est battu et on l'a amené ici.

— Ça explique le bandage.

Willie secoua la tête.

— Qu'est-ce qui vous a pris de vous battre, à votre âge ?

— J'ai été attaqué, dit Chronos pendant que nous descendions les marches pour retourner à notre voiture, qui nous attendait à côté d'un réverbère.

— Je n'ai pas vu qui c'était.

— Willie ?

Sur la plateforme du cocher, Duc se leva et scruta la pénombre en plissant les yeux.

— Ça alors, mais qu'est-ce que tu fais là ?

— Elle ne nous l'a pas encore expliqué, lui dis-je, moi-même dévorée de curiosité.

— Ça ne te regarde pas, Duc, répliqua-t-elle. Et ça vaut pour vous tous.

Duc se rassit en grommelant. Cyclope laissa échapper un petit rire qui lui valut un coup de coude dans les côtes.

— Montez, gronda Duc. J'ai froid et c'est l'heure de dîner.

— Partons avant que Ritter ne se doute de quelque chose, dit Chronos.

Il appuya le plat de sa main sur la portière pour ne pas perdre l'équilibre. Il autorisa Matt à l'aider à monter, puis s'assit pesamment sur le siège.

— S'il a des soupçons, dit Matt, il nous rendra visite. À mon avis, il en parlera d'abord avec Abercrombie pour décider si ses soupçons sont fondés.

— Abercrombie aura plus de mal à croire à cette histoire d'oncle qui sort de nulle part, dis-je en m'asseyant à côté de Chronos.

Il avait fermé les yeux et renversé sa tête en arrière. Je lui touchai le bras.

— Comment vous sentez-vous ?

— J'ai mal au crâne.

— Mrs Bristow aura ce qu'il faut pour ça.

— Ce qu'il me faudrait, c'est le Dr Millroy.

Comme personne ne lui répondait, il entrouvrit un œil.

— Je sais bien qu'il est mort. Je n'ai pas perdu la mémoire. Mais un magicien médecin peut guérir les maux de tête, puisque ce sont des douleurs passagères.

Il toucha son bandage avec précaution.

— Si jamais j'attrape celui qui m'a fait ça...

— Vous n'avez aucune idée de qui cela pourrait être ? demanda Matt.

— Non, maugréa Chronos. Il m'a attaqué par-derrière. J'ai

essayé de me débattre, mais il a eu le dessus. Je suis tombé et ma tête a heurté le pavé.

Il tâta l'endroit où sa mâchoire était enflée.

— Je crois qu'une de mes dents s'est déchaussée.

— Vous avez eu de la chance, lui dit Willie. J'ai déjà vu des hommes mourir après s'être cogné la tête.

La voiture prit un virage un peu sec et Chronos glissa contre le côté de la cabine. Il grimaça de douleur et frappa du poing au plafond.

— Doucement !

— C'est Duc qui conduit, dit Willie. Il m'en veut de ne pas lui avoir dit ce que je faisais à l'hôpital.

— Mais que faisais-tu à l'hôpital ? demanda Matt.

— Ça ne regarde personne d'autre que moi.

Cette réponse parut lui suffire, mais moi, il était hors de question que je m'en contente. Pourquoi ne voulait-elle rien nous dire ? Était-elle malade ou blessée ? Mais dans ce cas, pourquoi souriait-elle lorsque nous l'avons aperçue ? Peut-être un médecin venait-il de lui annoncer qu'elle était guérie de son mal mystérieux ?

— De quoi parliez-vous avec le Dr Ritter ? demanda Chronos à Matt. J'étais trop loin pour vous entendre.

— Je lui demandais si, à sa connaissance, Mr Wilson avait une famille, dit Matt.

— Il n'en avait pas, je vous l'ai dit. Sinon, pourquoi aurait-il vécu dans la rue ?

Chronos ferma les yeux et ne les rouvrit que lorsque la voiture s'arrêta devant la maison de Matt.

Peter aida Chronos à monter les marches et joua le rôle d'un valet, mais j'insistai pour lui monter moi-même un plateau avec un dîner léger. Il était allongé dans son lit, mais il s'assit lorsque j'entrai. Je déplaçai le remède de Mrs Bristow contre les maux de tête et posai le plateau sur la table de chevet.

Je m'assis au bord du lit.

— Comment vous sentez-vous ?

— Comme quelqu'un qui s'est cogné la tête sur le pavé.

Il inspecta le contenu du plateau et y piocha un bâtonnet de carotte. Il en mangea une bouchée, puis le reposa.

— Je n'ai pas faim.

— Je le laisse ici au cas où vous changeriez d'avis.

Je réarrangeai les oreillers pour lui permettre de s'asseoir plus confortablement et le surpris qui me regardait d'une drôle de façon. Je lui répondis par un regard interrogateur.

— Qu'y a-t-il ?

— Ça faisait longtemps qu'une jolie fille n'avait pas été aux petits soins pour moi.

— Je suis votre petite-fille.

— Il n'empêche que tu es une jolie fille. Il n'y a pas de mal à le dire, si c'est vrai.

Il s'adossa avec un soupir de satisfaction.

— J'avais oublié comme c'est agréable, d'avoir quelqu'un qui s'occupe de vous.

— Vous avez de la chance d'être encore en état de marcher et de parler. À votre âge, un coup pareil aurait pu vous être fatal.

— Je sens bien que je suis vieux, India.

Sa voix d'habitude pleine d'assurance semblait fluette et hésitante.

— Je me demande parfois comment j'ai pu vieillir autant. Le temps a filé pendant que j'étais occupé à d'autres choses.

Il me sourit faiblement.

— C'est ironique, pour un magicien horloger.

— Vous auriez dû vous ménager davantage. Prendre le temps de vivre, comme on dit.

— Prendre le temps de vivre, ça n'a jamais été mon fort.

— Tenir une boutique ou élever une famille non plus.

Il soupira.

— Vas-tu donc toujours m'en vouloir d'être parti ?

— Probablement.

Je me mis à tirer sur un fil mal cousu de la broderie sur ma manche.

— J'ai peut-être tort. Votre absence n'a pas eu beaucoup d'effets sur moi. Je suis sûre qu'elle en a eu sur mon père et ma grand-mère, mais moi, j'avais deux parents qui m'aimaient et je n'ai jamais manqué d'affection.

— Alors pourquoi es-tu allée en chercher auprès de ce Hardacre ?

Je continuai de tirer sur le fil, le défaisant peu à peu.

— J'ai vingt-sept ans et je n'ai jamais eu de soupirant. On m'a dit que je n'avais pas un caractère facile et que j'étais trop intelligente pour la plupart des hommes. Ça n'avait pas l'air de déranger Eddie. J'étais... reconnaissante de l'attention qu'il me portait.

— Matthew Glass n'est pas comme la plupart des hommes.

— Ne commencez pas.

Il fallait vraiment que je retire ce fil. C'était très laid, cette broderie qui pendait, à moitié défaite. Je me mis à la découdre plus vite.

— Il voit ta personnalité unique comme une qualité, et non comme un défaut.

Il leva la main et toucha les cheveux près de mon oreille.

— J'ai cherché en toi des ressemblances avec moi et avec ta grand-mère, mais elles sont difficiles à voir. Tu ne ressembles à personne, et c'est une bonne chose, India. Une très bonne chose.

Je me levai et me détournai. Une fois certaine que mes larmes ne couleraient pas, je lui fis face de nouveau.

— Vous serez en sécurité ici. Matt ne laissera pas entrer Abercrombie ni Ritter.

Il s'enfonça dans ses oreillers avec un profond soupir.

— Et les policiers ? Il ne peut pas les empêcher de m'arrêter. Si Abercrombie ou Ritter découvrent que je suis ici, ils seraient bien capables de les prévenir.

— Matt a une certaine influence sur le commissaire de police. Il arrivera peut-être à le convaincre que la mort de Mr Wilson était le résultat de la maladie qu'il avait déjà.

Ses yeux se fermaient peu à peu, comme si ses paupières étaient trop lourdes pour les garder ouverts.

— Bonne nuit, India.

— Bonne nuit...

Je faillis dire *Chronos* mais, ce soir-là, ce surnom ne me paraissait pas adapté. Mais je ne pouvais pas non plus l'appeler *Grand-Père*.

— Dormez bien.

Je refermai la porte et, dans le couloir, je vis Willie qui se dirigeait vers sa chambre.

— Willie, attends.

Elle s'arrêta sur le seuil de sa chambre.

— Je ne te dirai pas ce que je faisais là-bas, India, alors n'insiste pas.

— J'ai à te parler.

Je la fis entrer dans sa chambre et refermai la porte derrière moi, un peu surprise qu'elle m'ait laissée faire.

— Je sais que tu n'as pas envie d'en parler, mais tu devrais.

Elle fronça le nez, perplexe.

— Pourquoi ?

— Tu es une femme, moi aussi, et nous sommes amies. Je me disais que tu avais peut-être besoin de parler à une autre femme, c'est tout.

— Qu'est-ce qui te prend ?

Je rassemblai tout mon courage. Comment aborder un tel sujet avec tact ? J'étais loin d'être la femme la plus versée dans les questions de nature intime.

— Es-tu enceinte ?

Elle ouvrit des yeux ronds. Puis elle renversa la tête en arrière et se mit à rire.

— C'est Duc qui t'a mis cette idée en tête ?

— Oui ou non ?

— Non !

Bon. Voilà qui faisait un problème de moins sur ma liste. Et maintenant, il était temps de poser une question encore plus délicate.

— As-tu attrapé quelque chose qui... te démange ? Là où tu sais ?

— Non ! Mais enfin, India, une femme ne peut pas entrer dans un hôpital sans que les autres s'imaginent qu'elle est là à cause d'un homme ?

— Je croyais juste... enfin, tu passes beaucoup de temps avec des hommes dans des tripots clandestins, et j'ai pensé que peut-être...

Je haussai les épaules, ne sachant pas comment terminer ma phrase sans lui donner l'impression que je la prenais pour une putain.

— Tu as pensé que j'avais misé mon corps et que j'avais perdu.

Elle croisa les bras sur sa poitrine et fronça les sourcils.

Je ne pus retenir un rire nerveux.

— C'est bien arrivé, une fois. Enfin, ça a failli arriver.

Elle jura dans sa barbe.

— Je ne joue pas beaucoup, ces temps-ci. Je n'ai rien à miser. Pas d'argent, je veux dire.

— Oh, vraiment ? Mais tu es souvent absente. Où vas-tu, alors ?

Elle avança la main vers la porte derrière moi.

Je claquai soudain des doigts.

— À l'hôpital ? C'est bien ça ? Mais pourquoi ?

— Cette discussion tourne en rond, on dirait.

Elle ouvrit la porte, mais ma tournure la bloquait. Elle me poussa légèrement pour m'écarter.

— Étais-tu à l'hôpital pour une raison médicale, d'ailleurs ? insistai-je. Ou pour autre chose ?

— Bonne nuit, India. Elle me chassa d'un geste de la main.

— Cette histoire va me tarauder jusqu'à ce que je découvre la vérité. Tu le sais, n'est-ce pas ?

Elle sourit d'un air amusé.

— Répète à Duc tout ce que je viens de te dire, ça lui évitera de m'ennuyer avec les mêmes questions.

Elle me poussa encore un peu jusqu'à ce que je me retrouve dans le couloir, et me ferma la porte au nez.

J'entendis un petit rire à l'autre bout du couloir et, me retournant brusquement, je vis Matt.

— Pourquoi ne lui posez-vous pas la question vous-même ? demandai-je. Elle vous dira sûrement tout, à vous.

Il s'approcha, sans cesser de sourire.

— J'en doute. Et puis, je n'ai rien contre un peu de mystère.

— Eh bien moi, je n'aime pas ça, répliquai-je en croisant les bras.

— Elle nous parlera quand elle sera prête.

— J'imagine que vous avez raison.

— Comment va-t-il ?

Je baissai les bras et lançai un regard en direction de la porte de Chronos.

— Il n'a pas voulu manger et il a un affreux mal de tête. Il n'a pas encore retrouvé sa personnalité agaçante habituelle. J'imagine que c'est une chance pour nous.

Il posa ses mains sur mes épaules et baissa la tête pour mieux voir mon visage. Il faisait sombre dans le couloir malgré les lampes allumées sur les deux guéridons, mais cela ne l'empêchait sans doute pas de voir que j'avais les yeux brillants de larmes.

— Et vous, est-ce que vous allez bien ? demanda-t-il d'une voix douce.

Les bras le long de mon corps, je serrai les poings.

— Naturellement.

La caresse de ses pouces apaisait un peu ma tension.

— C'est un dur à cuire.

J'avalai ma salive, ce qui n'était pas facile, avec les larmes qui formaient une boule au fond de ma gorge.

— C'est un vieil homme.

— Je ne suis pas sûr qu'il soit de votre avis.

— Et de toute façon, je l'ai toujours cru mort, alors ce n'est pas comme s'il allait me manquer le jour où... le jour où il s'en ira.

Il remonta les mains pour les poser sur mes joues tout en continuant de me caresser avec ses pouces.

— Je ne sais pas s'il est dupe de votre façade, India.

Il posa ses lèvres sur mon front pour y imprimer la douce chaleur d'un long baiser.

— Mais moi, je ne le suis pas.

J'enfouis mon visage dans son épaule et laissai mes larmes couler sans un bruit sur sa chemise. Son cœur aux battements réguliers me semblait si fort, si essentiel, si vivant. Je fermai les yeux et inspirai profondément pour m'imprégner de son odeur.

Puis je me reculai et acceptai le mouchoir qu'il me tendait. Je m'essuyai les joues et tamponnai son torse humide.

— Vous allez devoir changer de chemise.

L'un des coins de sa bouche se releva légèrement, ébauchant un sourire.

— Voulez-vous nous rejoindre dans la bibliothèque pour boire quelque chose ?

— Je crois que je vais plutôt aller me coucher.

Je lui rendis son mouchoir et, en le reprenant, il saisit ma main.

— Je veillerai à ce qu'il ne parte plus.

Que voulait-il dire ? Qu'il ne parte plus de la maison ? Ou de Londres ? À vrai dire, c'était sans importance : si Chronos voulait aller quelque part, il ne pourrait pas l'en empêcher.

* * *

LE LENDEMAIN MATIN, Matt, Cyclope, Duc, Willie et moi étions assis dans la bibliothèque, réfléchissant à la meilleure façon de poursuivre notre enquête, lorsqu'on apporta pour Matt un message de la part de Hope Glass. Il le lut en silence, le visage impassible, puis me fit passer la lettre.

— Qu'en pensez-vous ? me demanda-t-il.

Je le lus, puis le passai à Willie.

— Je me demande ce qu'elle peut bien avoir à vous dire.

À en croire son bref billet, Hope voulait donner rendez-vous à Matt près de la berge sud-est du lac Serpentine, à Hyde Park, pour lui dire quelque chose d'important. Elle avait fixé une heure précise : onze heures.

— Elle va te dévoiler les plans de Payne, dit Cyclope, qui lisait le message pendant que Duc regardait par-dessus son épaule. À mon avis, elle le berne depuis le début afin de découvrir ses intentions pour pouvoir t'avertir.

— Et s'assurer ainsi ta gratitude, conclut Duc.

Cyclope rendit la lettre à Matt.

— Et ton amitié. Ou plus que ça.

— Je dois y aller, alors, dit Matt.

— La question ne se pose pas.

Puis, jetant un coup d'œil à l'horloge posée sur la cheminée :

— Vous avez quarante-sept minutes.

— Je suis pas trop sûre que ce soit une bonne idée, intervint Willie.

— Voilà que tu deviens prudente, Willie ? s'étonna Duc en la regardant droit dans les yeux. Ça ne te ressemble pas. Le médecin que tu as vu à l'hôpital t'a donné un médicament pour changer ta personnalité ?

Willie leva les yeux au ciel.

— Je dis juste que Matt devrait faire attention. Je me méfie de Hope. Elle risque d'essayer de l'entraîner malgré lui dans une liaison dont il ne pourra plus se dépêtrer.

— Nous serons dans un lieu public, répondit Matt d'un ton amusé.

Amusé ! De toute évidence, il n'avait pas conscience des extrémités jusqu'auxquelles Hope était prête à aller.

— C'est le principe, justement, insista Willie sans me laisser le temps de réagir. Pour quelqu'un qui lit autant de livres, je te trouve sacrément nigaud, parfois, Matt. Est-ce qu'il faut que je te fasse un dessin, ou tu sais comment procèdent les filles dans son genre ?

Matt se leva et tira sur ses manchettes.

— Je sais que Hope n'est pas aussi gentille qu'elle le prétend, mais elle est intelligente. Depuis le temps, elle a dû comprendre que je ne changerais pas d'avis et que la ruse serait sans effet.

— C'est avec des raisonnements comme celui-là que des hommes se retrouvent pris au piège tous les jours.

— Je ne me laisserai pas mettre dans une situation compromettante. India m'accompagnera pour s'en assurer.

— Moi ? fis-je en secouant la tête. Elle vous a explicitement demandé de venir seul, sans quoi elle ne dirait pas un mot.

— Mais ça ne vaut pas pour vous. Vous êtes mon assistante.

— Je pense, au contraire, que c'est précisément à moi qu'elle pensait.

Ses lèvres s'étirèrent en une mince ligne.

— Très bien. Vous nous observerez cachée derrière un arbre.

Je ris à cette suggestion.

— Mettez un grand chapeau, dit-il en sortant, et une robe très simple. Il faut que vous passiez inaperçue.

Je n'eus pas le temps de protester : il avait déjà disparu.

— Il est fou, dis-je aux autres.

— Il a besoin d'un témoin pour confirmer sa version des faits, dit Willie. Au cas où cette petite vipère le prendrait dans ses griffes.

— Les vipères n'ont pas de griffes, lui fit remarquer Duc.

— Celle-là, si.

***

DES BOURRASQUES DESSINAIENT des motifs complexes à la surface du lac Serpentine et agitaient les uns contre les autres les bourgeons des feuilles printanières tout juste écloses. Le parc était peu fréquenté, et les rares promeneurs préféraient ne pas s'éloigner des chemins. Les barques et canots de louage restaient sur les berges, à l'abandon.

Matt attendait Hope, adossé au large tronc d'un chêne, dans une pose pleine d'une élégante nonchalance. J'étais assise sur un banc, un livre à la main et le bord de mon chapeau baissé pour cacher mon visage. Aucun de nous ne fit mine d'avoir vu l'autre.

À onze heures précises, il changea de position en la voyant arriver, enveloppée dans une pèlerine noire. Ce qu'il ne remarqua pas en la saluant, c'étaient les deux autres silhouettes qui approchaient, venues de l'autre direction. Les deux dames marchaient d'un pas lent en se tenant par le bras et semblaient en plein conciliabule. Je n'en reconnus aucune des deux, mais je ne pouvais toutefois m'empêcher de trouver leur présence incongrue.

Matt s'inclina pour saluer Hope. Sans un mot, elle lui prit le bras et l'entraîna vers un saule pleureur non loin de là. Ses longs branchages majestueux tombaient jusqu'au sol, offrant un abri idéal pour les ébats des couples. Je ne fus pas surprise de voir Hope guider Matt à travers ce rideau de verdure dissimulant cette alcôve naturelle.

C'était le signal qu'attendaient les deux femmes ; pressant l'allure, elles se dirigèrent vers le même arbre. Leur pas décidé et la lueur de triomphe dans leurs yeux me confirmèrent ce qu'elles pensaient et, peut-être, espéraient découvrir : une jeune femme de leur connaissance en situation compromettante avec un gentleman. Tout avait été parfaitement et minutieusement préparé.

Coinçant mon livre sous mon bras, je mis une main sur mon chapeau pour le maintenir en place et je m'élançai.

Trop tard ! Elles avançaient rapidement, l'air déterminé ; je ne pouvais plus les rattraper. Sans plus chercher à avoir l'air de simples promeneuses arrivées là par hasard, elles écartèrent brusquement les branches tombantes et s'engouffrèrent sous le feuillage.

Et c'est ainsi que Matt, à force de s'entêter à croire en sa bonne foi, se trouva pris au piège dans les filets de Hope Glass.

CHAPITRE 13

J'atteignis les arbres quelques instants après les deux femmes. Les feuilles et les branches me fouettèrent le visage et se prirent dans mon chapeau et mes jupes, mais je poursuivis mes efforts sans y faire attention.

Je me cognai contre le dos de l'une des femmes, qui se tenait à l'orée de la clairière. Projetée en avant, elle poussa un cri d'effroi, mais retrouva l'équilibre sans tomber. L'autre dame vint porter assistance à son amie.

La clairière était vide.

— Je vous demande pardon, bredouillai-je. Je n'avais pas vu qu'il y avait quelqu'un. Cet arbre avait l'air intéressant...

C'était une excuse ridicule, mais il fallait bien que je dise quelque chose. Elles me toisèrent toutes les deux, les sourcils froncés et les lèvres pincées. Elles savaient la véritable raison de ma présence.

— Viens, Sarah, fit l'une des deux avec dédain. Nous n'avons rien à faire ici.

Elles passèrent sous les branches de l'arbre pour ressortir de l'autre côté de la clairière. Je les suivis et aperçus Matt et Hope qui marchaient côte à côte vers un sentier. Ils étaient dans un endroit bien visible, et plusieurs autres promeneurs passèrent à leur niveau. Personne ne pourrait les accuser de la moindre inconvenance.

Hope se retourna pour jeter un coup d'œil en direction des deux femmes derrière elle. En me voyant, elle entrouvrit les lèvres et laissa échapper un hoquet de surprise.

Matt dit quelque chose qui attira son attention. Je souris aux deux femmes et portai la main au rebord de mon chapeau. Elles pouvaient bien rapporter à Lady Rycroft ma subite apparition, cela m'était égal, tant j'étais soulagée que Matt n'ait pas été dupé par Hope.

Elle attrapa à deux mains le bras de Matt et se glissa tout contre lui. Si près que lorsqu'elle se tordit la cheville en trébuchant légèrement, il n'eut aucun mal à la rattraper avant qu'elle ne tombe. Elle leva les yeux sur lui avec un sourire reconnaissant.

Et pendant ce temps-là, elle défit de ses doigts les boutons de la veste de Matt. Une pareille hardiesse était choquante. Tout le monde pouvait la voir, ici ! Bien à l'abri du saule pleureur, et avec les amies de sa mère pour lui servir de témoins, elle aurait pu rejeter entièrement la faute sur Matt et prétendre que c'était lui qui l'avait séduite. Mais là, à la vue de tous, alors que Matt se comportait en parfait gentleman, c'était sur elle que retomberait le blâme.

C'était le genre de scandale qu'une dame aurait du mal à faire oublier. Que cherchait-elle à accomplir ? Limiter ses chances de trouver un mari pour que Matt, pris de pitié pour elle, l'épouse par sens du devoir ? Je n'aurais su dire si c'était un plan stupide ou d'une intelligence diabolique.

Il aurait peut-être fonctionné avec un autre homme, mais pas avec Matt. Bien qu'elle ait les doigts vifs et agiles, il lui saisit la main au moment où elle la plongeait à l'intérieur de sa veste.

Son visage s'était figé dans une expression de fureur intense. Il la lâcha en marmonnant dans sa barbe quelque chose qui la fit aussitôt blêmir.

Je rassemblai mes jupes et me précipitai vers eux. Son petit jeu venait de se solder en un échec fracassant, les faux-semblants n'étaient plus de mise.

— Pourquoi, Hope ? entendis-je Matt gronder.

— J'ignore de quoi vous voulez parler, se défendit-elle d'une voix tremblante en se reculant.

Jamais encore il n'avait montré une telle colère contre elle. À en juger par sa réaction, elle avait dû s'imaginer que cela n'arriverait jamais.

— Vous avez essayé de me voler ma montre.

Je faillis trébucher. Bien sûr ! Tout s'expliquait. Voilà pourquoi elle avait déboutonné sa veste et glissé sa main à l'intérieur... c'était moi qui avais été naïve, pas Matt.

— Je voulais seulement...

— Non. Assez de mensonges.

Il tourna légèrement la tête vers moi et m'adressa un petit signe de tête.

— Vous arrivez à point nommé, India. Hope allait justement me raconter en détail ses conversations avec le Shérif Payne.

En cet instant, Hope ressemblait plus que jamais à sa sœur aînée. Si Patience avait peur de tout et de tout le monde, Hope, en revanche, avait toujours été intrépide. Mais à présent, c'était elle qui tremblait d'appréhension et se faisait toute petite devant Matt.

— Je... je ne sais pas de qui vous parlez, murmura-t-elle.

Matt frappa dans ses mains. Le bruit que firent ses gants en claquant l'un contre l'autre la fit sursauter.

— Cessez de mentir, Hope. Est-ce bien compris ? J'en sais bien plus que vous ne pensez. Par exemple, je sais que c'est votre mère qui a tout manigancé, dit-il en indiquant le saule pleureur d'un signe de tête. Mais je sais que votre père n'approuverait pas. Il serait furieux s'il apprenait votre conduite.

Il n'avait peut-être fait que deviner, mais il avait vu juste. Hope déglutit avec difficulté. Ses lèvres se mirent à trembler.

— Ne lui dites rien, ou il me forcera à quitter Londres.

— Cela vaudrait peut-être mieux pour vous.

— Le Shérif Payne est venu me trouver, lâcha-t-elle tout à trac. Je ne suis pas partie à sa recherche.

— Ça aussi, je le sais.

— Mais *comment* le savez-vous ?

— De quoi Payne vous a-t-il parlé ?

Elle resserra les pans de sa pèlerine autour de sa gorge.

— De votre montre. Elle est magique, n'est-ce pas ?

Matt ne répondit pas, et j'espérais que mon visage ne laissait rien paraître. Je tâchai de garder une expression aussi neutre que possible. Mais de toute façon, ce n'était pas moi qu'elle regardait : elle n'avait d'yeux que pour Matt.

— Le shérif m'a dit que cette montre avait une importance particulière pour vous et il m'a demandé de vous la prendre pour qu'il puisse découvrir pourquoi. Naturellement, j'ai refusé... au début, ajouta-t-elle en voyant que Matt haussait un sourcil dubitatif. Mais après avoir lu l'article de la *Gazette Hebdomadaire*, j'ai commencé à me demander si elle n'avait pas quelque chose de magique. J'ai vu votre montre luire une fois, et il a vu la même chose. Et Miss Steele a...

Elle me lança un regard oblique.

— Miss Steele a quoi ? s'impatienta Matt.

— Elle a une place importante dans votre vie alors que vous ne la connaissez que depuis peu. Vous l'avez invitée à vivre chez vous tout de suite après l'avoir rencontrée. Je savais bien qu'il devait y avoir une raison.

— Il y a une raison, dit-il.

— C'est une magicienne des montres, n'est-ce pas ?

— Non.

Elle eut un bref éclat de rire sarcastique.

— Je ne suis pas idiote, Matt. Votre montre a des propriétés magiques grâce à Miss Steele. Quelle autre raison aurait-elle de vivre chez vous ?

— Vous avez un cerveau et des yeux. Servez-vous-en, et vous trouverez la réponse.

Elle se hérissa.

— Le Shérif Payne pense que la magie de votre montre semble restaurer vos forces et votre santé. Et en m'appuyant sur mes propres observations, je dirais qu'il a raison, mais j'admets que je ne comprends pas comment. Avant cet article dans le journal, je refusais de croire à la théorie du shérif. Mais depuis que je l'ai lu... tout s'explique. À commencer par la présence de Miss Steele.

— Je vous l'ai déjà dit : elle est chez moi parce que je veux qu'elle y soit.

Matt risquait de tomber dans le piège qu'elle lui tendait. Il devrait faire attention à ne pas dire sur le moment quelque chose qu'il pourrait regretter plus tard.

— Alors le shérif vous a dit de voler la montre de Matt, et vous avez décidé de mettre sur pied ce stratagème élaboré pour y parvenir, dis-je. Ou avez-vous pris cette décision après que Matt eut déjoué votre tentative de le piéger pour qu'il vous épouse ?

Ma question fit perdre à Hope une bonne part de son assurance.

— Le rendez-vous au pied de l'arbre, les témoins... tout cela, c'était une idée de ma mère.

— Et vous avez décidé de jouer le jeu, dit Matt, qui avait retrouvé une contenance.

Hope avait l'air anéantie et sa bouche se contorsionnait sous ses efforts pour ne pas pleurer.

— Je suis désolée. Si vous saviez comme je suis désolée ! Le shérif m'a obligée, Matt. Je n'avais pas le choix.

Il inspira une fois, puis deux. Je n'arrivais pas à savoir s'il la croyait ou non.

— Le Shérif Payne m'a abordée un jour devant chez moi alors que je rentrais seule d'une promenade, dit-elle.

Sur ce point, elle mentait. Elle n'était pas seule : ses sœurs étaient avec elle.

— Il m'a dit qu'il avait deviné à quoi servait votre montre, et il m'a ordonné de vous la dérober. Comme je m'y refusais, il a menacé de répéter à la police tout ce qu'il savait sur vous.

Elle le regarda en battant des cils, les yeux humides. Elle avait trouvé le moyen de se donner un air frêle et enfantin. Comment arrivait-elle à faire ça ?

— Avez-vous fait ces choses dont il vous accuse ?

— Probablement, dit Matt, mais sans entendre sa liste, je ne peux pas la comparer à la mienne. Ne vous en faites pas. Ici comme en Amérique, les autorités connaissent la vérité. Le Shérif Payne peut bien faire tout ce qu'il voudra pour me faire passer pour un criminel, personne ne le croira.

Il lui tendit son mouchoir.

— Vous cherchiez à me protéger, alors ?

Croyait-il vraiment à cette explication ? De grands yeux

tristes et une moue boudeuse n'allaient tout de même pas suffire à le rendre aussi naïf !

— Il n'y a pas que ça, dit-elle en s'essuyant les yeux. Il connaît un secret qui pourrait détruire la vie de Patience s'il était révélé. Lord Cox ne voudrait plus d'elle s'il savait.

Voilà qui éveillait ma curiosité.

— S'il savait quoi ?

— Elle a fauté avec un homme, l'année dernière.

J'éclatai d'un rire moqueur.

— C'est la vérité, Miss Steele, protesta-t-elle d'une petite voix. Patience s'est laissé séduire par un coureur de dot. Mon père a découvert ses intentions avant qu'il ne soit trop tard, et il a payé l'homme pour qu'il ne s'approche plus d'elle et garde le silence. Si Lord Cox l'apprenait, il annulerait le mariage. C'est un homme d'une intégrité sans faille, qui fait passer sa réputation avant tout le reste, y compris son affection pour Patience. Et d'ailleurs, je suis certaine qu'il n'a d'affection pour elle que parce qu'il croit qu'elle a une réputation aussi irréprochable que lui. Mais le Shérif Payne a découvert leur liaison, j'ignore comment. Je le crois tout à fait capable de mettre sa menace à exécution et d'envoyer une lettre anonyme à Lord Cox. Ma sœur s'en trouverait non seulement déshonorée, mais aussi anéantie. Elle ne s'en remettrait jamais s'il la rejetait.

Matt dévisageait sa cousine, le front plissé. Elle lui rendit son regard avec ses grands yeux. Puisqu'il ne se décidait pas à lui demander des comptes, c'était à moi de le faire.

— Je dois dire que vous avez une imagination très fertile, Miss Glass, dis-je. Quelle histoire fascinante !

— Vous ne me croyez pas ?

— Quelles raisons aurions-nous de vous croire ? On ne peut pas dire que vous vous soyez montrée digne de confiance.

Elle grimaça, embarrassée.

— Je ne vous mens pas, cette fois. Patience a vraiment fauté, et le Shérif Payne est réellement au courant. J'ignore comment il l'a su, mais c'est vrai. Il semble étonnamment bien informé sur notre famille.

— Quand il a décidé d'obtenir quelque chose, il arrive

toujours à ses fins, répondit Matt à mi-voix. C'est ce qui le rend si dangereux.

Hope rendit son mouchoir à Matt. Lorsqu'il voulut le reprendre, elle saisit sa main entre les siennes.

— Je vous en prie, Matt. Il faut me croire. Je ne mens pas.

Il ouvrit la bouche, puis la referma. Il hocha légèrement la tête.

Je faillis tourner les talons, furieuse, mais je n'osais pas le laisser entre ses griffes. Comment pouvait-il croire que Patience, si timide et si craintive, avait eu une liaison ? C'était incompréhensible !

— Qu'attendez-vous de Matt ? demandai-je à Hope. Qu'il vous confie sa montre pour que vous puissiez la donner au shérif et sauver la réputation de votre sœur ?

— Non, Miss Steele. Je veux juste que Matt comprenne pourquoi j'ai agi ainsi aujourd'hui. Je n'attends rien de lui. Plus maintenant.

Elle lui lâcha la main et posa la sienne sur son ventre.

— Priez pour ma sœur, Miss Steele. Elle en aura bien besoin.

Je la regardai s'éloigner en mettant mes mains sur mes hanches.

— Elle ne manque pas de toupet ! Tenter de voler votre montre, c'est une chose, Matt, mais dire des choses aussi épouvantables sur sa propre sœur, c'est bien plus grave !

— Vous devriez écrire à Patience pour l'avertir dès que nous serons rentrés, dit-il.

— Vous la croyez ? Matt ! Je ne pensais pas que vous étiez si crédule.

— Je dois en avoir le cœur net.

Il me fit signe de marcher à ses côtés.

— Mais... pourquoi ? Que ferez-vous, si c'est vrai ? Bien que je n'en croie pas un mot.

— Je ne sais pas. Je ne suis pas sûr de pouvoir faire quoi que ce soit. Si Payne veut ruiner la réputation d'un membre de ma famille, je ne peux pas l'en empêcher. Je ne sais même pas où le trouver.

Je serrai mon livre sur ma poitrine et baissai la tête face au vent.

— Je ne crois pas une seconde que Patience ait fait quoi que ce soit de mal, mais je vois que vous vous êtes laissé duper par l'histoire de Hope.

— Je ne me suis pas laissé duper. Je suis bien trop cynique pour ça.

Je poussai un soupir.

— Mais il y a une chose que vous oubliez, dit-il en me prenant la main pour la poser sur son bras. Il vous sera très facile de vérifier si Hope dit vrai.

— Très bien. Dès que nous serons rentrés, j'écrirai à Patience, si cela peut vous tranquilliser.

— J'espère que vous n'y manquerez pas.

Nous suivîmes le chemin qui menait à Park Lane. Matt semblait plongé dans des pensées funestes, et je ne pouvais pas lui en vouloir. Dire que le Shérif Payne avait essayé de pousser un membre de la propre famille de Matt à le trahir ! Et dire que Hope avait tenté de lui voler sa montre ! Sans compter qu'elle avait essayé de le piéger au pied de cet arbre.

— Saviez-vous que ces deux femmes étaient les témoins de Hope ? lui demandai-je. Est-ce pour cela que vous avez quitté la clairière ?

— Je m'en doutais, mais j'avais une autre raison : je n'avais aucune envie d'être seul avec Hope sous un arbre.

Il porta une main à sa poitrine en un geste d'indignation feinte.

— J'ai eu l'impression qu'elle abusait de ma naïveté.

— Vous n'êtes pas le seul. J'ai cru qu'elle s'était jouée de vous. En voyant ces deux mégères se précipiter vers l'arbre, j'ai eu peur qu'elle ne surprenne Hope entre vos bras.

— Même si elle s'était jetée sur moi, je ne l'aurais pas rattrapée.

Je parvins à rire malgré tout.

* * *

NOUS RENTRÂMES SANS HÂTE, prenant notre temps pour déambuler à travers le parc en écoutant les conversations. Quelques-unes tournaient autour de l'article d'Oscar dans la

Gazette, mais pas beaucoup. L'engouement des premiers temps semblait être retombé. Toutefois, aucun de nous n'en parla à l'autre. C'était un sujet quelque peu sensible et, pour ma part, je n'avais aucune envie de me quereller avec Matt.

Une fois chez nous, je griffonnai en vitesse une lettre pour Patience et chargeai Peter de la lui transmettre. J'allais me mettre à la recherche de Miss Glass quand Catherine Mason arriva, dans tous ses états. Je crus d'abord que son visage cramoisi et son attitude anxieuse avaient un rapport avec Cyclope, qui était sorti de la bibliothèque dès qu'il avait entendu sa voix dans le vestibule, mais je réalisai rapidement qu'elle avait quelque chose d'important à dire. Je la conduisis à la bibliothèque, une pièce où Miss Glass entrait rarement. Elle était peut-être au courant de l'existence de la magie, mais j'estimais que son esprit n'était pas assez stable pour supporter une autre discussion franche sur le sujet.

Matt ferma la porte et invita Catherine à s'asseoir. Willie était sortie, une fois de plus, et Duc était aux écuries, occupé à faire visiter les lieux au nouveau cocher. Cyclope s'assit non loin de Catherine.

— Est-ce que tout va bien ? lui demanda-t-il, le front barré d'un pli soucieux. Vous avez l'air souffrante.

Elle se toucha la joue du dos de la main.

— J'ai un peu chaud. J'ai marché vite depuis Hyde Park Corner, où m'a déposée l'omnibus.

— Voulez-vous que j'aille vous faire du thé ?

— Non merci, Nate. C'est très aimable, mais je vais bien. Je voulais vous voir. Vous tous, précisa-t-elle aussitôt en rougissant. J'ai lu l'article de la *Gazette*.

Matt se rassit et croisa les mains.

— Je crois que presque toute la ville l'a lu.

— Et tes parents aussi ? demandai-je.

Elle fit oui de la tête avec une grimace gênée.

— Nous avons eu une discussion assez vive à ce sujet. Et à propos de toi, India.

Je m'étais doutée que Catherine parlerait de ma magie à ses parents, mais j'avais espéré que la conversation resterait courtoise.

— Et cela s'est mal passé ? demandai-je.

— Un peu. Ils étaient déjà tous les deux au courant, bien sûr, alors je me suis dit que ce ne serait pas trahir ton secret que de leur avouer que je savais aussi.

— Ils étaient fâchés que tu sois au courant ?

Elle haussa une épaule d'un air penaud.

— Fâchés après moi, ajoutai-je en soupirant. Ils pensent qu'en te confiant mon secret, je t'ai entraînée dans un monde sinistre et dangereux.

— Ne te préoccupe pas d'eux, India. Ils se font du souci pour moi, c'est tout. Mais ensuite, la discussion s'est portée sur l'avenir de notre boutique. Ce n'est pas pour eux qu'ils s'inquiètent, mais pour mes frères. Ils prendront la suite de mon père un jour, mais s'ils perdent des clients... la boutique suffit tout juste à subvenir aux besoins d'une famille à présent, alors deux...

Je n'évoquai pas la possibilité d'élargir leur activité ou d'ouvrir un atelier où ils pourraient produire des montres en grande quantité et à moindre coût. Catherine n'était pas vraiment douée pour les affaires, et je savais que Mr Mason préférait garder une activité à taille humaine lui permettant d'offrir des prestations personnalisées. C'était d'ailleurs ce que ses clients appréciaient. Mais même sans magie, les petits commerces étaient condamnés à s'incliner devant les usines et les montres produites en série. C'était ainsi que fonctionnait le monde.

— Tu peux leur assurer qu'à part mon grand-père et moi, il n'y a aucun magicien horloger à Londres à ma connaissance, dis-je. Et ni lui ni moi n'avons l'intention de rouvrir une boutique. Nous ne représentons pas une menace pour le commerce des autres. À la réflexion, ne leur parle pas de Chronos. Cela ne servirait à rien de les inquiéter, et moins il y aura de gens qui le savent en vie, mieux cela vaudra.

— Je ne le leur ai pas encore dit, mais... tu veux donc que je continue de mentir à mes parents ?

— Ce n'est qu'un mensonge par omission.

Je n'avais plus qu'à me persuader moi-même que ce n'était pas vraiment un mensonge. Le regard déçu que m'adressa Cyclope suffit presque à me convaincre du contraire.

— Tout ce qui compte, c'est que nous n'avons pas l'intention d'ouvrir une boutique ni de travailler comme horlogers.

— C'est ce que je leur ai dit... à propos de toi, je veux dire.

Catherine ne cessait de se tordre nerveusement les mains sur ses genoux.

— Malgré cela, mon père voit les choses différemment. Il a dit que tu ne voulais pas de boutique pour l'instant, mais que tu changerais d'avis un jour. Il croit que les magiciens sont irrésistiblement attirés vers leur art, et que tu ne pourras pas t'empêcher de travailler avec des montres et des horloges. India, est-ce que... est-ce que c'est vrai ?

— On peut travailler avec des horloges sans les vendre, intervint Matt.

— Je les démonte et les remonte, c'est devenu une sorte de passe-temps, ajoutai-je. Un peu comme la peinture ou la broderie.

Elle se mordilla la lèvre inférieure.

— Je suppose que tu as raison. Et si tu me dis que tu es la seule magicienne horlogère, nous nous inquiétons peut-être pour rien.

— Je suis contente que tu sois de mon avis. Je ne veux pas qu'il y ait de conflit entre nous, Catherine.

— Cela n'arrivera pas : tu es ma meilleure amie.

Elle baissa la tête, mais sans parvenir à cacher ses joues empourprées.

— Et d'ailleurs, j'espérais pouvoir te parler quelques minutes en privé.

Matt et Cyclope se levèrent et lui souhaitèrent une bonne journée avant de sortir. Catherine fit semblant de ne pas les regarder s'éloigner, mais elle échoua lamentablement. Elle ne parvenait pas à quitter Cyclope des yeux. Il lui adressa un charmant sourire avant de refermer la porte.

— Je crois savoir de quoi il s'agit, dis-je.

Elle se leva et se précipita vers la fenêtre. Elle passa quelques instants à observer la rue avant de revenir vers moi. Ses joues étaient encore un peu roses, mais c'était dû à son agitation plutôt qu'à sa gêne.

— Je lui ai écrit pour lui demander un rendez-vous.

— À Cyclope ? Et il a refusé ?

Elle hocha la tête.

— Pourquoi, India ? Qu'a-t-il à me reprocher ?

— Rien du tout.

Je lui pris la main et la fis asseoir près de moi.

— Il faut te montrer patiente avec Cyclope… et persévérer un peu. Tu sais pourquoi il a des réticences, et elles n'ont rien à voir avec toi. Tu lui plais vraiment. Je le vois à sa façon de te regarder.

Elle soupira et s'affaissa un peu plus au fond du sofa.

— Regarde-nous : deux vieilles filles désespérément romantiques !

Je ris de bon cœur.

— Premièrement, tu es trop jeune pour être considérée comme une vieille fille, et deuxièmement, notre situation n'a rien de désespéré. Nous sommes deux femmes remarquables qui savent penser par elles-mêmes.

— Penser par soi-même, ce n'est un atout que si l'on est aussi capable d'agir. Dans ton cas, c'est une bonne chose, India. Tu as des moyens financiers, maintenant, et tu gagnes ta vie par ton travail. Mais moi, je dépends du bon vouloir de mon père jusqu'au jour où je me marierai, et ensuite, je dépendrai de celui de mon mari.

— Raison de plus pour ne pas choisir n'importe qui. Heureusement que je n'ai pas épousé Eddie ! Cela aurait été un véritable désastre.

— De proportions monumentales.

— Je me demande s'il était prêt à m'épouser pour de bon. Si mon père n'était pas mort, ou s'il n'avait pas légué sa boutique à Eddie… serions-nous mariés, aujourd'hui ?

Je grimaçai à cette idée répugnante. Pour la centième fois, je me demandai comment j'avais pu être assez aveugle pour ne pas voir sa vraie nature.

— Ce qui est sûr, c'est qu'il aurait bien besoin d'une épouse intelligente comme toi, qui s'y connaît en commerce en général, et en horlogerie en particulier. Mon père dit qu'Eddie a dû mal à joindre les deux bouts. C'est comme s'il lui manquait la volonté de s'y consacrer pleinement.

— Il lui manque la volonté ? Mais il s'est donné tant de mal pour hériter de cette boutique ! Pourquoi ton père pense-t-il que ça ne l'intéresse plus ?

— Il a pris du retard dans ses commandes, pour commencer, et ses réparations prennent bien trop de temps. Il est souvent absent, et comme il n'a pas d'employés, il doit fermer la boutique chaque fois qu'il s'en va. Ce n'est pas tous les jours, mais ça arrive tout de même assez souvent pour que ses clients aillent chez un concurrent. Mr Abercrombie peut se permettre de partir, lui : il a tellement d'assistants que personne ne remarque son absence. Mais pour Eddie, c'est différent.

— Oui, murmurai-je. Tu as raison. Il va mener ce commerce à la faillite, et tous les efforts de ma grand-mère et de mon père seront anéantis.

Le nom de ma famille n'était peut-être plus affiché au-dessus de la porte, mais ces murs contenaient toute notre histoire, d'une certaine façon. Si cette boutique n'appartenait plus à un horloger, c'était un autre chapitre de la famille Steele qui prendrait fin.

— C'était aussi la boutique de ton grand-père, fit remarquer Catherine. Tout le monde dit qu'il était excellent dans son métier.

— Je crois que son succès était surtout dû à ma grand-mère. Comme elle haussait les sourcils, intriguée, je m'expliquai :

— J'ai des raisons de croire que mon grand-père était un peu comme Eddie : il n'avait pas le goût du commerce qui est nécessaire à tout commerçant.

Catherine jeta un coup d'œil à l'horloge sur le manteau de la cheminée et ramassa son réticule.

— Tu me raconteras tout ça un autre jour. Je dois rentrer à la maison, ou mes parents se douteront de quelque chose.

Je la raccompagnai à la porte. Elle parut déçue que Cyclope ne soit pas resté dans les parages pour lui dire au revoir. Je le trouvai avec Matt et Duc dans le bureau de Matt lorsqu'elle fut partie. Ce n'était pas le moment de lui reprocher d'avoir repoussé Catherine, mais sa façon d'éviter mon regard en disait long.

— Leur avez-vous raconté ce que nous a dit Hope ? demandai-je à Matt tout en m'asseyant sur le fauteuil que Duc venait de me laisser.

Il prit la lettre qui était posée devant lui. — En détail.

— Je le savais bien, qu'elle mijotait quelque chose, dit Duc en secouant la tête.

— Elle était désespérée, lui dit Cyclope. Elle n'avait pas d'autre solution pour assurer son avenir. Les gens prennent parfois de mauvaises décisions quand leur avenir s'annonce trop sombre.

— Tu la défends ? s'indigna Duc. Willie serait d'accord avec moi, elle. Où est-elle, d'ailleurs ?

Personne ne put lui répondre, et je n'étais pas sûre que Duc ait envie de connaître mes soupçons. Je m'apprêtais à changer de sujet, mais Matt fut plus rapide.

Il me tendit la lettre.

— Voilà ce que m'a envoyé mon avocat. Il a retrouvé la trace de Miss Chilton. Elle est mariée et elle habite toujours à Islington, mais dans une autre rue. Nous pourrions aller la voir aujourd'hui.

— Excellente idée.

Avant de partir, je montai voir comment allait Chronos. Il était toujours couvert d'ecchymoses et il avait du mal à se redresser dans son lit, mais il était lucide, et de bonne humeur. Enfin, jusqu'à l'arrivée de Miss Glass. Il protesta en la voyant qui tenait un jeu de cartes dans une main et un livre dans l'autre.

— Je peux vous faire la lecture ou nous pouvons jouer à la Dame de Pique, annonça-t-elle en s'asseyant sur la chaise près du lit. Que choisissez-vous ?

— Aucun des deux, marmonna-t-il.

— Ne faites pas l'enfant. Vous devez bien vous occuper.

— Connaissez-vous d'autres jeux de cartes ?

— Willemina a commencé à m'apprendre le poker.

Il se frotta les mains.

— À la bonne heure ! Qu'allons-nous miser ?

* * *

Mrs Randley, née Chilton, vivait avec son mari dans une maison modeste située dans une rue modeste d'Islington. Mr Randley travaillait pour une banque de la capitale et leurs deux enfants, déjà adultes, étaient mariés. Elle était seule chez elle lorsque nous nous présentâmes en fin d'après-midi.

Quand nous lui eûmes expliqué que la police nous avait chargés d'enquêter sur la mort du Dr Millroy, elle accepta volontiers de nous parler, une fois remise de sa stupéfaction, qu'elle exprima sous la forme d'un petit cri.

— Je vous prie d'excuser ma réaction, dit-elle une fois que nous fûmes tous les trois assis dans son salon décoré de papier peint à fleurs assorti au tissu des meubles et aux rideaux. Même sa robe avait des fleurs brodées sur le corsage.

— Mais je suis vraiment surprise que vous enquêtiez sur cette affaire après tout ce temps. Surprise, mais heureuse. Très heureuse, même.

— Vous voulez que justice soit faite, dit Matt avec un hochement de tête chaleureux. Nous comprenons. La mort du Dr Millroy n'a pas fait l'objet d'une enquête assez approfondie, et nous tenons aussi à réparer ce tort.

— Cela ne donnera peut-être rien, l'avertis-je avant qu'elle ne se fasse trop d'espoirs. Il se peut que le coupable soit lui aussi décédé, et que le crime reste impuni.

— C'était il y a de longues années.

Elle nous observa par-dessus ses lunettes de ses yeux gris, aussi doux que vifs.

— La police a tiré ses conclusions très rapidement, reprit-elle. Êtes-vous en train de me dire que ce n'était peut-être pas un malfrat des bas quartiers, en fin de compte ?

— Nous souhaitons explorer toutes les pistes, dit Matt. Il paraît tout de même probable qu'il s'agisse d'une personne habitant le quartier où s'était aventuré le Dr Millroy. Vous a-t-il semblé étrange qu'il ait été retrouvé à Whitechapel ?

— Mon Dieu, oui ! Qu'allait-il faire là-bas ? Cela n'avait aucun sens.

— Pensez-vous qu'il ait simplement pu se perdre ?

— Un Londonien de naissance ? Ce serait étonnant.

— Et qu'en est-il de sa maîtresse ? demanda Matt tout à trac.

Mrs Randley pinça les lèvres et se mit à triturer sa manche.

— Mrs Millroy nous a parlé d'elle, précisai-je.

— Vraiment ?

Elle remonta ses lunettes sur l'arête de son nez.

— Dans ce cas, je suppose que je peux vous dire ce que je sais, si cela peut vous être utile.

Je lui souris d'un air encourageant.

— Mrs Millroy ignorait son nom, mais elle pensait que vous le connaissiez peut-être, étant donné que vous rencontriez tous ses patients et que vous consigniez tout dans les registres. Sa maîtresse était-elle l'une de ses patientes ?

Elle hocha la tête.

— Savez-vous qu'elle a eu un fils du Dr Millroy ?

— Oui, nous le savons. Quel genre de femme était-elle ? Le genre de femme qui vient de Whitechapel ?

— Oh, ça non ! C'était une dame de la haute société.

— Son nom ? demanda Matt. Vous souvenez-vous de son nom ?

Elle se mordit la lèvre.

— Je vous en prie, Mrs Randley, c'est très important. Elle a probablement un lien avec la mort du Dr Millroy.

Elle acquiesça d'un signe de tête.

— Très bien. Je n'aime pas les commérages, mais vous avez raison : c'est nécessaire. Elle s'appelait Lady Buckland. C'était une jeune veuve qui était venue le consulter pour un mal de gorge. Par la suite, elle a repris rendez-vous toutes les semaines. J'ai très vite compris ce qu'il y avait entre eux.

Matt croisa mon regard, mais je fis non de la tête. Je ne connaissais pas d'aristocrates et encore moins de Lady Buckland, pas plus que lui.

— Et leur fils ? demandai-je. Comment s'appelait-il ?

— Je ne l'ai jamais su, dit-elle d'un air quelque peu rêveur. Il doit avoir vingt-sept ans, maintenant. Vous rendez-vous compte ?

— Le même âge que moi, commentai-je sans raison particulière.

— Et où habitait-elle, à cette époque ? demanda Matt.

— Je ne m'en souviens pas, Mr Glass. Je suis désolée.

— Avez-vous encore les dossiers des patients ?

Elle rit.

— Bien sûr que non. Ils ont été détruits peu après la mort du Dr Millroy.

— Tant pis.

La réponse de Matt semblait relativement cordiale, mais je distinguais la lassitude qui se cachait derrière ses mots. Il avait espéré recueillir une adresse où nous aurions pu nous rendre immédiatement. Mais maintenant, il allait encore devoir demander à son avocat de trouver une adresse, ce qui prendrait du temps.

— Nous finirons par les trouver, lui promis-je.

— Par *la* trouver, rectifia Mrs Randley. Même si vous retrouvez Lady Buckland et qu'elle est toujours en vie, vous ne trouverez pas son fils avec elle. Elle l'a laissé dans un orphelinat.

Je la dévisageai, interloquée, et sentis mon cœur se serrer.

— Avant ou après la mort du Dr Millroy ?

— Avant. Vous savez ce que c'est que d'être une femme, Miss Steele. J'imagine que c'est encore plus délicat, pour une dame de ce milieu social, de garder un bébé né hors mariage. Elle l'a mis au monde en secret, prétextant une longue maladie, et ensuite, elle a abandonné le petit. Le Dr Millroy et moi étions les seuls à le savoir.

— Oui, bien sûr, fis-je en hochant la tête, un peu hébétée.

Ainsi, même si nous retrouvions la trace de Lady Buckland, elle ne saurait pas où était son fils.

— Elle sait sans doute à quel orphelinat elle l'a confié, dis-je avec un optimisme destiné à rassurer Matt. Il doit bien y avoir des archives.

— Pourquoi voulez-vous le retrouver ? s'étonna Mrs Randley en haussant les sourcils. Il ne vous sera d'aucune aide pour découvrir l'identité de l'assassin du Dr Millroy.

— Je... euh... c'est-à-dire...

Ne trouvant pas de justification assez rapidement, je haussai simplement les épaules.

— Il y a un autre élément de l'enquête que nous cherchons à approfondir, me coupa Matt pour éviter d'éveiller ses soupçons.

S'il était déçu d'apprendre que le fils serait plus dur à trouver, il n'en laissa rien paraître.

— Que savez-vous de l'expérience réalisée par le Dr Millroy peu avant sa mort ?

Mrs Randley concentra toute son attention sur lui comme si elle savait qu'il avait une autre raison de lui poser cette question, mais sans parvenir à savoir laquelle pour l'instant.

— Quelle expérience ?

— Allons, Mrs Randley. Nous savons que vous étiez au courant. Vous étiez l'assistante du Dr Millroy, et une excellente assistante, qui plus est. J'ai cru comprendre que vous étiez son bras droit.

— Je faisais très bien mon travail.

— Alors vous savez forcément ce qu'il s'est passé cette nuit-là avec le vagabond, dit-il.

— Je n'étais pas là.

— Quoi qu'il en soit, le Dr Millroy vous en a certainement parlé.

Son regard fuyant m'indiqua que Matt avait vu juste. Cédant à la pression que seul peut créer un silence lourd de sens, elle soupira et sa colonne vertébrale perdit un peu de sa raideur.

— Je suppose que cela peut avoir de l'importance. Seulement, voyez-vous, Mr Glass, le Dr Millroy n'était pas seul pour faire cette expérience. Mrs Millroy vous l'a-t-elle dit ?

— Oui, dit Matt.

— Il était aidé d'un homme du nom de Chronos.

— C'est un drôle de nom.

— À mon avis, ce n'était pas son vrai nom. J'ai aussi l'impression qu'il avait contraint le Dr Millroy à tester son nouveau traitement alors qu'il n'était pas encore prêt.

— Ça, vous n'en savez rien, dis-je avec une certaine raideur. Vous n'étiez pas là, vous l'avez dit vous-même.

— S'il se sentait obligé d'utiliser un nom d'emprunt, c'est qu'il ne devait pas être très bien intentionné.

Elle remonta une nouvelle fois ses lunettes sur l'arête de son nez et posa son regard sur moi.

— Et de plus, il a disparu sans laisser de traces dès que le vagabond est mort. Le lâche ! Il a laissé le Dr Millroy s'expliquer seul devant la Guilde des Chirurgiens.

— Vous pensez donc que Chronos était un autre médecin ? demandai-je prudemment.

— Je ne vois pas ce qu'il aurait pu être d'autre.

— En effet.

— Parlez-nous de cette expérience, insista Matt. Qu'en pensait le Dr Millroy ?

— Il regrettait son acte, c'est ce qu'il m'a dit le lendemain. Il était en proie à une agitation terrible, il craignait que sa femme ne découvre qu'il avait une maîtresse et qu'elle n'aille raconter toutes sortes de choses à la guilde.

Elle était bouleversée rien que d'y repenser. Elle ne cessait de passer les doigts tantôt sur la broderie de sa manche, tantôt sur son ventre, comme pour faire passer une sensation de nausée.

— La suite a prouvé que ses craintes étaient justifiées. Si Mrs Millroy ne s'en était pas mêlée, personne n'aurait remarqué la mort de ce vagabond et la guilde ne l'aurait pas inquiété. Mais elle leur a tout dit, et ils l'ont soumis à un interrogatoire sans merci. J'étais derrière la porte de son bureau, j'ai tout entendu. Ils l'ont menacé, disant qu'il serait pendu pour meurtre ! C'était horrible.

— Et que savez-vous de la victime, Mr Wilson ? demanda Matt. Mrs Millroy pensait qu'il avait une famille, mais qu'il avait sombré après l'avoir perdue. Est-ce ainsi que le Dr Millroy vous l'avait décrit ?

— Le Docteur y a fait allusion, oui, répondit-elle prudemment. Mais ce nom... ce n'est pas tout à fait ça, mais je ne saurais pas exactement vous dire pourquoi.

— Il ne s'appelait pas Wilson ?

Elle fronça les sourcils.

— C'était il y a si longtemps. Je ne sais plus, mais je crois me rappeler qu'il avait un drôle de nom. Je ne sais pas si vous voyez ce que je veux dire.

— Oui, dit Matt au moment où j'allais répondre non.

— Et je ne crois pas non plus que c'était un vagabond, pas au sens strict du terme, en tout cas, dit-elle.

— Il avait un toit ?

Le pli de son front se fit plus marqué.

— Là encore, je ne sais plus exactement ce que m'avait dit le Dr Millroy, mais il me semble qu'il bafouillait des propos incohérents, disant qu'il ne pouvait pas rentrer chez lui. Nous avons pensé que c'était parce que sa famille y était morte et qu'il n'aurait pas supporté l'idée d'y retourner depuis. Cela revient à être sans logis, d'une certaine façon, ne croyez-vous pas ? Mais c'est vrai que ce détail a tourmenté le Dr Millroy le lendemain, au point de regretter d'avoir procédé trop hâtivement à son expérience sans s'être mieux renseigné. C'est ce Chronos qui l'a poussé à trop se presser, c'est sa faute.

— Selon Mrs Millroy, objectai-je, Mr Wilson avait *consenti* à se prêter à cette expérience. Il était pressé de guérir.

— C'est possible, mais il n'empêche que ça ne l'a pas guéri.

Sur ce point, impossible de la contredire.

— Il me semble que l'homme avait dormi plusieurs fois dans un asile de nuit, reprit Mrs Randley. Mrs Millroy vous l'a-t-elle dit ? D'après le Dr Millroy, il avait parlé d'aller récupérer ses affaires à l'asile de nuit de Bethnal Green.

Bethnal Green ! J'étais très tentée de lancer un coup d'œil à Matt, mais je me fis violence pour continuer de regarder droit devant moi.

Mrs Randley poussa un profond soupir.

— Ce qui est arrivé est une véritable tragédie. J'aurais voulu que le Dr Millroy n'ait jamais rencontré ce Chronos. Et dire qu'à présent, j'apprends que son meurtre aurait pu avoir un lien avec cette expérience !

— Nous n'en avons pas la certitude, s'empressa de préciser Matt. C'est simplement une des pistes que nous étudions.

— C'est surtout Lady Buckland qui nous intéresse, lui dis-je.

Matt coula un discret regard dans ma direction, et j'eus le sentiment d'en avoir trop dit.

— Et Mrs Millroy aussi, naturellement, ajoutai-je. Elle avait une raison évidente de vouloir tuer son époux.

— C'est bien vrai, et elle a le genre de cœur de pierre qu'il faut pour assassiner quelqu'un, dit Mrs Randley. Mais je doute qu'elle soit coupable. Premièrement, parce que son mari subvenait à tous ses besoins, et en le tuant, elle se serait retrouvée dans la gêne. Et deuxièmement, je crois qu'elle ne tenait pas assez à lui pour le tuer. Je pense qu'elle était bien contente qu'il se soit trouvé une maîtresse. Ça l'arrangeait bien, de jouer le rôle de la pauvre épouse délaissée par son mari infidèle. Elle ne l'a jamais caché. À mon avis, poursuivit Mrs Randley, c'est Chronos qui a tué le Dr Millroy.

— Pourquoi dites-vous cela ? demandai-je sèchement.

— Il a voulu faire taire le Dr Millroy pour ne pas avoir lui aussi des ennuis avec la guilde.

— Ce n'est...

— Une dernière question, m'interrompit Matt. Que savez-vous du journal que tenait le Dr Millroy ?

Elle sourit.

— Son petit carnet de magie, comme il disait.

J'inspirai très fort entre mes dents. Connaissait-elle l'existence de la magie ?

— Pardon ? dit Matt.

— C'est juste le nom qu'il donnait à son carnet, c'était une plaisanterie. Il était toujours en train d'y noter des choses ou de le feuilleter, mais je n'ai jamais vu ce qu'il contenait. Probablement des informations sur ses expériences médicales.

— Savez-vous ce qu'est devenu ce carnet après sa mort ?

— Je suppose qu'il l'avait sur lui, comme toujours. Alors à moins que son assassin l'ait pris, la police a dû le remettre à Mrs Millroy. Pourquoi ?

Matt sourit.

— Merci, Mrs Randley. Vous nous avez beaucoup aidés.

Une fois dehors, Matt m'aida à monter dans la voiture qui nous attendait au bord du trottoir, conduite par notre nouveau cocher.

— Quel toupet ! m'exclamai-je en me laissant tomber sur le siège. Accuser Chronos d'avoir forcé la main du Dr Millroy, sans en avoir la moindre preuve !

— C'est une conclusion logique, dit-il.

Devant mon regard noir, il se racla la gorge.

— Mais bien sûr, nous savons que Chronos n'a pas tué Millroy, nous.

Le temps d'arriver à Mayfair, j'avais retrouvé mon calme et je réussis à voir les choses du point de vue de Mrs Randley.

— Il m'est un peu difficile d'imaginer que mon propre grand-père puisse être un meurtrier sans cœur, admis-je à mi-voix. Il était assez perturbant de penser que le sang d'un meurtrier coulait peut-être dans mes veines, en plus de la magie. Il n'était peut-être pas coupable de la mort du Dr Millroy, mais il était bien responsable de celle de Mr Wilson, au moins en partie.

Matt se pencha vers moi et me prit la main.

— India, dit-il tendrement. Chronos a cru prendre la bonne décision. Il n'est pas sans-cœur, et ce n'est pas non plus un assassin. Il voulait sauver la vie de ce vagabond, pas causer sa mort. D'une certaine façon, il y tenait tellement qu'il a négligé certains détails qui auraient dû être importants, comme le fait que Mr Wilson n'ait peut-être pas été sans toit ni sans famille.

Je refermai mes doigts autour des siens.

— Merci, Matt, mais ne défendez pas trop Chronos. Je ne suis pas certaine qu'il le mérite.

Je voulais que Matt sache ce que j'éprouvais. Il me semblait important qu'il ne croie pas que j'avais une confiance aveugle en mon grand-père simplement parce qu'il était de ma famille.

— Je ne me laisserai plus berner, cette fois. Dernièrement, j'ai été dupée par des hommes qui ont essayé d'endormir ma méfiance, et je ne veux plus que cela m'arrive. Dans le cas de Chronos, je tiendrai compte de tous les éléments et je prendrai ma décision en me fondant sur ce que me dit ma tête et non mon cœur.

Il garda longtemps les yeux fixés sur nos deux mains avant de me lâcher et de retourner à sa place.

— Dit comme ça, cela paraît si simple.

Nous savions l'un comme l'autre qu'il n'en était rien.

Soudain, Matt se pencha de nouveau en avant ; derrière la vitre, quelque chose avait attiré son attention.

— Nom de nom... Que vient-il faire ici ?

— Qui donc ?

Je le poussai du coude et vis Mr Abercrombie qui attendait, debout près de son attelage arrêté devant les marches du numéro seize.

Et il n'était pas seul. Un autre homme descendit de la voiture. Il releva le bord de son chapeau et, imitant Abercrombie, dirigea son regard vers la porte d'entrée. Puis il se retourna en nous entendant arriver.

Je laissai échapper un cri de surprise.

— Eddie ! Mais enfin, que peut-il bien me vouloir, cette fois-ci ?

CHAPITRE 14

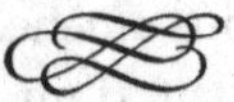

— Que voulez-vous ? demanda Matt à Abercrombie sur les marches du perron.

La porte d'entrée était ouverte et Peter attendait pour nous accueillir. Mais Matt n'était pas d'humeur à inviter nos visiteurs à entrer.

Abercrombie pinça les lèvres, ce qui fit frémir sa moustache.

— Bonjour, Mr Glass, et à vous aussi, Miss Steele. J'espérais pouvoir vous parler calmement en privé, dit-il en jetant un regard vers la fenêtre d'une des maisons voisines. Le rideau voleta et le vieil homme qui nous épiait disparut.

— Si vous avez quelque chose à dire, dites-le ici, lui dit Matt d'un ton sec. Ensuite, allez-vous-en.

— C'est honteux ! fit Eddie, la tête haute et le torse bombé.

Il me faisait penser à un coq qui se pavane sur son territoire.

— Nous voulons seulement vous parler. Vos manières de rustres ont peut-être cours chez vous, en Amérique, mais vous êtes en Angleterre, maintenant.

— Finissons-en, Eddie, dis-je avant que la patience de Matt ne soit réellement épuisée.

— Mais la nuit commence à tomber, protesta Eddie, comme si j'étais idiote de ne pas l'avoir remarqué. Il va bientôt être l'heure d'allumer les réverbères.

— Alors dépêchez-vous de parler, si vous ne voulez pas être dérangés.

Matt fit un pas vers lui et Eddie recula maladroitement. Il continuait de surveiller Matt d'un œil méfiant.

— Est-ce à propos de l'article de Barratt ? Parce qu'il n'avait rien à voir avec nous, et je n'ai pas l'intention d'en parler avec vous. Est-ce clair ?

— Ce n'est pas ce qui nous amène.

Abercrombie se dandinait d'un pied sur l'autre, l'air fier de lui.

— Notre démenti paraîtra bien assez tôt.

— Venez-en au fait, alors.

— Nous avons lieu de croire que vous abritez chez vous un criminel.

Pendant un instant, mon cœur cessa de battre. À côté de moi, Matt s'était figé.

— Pardon ? fit-il, glacial.

— Nous avons des raisons de soupçonner un homme appelé Chronos de vivre ici.

Comment avait-il pu l'apprendre ? Était-ce le Dr Ritter qui le lui avait dit ? Et si ce n'était pas lui, qui d'autre ? S'agissait-il de celui qui avait attaqué Chronos ?

— Drôle de nom, commentai-je en faisant tout mon possible pour paraître désinvolte.

Abercrombie regarda Peter, qui était toujours sur le seuil de la porte.

— Son vrai nom est Gideon Steele.

Je me récriai si fort que même Peter sursauta. J'en avais peut-être fait un peu trop.

— On vous a mal renseigné, Monsieur. Mon grand-père est mort.

— Vraiment ? demanda-t-il d'un air goguenard. Le bruit a couru partout qu'il était mort, c'est vrai, mais il n'y a aucune preuve, aucune trace de son décès.

De toute évidence, il avait mené son enquête et il en savait plus que nous ne l'aurions cru.

— Je vous assure qu'il est mort. Le certificat a peut-être été égaré. Ne croyez-vous pas que je le saurais, s'il était vivant ? Ne croyez-vous pas qu'il serait venu à l'enterrement de mon père, ou qu'il aurait tenté de me retrouver ? Je peux vous assurer qu'il n'a pas cherché à me contacter.

Sur ce dernier point, au moins, je ne mentais pas.

— Il n'a jamais été très attaché à sa famille, d'après mes souvenirs.

— Allons, India, me susurra Eddie. Il est ici, admettez-le. Nous le savons.

Je me plantai les mains sur les hanches.

— Je n'admettrai rien de tel, puisque c'est faux !

— Pourquoi portez-vous des accusations aussi absurdes ? demanda Matt. Quelles raisons avez-vous de croire qu'il est vivant après toutes ces années, et qu'il est ici ?

— Il a été vu, dit Abercrombie.

— Vu ? Où cela, et par qui ?

— Je ne suis pas autorisée à divulguer cette information.

Je posai une main sur le bras de Matt. Ses muscles étaient contractés par la tension qui s'accumulait en lui.

— Votre informateur se trompe, dis-je à Abercrombie. Si mon grand-père est vivant, ce dont je doute fort, il n'est pas ici.

— Ce n'est pas étonnant que vous démentiez, dit Eddie avec un sourire aussi laid que son cœur. Vous êtes sa petite-fille, pardi.

— Allez-vous-en, gronda Matt en me guidant vers les marches.

— Vous savez qu'il a été mêlé à un meurtre avant sa mort supposée, dit Eddie à mi-voix, comme s'il savait que ses paroles, à elles seules, étaient déjà explosives.

— Vous ne manquez pas de culot, d'accuser mon grand-père d'une chose pareille, dis-je en maîtrisant mon expression autant que possible.

— Cessez vos faux-semblants, India. Je ne suis pas idiot. Vous enquêtez sur la mort du Dr Millroy, ce qui mettra forcément en lumière ses liens avec Gideon Steele. Où en est votre enquête, à propos ? Si nous partageons nos informations, nous pourrons peut-être atteindre chacun notre but. Vous trouverez qui a tué le Dr Millroy, et nous, nous mettrons la main sur votre grand-père.

— Vous êtes fou, lui dis-je.

Quel toupet, de croire que nous pourrions lui dire quoi que ce soit !

Eddie ouvrit la bouche pour parler, mais Abercrombie le fit taire d'un geste. Eddie referma aussitôt la bouche, mais il semblait furieux qu'on lui intime ainsi le silence.

— Qui accuse le grand-père d'India de meurtre ? demanda Matt.

— Cela ne vous regarde pas, dit Abercrombie.

— Cela nous regarde, si quelqu'un porte des accusations fantaisistes. Cela nous regarde dès lors que vous venez jusqu'ici contrarier India de la sorte.

Abercrombie m'adressa un sourire mielleux.

— Elle n'a pas l'air trop bouleversée.

Matt empoigna Abercrombie par le revers de sa veste, qu'il tordit autour de son poing. Quelque chose craqua à l'intérieur de sa poche.

— Mon binocle ! s'écria Abercrombie. Vous l'avez cassé.

— Je vais casser bien plus que votre binocle si vous ne décampez pas immédiatement, menaça Matt en repoussant Abercrombie.

Celui-ci tituba, mais la rambarde l'empêcha de dégringoler dans l'escalier qui descendait vers les quartiers des domestiques. Il rajusta sa cravate et tira sur les pans de sa veste tout en foudroyant Matt du regard.

Matt me prit la main et la posa sur son coude pour m'escorter. Nous montâmes les marches côte à côte et rentrâmes dans la maison. Avant que Peter ne ferme la porte d'entrée, j'entendis le bruit des roues de la voiture d'Abercrombie qui s'éloignait.

— Du thé pour Miss Steele, je vous prie, ordonna Matt à Bristow tandis que Peter nous débarrassait de nos chapeaux et de nos manteaux.

— Pas de thé, dis-je. Il me faut quelque chose de plus fort. La journée a été mouvementée.

— Je vous apporte du xérès, dit Bristow.

Matt me conduisit à la bibliothèque et m'invita à m'asseoir.

— Je vais bien, lui dis-je avant même qu'il ne m'ait posé la question. Nous devons avertir Chronos et les autres.

Il se tenait devant la cheminée éteinte, les yeux rivés sur la grille du foyer.

— Je me demande comment ils ont bien pu découvrir que Chronos était votre grand-père et qu'il était ici. Seraient-ils à l'origine de son agression ?

— Si ce n'est pas eux, ils communiquent probablement avec ceux qui ont commandité l'attaque, dis-je. Il y a peu de chances que Chronos ait été aperçu par deux personnes différentes qui l'ont toutes les deux connu à l'époque et l'ont reconnu maintenant.

— Le Dr Ritter ? suggéra-t-il en haussant les épaules.

— Nous pourrions aller le lui demander.

— Il niera en bloc.

— Le suivre, alors ? proposai-je. S'il vient jusqu'ici et surveille la maison dans l'espoir de surprendre les allées et venues de Chronos, nous en aurons la certitude.

— J'enverrai Cyclope et Duc.

— Et pas Willie ?

— Je ne sais même pas où elle est.

Bristow entra avec un plateau où étaient posés deux verres. Matt les prit et m'en tendit un.

— Willie est-elle ici ? demanda-t-il au majordome.

— Oui, Monsieur.

— Demandez-lui de nous rejoindre, ainsi qu'à Duc et Cyclope.

Matt s'assit dans le fauteuil, l'air détendu après la violente altercation qui s'était déroulée dehors. Il parvint même à me sourire, mais l'effet en était quelque peu amoindri par la fatigue qui se lisait dans ses yeux.

— Êtes-vous certaine que vous allez bien ? s'inquiéta-t-il.

— Bien entendu. Aucun de ces deux hommes n'est capable de me blesser à présent, surtout quand vous êtes là. Sans compter qu'ils ont l'air d'avoir quelque peu perdu la main, dernièrement. Maintenant que je sais quelles informations Abercrombie détient à mon sujet, et maintenant qu'il est au courant que je sais, c'est comme s'il n'avait plus aucun pouvoir sur moi.

— Son pouvoir était de connaître votre secret avant même que vous ne le connaissiez vous-même, et sa capacité à utiliser ce secret pour vous nuire. Depuis le jour où vous avez renoncé à devenir membre de la guilde, son ascendant sur vous s'est amoindri.

Je n'osai mentionner le fait que mon secret avait aussi moins d'impact maintenant que le monde entier parlait de magie et des magiciens, grâce à l'article d'Oscar Barratt. Cela diminuait d'autant l'effet des allusions d'Abercrombie lorsqu'il avait menacé à demi-mot de révéler mes pouvoirs. Mais Matt n'aurait pas voulu l'entendre.

— Ce que j'aimerais savoir, reprit Matt, c'est pourquoi Hardacre était avec lui.

C'était une bonne question, qui ne m'était pas venue à l'esprit. Abercrombie traitait Eddie moins comme un égal que comme une nuisance qu'il lui fallait supporter. Il lui était arrivé de se rendre utile, tout particulièrement en informant Abercrombie de mes pouvoirs magiques, dont il avait eu connaissance grâce à mon père. Pour moi, il n'y avait qu'une raison pour qu'Abercrombie laisse Eddie l'accompagner pour me parler :

— C'est peut-être lui qui lui a dit ce qu'il sait sur Chronos, et en échange de ces informations, Eddie a exigé d'être présent lors de ce face-à-face.

— Tout juste. Mais quel intérêt Hardacre y trouve-t-il ?

— Le plaisir de me voir souffrir ? De voir l'effet que ses accusations ont sur moi, pour mieux retourner le couteau dans la plaie ?

Mais en prononçant ces mots, je pris conscience que je n'y croyais pas vraiment. Eddie se souciait trop peu de moi pour vouloir me faire souffrir. Ça n'avait jamais été son objectif.

— Parce que si mon grand-père est vivant, dis-je, de plus en plus convaincue par ma théorie, alors ma boutique... ou plutôt, *sa* boutique, appartient toujours à mon grand-père, en réalité. Mon père n'était pas en position de la lui léguer dans son testament, puisqu'elle n'était pas à lui. Cela signifie que, si Chronos est encore en vie, c'est à moi que reviendra la boutique à sa mort.

Matt leva son verre comme pour applaudir mon raisonnement. — C'est ce que je crois aussi.

Willie fit irruption dans la pièce, Duc et Cyclope sur ses

talons. — Vous buvez encore avant le dîner ? Ça devient une habitude, on dirait. Que va dire Miss Glass ?

— Je vois que tes nombreuses sorties n'ont pas émoussé ton franc-parler, Willie, commenta Matt avec un sourire en coin.

— Et c'est bien dommage, grommela Duc. Elle est retournée à l'hôpital.

— Moi aussi, j'ai appris quelque chose, annonça-t-elle en se laissant tomber dans un fauteuil si violemment qu'il glissa en arrière. Le Dr Ritter a reçu la visite d'Abercrombie.

— Est-ce Ritter qui lui a demandé de venir, ou Abercrombie y est-il allé de son propre chef ? demanda Duc.

Elle leva brusquement les mains en l'air.

— Qu'est-ce que j'en sais, moi ?

— Alors ça ne nous avance pas à grand-chose, tu ne crois pas ?

— Merci quand même, dit Matt en se frottant le menton, pensif. C'est une nouvelle qui m'intrigue.

Elle fit un grand sourire à Duc, dont l'expression se fit encore plus maussade. On aurait dit que plus Willie semblait heureuse, plus cela rendait Duc malheureux.

— De qui tiens-tu cette information ? lui demanda Cyclope avec un sourire entendu. De ton nouvel ami médecin ?

Elle étendit ses jambes et croisa les chevilles.

— Ça, c'est pas tes affaires. Maintenant, elle avait l'air malheureuse aussi, mais sans pour autant que l'humeur de Duc ne s'améliore. Il était délicat de naviguer au milieu des eaux qui séparaient ces deux-là, et je secouai presque imperceptiblement la tête pour faire comprendre à Cyclope de ne pas s'en mêler.

Il soupira.

— On ne peut plus rigoler, ici.

Bristow entra avec trois verres et le courrier, qu'il tendit à Matt.

Matt ouvrit la lettre en haut de la pile.

— C'est une invitation au mariage de Patience.

— Est-ce qu'on est invités ? demanda Willie, qui essayait de voir l'invitation sans se lever de sa chaise.

— Seulement moi et Tante Letitia.

— Qu'est-ce que ça peut faire ? lui demanda Duc. Tu as

horreur des mariages parce qu'on te demande de porter une robe.

— Ce n'est pas la seule raison pour laquelle je déteste les mariages, rétorqua Willie. Mais je veux voir Rycroft, le domaine de Matt.

— Ce n'est pas mon domaine, dit Matt.

— Pas encore.

— Il y a quelque chose d'intéressant dans les autres lettres ? demanda Cyclope. Du courrier de chez nous, peut-être ?

— Ou de Patience ? demandai-je.

— Juste un message du Commissaire Munro.

Il l'ouvrit et le lut en gardant une expression imperturbable.

— Il me convoque dans son bureau demain matin.

— Avons-nous des raisons de nous inquiéter ? demandai-je.

— Il veut simplement savoir où nous en sommes, j'imagine. Je rédigerai un bref compte-rendu pour lui ce soir et nous l'apporterons à Scotland Yard avant de nous rendre chez Lady Buckland.

— Mais nous ne savons pas où elle habite.

— Qui est-ce ? demanda Willie.

— La maîtresse de Millroy. India te donnera plus de détails, dit Matt en se levant. Je vais demander à ma tante si elle a déjà entendu parler de cette mystérieuse veuve joyeuse.

Dix minutes plus tard, Matt reparut, l'air revigoré. Il avait dû profiter de cette absence pour se servir de sa montre.

— Vous souriez, observai-je en souriant aussi. Miss Glass la connaît, alors ?

— Oui. Elle ne s'est jamais remariée, et porte donc toujours le nom de Lady Buckland. Apparemment, elle est riche et vit tout près d'ici ; elle préfère la ville à sa résidence de campagne. D'après ma tante, Lady Buckland avait une réputation sulfureuse, et elle arrive encore à avoir quelques aventures çà et là avec des hommes plus jeunes.

— Mais elle doit être vieille, maintenant, s'étonna Willie.

— Elle est vieille, ça ne veut pas dire qu'elle est morte, fit remarquer Duc.

— Elle a été l'objet de bien des médisances il y a vingt-sept ans, poursuivit Matt, mais aujourd'hui, elle est simplement considérée comme une excentrique à qui plus grand monde ne prête attention.

Je m'adossai sur mon siège, le regard perdu dans mon verre de xérès.

— Je trouve ça un peu triste. Être la cible des mauvaises langues, ce n'est pas spécialement agréable, mais être complètement ignorée, c'est peut-être encore plus terrible.

— Pour certaines personnes, oui, dit Cyclope. Pour d'autres, passer inaperçu, ce serait le bonheur.

Matt prit son verre et, tout sourire, le porta à ses lèvres.

— J'ai hâte de la rencontrer.

Je souris malicieusement.

— Ça, c'est parce que vous êtes jeune et bel homme. S'il y a une chose de sûre, c'est que je vous laisserai le soin d'interroger Lady Buckland.

* * *

LE COMMISSAIRE MUNRO n'était pas seul dans son bureau quand son assistant nous fit entrer. L'Inspecteur-chef Brockwell se tenait près de la fenêtre, sa veste trop grande ouverte sur le devant laissant voir un gilet taché. Jamais deux hommes n'avaient été plus différents. Munro, plus âgé et élégant dans son uniforme impeccable, était l'incarnation de l'autorité distinguée, tandis que Brockwell avait l'air d'avoir dormi tout habillé et oublié de se peigner. En revanche, ils arboraient la même mine austère.

— J'ai reçu des plaintes à votre sujet, commença Munro.

— Tant mieux, dit Matt sans prendre la peine de s'asseoir. Si notre enquête dérange, c'est que nous touchons au but. Qui s'est plaint à vous ?

Munro croisa les mains devant lui sur son bureau.

— C'est un détail que je ne suis pas autorisé à vous communiquer.

— Dites-moi comment avance votre enquête, dit Brockwell en articulant ses consonnes à l'extrême.

— Elle avance bien, dit Matt.

— Je voudrais en savoir plus.

Matt tendit son compte-rendu à Munro.

— J'ai tout consigné dans ce rapport.

Je savais qu'il n'avait pas *tout* consigné. Il avait omis les détails relatifs à la magie et au rôle de Chronos dans l'expérience réalisée vingt-sept ans plus tôt.

Munro fit signe à Brockwell de le lire avec lui.

— Restez ici, nous dit Munro.

— Nous ne pouvons pas, dit Matt. Nous avons un rendez-vous.

— À moins qu'il ne soit avec la reine ou le premier ministre, ça m'est égal. Asseyez-vous.

Matt recula une chaise pour moi. Je m'assis, mais il resta debout. Les cinq minutes qui suivirent me parurent durer une heure. Au bout de trois minutes, n'y tenant plus, je sortis ma montre. Le boîtier lisse en argent se mit à chauffer très légèrement sous mes doigts, juste assez pour apaiser mon anxiété.

Enfin, Brockwell se redressa et Munro reposa le rapport sur son bureau. Il retira ses lunettes et regarda Matt.

— Je vois que vous suivez un certain nombre de pistes.

— Oui, dit Matt. Je ne ferai pas de conjectures sur celle qui a le plus de chances de donner des résultats, si c'est là votre question.

— Pas du tout. Je n'aime pas que mes inspecteurs se fassent une opinion avant d'être en possession de tous les faits.

— Dans ce cas, il est temps pour India et moi de partir.

Il me tendit la main et je la saisis.

— Un instant.

Munro tapota le rapport avec ses lunettes.

— Je ne vois aucune mention de l'homme qui se faisait appeler Chronos.

Matt serra ma main plus fort. Je n'osai pas le regarder de peur de nous trahir.

— Chronos ? répéta Matt.

— Ne prenez pas le Commissaire pour un imbécile, dit Brockwell. Nous savons que vous connaissez ce nom.

— Je vois que vous avez parlé avec Abercrombie. Puisque vous savez tous les problèmes que nous avons eus avec lui par le passé, vous ne serez pas surpris d'apprendre qu'il cherche à déstabiliser India. Permettez-moi, messieurs, de vous assurer que nous n'avons pas rencontré ce dénommé Chronos. Il est lié à notre enquête par le biais de l'expérience qu'il a tentée avec Millroy il y a bien des années. Ne connaissant pas son vrai nom, je n'ai aucun moyen de retrouver sa trace.

— Et que pensez-vous de l'hypothèse selon laquelle il serait le grand-père de Miss Steele ?

S'ils savaient cela, c'était la preuve qu'ils avaient parlé à Abercrombie, ou à un autre membre de la guilde. Mrs Millroy ignorait que Chronos était mon grand-père, et je doutais que le Dr Ritter le sache. Il avait dit à la Guilde des Horlogers que Chronos était le magicien qui s'était associé au Dr Millroy pour son expérience, et il leur avait répété le signalement qu'en avait fait Mrs Millroy, mais nous ne savions pas encore avec certitude si la guilde lui avait dit que cette description correspondait à celle de Gideon Steele.

— Pure spéculation, répondit Matt. Je vous l'ai dit, Abercrombie cherche à atteindre Miss Steele, dont le grand-père, à sa connaissance, est mort.

Je me levai et lâchai la main de Matt.

— Je vais vous dire la même chose qu'à Mr Abercrombie et à Mr Hardacre, dis-je aux deux hommes : si mon grand-père était en vie, il serait venu à l'enterrement de mon père. Il aurait essayé de me contacter, mais surtout, il n'aurait pas laissé la boutique de la famille Steele tomber aux mains d'un imbécile comme Eddie Hardacre. S'il était en vie, il se serait manifesté pour reprendre possession de la boutique.

— À moins qu'il ne soit coupable d'un meurtre commis il y a vingt-sept ans et qu'il ne veuille pas être retrouvé, rétorqua Brockwell.

— Si c'était le cas, dit Matt, il y aurait peu de chances qu'il vienne s'installer chez India, ne croyez-vous pas ? Cela reviendrait à mener ses ennemis droit à lui.

— Nous ne sommes pas ses ennemis, dit Munro.

— Sauf s'il est coupable, ajouta Brockwell.

— Bonne journée, messieurs.

Je tournai les talons et quittai le bureau d'un pas déterminé.

— Je n'aime plus l'Inspecteur Brockwell, déclarai-je à Matt une fois sortis du bâtiment.

— Il ne fait que son travail. Malheureusement pour nous, il le fait un peu trop bien.

Il m'ouvrit la portière de la voiture.

— Pensez-vous que c'est Abercrombie qui s'est plaint de nous ?

— Évidemment, avec Eddie qui le suivait comme un petit chien.

— Un peu de respect pour les chiens, India.

Il monta après moi, les yeux éclairés d'une lueur malicieuse. Comment pouvait-il être de si bonne humeur après cette entrevue ?

— J'aime beaucoup les chiens. Si je n'habitais pas en ville, j'en aurais plusieurs, tous très gros et très affectueux.

Je fis entendre un claquement de langue agacé.

— Vous êtes impossible, Matt. Je ne sais pas comment vous pouvez si facilement ignorer cette entrevue.

— Tout se passera bien. À moins de fouiller la maison, ils ne trouveront pas Chronos. Son agression lui a fait assez peur pour rester caché. Et maintenant, nous allons bientôt nous rapprocher du moment où nous trouverons le magicien médecin dont nous avons besoin pour réparer ceci, dit-il en se frappant la poitrine à l'endroit où était cachée sa montre, sous son gilet. Nous ne tarderons pas non plus à retrouver l'assassin de Millroy. En fin de compte, ça s'annonce bien.

Malgré ma profonde frustration, je réussis à me forcer à sourire.

— J'ai hâte de rencontrer la veuve joyeuse.

Il nous fallut plus longtemps que nécessaire pour arriver à l'hôtel particulier de Lady Buckland. Elle ne vivait pas très loin de chez Matt, mais il ordonna au cocher de faire un long détour et de rouler vite pour s'assurer que nous n'étions pas suivis. Bien que Matt ait dit n'avoir vu personne, je le soupçonnais d'avoir l'intuition que Payne épiait le moindre de ses mouvements.

Lady Buckland était fort joyeuse, en effet, mais plus sous l'effet du xérès que de son naturel enjoué. J'en reconnus l'odeur dans son haleine lorsqu'elle nous accueillit, vêtue d'une robe de chambre d'un rose sombre, dans un petit salon dont les murs étaient tapissés de papier peint de la même teinte. Elle s'assit sur le sofa, un petit chien blanc sur ses genoux et un grand valet blond au garde-à-vous à ses côtés. Elle était bien loin de l'aristocrate majestueuse que les réponses de Mrs Randley à nos questions m'avaient laissée imaginer, mais les gens devaient changer avec le temps, sans doute.

— Je vous prie d'excuser ma tenue, dit-elle d'une voix un peu pâteuse. D'habitude, je ne suis pas habillée pour recevoir des visites si tôt dans la matinée, mais mon majordome a dit que vous aviez insisté.

Il était onze heures, si j'en croyais l'horloge en marbre et en or qui trônait sur la cheminée. Nous avions volontairement attendu pour ne pas la déranger dans ses activités matinales.

— Nous sommes sincèrement navrés, dit Matt, mais votre majordome a bien fait d'insister. C'est très important. Vous êtes la clé de nos recherches.

Il s'avança légèrement sur sa chaise et s'adressa directement à elle sans jamais la quitter des yeux. En concentrant sur elle toute son attention et en soulignant combien elle était importante, il n'eut aucun mal à obtenir le résultat désiré. Elle était prête à boire chacune de ses paroles.

— Vraiment ? Voilà qui est fascinant. Alors, dites-moi, quel est l'objet de vos recherches ?

C'était là le moment qui m'inquiétait le plus. Une femme qui avait eu une liaison scandaleuse avec un homme marié n'aurait aucune envie d'évoquer à nouveau cette liaison, même après tant d'années. Il nous fallait faire preuve de tact, ou elle risquait de se refermer entièrement et refuserait de répondre à nos autres questions.

— Mon nom est Parsons, dit Matt. Matthew Parsons.

Parsons ! Je parvins à contenir ma surprise, la limitant à un simple regard appuyé dans sa direction. Cependant, mon mouvement brusque avait fait sursauter Lady Buckland. Elle serra son chien si fort qu'il lui sauta des mains avec un jappement. Le valet s'élança à sa poursuite, mais il alla se cacher sous un autre sofa, hors de portée.

Lady Buckland toucha le col en fourrure de sa robe de chambre, tout contre sa gorge.

— Continuez, Mr Parsons. Qu'attendez-vous de moi ?

Matt lui adressa un sourire avenant.

— Seulement des réponses à quelques questions à propos de mon cousin.

— Votre cousin ?

— Le cousin de mon père, pour être plus exact. Le Dr James Millroy et mon père étaient cousins germains, mais mon père est parti vivre en Amérique, et ils se sont perdus de vue. Je voulais profiter de ma visite en Angleterre pour faire sa connaissance, mais hélas, j'ai appris qu'il était mort.

Lady Buckland semblait un peu perdue, sans son chien auquel se raccrocher. Elle se passait le pouce sur le dos de la main, étirant la peau flasque de ses phalanges. — Et quel rapport cela a-t-il avec moi ?

Matt lança un regard oblique vers le valet, qui s'était mis à quatre pattes pour essayer d'attraper le chien. Celui-ci, décidé à ne pas se laisser faire, s'était retranché dans le coin le plus éloigné et fixait le valet de ses yeux sombres.

— Mon cousin James avait dit à mon père ce qu'il y avait entre vous, murmura Matt.

Les mains de Lady Buckland s'immobilisèrent soudain.

— Milo, ici.

Je crus qu'elle appelait son chien, mais c'est le valet qui répondit.

— Oui, M'lady ?

— Laissez-nous, je vous prie. Et fermez la porte.

Il s'inclina et s'exécuta, non sans avoir lancé au chien un regard menaçant.

— Le Dr Millroy était mon médecin il y a bien des années, nous dit Lady Buckland. Pourquoi venir *ici* pour en savoir plus sur lui ? Vous feriez mieux de vous adresser à sa femme, si cette vieille prune desséchée est encore en vie.

— Elle l'est, et c'est ce que j'ai fait, dit Matt sans hésitation. Mais c'est à vous que je voulais vraiment parler, Madame. Vous êtes la femme qui le connaissait le mieux. La femme qu'il aimait.

Je faillis m'étrangler, mais Lady Buckland parut touchée par la flatterie de Matt. Son visage s'éclaira comme une fleur qui s'épanouit au soleil.

— Vous êtes au courant, dit-elle simplement.

— Oui, dit Matt. Mon cousin James parlait souvent de vous dans sa correspondance avec mon père. Il a fait de vous un portrait élogieux, disant beaucoup de choses merveilleuses à votre sujet.

— Donnez-moi quelques exemples.

Le chien ressortit de sous l'autre sofa, mais il resta à distance. Matt se pencha et claqua des doigts.

— Viens ici.

Le chien trottina gaiement jusqu'à lui. C'était sûrement une femelle.

— Il lui parlait de votre superbe chevelure et de vos beaux yeux.

Ses beaux yeux ? Je me mordis les lèvres pour ne pas sourire. Mr Darcy lui-même n'aurait pas été si enjôleur.

Les joues de Lady Buckland se teintèrent de rose et son regard se perdit dans le vague.

— Mon bien-aimé James. Comme il me manque !

Matt prit la petite chienne dans ses bras et la lui tendit.

— Dites-moi ce dont vous vous souvenez. J'aimerais tout savoir sur mon cousin.

Elle caressa le poil de la chienne, qui s'était recouchée sur ses genoux, concentrée sur son geste et sur la fourrure dans laquelle elle glissait ses doigts. La chienne ferma les yeux et posa son menton sur l'autre main de Lady Buckland dans une attitude de parfait contentement.

— James était intelligent et drôle. Nous avions des conversations fascinantes, et nous restions à parler jusqu'au petit jour. Il était généreux, aussi, et je ne parle pas seulement des cadeaux qu'il me faisait. Il avait l'esprit généreux, ce cher James. Il trouvait toujours un compliment à me faire.

Elle porta la main à une boucle grise qui lui frôlait la nuque. Le reste de ses cheveux était rassemblé sous une coiffe en dentelle.

— Et il avait toujours du temps pour moi, sans jamais rien me demander en retour.

Elle soupira.

— Jusqu'à... eh bien, jusqu'à la fin.

— Juste avant sa mort, vous voulez dire ? demanda Matt.

Elle hocha la tête.

— Avait-il changé d'attitude à votre égard ?

Ses yeux s'emplirent de larmes.

— Je ne veux pas en parler.

Matt attendit que le silence devienne trop pesant, puis il dit :

— Sa femme m'a dit qu'il avait été assassiné et que son meurtrier n'avait jamais été arrêté. Cela a dû être terrible pour vous.

— C'était affreux, surtout vu la façon dont les choses s'étaient passées entre nous au cours des jours qui ont précédé sa mort. Si je pouvais remonter le temps et tout arranger entre nous, je le ferais. Je ne dis pas que j'aurais pris une décision différente, mais j'aurais tâché d'arrondir les angles au lieu de me quereller avec lui.

Était-ce une allusion à l'enfant qu'elle avait abandonné ? Le Dr Millroy ne l'avait-il appris qu'une fois qu'il était trop tard ? J'attendis que Matt lui pose la question, mais il n'en fit rien. C'était particulièrement frustrant, mais je savais d'expérience qu'il trouvait généralement un moyen détourné d'aborder le sujet qui l'intéressait pour gagner la confiance de ses interlocuteurs.

— Pensez-vous que c'est un voleur opportuniste qui l'a attaqué et tué, comme l'a supposé la police ? demanda-t-il.

— Cela paraît être l'explication la plus plausible, mais...

Elle plongea la main dans la fourrure de sa chienne.

— Disons simplement qu'il y avait quelqu'un d'autre qui aurait eu des raisons de vouloir le tuer.

— Qui donc ? m'écriai-je brusquement. C'était la première fois que je prenais la parole, et Lady Buckland parut surprise de m'entendre prononcer le moindre mot. Matt m'avait présentée comme sa fiancée, qui l'avait poussé à se renseigner sur le cousin de son père, mais jusqu'à présent, elle m'avait pratiquement ignorée.

— Mrs Millroy, bien sûr.

Elle fit une grimace de dégoût tout en caressant énergiquement sa chienne.

— Une femme froide, stérile, et je ne dis pas cela parce qu'elle ne pouvait pas avoir d'enfants. Je veux dire que Mrs Millroy avait le cœur stérile. Je ne serais pas surprise que ce soit elle qui l'ait tué, non pas par jalousie, mais simplement parce que je le rendais heureux.

— Avez-vous des preuves de sa culpabilité ? demanda Matt.

— Vous l'avez rencontrée, non ? Qu'avez-vous pensé d'elle ?

— Sa personnalité n'est pas une preuve suffisante.

— Ça devrait en être une, marmonna-t-elle.

— Elle m'a dit que la Guilde des Chirurgiens l'avait violemment pris à partie à cause d'une expérience qu'il avait faite sur un vagabond. Pensez-vous que cet événement ait pu être à l'origine du meurtre du Dr Millroy ?

Elle plissa les yeux.

— Pourquoi voulez-vous savoir cela ?

— Je n'aime pas me dire qu'il est mort pour rien, ni que son meurtrier n'a pas payé pour son crime. La femme de mon cousin James a dit que la police avait renoncé à chercher son assassin. J'ai pensé que j'arriverais peut-être à trouver quelques réponses. Je crois que ce serait une bonne chose, d'une certaine façon.

— Vous êtes un homme bon. Et très honorable. Il aurait été fier de vous compter parmi les membres de sa famille.

Matt lui sourit chaleureusement.

— Merci. Alors, vous avait-il parlé de l'expérience à laquelle je fais référence ?

— Vaguement, fit-elle, hésitante. Il m'avait dit que la Guilde des Chirurgiens s'acharnait sur lui à cause de quelque chose. Mais pour être honnête, nous n'étions nous-mêmes plus en bons termes à ce moment-là, suite à... un certain événement, alors je ne sais pas grand-chose.

— Je suis navré de l'apprendre. Je sais combien il vous était dévoué, et je suis sûr que s'il avait vécu, il aurait tout fait pour se faire pardonner. Rien n'aurait pu vous séparer définitivement.

— Peut-être, concéda-t-elle avec un profond soupir. Mais maintenant, nous ne le saurons jamais.

Une fois de plus, j'attendis que Matt l'interroge sur son enfant, mais il ne le fit pas.

— Peut-être est-ce le maître de la Guilde des Chirurgiens qui l'a fait assassiner, suggéra-t-il.

— Seigneur ! Croyez-vous vraiment ?

Elle se tapota la poitrine comme pour essayer de calmer son cœur qui s'emballait.

— Ce serait quelque peu extrême, comme châtiment. Pourquoi ne pas simplement l'exclure de la guilde, s'ils désapprouvaient ses expériences ?

— Vous avez raison. À moins que l'homme sur qui il a pratiqué son expérience n'ait eu une famille qui ait cherché à le venger.

— C'est tout à fait possible également. Je me souviens que James voulait savoir avec certitude si cet homme était réellement seul au monde. Peut-être avait-il fini par retrouver un membre de sa famille, et...

Elle déglutit bruyamment.

— Vu ce qu'il avait prévu de faire le soir de sa mort, il est très probable qu'il ait trouvé quelqu'un.

— Je vous écoute.

— Il m'avait envoyé une lettre me demandant de le recevoir le lendemain. Mais il est mort cette nuit-là.

Elle baissa la tête et renifla.

— Dans sa lettre, il avait brièvement mentionné ses recherches pour en savoir plus sur cet homme.

Matt lui tendit son mouchoir.

— Vous rappelez-vous ce qu'il avait écrit ?

— Pas mot pour mot. Il disait qu'il voulait me voir pour parler de... notre querelle, mais qu'il ne pourrait pas le faire tant qu'il n'aurait pas soulagé sa conscience. Son expérience lui avait troublé l'esprit, détournant même son attention de ce que j'avais fait.

— Qu'a-t-il fait pour soulager sa conscience ? demanda Matt.

— Dans sa lettre, il m'a dit qu'il devait visiter un asile de nuit. C'est tout.

— Cet homme était hébergé dans un asile de nuit ? demanda Matt.

— Apparemment. Je suppose que James espérait interroger le personnel pour en apprendre davantage sur lui.

— Qu'espérait-il accomplir s'il retrouvait la famille de cet homme ? demandai-je. Les indemniser pour le préjudice causé ?

Elle haussa une épaule, qu'elle laissa ensuite retomber

comme l'autre. Elle faisait vraiment son âge, toute trace de sa beauté d'antan disparue sous le poids des années et du chagrin.

— Je crois qu'il voulait seulement savoir avec certitude s'il avait une famille ou non. Cela aurait grandement apaisé sa conscience de savoir qu'il n'en avait pas. Sur le moment, il était parti du principe qu'il n'en avait pas, mais par la suite, il n'en était plus aussi sûr. Si vous voulez mon avis, c'est Mrs Millroy qui a semé le doute dans son esprit. Elle était assez cruelle pour ça, toujours à lui faire de petites remarques blessantes.

— Pensez-vous que c'était pour cela que le Dr Millroy était à Whitechapel le soir de sa mort ? Parce qu'il était allé à un asile de nuit pour en savoir plus sur ce Wilson ?

— Non. S'il était mort à Bethnal Green, ma réponse serait différente, mais je n'ai aucune idée de ce qu'il était allé faire à Whitechapel. Dans son message, il avait seulement parlé d'aller se renseigner à l'asile de nuit de Bethnal Green, vous comprenez.

— Bethnal Green ? répétai-je.

— Oui. Pourquoi me demandez-vous cela ?

— Je me demande ce qu'il a bien pu apprendre sur Mr Wilson à l'asile de nuit, pour que cela justifie d'aller à Whitechapel.

— Mr Wilson ?

Elle secoua la tête.

— Ce n'était pas son nom.

Surpris par cette révélation, Matt garda le silence plusieurs secondes.

— Savez-vous comment il s'appelait ? finit-il par lui demander.

— Son nom m'échappe, mais... il me semble que ce n'était pas exactement Wilson.

— Cela vous reviendra peut-être.

Il lui sourit et elle lui rendit son sourire.

— Peut-être. Je suis si heureuse que vous soyez venu. Vous avez illuminé ma journée. Je ne sors plus autant qu'autrefois, et les visites de mes amis se font rares.

Elle souleva la petite chienne et la berça contre son cœur. La chienne semblait apprécier qu'on la réveille pour la cajoler.

— Sans ma chienne Bliss, mes journées seraient d'un ennui

mortel. Milo est agréable à regarder, mais ce n'est pas un compagnon aussi plaisant que je l'espérais.

Milo était donc un compagnon et non pas un valet ? Pour une veuve, on pouvait dire qu'elle ne se laissait pas abattre !

— Le nom de Chronos vous dit-il quelque chose ? demanda Matt, qui ne souhaitait clairement pas partir tout de suite.

Elle fronça les sourcils.

— Une connaissance de James avait un drôle de nom dans ce genre-là, dit-elle en reposant Bliss sur ses genoux. Je crois que c'est le nom de l'homme qui l'assistait dans son expérience.

— Connaissez-vous son vrai nom, ou son métier ? Avez-vous la moindre information sur lui ?

— Je ne l'ai jamais rencontré, et James n'a fait que le mentionner une fois ou deux. Je supposais qu'ils travaillaient ensemble à mettre au point une nouvelle technique médicale ou un nouvel appareil.

— Et une femme du nom de Nell Sweet ?

Elle se raidit aussitôt.

— James voyait-il une autre femme ?

— Non. Vous étiez le seul amour qu'il ait mentionné dans les lettres qu'il a écrites à mon père.

Elle se détendit un peu, mais ses traits restèrent tendus et elle continua de caresser vigoureusement Bliss, pour le plus grand plaisir de celle-ci.

— C'est vrai que je me suis demandé si je n'avais pas poussé James à s'éloigner de moi, si mes actions ne lui avaient pas fait perdre l'amour qu'il avait pour moi et ne l'avaient pas précipité dans les bras d'une autre. Il était tellement en colère contre moi, vous comprenez. Il était fou de rage.

Matt me lança un coup d'œil furtif, le premier signe d'hésitation de sa part. Je hochai légèrement la tête pour l'encourager à poursuivre. Le sujet avait beau être délicat, il fallait bien l'aborder.

— Pardonnez-moi, Madame, dit-il avec douceur, mais voilà maintenant plusieurs fois que vous évoquez une querelle entre vous et mon cousin. Je crois savoir de quoi il s'agit.

Il marqua une pause. Un silence pesant et oppressant s'installa.

— Je ne voudrais pas avoir l'air impertinent, mais cette querelle était-elle au sujet de votre fils ?

Elle ne parut pas surprise qu'il en parle. Je m'étais d'ailleurs demandé si ses nombreuses allusions à cette fameuse dispute n'étaient pas un moyen d'amener la conversation sur ce sujet. Je soupçonnais Lady Buckland de vouloir en parler, après tout ce temps.

— Il est né ici même, dans cette maison.

Elle leva les yeux vers le lustre suspendu aux moulures du plafond.

— Au départ, j'avais dit à James que je le garderais et que je l'élèverais en prétendant avoir recueilli un enfant qui avait besoin d'une famille. Aurait-on cru à mon histoire ? Je l'ignore. Je suis sûre qu'on ne s'est pas privé de jaser à mes dépens. Mais ce n'est pas pour cela que je m'en suis séparée. Je ne me souciais guère de ce qu'on pensait de moi. C'est toujours le cas aujourd'-hui, d'ailleurs.

— Vous avez bien raison, me sentis-je obligée de dire. Pour-quoi vous en êtes-vous séparée, alors ?

Elle eut un petit sourire triste.

— J'ai rapidement découvert que la maternité est un lourd fardeau auquel toutes les femmes ne sont pas naturellement préparées. L'instinct maternel, ça n'existe pas, Miss Steele. Du moins, pas dans mon cas.

— Vous avez donc préféré le faire adopter, conclut Matt.

Elle hocha la tête.

— Je savais que James ne me laisserait pas faire, alors j'ai tout organisé en secret. Lorsqu'il l'a su, je ne lui ai pas dit où j'avais envoyé Phineas, malgré ses questions incessantes.

— Il devait être furieux, dit Matt à mi-voix.

— Oh oui. Et je le comprends, je vous assure. James voulait absolument un enfant, mais on ne peut pas faire germer une graine dans une terre stérile. Et Mrs Millroy était un désert. Moi, je lui avais enfin donné un fils, et je m'en étais débarrassée. Je ne regrette pas ce choix. Phineas n'aurait pas pu être élevé comme le fils de James, ni même comme le mien. Il n'aurait eu aucun privilège, il n'aurait pas porté son nom. Au moins, en le faisant adopter, je lui donnais une chance d'avoir une vie meilleure.

Son corps s'affaissa tout entier sur le sofa, dérangeant momentanément la petite chienne avant qu'elle ne reprenne sa place.

— Phineas est choyé, dans son nouveau foyer. J'en suis certaine. Il vit dans une famille normale, entouré de frères et sœurs, et de beaucoup d'amour.

— Vous savez donc qui l'a adopté ? demanda Matt avec une certaine incrédulité… à moins que ce ne soit de l'espoir.

— Seulement dans mon cœur.

Matt lui sourit d'un air bienveillant, mais je savais que ce sourire n'était qu'une façade.

— J'ai essayé de faire comprendre à James que Phineas serait aimé, mais il n'a rien voulu savoir. Il m'a fait une scène terrible, exigeant de savoir dans quel orphelinat j'avais envoyé Phineas. Mais j'ai refusé de le lui dire. Je ne voulais pas qu'il réduise à néant tous mes efforts, tout l'espoir que j'avais pour notre enfant. En ramenant Phineas ici, il aurait tout gâché. À quoi s'attendait-il ? Nous ne pouvions pas vivre une vie de famille, et je ne pouvais pas élever seule un petit garçon. Je ne savais rien des enfants ni de l'éducation. J'ai fait le bon choix, affirma-t-elle, sûre d'elle.

— Mais mon cousin James n'avait pas renoncé à essayer de trouver où vous l'aviez envoyé, reprit Matt. C'est pourquoi, le jour de sa mort, il vous a envoyé cette lettre vous demandant une entrevue.

Elle hocha la tête.

— Dans sa lettre, il avait l'air plus raisonnable, moins en colère. Je me suis dit qu'il allait sans doute essayer d'obtenir une réponse par la persuasion plutôt que par la force. Il me disait que Phineas était un enfant spécial, que je ne comprenais pas la gravité de mes actions parce que j'ignorais de quoi son fils serait un jour capable. *Son* fils, pas le mien, ajouta-t-elle en levant les yeux au ciel. Comme si je n'avais joué aucun rôle dans sa conception.

Spécial. Le Dr Millroy se doutait, ou espérait, peut-être, que son fils serait un magicien. Et un magicien médecin, qui plus est, ce qui était encore plus rare.

— Savez-vous pourquoi il pensait que son enfant serait spécial ? insista Matt.

Elle agita vaguement la main. Bliss ouvrit les yeux en ne sentant plus les caresses de sa maîtresse.

— N'est-ce pas ce que croient tous les pères ?

Je ne détectai aucun mensonge, aucun indice de connaissance de la magie et de la façon dont elle se transmettait de génération en génération. Si elle était au courant de l'existence de la magie, elle n'en avait montré aucun signe au cours de cet échange.

— Merci d'avoir été aussi honnête, Madame, dit Matt. Je savais, par les lettres que mon cousin James avait écrites à mon père, qu'il avait un fils, et je suis heureux que vous me l'ayez confirmé. Vous venez de me donner un peu d'espoir.

— De l'espoir ?

Matt la regarda avec une parfaite candeur.

— Votre fils est le dernier survivant de ma lignée. Je souhaite le rencontrer.

Elle pâlit.

— Pouvez-vous me dire dans quel orphelinat vous l'avez envoyé pour que je puisse retrouver sa trace ? Il doit bien y avoir des archives...

— Non ! Jamais !

Elle poussa la chienne pour la faire descendre de ses genoux. Bliss atterrit sur le sol avec un petit jappement de protestation, puis courut se réfugier sous l'autre sofa quand sa maîtresse se releva.

— Bonne journée, Monsieur. Je vous demande de partir, maintenant.

Matt se leva et je l'imitai.

— Je vous en prie, Madame. Si je pouvais rencontrer mon cousin, vous n'avez pas idée de ce que ça représenterait pour moi ! Pour nous, ajouta-t-il en me passant un bras autour des épaules.

Ses muscles tendus contrastaient avec son ton suppliant.

— Je ne parlerai pas de vous à Phineas, si c'est ce que vous voulez.

Elle tira frénétiquement sur la sonnette pour appeler son domestique.

— Non. Je ne peux pas prendre le risque qu'il apprenne qui je suis. Je ne peux pas prendre le risque de le voir arriver ici et me demander de le reconnaître.

Milo entra et s'inclina sans un mot.

Lady Buckland eut un bref éclat de rire.

— Vous rendez-vous compte ? Il doit être plus âgé que Milo, maintenant. C'est absurde, n'est-ce pas ?

Elle s'approcha de Milo, lui tendant les bras. Il saisit ses deux mains dans les siennes et embrassa sa joue empourprée.

— Que penserait-il de moi ? dit-elle en contemplant son valet d'un air rêveur.

— Lady Buckland, insista Matt. Je vous en prie, c'est important.

Elle fit brusquement volte-face.

— Arrêtez, siffla-t-elle, ses yeux lançant des éclairs. Taisez-vous ! Vous êtes comme James, à exiger des réponses que je ne peux vous donner. Sortez de chez moi ! Dehors !

Matt fit un pas vers elle, mais Milo lui barra le passage.

Le valet fit craquer ses doigts et sourit. Toutes ses dents étaient tordues.

— Vous avez entendu Lady Buckland, dit-il avec un fort accent cockney. Dehors.

Matt gardait les yeux rivés au sol, comme si les roses qui ornaient le tapis pouvaient l'aider. La pièce me parut soudain trop exiguë, trop étouffante, avec sa surabondance de rose. Je devais convaincre Matt de sortir avant qu'il ne perde patience au point de laisser tomber son masque et de faire quelque chose qu'il risquait de regretter. Milo avait l'air aussi fort qu'il était beau.

Je pris Matt par la main et l'entraînai vers la porte, cherchant désespérément quelque chose à dire pour désamorcer toute cette tension. J'aperçus un journal sur la table et le ramassai machinalement pour parler de l'actualité.

Seulement, c'était le dernier numéro de la *Gazette Hebdomadaire*, ouvert à la page de l'article d'Oscar Barratt. Je ne me laissai pas décontenancer.

— On peut dire que cet article a fait sensation.

— Ah bon ? fit Lady Buckland sans montrer le moindre intérêt.

Matt regarda Milo comme s'il avait envie de lui donner un coup de poing, et Milo continua de sourire à Matt. J'avais déjà vu ce genre d'expression. C'était le sourire d'un homme coupable qui sait que la police ne peut rien contre lui. Dans cette maison, il pourrait nous faire tout ce qu'il voudrait, et Lady Buckland userait de son influence et de sa fortune pour le protéger.

Je tirai violemment sur la main de Matt et le forçai à sortir avant qu'il ne nous entraîne au fond d'un trou dont nous ne pourrions plus nous extraire.

CHAPITRE 15

$\mathcal{M}$ att indiqua à notre cocher comment se rendre à l'hospice de Bethnal Green et m'aida à monter en voiture.

— Est-ce que vous allez bien ? lui demandai-je en essayant de regarder son visage sans trop en avoir l'air.

Mais il gardait les yeux fixés sur la vitre. Pensait-il à ce qu'il venait de se passer chez Lady Buckland ? Avait-il envie de frapper Milo ? Ou cherchait-il Payne ?

— Tout va bien, dit-il en se tournant vers moi pour me gratifier d'un sourire que ses yeux démentaient. Elle nous a fourni les informations dont nous avions besoin pour continuer. Nous savons à présent que le Dr Millroy est allé à l'asile de nuit de Bethnal Green, ce soir-là. Je suis sûr qu'il a découvert que Wilson avait une famille à Bright Court. Tout ce que nous avons à faire, c'est trouver son dossier, et nous saurons alors lequel des habitants de Bright Court est de la famille de Wilson, exactement comme le Dr Millroy l'a fait il y a vingt-sept ans.

— Mais nous avons déjà cherché, et il n'y avait aucun dossier au nom de Mr Wilson à l'hospice de Bethnal Green. Peut-être y avait-il un autre asile de nuit à Bethnal Green à cette époque ?

Il se passa la main sur le visage jusqu'au menton.

— Nous retournerons au même que la dernière fois et nous

chercherons encore. Les informations le concernant n'ont peut-être pas été rangées au bon endroit. Si nous ne trouvons rien, nous demanderons à des gens du quartier s'il y avait un autre asile de nuit dans les environs.

— Et si ce n'était pas une erreur de classement ? suggérai-je, prise d'une nouvelle idée. Peut-être son dossier est-il archivé sous un autre nom. Certains n'avaient pas l'air convaincus que le vagabond s'appelait vraiment Wilson. Tout le monde n'arrête pas de nous dire que ce n'était « pas exactement ça ».

Il hocha lentement la tête. J'attendis qu'il dise quelque chose, qu'il mentionne l'obstacle évident qui se dressait à présent devant nous, mais il ne dit rien. Visiblement, j'allais devoir aborder le sujet moi-même.

— Lady Buckland ne nous a pas dit comment retrouver Phineas.

— Non, répondit-il d'une voix atone.

— Je suggère de lui reposer la question d'ici un jour ou deux. En faisant preuve de patience, nous arriverons peut-être à vaincre ses réticences.

— Ou nous pourrions simplement nous introduire chez elle et fouiller la maison.

— Matt !

— Elle a forcément conservé quelque part des documents en lien avec son fils. Des papiers de l'orphelinat, une lettre... Une mère ne jetterait pas ce genre de chose.

— Matthew Glass ! S'introduire par effraction dans une boutique vide, c'est une chose, mais là, il s'agit de la demeure d'une vieille dame qui ne sort jamais de chez elle. Sans compter qu'elle a des domestiques pour la protéger.

— Ne vous inquiétez pas pour Milo.

— Bien sûr que je m'inquiète, et vous devriez vous en inquiéter aussi. Mieux vaut éviter de le provoquer, surtout sous le toit de sa maîtresse. À mon avis, elle lui mange dans la main, et elle le paye sans doute généreusement pour ses... services.

— Vous rougissez, India.

— Pas du tout !

Il me sourit d'un air malicieux.

— Ne vous en faites pas, India. Je ne vous demande pas de venir fouiller la maison avec moi.

— Je ne plaisante pas !

Son sourire se mua en une expression sérieuse.

— Personne ne sera blessé. Ni elle, ni moi. Pour ce qui est de Milo, je ne peux rien vous promettre, mais je ferai attention. J'ai déjà fait ce genre de chose.

— Oui, rétorquai-je avec véhémence. Chez vous, en Amérique, et justement, vous avez fini par recevoir une balle tirée par votre propre grand-père !

Je croisai les bras sur ma poitrine.

— Cette expérience ne vous a-t-elle pas appris à être moins impulsif ?

— Je ne peux plus reculer, India, vous le savez bien.

— Nous pouvons l'amadouer peu à peu, suggérai-je à nouveau, mais sans grande conviction. Un jour après l'autre, une question à la fois. Elle finira par céder, Matt.

— Je ne peux pas attendre aussi longtemps.

— Je pourrais me lier d'amitié avec elle, ou... ou vous pourriez la séduire. Vous lui plaisez. Vous avez toutes les cartes en main pour l'amener à faire tout ce que vous lui demanderez. Et vous êtes particulièrement doué aux cartes.

Son demi-sourire triste me serra le cœur. Il se pencha vers moi et me toucha les mains.

— Je n'ai pas le temps. Ma montre ne cesse de ralentir.

— Mais j'ai prolongé sa magie.

Il baissa la tête et ses cheveux lui tombèrent devant les yeux.

— Un peu...

— Mais pas assez, achevai-je, découragée.

Je pris son visage entre mes mains pour l'obliger à me regarder. L'épuisement s'était abattu sur lui tout d'un coup. C'était comme si, une fois dans la voiture, il s'était autorisé à se défaire du masque d'homme en pleine santé qu'il portait aux yeux du monde. J'aurais dû être flattée qu'il me laisse le voir tel qu'il était, mais cela ne faisait que m'attrister terriblement.

Je passai mes pouces sur ses joues. Ses yeux se voilèrent, puis se fermèrent, et sa respiration devint irrégulière. Il me fallut toute la force de ma volonté pour me retenir de l'embrasser.

— India, murmura-t-il de sa voix tendre et mélodieuse.

Je dégageai mes mains et tirai les rideaux en me concentrant sur mes gestes pour ne pas le regarder. Enfin, je l'entendis soupirer et ouvrir le boîtier de sa montre. La lueur qui provenait de ses veines baigna la cabine d'un éclat surnaturel de plus en plus intense à mesure que la magie s'écoulait à travers tout son corps. Lorsqu'elle eut atteint la naissance de ses cheveux, il referma le boîtier et rangea la montre dans sa poche.

— Je me sens mieux, déclara-t-il.

Nous savions l'un comme l'autre qu'il avait également besoin de se reposer, mais cela attendrait. Nous n'étions plus très loin de l'hospice de Bethnal Green.

— Pensez-vous qu'elle regrette d'avoir abandonné son fils ? demandai-je en rouvrant les rideaux et en laissant se dissiper les dernières traces de la lumière magique.

— Par moments, peut-être, quand elle s'autorise à y penser. Ce qui est certain, c'est qu'elle regrette que cela ait détruit sa relation avec Millroy. Mais ça n'a rien de surprenant : non seulement il avait enfin un enfant, mais de plus, c'était un enfant qui avait de fortes chances d'avoir hérité de sa magie.

— Je me demande ce que fait Phineas, maintenant qu'il est adulte.

— S'il a hérité des pouvoirs de son père, il y a fort à parier qu'il exerce une profession médicale sous une forme ou sous une autre. Il a sûrement une affinité innée avec la médecine.

— Il ne sait probablement pas qu'il est magicien, dis-je. Sans son père pour le lui dire, comment pourrait-il le savoir ?

— Cela va lui faire un choc quand nous le lui apprendrons.

Il semblait si sûr de le trouver que je ne pus que sourire et acquiescer. Je ne pouvais pas supporter de le voir perdre tout espoir. Au moins, nous avions un élément sur lequel nous appuyer, une nouvelle mission à remplir. Bien que je n'aime pas l'idée qu'il s'introduise chez Lady Buckland, je ne voyais pas quel autre choix s'offrait à nous. C'était toujours mieux que de rester à ne rien faire. En attendant la tombée de la nuit, nous avions au moins une tâche pour nous occuper : trouver l'assassin du Dr Millroy. Nous avions toujours besoin du journal.

L'hospice de Bethnal Green était plongé dans un tel silence

que nous crûmes d'abord qu'il était fermé. Nous frappâmes à la porte et la bénévole aux lunettes que nous avions rencontrée lors de notre première visite vint nous ouvrir. Elle se souvenait de nous, ou plutôt, de Matt, à en juger par son sourire timide et par le rose qui lui monta aux joues. Heureusement, elle n'était pas présente le soir où nous avions menti pour nous introduire au sous-sol.

— Mr Woolley est dans son bureau, dit-elle en faisant un pas de côté pour nous laisser passer.

— Nous ne sommes pas venus pour parler à Mr Woolley, dit Matt. Nous avons besoin de consulter vos archives. C'est absolument impératif, Miss... ?

— Garnet.

— Nous devons absolument les consulter, Miss Garnet.

— Non, Garnet est mon prénom.

— Toutes mes excuses, dit Matt.

— C'est une erreur que font beaucoup de gens.

Mon sang ne fit qu'un tour. Mon Dieu ! C'était si simple que je n'arrivais pas à croire que nous ayons pu, sans nous en apercevoir, commettre la même erreur ! Le vagabond ne s'appelait pas *Mr* Wilson. Nous avions cru que Wilson était son nom de famille, mais en réalité, c'était *son prénom*.

— Il faut que nous ayons accès à ces archives, Garnet, insista Matt.

Il était dans une telle détresse que sa voix s'était faite dure, et ses yeux plus durs encore.

Je lui touchai le bras pour l'apaiser un peu.

— Garnet, repris-je d'une voix douce, Mr Woolley nous a refusé l'accès l'autre jour, aussi préférons-nous éviter de nous adresser à lui, cette fois. C'est bien trop frustrant, et je sais qu'il restera campé sur ses positions. Il s'en moque, vous comprenez.

Je pris une voix tremblante et me tamponnai le coin des yeux à l'aide de mon petit doigt.

— Il ne comprend pas que c'est pour moi le seul moyen d'en apprendre plus sur mon grand-père. Il est mort dans des circonstances tragiques, mais nous savons qu'il passait parfois la nuit ici. C'était une âme perdue, un être désespéré, mais il avait tout de même une famille qui l'aimait. Et cette famille, voilà des années que j'essaye d'en retrouver la trace. Je suis issue d'une branche plus aisée, mais je sais que j'ai des cousins qui n'ont pas eu cette chance, et je voudrais les trouver et, si je le peux, les aider. Je vous en prie, Garnet. Laissez-moi faire cela en hommage à mon pauvre grand-père décédé.

Je dus être assez convaincante. Je parvins même à verser de vraies larmes. En un sens, ce n'était pas si loin de la vérité : Wilson était bel et bien mort dans des circonstances tragiques, et nous étions réellement à la recherche de sa famille.

Garnet se mordilla la lèvre et lança un regard derrière elle, vers la porte qui menait au dortoir des hommes. Un rectangle projeté par le soleil de l'après-midi tombait sur le sol au carrelage immaculé que Garnet avait probablement frotté de ses propres mains. Les bénévoles comme elle étaient une bénédiction, de véritables anges envoyés sur terre pour aider ceux qui n'avaient plus aucune ressource ni aucun espoir. Je me sentais un peu coupable de lui mentir.

J'ignorais si elle allait se laisser émouvoir par ma requête, et je n'eus pas l'occasion de le découvrir : Matt sortit quelques pièces de sa poche et ouvrit la main pour ne révéler que des souverains et des demi-souverains.

Garnet le dévisagea en ouvrant de grands yeux.

— C'est un don, précisa-t-il.

— C'est une somme très généreuse.

Garnet hésita un court instant avant de tendre les deux mains.

Matt y fit tomber les pièces.

— Inutile de déranger Mr Woolley.

— Je ferais bien de vous accompagner pour m'assurer que...

— Bien entendu. Allons-y, alors.

Elle glissa les pièces dans la poche de son tablier et nous invita à la suivre. Le dortoir des hommes était propre et les lits prêts à accueillir les malheureux qui viendraient demander un hébergement à la tombée de la nuit. La porte du bureau de Mr Woolley était fermée et il n'y avait pas d'autres bénévoles en vue, mais nous entendions la voix d'une femme qui venait du dortoir des femmes, à côté. Nous passâmes par une porte au fond de la grande salle et je reconnus le couloir faiblement éclairé qui menait à la cuisine et à la cave.

Garnet ouvrit la porte de la cave et, piochant dans la boîte d'allumettes posée sur une petite corniche, elle alluma la lampe qui était suspendue à un crochet. En y regardant de plus près, je m'aperçus que cette lampe était celle que nous avions oubliée la dernière fois, dans notre hâte de nous échapper.

— Wilson est son *prénom*, soufflai-je à Matt tout en descendant les escaliers derrière Garnet.

Il s'arrêta avant de reprendre sa marche. Il me fit un bref signe de tête et se dirigea tout droit vers la rangée de classeurs à tiroirs. Il lut ostensiblement les étiquettes.

— Soixante-trois, annonça-t-il pour que Garnet puisse bien l'entendre.

Il y avait bien trop de dossiers pour les lire tous dans l'espoir de trouver un homme dont le prénom serait Wilson. Cela nous prendrait au moins une heure, et au bout de cinq minutes, Garnet commencerait à avoir des soupçons. Une petite-fille était censée connaître le nom de son grand-père. Je devais trouver un prétexte.

— Garnet ?

La voix de Mr Woolley venait de résonner dans l'escalier.

— Que faites-vous ? Je vous ai vue entrer avec deux personnes. Qui sont ces gens ? Garnet ?

Je me figeai. Matt, lui, se mit à parcourir les fiches plus vite.

— Je crains que vous n'ayez plus le temps, dit Garnet. Nous allons devoir lui expliquer, en fin de compte. Je suis sûre qu'il ne protestera pas, en voyant le don que vous avez fait.

Elle fit tinter les pièces dans sa poche.

— Encore quelques minutes, dit Matt en feuilletant les dossiers à toute vitesse.

Mais quelques minutes n'allaient pas suffire. Je lui touchai le bras.

— Nous tâcherons de le convaincre, lui dis-je d'une voix douce.

— Nous sommes en bas, Mr Woolley, lança Garnet. J'aide une jeune femme à trouver des informations sur son grand-père.

— Comment ?!

Il descendit l'escalier en hâte et apparut dans le cercle projeté par notre lampe. Il me regarda, puis vit Matt, toujours occupé à passer les fiches en revue.

— Encore vous !

— Je sais que vous n'avez pas pour habitude d'autoriser le public à descendre ici, Mr Woolley, dit Garnet en sortant de sa poche plusieurs des pièces de Matt, mais ils ont fait un don généreux.

— Pourquoi n'êtes-vous pas venue me trouver avant de les laisser descendre ?

Il saisit Matt par l'épaule.

— Arrêtez immédiatement ! Vous n'avez pas le droit de fouiller dans ces dossiers. Ce sont des informations privées.

— Elle cherche seulement à en savoir plus sur son grand-père, dit Garnet d'une voix où commençait à percer le doute.

— Je n'y crois pas une seconde.

Mr Woolley empoigna à nouveau Matt par l'épaule et tenta de l'éloigner de force du classeur à tiroirs. Matt ne bougea pas d'un pouce.

— Sortez avant que j'envoie chercher les agents !

Garnet poussa un cri horrifié. J'avais de la peine pour elle ; nous l'avions mise dans une situation intenable. Mais nous étions si près du but et, comme Matt, je refusais de m'en aller sans avoir obtenu des réponses. La vérité était à portée de main. Wilson avait forcément passé plusieurs nuits ici, du temps où l'établissement était encore un asile de nuit. Il paraissait trop improbable qu'il y en ait eu un autre à Bethnal Green.

À situations extrêmes, mesures extrêmes : je me rapprochai discrètement de Matt.

— Préparez-vous à tout prendre et à courir, lui murmurai-je.

Il coula un regard vers moi. La tête baissée, plaçant son corps de façon à bloquer la vue de Woolley, il ramassa une pile de dossiers.

Je portai alors la main à mon front.

— Seigneur, je me sens mal. Toutes ces émotions...

Et je chancelai en direction de Mr Woolley.

Il aurait rattrapé sans mal une femme plus menue, mais pour

une fois, ma silhouette plantureuse joua en ma faveur et, m'affaissant contre lui de tout mon poids, je le fis tituber et perdre l'équilibre. Je serais tombée avec lui si Matt ne m'avait pas passé un bras autour de la taille pour me rattraper. Il me remit d'aplomb et, passant devant une Garnet paniquée, nous nous élançâmes pour remonter l'escalier à toutes jambes.

— Arrêtez ! s'écria Mr Woolley. Ils ont pris les dossiers !

— Qu'est-ce que cela peut faire ? protesta Garnet. Ce ne sont que de vieilles archives.

Nous n'entendîmes pas la réponse que lui fit Mr Woolley. Il aurait été étonnant qu'il lui explique la véritable raison pour laquelle il tenait tant à protéger ces vieux documents : ils pouvaient prouver que l'institution et ses mécènes commettaient une fraude en mentant au gouvernement sur le nombre de sans-logis qu'elle accueillait afin de recueillir plus de subventions.

Nous traversâmes en courant le dortoir des hommes et ressortîmes du bâtiment. La lumière du dehors me parut éblouissante après la pénombre de la cave.

— À la maison, aboya Matt à l'intention du cocher. Roulez vite, et faites des détours. Prenez garde à ce que personne ne nous suive.

Il grimpa dans la voiture après moi et frappa contre le plafond avant même que j'aie refermé la portière. Les chevaux s'élancèrent à l'instant précis où Mr Woolley émergeait de l'hospice en brandissant le poing.

Matt déposa le tas de fiches à côté de lui sur la banquette, essayant de les tenir en une pile digne de ce nom à chaque virage, tout en épiant la rue par la vitre arrière.

— Est-il à nos trousses ? demandai-je.

— Non, et je ne vois pas non plus Payne.

Payne ! Je n'y pensais même plus. Heureusement, Matt ne l'avait pas oublié, lui.

Au bout d'un moment il se tourna vers moi.

— Nous n'avons plus rien à craindre.

Il sourit et, avec son visage qui n'avait plus la moindre trace d'inquiétude ni de fatigue, il était incroyablement beau.

— C'était donc ça, votre plan, India ? Vous jeter sur Woolley ?

— C'était pour lui faire perdre l'équilibre. Et ça a marché, non ?

— Le risque d'échouer était tout de même énorme.

— Tout comme moi. J'avais donc toutes mes chances.

— Vous êtes loin d'être énorme, même avec beaucoup d'imagination. Vous avez des formes généreuses partout où il faut.

Son regard tomba sur l'une de ces formes, mais remonta aussitôt vers mon visage, qui venait de virer au rouge brique. Lui ne rougissait pas du tout. Au contraire, son sourire s'élargit encore. Cet homme était vraiment infernal !

— Avez-vous pu tout prendre ? demandai-je avec un signe de tête vers les dossiers.

Il devait y avoir là plusieurs centaines de fiches pas plus grandes que la paume de la main, et jaunies par les ans.

— J'en ai lu une bonne partie avant cette interruption discourtoise. Ce sont les fiches restantes. Au moins, cela nous occupera cet après-midi pendant que nous attendrons qu'il fasse nuit.

— Je ne suis toujours pas convaincue qu'il soit prudent de vous introduire chez Lady Buckland.

— J'irai lorsque vous dormirez. Vous ne vous apercevrez même pas de mon absence.

— J'aurai du mal à fermer l'œil cette nuit, je vous le garantis. Si vous aviez la moindre compassion pour mes nerfs, vous renonceriez à votre projet.

— Vos nerfs sont plus solides qu'il n'y paraît. Sinon, je ne vous aurais pas confié mes plans. Préférez-vous que je vous épargne les détails, la prochaine fois ?

Je dus m'avouer vaincue : j'aimais mieux être informée de ses activités et m'inquiéter que d'être maintenue dans l'ignorance.

— Emmenez Duc et Cyclope avec vous. Si Willie vous accompagne aussi, dites-lui de venir sans son revolver.

— Il y a de fortes chances qu'elle ne soit même pas à la maison. On dirait qu'elle passe beaucoup de temps ailleurs, depuis quelque temps. Pensez-vous qu'elle ait une liaison ?

— Je ne vois pas d'autre explication.

— Pourtant, ça ne lui ressemble pas, de...

Il haussa les épaules sans terminer sa phrase.

— De tomber amoureuse ? suggérai-je. D'éprouver de la tendresse pour quelqu'un ? C'est vrai que cela paraît peu probable, mais je crois qu'il y a tout de même un cœur qui bat sous toutes ces épines. Je regrette seulement qu'il ne batte pas pour Duc. Il sera dévasté si elle le repousse pour lui préférer ce mystérieux soupirant.

— Je ne crois pas que Duc aurait vraiment pu avoir une chance avec elle.

— Ah non ? Pourquoi dites-vous cela ?

Il haussa à nouveau les épaules.

— Simple intuition...

* * *

J'ESPÉRAIS TROUVER une lettre de Patience en arrivant à la maison, mais elle n'avait pas répondu. Je ne savais pas si c'était une bonne ou une mauvaise chose. Patience m'en voulait-elle d'avoir évoqué son passé ? Était-il déjà trop tard, et Payne avait-il déjà révélé sa faute à Lord Cox ? Ou son silence signifiait-il que tout était sous contrôle et que des mesures adéquates avaient été prises pour protéger sa réputation ? J'étais dévorée de curiosité, mais je ne pouvais faire autrement qu'attendre.

Matt et moi empilâmes les fiches sur la grande table de la bibliothèque, puis je l'envoyai se reposer dans sa chambre. Chronos vint prendre sa place à mes côtés, apportant une assiette de sandwichs à partager entre nous.

— Ne devriez-vous pas vous ménager ? lui demandai-je en piochant la première fiche de la pile.

Un nom, une date de naissance, une dernière adresse connue et une liste de dates étaient griffonnés en tout petit. Les informations consignées chaque nuit avaient été reportées sur ces fiches pour garder une trace du nombre de fois où les résidents avaient bénéficié d'un hébergement, comme nous l'avait expliqué Mr Woolley. Lui et ses prédécesseurs avaient voulu empêcher les « profiteurs » d'abuser du système.

— Je me sens assez bien pour me lever et me déplacer.

Chronos s'assit sur une chaise en inspirant brusquement.

— Et surtout, Miss Glass vient rarement ici.

— Je croyais que vous aimiez passer du temps en sa compagnie.

— Elle est un peu toquée, dit-il en se tapotant la tempe.

— Seulement par moments. Le reste du temps, elle est parfaitement normale, quoiqu'un peu collet monté. Je croyais que cela vous plaisait, de jouer au poker avec elle.

— Elle joue beaucoup trop bien.

J'éclatai de rire.

— Elle vous a plumé ?

— Ça n'a rien de drôle.

— Moi, je trouve ça très amusant.

Je lui tendis une fiche.

— Rendez-vous utile et aidez-moi à passer tout cela en revue pendant que nous mangeons. Il faut trouver un homme dont le prénom est Wilson, pas le nom de famille.

Il haussa les sourcils.

— Je n'avais jamais pensé à ça.

— Nous non plus, pas avant aujourd'hui.

Tenant un sandwich à l'œuf et au concombre dans une main, Chronos ramassa les fiches dans l'autre et se mit à les lire une à une avant de les mettre de côté. J'en fis autant et, en vingt minutes, nous étions venus à bout du plus gros de la pile et de tous les sandwichs. Cependant, comme nous ne parlions pas, cela me parut bien plus long.

— Tu as fait du bon travail avec les horloges de cette maison, dit-il au bout d'un moment. Elles sont toutes parfaitement réglées.

— Merci. Ce n'était rien.

— Évidemment, ce n'est pas étonnant qu'elles fonctionnent bien, après avoir été manipulées par une puissante magicienne.

Je le regardai en plissant les yeux.

— Auriez-vous une idée derrière la tête ?

Il eut un sourire entendu.

— Puissante, et intelligente, avec ça. Dommage que tu ne sois pas un homme.

— C'est insultant.

Il leva les deux mains comme pour se défendre.

— Ce n'est qu'un constat. Un homme puissant et intelligent

peut aller loin dans la vie. Il sera admiré et sollicité de toutes parts, aussi bien dans sa vie professionnelle que dans sa vie privée. Une femme puissante et intelligente passe pour une erreur de la nature, aussi bien aux yeux des hommes qu'aux yeux des autres femmes.

— Merci de me le faire remarquer. Sans vous, je ne me serais jamais doutée que j'étais un monstre.

— Ce n'est pas la peine de faire du sarcasme. Je n'ai pas dit que tu étais une erreur de la nature *à mes yeux*.

— Même si c'était le cas, cela me serait égal : peu m'importe ce que vous pensez de moi... vous ou qui que ce soit d'autre, d'ailleurs. Ce n'est pas ainsi que je me vois, et mes amis non plus.

Il hocha lentement la tête, solennel.

— Et c'est un trait que j'admire chez toi, India. Tu tiens ça de moi. Moi non plus, je ne me suis jamais soucié de l'opinion des autres.

— La différence, c'est que vous ne vous souciez pas des autres du tout. Je me moque de leurs opinions, mais je ne néglige personne.

— Allons-nous vraiment avoir encore cette conversation ?

Je posai la fiche que j'étais en train de lire.

— Et pourquoi pas ? C'est important.

— C'est ça qui ne va pas chez les jeunes d'aujourd'hui. Vous rendez vos parents responsables de tous vos problèmes. Ou plutôt tes grands-parents, en l'occurrence.

— Je ne dis pas que vous êtes responsable de ce qui m'est arrivé dans la vie. Je vous reproche seulement d'avoir si mal traité ma grand-mère, votre femme. Vous l'avez abandonnée. Il est difficile de s'en sortir seule, pour une femme.

— Elle n'était pas seule, elle avait tes parents. Et je te l'ai déjà dit : elle était mieux sans moi. Si elle était là aujourd'hui, elle te dirait la même chose. Elle me mettrait à la porte sans ménagements, blessé ou pas, sans se soucier une seconde de qui pourrait m'attendre dehors.

Je lus la fiche et la mis de côté. Je tendis la main pour attraper la suivante en même temps que Chronos, et nos doigts se touchèrent. Je retirai aussitôt ma main et il en attrapa une autre en soupirant.

— En parlant des gens qui vous attendent dehors, lui dis-je, vous devriez faire attention. Ne sortez pas de la maison. Ne mettez même pas le nez à la porte. Matt a interdit aux domestiques de parler de vous à qui que ce soit, et il leur a dit de venir le trouver immédiatement si quelqu'un pose des questions sur le patient que nous hébergeons sous notre toit.

— Ce maudit Abercrombie, maugréa-t-il. Et cet abruti que tu as failli épouser.

— Il n'y a pas qu'eux. La police nous a aussi demandé si vous étiez toujours en vie et si j'avais été en contact avec vous. Abercrombie a dû les informer.

Il reposa la fiche.

— Tu ne vas pas le leur dire, n'est-ce pas ?

— Bien sûr que non.

— Si je vais en prison, je mourrai derrière les barreaux.

— À vrai dire, vous risquez plutôt d'être jugé pour meurtre et de mourir sur l'échafaud.

Je regrettai aussitôt ma remarque en le voyant pâlir.

— Ne vomissez pas sur les fiches.

Il posa sa fiche et mit sa main sur la mienne. Je levai les yeux vers lui, mais je regrettai aussitôt de l'avoir regardé en face. Il avait l'air trop sérieux, trop sincère. Je préférais largement nos chamailleries.

— Je tiens à ce que tu saches que j'ai rédigé mon testament et que j'ai demandé au majordome de me servir de témoin et de le signer. Je t'y désigne comme mon héritière.

J'en restai bouche bée.

— Je... je...

— Ce n'est rien, va.

Il sourit et me tapota la main.

— Tu peux continuer à me houspiller, ça ne changera rien.

— Je vois.

— Tu en es sûre ?

Il se redressa sur sa chaise avec une grimace de douleur et me regarda droit dans les yeux.

— Seulement, comme je ne suis pas mort, ça veut dire que la boutique m'appartient toujours.

— Tout le monde vous croit mort, alors ça ne change rien.

— Plusieurs personnes savent que je suis en vie.

— Mais vous venez de me dire que vous n'aviez pas l'intention de vous faire arrêter et emprisonner, ce qui veut dire que, dans les faits, vous devez continuer de vous faire passer pour mort.

— Je pourrais aussi faire savoir que je suis vivant, mais échapper aux autorités et quitter le pays.

— Impossible, répliquai-je, catégorique. C'est trop risqué. Il faut que les autorités vous croient mort. Tant pis pour la boutique. De toute façon, n'étant pas membre de la guilde, je ne peux pas vendre d'horloges, et je doute fort que la guilde me laisse rejoindre ses rangs, maintenant. Sans compter que j'ai déjà un travail ici.

— Jusqu'au jour où Glass repartira pour l'Amérique.

— Je resterai la dame de compagnie de sa tante.

— Elle est vieille, India. Elle ne sera pas là éternellement. Tu pourrais épouser Glass, tu sais.

Je saisis deux fiches sur la pile qui s'amenuisait à vue d'œil et me concentrai de toutes mes forces sur les mots et les chiffres sous mes yeux.

Il soupira.

— Comme tu voudras, fais ta prude. À la vérité, tu finiras peut-être par avoir besoin du revenu que pourrait te rapporter une boutique.

Il leva un doigt pour m'empêcher de protester.

— Rien ne dit que la guilde s'opposera toujours à toi. Garde ça à l'esprit. Et même si c'est le cas, tu n'as pas besoin d'être membre de la guilde pour louer l'espace à un autre commerçant. Il n'est même pas nécessaire que ce soit quelqu'un qui travaille dans l'horlogerie. Ces locaux pourraient accueillir toutes sortes de boutiques, et officiellement, le propriétaire, c'est moi.

— Je ne suis pas sûre que votre testament soit admissible devant un tribunal, dans la mesure où vous êtes censé être mort. Eddie le contestera, et je ne crois pas être assez motivée pour l'attaquer en justice, ni avoir les moyens de payer un avocat.

Il jeta les fiches qu'il avait entre les mains.

— Tu ne vas même pas essayer, alors ? Ça me déçoit de ta part, India. Je pensais que tu avais le sens de la justice et la force de te battre. Je vois que je me suis trompé.

— J'ai surtout du bon sens. Je sais quand il vaut mieux renoncer à une chose qui pourrait me valoir des années de procès. Vous n'avez donc pas lu *La Maison d'Âpre-Vent* ?

— Ce livre a été écrit il y a des années, et Dickens a exagéré pour enjoliver son histoire.

Il prit une autre fiche sur la pile.

— Mon testament est fait, et je demanderai à Glass de le faire valider par son avocat. Le moment venu, tu pourras faire ce que tu voudras de cette information. Ce n'est pas comme si je m'en souciais, pas vrai ?

Duc, Cyclope et Willie entrèrent et je les saluai mollement. Je n'aurais peut-être pas dû être aussi dure avec Chronos. Il essayait de se racheter auprès de moi, à sa façon. Rien ne l'obligeait à faire un testament en ma faveur.

— Qu'est-ce que c'est que tout ça ? s'enquit Cyclope avec un geste du menton vers les fiches qui étaient à présent éparpillées sur la table.

— Nous cherchons un homme dont le prénom est Wilson.

Je regardai la pile des fiches restantes. Il n'y en avait plus qu'une douzaine environ.

— C'est notre dernière chance de trouver l'homme sur qui Chronos et Millroy ont fait leur expérience. Si cela ne donne rien, il nous faudra peut-être renoncer à en savoir plus sur lui et sur la famille qu'il aurait pu laisser en mourant.

— Il y aura toujours d'autres pistes à explorer, dit Duc en me regardant d'un air interrogateur. D'autres moyens de retrouver l'assassin. N'est-ce pas ?

— Nous trouverons bien quelque chose.

Mes paroles ne semblaient guère convaincantes, et il ne semblait guère convaincu.

Cyclope et Willie inspectèrent la pile de fiches, puis ils se jetèrent tous les deux en même temps sur celle du dessus.

— Voilà ! s'écria Willie en essayant de l'arracher des mains de Cyclope. C'est lui ! Wilson ! Donne-moi ça, Cyclope.

Il lâcha prise et tâcha de lire par-dessus son épaule.

— Nom de Dieu, marmonna Willie.

Elle me dévisagea, bouche bée, les yeux écarquillés.

— Qu'y a-t-il ? dis-je en me levant d'un bond la lui prendre des mains. Qu'y a-t-il d'écrit ?

— Il y a marqué « Mr Wilson Sweet », dit-elle au moment où je lisais les mêmes mots. « Dernière adresse connue : Bright Court, Whitechapel. »

CHAPITRE 16

— Croyez-vous qu'il puisse être le frère de Nell Sweet ? demandai-je à Matt, qui lisait et relisait la carte.

J'avais eu beau protester, Willie avait insisté pour le réveiller. Il avait fait une sieste d'une demi-heure ; j'espérais que ce serait suffisant. Il avait l'air ragaillardi, mais la lueur dans ses yeux était peut-être due à ce nouveau développement.

— C'est probable, oui.

Il fit claquer la carte contre sa main.

— C'est même plus que probable.

Les autres opinèrent. Chronos donna même un coup de poing triomphal sur la table. Mais je commençais à avoir quelques doutes. Nell Sweet ne m'avait pas fait l'effet d'une meurtrière. Mais d'un autre côté, vingt-sept ans, c'était long. Peut-être avait-elle changé, comme Lady Buckland.

— Elle a tué le Dr Millroy pour se venger, et elle a volé ses effets personnels pour qu'il ait l'air d'avoir été tué pour ses possessions, dit Matt.

— À part le crayon, dit Willie.

Matt se dirigea à grands pas vers la porte.

— Venez, India, allons lui rendre une autre visite.

Je me précipitai après lui et le rattrapai dans le vestibule.

— Nell nous a dit que son frère avait disparu, pas qu'il était mort.

Matt envoya Peter informer le cocher que nous avions à nouveau besoin de la voiture.

— Elle mentait, me dit-il alors.

— C'est aussi ce que je crois, dit Willie en décrochant son chapeau de la patère et en se l'enfonçant sur la tête. Elle mentait forcément. Ne te reproche pas d'avoir eu tort, India. Tu sais bien que tu n'es pas douée pour comprendre les gens.

Je mis aussitôt la main sur ma hanche, mais Duc vola à mon secours avant que j'aie eu le temps de trouver une répartie cinglante.

— Ce qu'elle comprend, c'est que tu es malpolie, Willemina Johnson.

Cyclope leva une main devant chacun d'eux pour les séparer.

— Attendons de lui avoir parlé, avant de juger.

Matt prit le manteau que lui tendait Bristow.

— Je suis du même avis. J'en conclus que vous venez tous avec nous ?

— Oui, répondirent trois voix en chœur.

Chronos se contenta de soupirer.

— Je crois que je vais retourner lire dans la bibliothèque.

— Bristow, demandez à Miss Glass de venir dans la bibliothèque pour tenir compagnie à Chronos, dis-je. Dites-lui qu'il a envie de jouer au poker.

En s'éloignant, Chronos se retourna pour me foudroyer du regard.

* * *

Mary, la bonne partiellement sourde, finit par ouvrir la porte sur laquelle Matt tambourinait violemment après que Nell ait hurlé « Va ouvrir la porte ! » à trois reprises. À peine nous eut-elle aperçus tous les cinq qu'elle tenta de la refermer. Matt la bloqua avec son bras et força le passage.

— Arrêtez, Monsieur ! s'écria Mary. On m'a interdit de vous laisser entrer !

Matt l'ignora et s'engagea le premier vers la chambre de Nell. Les autres le suivirent, mais je me sentis obligée de rester réconforter la malheureuse domestique.

— Nous voulons seulement parler à votre maîtresse. Personne ne vous fera de mal.

Le rugissement de colère de Matt ne rendit pas ma promesse très crédible. Je laissai Mary pour trouver l'origine de ce bruit.

— Pas si fort, intimai-je à Matt. Vous faites peur à Mary, et vous allez sans doute alerter les voisins.

— À mon avis, ici, les voisins sont habitués aux cris, dit Willie. Et aux meurtres aussi, d'ailleurs.

Nell, recroquevillée sur son lit, tirait la couverture jusqu'à son menton en gémissant.

— Je n'ai rien fait, Mrs Wright.

— En réalité, je me nomme India Steele, lui dis-je. Nous vous avons donné de faux noms, la dernière fois. Voici Mr Glass, mon employeur.

— Je me moque de savoir qui vous êtes. Empêchez-le de s'approcher de moi, c'est tout. Empêchez-le d'approcher ! Elle ferma les yeux de toutes ses forces.

— Personne ne vous fera de mal, répétai-je. Mais vous devez répondre à quelques questions que nous avons sur... sur le meurtre de votre frère, dis-je, me décidant au dernier moment. Peut-être qu'en évitant de mentionner le Dr Millroy, je pourrais gagner sa confiance, si elle était effectivement coupable.

Matt, les bras le long du corps, serra les poings et baissa la tête. Il perdait patience, sans doute pressé d'obtenir des réponses, maintenant que nous étions si près de trouver le journal. Mais il lui faudrait attendre. Il ne pouvait tout de même pas rouer de coups une vieille dame pour la faire parler, même si elle était coupable de meurtre. Il semblait avoir perdu ses talents de charmeur, et c'était bien dommage. J'allais devoir m'y essayer à sa place.

Nell rouvrit un œil, vit que Matt n'était plus debout au-dessus d'elle, et s'assit un peu plus droite.

— Mon frère est parti. Vous dites qu'il est mort ?

— Vous le savez très bien, dit Duc.

Je regardai Duc en secouant la tête et il ne dit plus rien.

— Nous savons que Wilson s'est prêté à une expérience médicale qui a mal tourné, dis-je.

Nell n'eut pas l'air surprise et ne chercha pas à nier.

— Il est mort au cabinet du Dr Millroy, poursuivis-je. Quelques jours plus tard, le Dr Millroy a décidé de vérifier si cet homme, qu'il croyait sans logement ni famille, était vraiment seul au monde. Ses recherches l'ont conduit ici, jusqu'à vous.

Je m'approchai pour m'asseoir au bord du lit mais Matt me tira brutalement en arrière, hors de portée de Nell. Pensait-il qu'elle risquait de m'attaquer ? C'était une vieille femme grabataire !

— Vous avez eu du mal à croire ce que vous a dit le Dr Millroy, n'est-ce pas ? repris-je. On vous donnait enfin des nouvelles de votre frère disparu alors qu'il vous avait abandonnée, mais ce n'était que pour vous annoncer sa mort, causée par l'homme venu vous en informer. Le Dr Millroy vous a-t-il présenté des excuses sincères ? Vous a-t-il proposé de l'argent en guise de dédommagement, peut-être ? Est-ce ainsi que cela s'est passé, Mrs Sweet ?

— C'est *Miss* Sweet.

Elle renifla et s'essuya le nez sur son épaule.

— Le docteur est venu ici, c'est vrai. Il regrettait ce qu'il avait fait, comme vous l'avez dit. Il m'a donné tout l'argent qu'il avait sur lui. Ce n'était pas grand-chose, avec mon bébé qui ne mangeait pas à sa faim et moi qui ne pouvais pas trouver de bons clients comme ceux que m'amenait Wilson. Il faut dire qu'il était doué pour les trouver. Moi, je ne pouvais pas, il fallait que je reste ici pour m'occuper de mon petit Jack.

— Alors quand le docteur est parti, vous l'avez tué, dit Willie. Pour venger la mort de votre frère.

Nell s'avança sur son lit et agita un index tremblant vers Willie.

— C'est *un homme* qui l'a tué ! Demandez à n'importe qui, ici. Il y a eu un témoin, un jeune garçon. Il vous le confirmera. Il a vu un homme qui s'enfuyait de Bright Court, pas une femme. Allez-y. Allez lui demander.

— Il est mort, dit Matt.

— Mais pas sa sœur. Vous n'avez qu'à lui demander, à elle. Ils étaient inséparables, ces deux petits mendiants. Je parie qu'il lui a raconté tout ce qu'il a vu cette nuit-là. Elle vit encore ici. Allez-y, demandez-lui !

Maisie nous avait déjà dit la même chose : son frère avait vu un homme s'éloigner de la scène du crime. Alors si ce n'était pas Nell, la police avait vu juste depuis le début : ce n'était qu'un vol opportuniste qui avait tourné au meurtre. La police n'avait pas retrouvé d'objets personnels sur le corps de Millroy, ce qui confirmait qu'il s'agissait d'un vol. C'était démoralisant. Après une progression laborieuse, voilà que nous étions revenus à notre point de départ. Mais Matt, lui, avait une drôle de lueur dans les yeux.

— Les femmes peuvent s'habiller en hommes, fit remarquer Willie en indiquant sa propre tenue.

Nell fronça aussitôt le nez.

— Je vous avais prise pour un joli garçon.

— Les garçons n'ont pas de Colts, répliqua Willie en écartant un pan de son manteau pour révéler le revolver qu'elle portait sur la hanche.

Je poussai un grognement d'exaspération : dans notre précipitation, nous étions partis sans penser à vérifier si elle était armée.

Nell se fit toute petite sur son oreiller et remonta ses couvertures.

— Il était grand, se justifia-t-elle rapidement. Allez demander à Maisie, elle vous dira ce qu'a vu son frère. L'homme qui s'en allait d'ici était grand. Je ne suis pas grande, moi. Si l'un d'entre vous m'aide à me lever, je peux vous montrer.

Matt me prit la main.

— India, venez avec moi. Vous trois, restez ici. Willie, défense de tirer sur qui que ce soit.

— Dommage, marmonna Willie.

Matt et moi faillîmes nous cogner contre Mary, qui était restée dans le couloir, occupée à se tordre les mains dans son tablier. Elle se recula, terrifiée, et releva son tablier jusqu'à sa bouche pour étouffer un cri.

— Tout va bien, Mary, lui dis-je en lui tapotant l'épaule. Il n'arrivera rien à personne.

J'espérais avoir dit cela d'une façon convaincante. Je ne pouvais garantir la sécurité de personne, maintenant que j'avais vu le revolver de Willie.

Une fois dehors, Matt indiqua d'un geste du menton la cuve à lessive oubliée sur un brasero. Lors de notre dernière visite à Bright Court, nous avions vu là une femme qui lavait du linge, et qui nous avait conseillé de ne pas croire Maisie.

J'empoignai Matt par les bras, le faisant tourner face à moi.

— Je sais ce que vous allez me dire, commençai-je, incapable de maîtriser l'excitation dans ma voix. Maisie est une menteuse.

J'eus le plaisir de voir l'ébauche d'un sourire réapparaître sur ses lèvres. Je croyais que son espoir s'était définitivement envolé.

— Alors il est temps d'aller vérifier par nous-mêmes.

En entrant à Bright Court, nous avions vu les enfants de Maisie, et nous entendions à présent les échos de leurs chamailleries à travers les minces cloisons de leur logement. Matt frappa à la porte, mais Maisie mit un certain temps à venir ouvrir. À notre vue, une brève lueur se ralluma dans ses yeux fatigués, mais elle disparut tout aussi vite.

Elle croisa les bras sur sa poitrine.

— Qu'est-ce que vous voulez ?

— Je veux la vérité, cette fois, dit Matt. Qu'a vraiment vu votre frère, la nuit où le Dr Millroy est mort ?

— J'ai rien d'autre à dire que ce que je vous ai déjà dit.

Elle voulut fermer la porte, mais Matt avança le pied pour la bloquer.

Il sortit des pièces de sa poche.

— Je veux la vérité, Maisie.

En voyant les pièces, elle se lécha les lèvres comme si elle pouvait sentir le goût de la nourriture qu'elles serviraient à acheter. Puis elle regarda derrière lui, dans la direction de la porte de Nell, et secoua la tête. Aucune personne vivant dans un taudis misérable de Whitechapel avec des bouches affamées à nourrir ne refusait jamais d'argent, à moins d'avoir peur.

— Nell a payé votre frère pour qu'il mente à la police, n'est-ce pas ? demanda Matt. Il l'a vue tuer le Dr Millroy, alors elle l'a payé pour qu'il invente une histoire et raconte qu'il avait vu un homme de haute taille s'éloigner. Et elle l'a menacé aussi, je parie ?

Elle pesa de tout son poids sur la porte, mais Matt l'empêchait toujours de se refermer.

— Vous n'avez plus rien à craindre de Nell, maintenant, lui dis-je. C'est une vieille femme. Elle ne peut pas vous faire de mal.

— Ce n'est pas Nell qui me fait peur, dit-elle, ses défenses commençant à céder. C'est son fils.

— Vous a-t-il menacée, récemment ? demanda Matt.

Elle hésita, puis opina.

— Savez-vous où il vit, ou bien où il travaille ?

Elle secoua la tête.

— Il vient ici pour la voir de temps en temps. Il lui apporte de l'argent et des confiseries. Il la traite bien, mais il déteste aller chez elle. Il se croit mieux que nous parce qu'il est parti et qu'il est devenu un monsieur respectable. Mais il ne vaut pas mieux que nous, c'est le dernier des derniers.

Sa bouche esquissa un sourire, mais elle devait en avoir perdu l'habitude, parce qu'elle ne parvint à produire qu'un rictus crispé.

— Il a une figure d'ange, mais c'est une abomination.

— Une abomination ? demandai-je pour l'encourager à poursuivre.

Ses lèvres s'étirèrent en une mince ligne.

— J'en ai trop dit. Laissez-moi tranquille.

Elle tendit la main et Matt la paya, bien qu'elle n'ait pas vraiment répondu à ses questions.

Il recula et elle lui claqua la porte au visage.

— Cette réponse est plus que suffisante, dit-il. Le gamin a menti. Nell a menti.

Nous retraversâmes la cour d'un pas lourd pour retourner chez Nell et nous poussâmes la porte. Mary était toujours dans le couloir devant la chambre de Nell, et elle avait toujours l'air aussi terrifiée. Je ne pouvais pas lui en vouloir : Matt bouillait de rage. Si je ne le connaissais pas aussi bien, j'aurais eu peur de lui, moi aussi.

Il fit irruption dans la chambre.

— Je sais que vous avez tué le Dr Millroy, dit-il d'une voix grave.

À côté de moi, Mary se pencha en avant, tendant l'oreille pour mieux entendre.

— Cela m'est égal que vous l'ayez tué, Nell. Je veux seulement son journal.

De là où je me trouvais, je ne vis pas la réaction de Nell ; je n'entendis que son silence.

— Où est-il ? gronda Matt.

— Je ne l'ai pas, rétorqua Nell.

— L'avez-vous jeté ? Brûlé ?

— Je ne l'ai pas, répéta-t-elle, plus fort cette fois-ci. Je ne sais plus ce que j'en ai fait.

— Duc, Cyclope, aidez-moi à retourner l'appartement. Willie, ne laisse pas Nell sortir de ce lit.

Mary me regarda, les yeux tout humides de larmes.

— Que se passe-t-il ? Que font-ils ?

Je passai mon bras à travers le sien.

— Venez avec moi à la cuisine, nous allons faire du thé.

— Mais enfin ! s'indigna Nell. Que faites-vous ? Ne touchez pas à mes affaires, espèce de brigands !

Laissant derrière nous le bruit de la fouille, nous entrâmes dans la cuisine, qui semblait également faire office de chambre à coucher pour Mary. Un petit lit qui avait l'air trop petit pour elle était calé dans un coin, et, au pied du lit, un sac de voyage dans lequel se trouvaient sans doute les maigres possessions de la servante. Le lit était fait avec soin et toutes les surfaces de la cuisine avaient été rigoureusement briquées. Sur la table étaient rassemblés les ingrédients destinés à préparer un repas.

Les mains tremblantes, elle mit la bouilloire sur le poêle et sortit des tasses en porcelaine de meilleure qualité que celles que je m'attendais à trouver dans une cuisine de Whitechapel. Mais elles étaient toutes fêlées ou ébréchées, et il n'y en avait que trois. C'était sans importance. Les autres ne comptaient pas prendre de thé.

— Parlez-moi de Nell, lui demandai-je.

D'abord, elle ne m'entendit pas ; je posai alors ma main sur son bras et, comme elle me regardait, je répétai ma question. Elle était jeune, âgée sans doute de vingt ans à peine, et ses difficultés à entendre devaient l'empêcher de trouver une meilleure place.

— Elle n'est pas trop méchante, maintenant qu'elle ne sort plus beaucoup de son lit, dit Mary en coulant un regard méfiant vers la porte. Je m'occupe d'elle, je fais la lessive, je l'aide à se lever et à se mettre au lit, je fais la cuisine et le ménage. Elle ne mange pas beaucoup, alors ça ne me fait pas trop de travail. Je dois surtout lui tenir compagnie.

— Reçoit-elle souvent des visiteurs ?

— Juste Mr Sweet, son fils. Elle n'a pas d'amis, et les voisins ne passent pas la voir.

— Parlez-moi de Mr Sweet.

— Il n'est pas méchant. Il ne prend pas de libertés avec moi comme mon patron d'avant, et il ne me bat pas. Et puis, il est agréable à regarder, ajouta-t-elle avec un sourire. Miss Sweet dit qu'il tient ça de son père, mais il paraît qu'elle aussi, elle était très jolie, dans le temps, avec ses cheveux blonds et ses belles pommettes.

— Où est-il ?

À l'autre bout du couloir, le cri de Matt avait résonné jusqu'à nous.

Mary se fit toute petite et malgré tous mes efforts pour la réconforter, je ne parvins pas à la rassurer. En effet, les sons de la fouille se rapprochaient. Lorsque Cyclope arriva près de nous, Mary poussa un petit cri étranglé en le voyant.

— Allons prendre le thé dans la chambre de Miss Sweet, dis-je d'un ton enjoué. Je l'aidai à rassembler tout ce qu'il fallait pour le thé sur un plateau que j'apportai dans la chambre.

Elle ne me lâchait pas d'une semelle et sursauta en entendant quelqu'un refermer violemment un tiroir.

— Ce n'est pas normal, protesta Nell en nous voyant revenir. C'est cruel, de traiter une vieille dame de cette façon. Dites-lui d'arrêter immédiatement, Mademoiselle, ou je hurle de toutes mes forces pour ameuter les agents.

— Je suis sûre que la police sera ravie d'apprendre que vous avez tué le Dr Millroy il y a vingt-sept ans, rétorquai-je.

Mary eut un hoquet de surprise. Heureusement, ce n'était pas elle qui portait le plateau : elle l'aurait certainement fait tomber.

— Tué ?

— Tais-toi, petite bécasse ! cracha Nell. Sers-nous le thé. Où est passée ma flasque ? Nom de nom, Mary, ma flasque !

Mary s'apprêtait à ressortir, mais Matt lui barra le passage.

— Personne ne sort de cette pièce tant que nous n'aurons pas fini de fouiller l'appartement.

Il regarda Willie. Elle hocha la tête, et il s'en alla.

— Asseyez-vous sur le lit, Mary, dis-je en tapotant le matelas près des pieds de Nell. Tout va bien se passer, c'est bientôt fini.

Les autres avaient fini de fouiller la chambre, et nous n'étions plus que toutes les quatre, entre femmes. Ils avaient laissé la pièce aussi propre et bien rangée qu'en y entrant, et seules les couvertures en désordre témoignaient de leur fouille minutieuse.

— Avez-vous déjà vu un journal, ici ? demandai-je à Mary.

Elle secoua la tête. Nell ne l'avait pas menacée ni influencée. Si la bonne ne l'avait pas vu, c'est qu'il était bien caché ou qu'il n'était plus là.

Je sentis mon cœur se serrer. Il y avait de fortes chances qu'il ait été détruit.

— On n'a pas idée de faire un tel foin ! maugréa Nell dans sa tasse de thé. Mon bon à rien de frère est mort, et il arrive encore à m'attirer des ennuis !

Bon à rien. Elle avait utilisé la même expression pour décrire le père de son fils. C'était peut-être une coïncidence ; peut-être avait-elle eu deux bons à rien dans sa vie à l'époque, mais je n'étais pas vraiment du genre à croire aux coïncidences. Seulement, si ce n'était pas une coïncidence, cela signifiait que son frère et le père de son fils étaient une seule et même personne.

Ils avaient commis un inceste dont le fruit avait été cet enfant, Jack.

Je posai la main sur mon ventre, me sentant prise de nausée à cette idée. Je tâchai de surmonter mon dégoût et de réfléchir. Maisie avait traité Jack d'abomination. Était-ce parce qu'elle savait qu'il était né d'un inceste ? Ou parce qu'elle s'en doutait ?

Nell avait dit à Mary que son fils était blond et beau comme son père, mais elle était blonde et belle, elle aussi. Si le frère et la sœur se ressemblaient, il était logique que leur enfant ait hérité de ces traits.

Était-ce pour cela que Wilson Sweet était parti ? Se pouvait-il qu'il ait éprouvé de la culpabilité, ou même du dégoût pour ses actes ? La naissance de leur enfant avait dû faire naître en lui une foule d'émotions qui lui avaient fait perdre la raison, et il était parti. Voilà pourquoi il n'avait pas su dire avec certitude s'il avait encore une famille ou non. Il en avait bien une, mais il avait choisi de s'en éloigner.

— Mademoiselle ? dit Mary en me scrutant attentivement. Tout va bien ? Vous êtes blanche comme un linge.

— Nous avons besoin de ce journal, dis-je à Nell d'une petite voix. Si nous ne le trouvons pas, quelqu'un qui compte beaucoup pour moi va mourir. Il contient la formule secrète d'un remède, une formule que le Dr Millroy a perfectionnée et notée. Si nous ne parvenons pas à fabriquer ce remède...

Je m'étranglai avec les larmes qui formaient une boule dans ma gorge.

— Je vous en supplie. Avez-vous détruit le journal ?

Quelque chose dans ma voix ou dans mes paroles avait dû percer l'épaisse carapace dont s'était entourée Nell, parce que son expression s'adoucit et elle baissa les yeux. Ses mains tremblaient si fort que sa tasse et sa soucoupe menaçaient de s'ébrécher encore davantage.

— Il n'a pas été détruit, mais il n'est pas ici, dit-elle.

Je faillis pousser un cri de soulagement.

— Où est-il ?

Elle secoua la tête tout en essayant de boire une petite gorgée de thé, mais elle en renversa par-dessus les bords de sa tasse.

Willie dégaina son revolver. Mary hurla et je passai aussitôt mon bras autour de ses épaules, la consolant jusqu'à ce qu'elle se taise.

Matt se précipita dans la chambre.

— Willie ! Baisse ton arme !

— Elle dit qu'il n'est pas là, dit Willie sans baisser son revolver ni quitter Nell des yeux. Où est-il, alors ? Où est le journal ?

— Je ne vous dirai rien, fit Nell en relevant fièrement le menton. Alors vous pouvez tirer, allez-y.

Willie arma son revolver.

— Pourquoi y tenez-vous tant, à ce satané journal ?

— Ce n'est pas ça, dis-je. Ce n'est pas le journal, qu'elle protège.

— C'est son fils, confirma Matt en entrant dans la pièce.

Nell n'était pas très douée pour cacher ses réactions et elle se trahit par un soubresaut et une brusque inspiration. Elle protégeait Jack.

— Mais non, dit-elle, mais je n'étais pas dupe.

— Où est-il ? insista Matt. Où peut-on le trouver ?

Nell fit mine de se concentrer pour reposer sa tasse de thé sur sa soucoupe.

— Je vous l'ai déjà dit : je ne vous dirai rien.

Matt donna un grand coup dans le mur, laissant un trou béant dans le plâtre.

— Où est-il, bon sang ?

Nell se contenta de sourire.

J'entourai de mes bras la servante qui sanglotait.

— Mary, il faut nous dire où trouver Jack Sweet. Vous serez protégée. Si vous nous aidez, Mr Glass vous offrira un travail bien payé dans sa maison de Mayfair.

— Je ne sais pas où il est, Mademoiselle, se lamenta-t-elle, ses joues rebondies baignées de larmes. Il vit au-dessus de sa boutique, mais elle pourrait être n'importe où dans la ville.

— Mary ! se fâcha Nell. Ne leur dis rien.

Si Nell avait besoin d'avertir Mary pour qu'elle se taise, de quelles autres informations disposait la servante ? Je lançai un coup d'œil à Matt, mais il n'était pas en état de réfléchir clairement. Il n'était plus qu'une montagne de rage, le regard froid, les traits plus durs que la pierre. Je devais penser à sa place.

— Quelle sorte de boutique tient Mr Sweet ? demandai-je à la servante.

Elle regarda sa maîtresse, mais je pris le visage de la servante entre mes mains et la forçai à me regarder moi, et personne d'autre. Elle tremblait comme une feuille et pleurait toujours à chaudes larmes. Elle était terrifiée. Était-ce de Nell qu'elle avait peur ? De Jack ? Ou de nous ?

— Écoutez-moi, Mary. Quand nous partirons d'ici, vous viendrez avec nous et vous emporterez vos affaires. Mr Glass vous engagera et vous n'aurez plus jamais à revoir ces gens. Vous comprenez ? Vous aurez un meilleur salaire, de meilleures conditions de travail, et vous partagerez une chambre avec notre autre femme de chambre. Vous vous ferez des amis, là-bas. Comprenez-vous bien ? Vous serez en sécurité et vous pourrez avoir une vie meilleure que celle que vous avez ici. Et maintenant, dites-moi ce que vous savez d'autre sur l'adresse de Mr Sweet. Il faut absolument que nous les trouvions, lui et ce journal, ou mon ami mourra.

Nell me lança sa tasse et sa soucoupe. Ma robe fut tout éclaboussée de thé et la soucoupe m'atteignit à l'épaule. La tasse tomba sur mes genoux. Je ramassai tranquillement le tout et le tendis à Matt, qui s'était précipité auprès de moi. Il paraissait en proie à un dilemme terrible. Si un homme m'avait lancé un projectile, il l'aurait frappé. Mais il ne pouvait tout de même pas s'en prendre à Nell !

Je n'étais pas sûre que Willie ait un code moral aussi strict. Elle braqua son arme sur Nell.

— Plus un geste.

— N'écoute pas cette garce, lança Nell à Mary. Tu vas rester ici. Je t'ai sauvé la vie, ma petite. Ne l'oublie jamais. Je t'ai sauvée et je t'ai donné du travail quand personne d'autre ne voulait de toi.

— Vous ne me payez pas, souffla Mary.

— Comment ?

Nell secoua la tête, interdite.

— Vous ne me payez pas, répéta Mary un peu plus fort. C'était Mr Sweet qui me payait, au début, mais après, il a arrêté. Il m'a dit que j'avais un toit au-dessus de ma tête et de quoi manger, et que je devrais m'estimer heureuse.

Nell la dévisagea, bouche bée.

— Mais j'en ai, moi, de l'argent. Prends-le ! Prends ! Et ne leur dis rien.

Acceptant le mouchoir que lui tendait Matt, Mary s'essuya les joues.

— Tout ce que je sais sur l'adresse de Mr Sweet, c'est qu'il a un logement au-dessus de sa boutique.

— Mais on le sait déjà, ça, s'impatienta Willie.

Je lui lançai un regard noir et elle referma la bouche.

— Autre chose ? demandai-je à Mary d'une voix douce.

Savez-vous s'il doit prendre un omnibus depuis sa boutique, ou s'il peut venir à pied ?

Elle secoua la tête.

Willie soupira bruyamment. Matt frottait son poing serré contre sa mâchoire.

— Miss Sweet dit que son fils aime réparer des choses, dis-je alors. Est-ce que c'est ça, qu'il fait dans sa boutique ? Il répare des choses ?

Elle hocha la tête.

— Et il les vend, aussi.

— Quel genre de choses ?

— Des montres et des horloges.

Je la lâchai brusquement et restai les bras ballants. Je fis un bond en arrière et clignai plusieurs fois des yeux.

C'est alors que j'eus une drôle de sensation au creux de l'estomac. C'était un mélange d'horreur et d'incrédulité, mais avec aussi une étrange impression de triomphe. Plus je repensais à tout ce que nous savions du fils de Nell, plus cela me paraissait cohérent.

— Vous devez le connaître, India.

Matt était près de moi, la main posée à l'arrière de ma nuque. Ce n'est qu'à ce moment-là que je remarquai combien j'avais le souffle court et la peau brûlante.

— Quand Mr Sweet a-t-il commencé à donner à sa mère de l'argent, des sucreries et des bibelots ? demandai-je à Mary.

— Il y a deux mois environ, c'était au début du printemps. Quand il a cessé d'être un simple apprenti et qu'il est devenu propriétaire de sa boutique.

J'avais déjà deviné la vérité, mais j'eus tout de même un choc en l'entendant confirmer mes soupçons. Ma poitrine se comprima. Je n'arrivais plus à respirer. Tendant le bras pour ne pas perdre l'équilibre, je trouvai Matt, stable et rassurant, mais avec sur son visage l'expression du saisissement le plus total.

Lui aussi, il avait compris.

— Alors ? demanda Willie. Qui est-ce ? *Où* est-il ?

— Ils ne savent pas, ricana Nell. Ils ne savent rien du tout.

Mais la façon dont ses épaules s'étaient affaissées disait tout le contraire. Elle savait que nous avions deviné, mais il était impossible qu'elle sache d'où nous connaissions son fils. Elle n'avait pas reconnu mon vrai nom quand je le lui avais donné. Eddie n'avait pas dit à sa mère qu'il avait été fiancé à une femme du nom d'India Steele, ni qu'il avait hérité de sa boutique à la mort de mon père. Il n'avait pas dit à sa mère qu'il avait changé de nom, menti, triché, et qu'il nous avait dupés.

Et ce n'est qu'à cet instant que je compris enfin pourquoi il avait fait tout cela.

Je frémis.

La porte d'entrée s'ouvrit et une voix que je ne connaissais que trop bien appela :

— Maman ?

— Sauve-toi, Jack ! s'écria Nell. Sauve-toi tout de suite !

Matt sortit de la chambre en courant, mais la porte d'entrée avait déjà claqué. Le cliquetis métallique d'un verrou se fit entendre.

— Nooon ! vociféra Matt en martelant la porte de ses deux poings.

— Nom de Dieu !

CHAPITRE 17

Le temps que Mary aille chercher une autre clé et déverrouille la porte d'entrée, Jack Sweet, également connu sous le nom d'Eddie Hardacre, avait disparu. Matt, Willie, Cyclope et Duc quittèrent tout de même Bright Court pour s'élancer à sa poursuite.

Quant à moi, j'aidai Mary à porter son sac de voyage jusqu'à notre voiture, et le cocher venait tout juste de finir de le sangler à l'arrière quand les autres revinrent.

— Saint Martin's Lane, près de Covent Garden, hurla Matt au cocher. Et vite. Vous tous, montez et accrochez-vous. Sauf vous, Mary.

Matt lui mit un peu d'argent dans la main.

— Prenez un fiacre et allez au numéro seize de la rue Park Street, à Mayfair. Dites à Mrs Bristow, l'intendante, que c'est moi qui vous envoie. Nous vous rapporterons votre sac à notre retour.

J'eus à peine le temps de serrer sa main dans la mienne avant que Matt ne me hisse dans la voiture sans même prendre le temps d'abaisser le marchepied.

— Ça, ça me coupe la chique, déclara Willie en secouant la tête.

Elle nous avait rejoints à l'intérieur avec Duc, tandis que Cyclope s'était assis à l'avant avec le cocher.

— Quelle vieille raclure de brouette à fumier !

— Je ne comprends pas comment vous avez découvert que c'était lui, nous dit Duc.

— Il y avait de petits indices, dit Matt, mais ce n'est que lorsque Mary a parlé de montres et d'horloges que j'ai fait le rapprochement.

— Alors voyons si j'ai bien suivi, dit Duc, lentement. Eddie Hardacre, c'est-à-dire Jack, savait que Chronos était votre grand-père, India, et qu'il avait causé la mort de son père il y a des années ?

— Son père, mais aussi son oncle, précisa Willie, incrédule.

— Hein ?

Il fallut à Duc quelques instants pour réaliser ce qu'elle avait voulu dire. Une fois arrivé à la conclusion logique, il fit une grimace de dégoût.

— Ben dis donc ! À côté des Sweet, vous avez l'air presque normaux, vous, les Johnson.

Je me retournai pour regarder par la vitre et ne vis pas la réaction de Willie.

— Donc le plan de Jack Sweet était de prendre possession de la boutique pour se venger de Chronos, reprit Duc. Mais s'il croyait que Chronos était mort, pourquoi se donner autant de mal ? Ce n'est pas comme s'il pouvait le narguer avec son succès.

— Il savait peut-être qu'il n'était pas mort, suggéra Matt. Ou alors il lui était égal que personne ne le sache ; le sentiment de revanche lui suffisait.

— C'est sûrement lui qui a attaqué Chronos l'autre jour. Mais comment savait-il que Chronos était vivant et de retour à Londres, ou qu'il logeait chez vous, India ? Comment pouvait-il même savoir à quoi ressemblait Chronos, puisqu'il ne l'avait jamais vu ?

— Nous pourrons lui poser toutes ces questions quand nous l'aurons capturé, dit Matt gravement. À moins que je ne le tue d'abord.

Mes yeux menaçaient de verser des larmes brûlantes. Il paraissait invraisemblable, et même abracadabrant, qu'Eddie ait mis au point sa vengeance depuis si longtemps, surtout dans la mesure où mon grand-père aurait pu ne jamais l'apprendre. Il avait été l'apprenti de mon père pendant des années. Il avait pris le temps de gagner la confiance de mon père, de me courtiser et de se faire bien voir d'Abercrombie. Ne lui aurait-il pas été plus facile de tuer mon père ? Puisque Chronos avait causé la mort de son père, pourquoi ne pas tuer un membre de la famille de Chronos en guise de représailles ?

— Je l'ai gravement sous-estimé, bredouillai-je. J'aurais dû m'en douter. Même Chronos a dit qu'Eddie devait être intelligent, pour duper mon père et me persuader de l'épouser.

— Tu voulais croire qu'il t'aimait et qu'il tenait à toi.

La voix compatissante de Willie était presque trop pour moi.

Mais ce fut le bras que Matt passa autour de mes épaules, ainsi que la chaleur de ses lèvres qu'il pressa contre ma tempe, qui fit couler mes larmes sur mes joues. Je les essuyai du dos de ma main gantée. Cela faisait des mois que j'avais cessé de pleurer à cause d'Eddie. Il était hors de question que je recommence aujourd'hui.

— Espérons que nous arriverons à la boutique avant lui, dis-je. Nous devons trouver ce journal avant qu'il ne le détruise.

— Il ne sait pas que c'est ce que nous cherchons.

Néanmoins, Matt n'avait pas l'air totalement convaincu. Il garda le silence quelques instants, peut-être pour repenser à toutes les interactions que nous avions eues récemment avec Eddie et sa mère.

— Nous n'avons pas mentionné le journal à Nell avant aujourd'hui, fis-je remarquer. Il sait que nous voulons retrouver l'assassin du Dr Millroy, mais il ne peut pas savoir pourquoi.

— Il s'en doute peut-être, suggéra Duc.

C'était tout à fait possible si Jack Sweet était si intelligent que cela, et je savais désormais qu'il l'était.

Les scènes et les sons de Saint Martin's Lane, si familiers, n'arrangèrent guère mon état d'anxiété. Mr Finlay, le marchand de tissu, devant sa porte, vendait à la criée un rouleau de coton en solde, tandis que Mr Macklefield, le tailleur, était en grande conversation avec un monsieur. En me voyant, il resta bouche bée. Je levai la main pour le saluer, mais il ne me répondit pas.

Jimmy, le jeune coursier, sortit de derrière l'enseigne du bistrot près de laquelle il venait sans doute de passer un moment à paresser au soleil. Voyant mon signe de la main, il s'approcha en trottinant.

— Miss Steele, dit-il en portant la main à la visière de sa casquette. Ça faisait un moment qu'on ne vous avait pas vue.

— Je suis ravie de voir que tu vas bien, Jimmy. Peux-tu me dire si tu as vu Mr Hardacre, il y a quelques minutes ? Est-il dans sa boutique ? Elle a l'air fermée.

— Oui, c'est fermé. Ça doit faire une heure que je ne l'ai pas vu, je dirais. Il n'est pas souvent là, ces jours-ci. La boutique est plus souvent fermée qu'ouverte. D'après Mr Finlay, il ne va pas tarder à mettre la clé sous la porte. Et ce serait dommage, Miss Steele. Vraiment dommage.

Je tirai une pièce d'or de mon réticule et la lui tendis.

— Merci, Jimmy.

Rejoignant Matt et les autres, je leur annonçai qu'Eddie n'était pas là.

— Nous pouvons entrer par la porte de derrière, dis-je.

— Vous avez la clé ? demanda Duc.

Willie et Cyclope le regardèrent comme s'il était stupide.

— D'accord, dit Duc. On peut toujours forcer la serrure.

— Mais tout le monde va nous voir, objecta Willie avec un coup d'œil en direction de Mr Finlay et Mr Macklefield. Ces deux-là nous dénonceront à la police.

Matt regarda la voiture, puis la ruelle, et à nouveau la voiture.

— Sauf s'ils croient que nous sommes repartis.

Il alla donner quelques instructions au cocher, puis nous rejoignit.

— India, montez vous asseoir à l'avant. Nous quatre, nous serons dans la cabine.

— Pourquoi moi ? protestai-je.

— Parce que si l'un d'entre nous repart avec la voiture, cela aura l'air plus crédible, et que je préfère éviter de faire de vous une criminelle.

— Vous oubliez deux détails.

Levant un doigt, j'ajoutai :

— Il serait étrange qu'on me voie reléguée sur le siège du cocher.

Puis, en levant un deuxième :

— Et je connais le meilleur moyen d'entrer sans casser un carreau ni forcer une porte.

Matt se tourna alors vers Willie.

— Pourquoi moi ? se défendit-elle en levant les mains. Duc, tu n'as qu'à y aller, toi.

— Non ! s'emporta Duc.

— Duc, vas-y, lui ordonna Matt.

— Mais pourquoi ? geignit-il.

— Parce que si j'oblige Willie à y aller, je n'ai pas fini d'en entendre parler.

Avec un soupir, Duc grimpa sur le siège à côté du cocher. Matt lui donna ses dernières instructions, puis il monta en voiture avec Cyclope, Willie et moi. Il ferma les rideaux et la voiture, après avoir parcouru trois mètres, s'arrêta à nouveau devant l'entrée de la ruelle. La voiture pencha sur le côté quand le cocher descendit de son perchoir.

— Nous repartons dans un instant, Monsieur, lança-t-il bien fort, pour que Mr Finlay et Mr Macklefield puissent l'entendre de l'autre côté de la rue. J'ai l'impression que l'un des chevaux boite.

Matt entrouvrit très légèrement la portière, jeta un coup d'œil au-dehors, puis l'ouvrit en grand. Il descendit d'un bond et, me prenant par la taille, il m'aida à faire de même. Je n'eus pas le temps de savourer la sensation de ses mains puissantes qui m'empoignaient : profitant de la voiture qui nous dérobait aux regards, nous nous élançâmes dans la ruelle. Juste derrière nous, Willie et Cyclope en firent autant.

Ne voyant personne, nous soulevâmes le loquet du portail qui donnait sur la petite cour intérieure derrière la boutique. Matt, qui passa la porte en dernier, fit un signe à Duc, qui était toujours sur le siège du cocher. Un instant plus tard, le portail se referma et j'entendis la voiture s'éloigner.

La cour n'avait pas beaucoup changé. Il n'y avait qu'une caisse de livraison vide au lieu de trois, et une pile de journaux détrempés qui pourrissait dans un coin. La vue de mon père s'étant détériorée dans les dernières années de sa vie, c'était moi qui m'occupais des réparations demandant une grande précision pendant qu'il balayait la cour chaque matin. Visiblement, elle n'avait pas été balayée depuis qu'Eddie avait emménagé.

— Cette fenêtre ne ferme pas bien, dis-je en montrant du doigt la fenêtre en question.

Si Eddie ne faisait pas le ménage, il avait peut-être aussi négligé de faire des réparations.

— Si vous arrivez à l'atteindre, il suffit de la faire bouger un peu pour l'ouvrir.

— Je vais essayer, dit Willie, enthousiaste. Ça fait longtemps que je ne suis pas entrée dans une maison en passant par la fenêtre. Je ne voudrais pas perdre la main.

Cyclope lui fit la courte échelle et, en quelques secondes, elle parvint à ouvrir la fenêtre. Elle se glissa à l'intérieur et, quelques instants plus tard, nous ouvrit la porte. Elle nous accueillit sur le seuil avec un sourire jusqu'aux oreilles.

— C'était presque trop facile, India, dit-elle.

En me faufilant devant elle, je lui tapotai l'épaule.

— La prochaine fois, tu pourras entrer par une fenêtre à l'étage.

Je les guidai à travers l'atelier, emplissant mes poumons de l'odeur du métal et du bois poli. Cette odeur faillit me tirer des larmes. C'était le parfum de mon enfance. Le parfum qui m'enveloppait quand mon père me prenait dans ses bras. C'était un parfum qui me disait que j'étais en sécurité, que j'étais chez moi.

Mais je n'étais plus chez moi, ici. Pas dans cet atelier en désordre où les outils n'étaient pas rangés et où les composants d'une horloge avaient été laissés à l'abandon sur l'établi. Je rassemblai les pièces éparpillées et j'allai pour ranger une pince dans la caisse à outils mais, surprenant le regard réprobateur de Willie, je la reposai.

— Tu n'es pas là pour faire du rangement, s'agaça-t-elle. Toi et Matt, allez voir à l'étage. Moi et Cyclope, on va fouiller en bas.

— N'entrez dans la boutique que si c'est nécessaire, leur ordonna Matt. On risquerait de vous voir depuis la rue.

Je montai la première l'escalier qui menait à l'appartement où j'avais passé toute ma vie. Après la maison de Matt, il me paraissait si petit, avec son unique chambre à coucher, son salon qui nous servait de deuxième chambre, et sa cuisine. Nous n'avions jamais eu besoin de plus d'espace, mon père et moi passant la majeure partie de la journée au rez-de-chaussée.

Eddie avait rendu au salon sa fonction première, mais il l'avait meublé seulement d'un fauteuil en cuir vert passé et d'une petite table. Il avait laissé sur le mur le cadre avec mon modèle de broderie, et les deux vases de ma mère trônaient, vides, aux deux extrémités du manteau de la cheminée. Je reconnus aussi le tapis, mais il était tout taché et jonché de miettes. Hormis une assiette et une tasse sales sur la table, on ne voyait aucun signe indiquant qu'Eddie avait fait de cet endroit un foyer. Même l'horloge sur le manteau de la cheminée était l'une de celles que nous exposions autrefois en bas, dans la vitrine. C'était une magnifique horloge à double mécanisme fusée-chaîne apparent, l'un des modèles les plus chers de la boutique, et il l'avait installée ici, où personne d'autre que lui ne pouvait l'admirer.

— Est-ce que tout va bien ? s'inquiéta Matt en me touchant le coude.

J'opinai.

— Mieux vaut nous dépêcher.

Nous fouillâmes rapidement la cuisine, puis Matt passa à la chambre tandis que j'inspectais le salon. Je passai la main sur la reliure des livres de l'étroite bibliothèque en m'efforçant de ne pas me laisser submerger par mes émotions.

— Où allez-vous ? demandai-je en voyant Matt sortir de la chambre.

— À la cuisine, chercher un couteau pour éventrer le matelas.

Je repris mon inspection des étagères, la tête penchée sur le côté pour lire une à une les reliures. Je reconnus chacun des livres, sauf un.

Il était sur l'étagère du bas, tranchant étrangement entre un recueil de poésie et un épais volume sur l'histoire de l'horlogerie. Je le sortis, le cœur battant, et suivis du bout du doigt les initiales dorées estampées dans le cuir noir de la couverture souple.

J.M. — James Millroy. Eddie avait caché le journal à un emplacement si évident que je n'y aurais presque pas pensé.

— Matt ! Matt ! Je l'ai trouvé.

Il apparut soudain à mes côtés. J'agitai le journal sous son nez sans pouvoir m'empêcher de sourire.

Il se mit à le feuilleter, et le soulagement se peignit son visage. Il le referma alors avec un claquement brusque et coinça le carnet contre sa poitrine.

— Rentrons à la maison.

Nous redescendîmes à l'atelier, passant chercher les autres avant de partir. Personne ne nous vit sortir de la cour ni remonter la ruelle en courant vers l'extrémité opposée à celle par où nous étions arrivés. Duc et le cocher nous attendaient à l'autre bout.

— À la maison, dit Matt en m'ouvrant la portière.

Il montra le journal à Duc, qui inspira profondément comme s'il allait fondre en larmes et se mit à regarder droit devant lui.

Une fois tout le monde bien installé et la voiture repartie, Matt ouvrit le journal sur ses genoux. Nous nous penchâmes tous pour le voir de plus près.

— Il y a surtout des observations médicales, dit-il en tournant les pages jaunies par le temps.

— Et son opinion sur les nouveaux traitements et les avancées médicales, ajoutai-je en lui montrant un schéma détaillé de la conformation interne d'un bras.

— Il y a des choses écrites dans une drôle de langue, observa Cyclope. Des incantations, peut-être ?

Matt secoua la tête.

— Ce sont des termes latins utilisés en médecine.

— Fais voir les dernières pages, dit Willie. Il est mort peu après l'expérience, alors l'incantation s'y trouve peut-être.

Matt ouvrit donc le carnet vers la fin. Les dernières pages du journal étaient vierges, mais celles d'avant étaient couvertes d'une écriture minuscule pour économiser l'espace restant.

— Là, fit Matt en aplatissant le livre avec sa main. Il est question de Wilson Sweet.

Je m'approchai encore un peu, mon épaule contre la sienne, et lus le texte.

— Qu'est-ce que ça dit ? demanda Cyclope en se tournant pour mieux lire.

— Que Wilson Sweet était malade et que la médecine ne

pouvait rien pour lui, lut Matt. Et qu'il a dit au Dr Millroy qu'il avait eu un fils avec sa sœur. Il avait tellement honte de ses actions qu'il était parti pour expier ses fautes.

— Expier ses fautes ? répéta Willie.

— Il parlait sûrement de sa participation à l'expérience, dis-je.

— Wilson Sweet pensait contribuer au bien de l'humanité, dit Matt. Il espérait être ainsi lavé de son péché, dit Matt en montrant du doigt le passage où le Dr Millroy avait écrit ces mots en toutes lettres.

— Il a dit au Dr Millroy que s'il survivait, il reprendrait contact avec sa famille, dis-je en lisant par-dessus l'épaule de Matt.

— C'est tout ? demanda Willie après quelques instants de silence. Est-ce qu'il est écrit que Millroy prévoyait d'aller voir Nell après la mort de Wilson ?

— Non.

Matt lut la page précédente, tournant les pages du journal en partant de la fin. Il montra du doigt le nom de Chronos. Il s'agissait de la première rencontre entre les deux hommes, et Millroy avait décrit avec enthousiasme les possibilités qu'offrait cette collaboration. Il n'était nulle part question de magie, ni de leur intention de prolonger la vie grâce à leur expérience. Le tout restait trop vague pour le compromettre si jamais l'une des guildes venait à lire son journal.

Matt passa encore à la page précédente, et il frappa du bout du doigt quelques lignes au milieu d'une page.

— Là...

Il suivit les lignes du doigt.

— C'est écrit dans une langue que je ne reconnais pas.

Cyclope et Willie quittèrent tous deux leur siège et se contorsionnèrent pour lire les mots. Willie poussa un cri de triomphe.

— C'est sûrement ça ! C'est l'incantation, Matt !

Elle posa la main sur l'épaule de Cyclope, qui la serra dans ses bras.

La voiture prit un virage et ils retombèrent tous les deux lourdement sur leur siège en riant.

— Maintenant, tout ce qu'il nous faut, c'est un magicien

médecin pour prononcer cette incantation pendant que vous réciterez la vôtre, India.

Il n'y avait aucune note d'allégresse dans la voix de Matt. Il ne s'autorisait pas encore à crier victoire, à prendre ses amis dans ses bras ou à trop se réjouir. Et moi non plus. Après tout, nous n'avions fait que la moitié du travail. Sans compter qu'il ne suffisait pas de lire l'incantation : encore fallait-il la prononcer correctement. Le Dr Parsons y était arrivé, mais pas le Dr Millroy. Quelques syllabes pouvaient faire toute la différence entre la vie et la mort.

— Qu'allons-nous faire pour Nell ? demanda Cyclope. Faut-il dire à Munro et Brockwell qu'elle a tué Millroy ?

— Je pense que non, dit Matt. Elle n'est plus un danger pour personne, maintenant, et expliquer son mobile ne ferait que soulever davantage de questions auxquelles nous ne sommes pas prêts à répondre.

— Et de plus, Chronos se retrouverait impliqué, ajoutai-je. Pour l'instant, ils n'ont aucune preuve que Chronos soit en vie ni qu'il soit bien mon grand-père ; ils ne peuvent s'appuyer que sur les accusations d'Abercrombie. Mais s'ils interrogent Nell et Eddie, ils découvriront la vérité.

— À propos de Hardacre... dit Willie avec un regard appuyé dans ma direction.

Je poussai un soupir.

— Allez, dis ce que tu as à dire. Je sais que tu as envie de me reprocher d'avoir été aussi idiote et naïve, alors vas-y, ça te fera du bien.

— Ce n'est pas à ça que je pensais. Je me disais juste... Si Eddie n'est pas allé à sa boutique, où est-il, alors ?

— Il a peut-être pris la fuite ? suggéra Cyclope en haussant les épaules.

Soudain, Matt poussa un juron et ouvrit brusquement la fenêtre.

— Plus vite, cria-t-il au cocher.

Mon sang ne fit qu'un tour. Moi aussi, je savais où était allé Eddie.

— Tu penses qu'il est allé chez nous pour chercher Chronos,

dit Cyclope sur une intonation à mi-chemin entre le constat et la question.

Matt hocha la tête.

— C'est probablement lui qui a attaqué Chronos, et il sait qu'il vit chez nous.

— Et il y a longtemps qu'il rêve de se venger de lui, ajoutai-je d'une voix blanche. Maintenant que nous savons jusqu'où il est déjà allé, il n'a plus aucune raison de se retenir. Il va s'en prendre à Chronos et... et cette fois, il le tuera.

Et grâce à notre détour par la boutique, il aurait une bonne longueur d'avance sur nous.

Mais il n'y avait pas que Chronos, dans la maison. Il y avait aussi Miss Glass et les domestiques.

Matt prit ma main entre les siennes.

— Il ne fera de mal à personne. Il n'oserait pas.

Je n'étais pas du même avis. À ce stade, Eddie ne se souciait plus de ce qu'il pourrait lui arriver. Il savait que tout était fini pour lui. Les hommes d'une intelligence diabolique comme Eddie avaient tendance à commettre des actes désespérés lorsqu'ils se savaient au pied du mur. J'avais vu trop de situations similaires pour en douter encore.

Avec la nuit qui commençait à tomber, on y voyait de moins en moins, mais je reconnus aisément l'Arc de Wellington à travers la lumière embrumée du soir. Je frappai du poing contre le plafond et la voiture ralentit aussitôt.

— Mais qu'est-ce que tu fais ? s'écria Willie. Il faut qu'on rentre à la maison !

— Dites au cocher de s'arrêter, dis-je à Matt. Nous ne pouvons pas y retourner sans être préparés.

Il baissa la vitre et cria au cocher de trouver un endroit où faire une halte.

— Willie, est-ce que ton revolver est chargé ? lui demanda-t-il.

— Évidemment, dit-elle. Sinon, il ne me servirait à rien.

— Tant mieux. C'est notre seule arme à feu.

— J'ai des couteaux là et là, dit Cyclope en montrant son avant-bras, puis en relevant la jambe de son pantalon pour nous montrer la lame fixée à sa jambe.

J'écarquillai les yeux.

— Vous vous promenez avec tout ça sur vous ?

— Bien sûr, simple question de bon sens.

Je me tournai alors vers Matt. Retroussant la manche de sa veste, il me montra son petit couteau.

— Nous avons vécu trop de situations dangereuses ces derniers temps. Je préfère être armé et paré à toute éventualité.

— C'est pour ça que je ne me sépare jamais de mon Colt, renchérit Willie en tapotant le revolver qu'elle portait sur la hanche.

Si je n'avais pas déjà été sûre de côtoyer des bandits du Far West, tous mes doutes se seraient désormais envolés.

La voiture s'arrêta et Duc ouvrit la portière.

— Qu'est-ce qui se passe ?

— Nous soupçonnons Hardacre d'être allé chez nous à la recherche de Chronos, lui expliqua Matt. Il faut approcher avec prudence, et en ayant mis au point un plan d'attaque.

— Bon sang ! marmonna-t-il. Mais imagine que Chronos soit déjà mort ? Qu'est-ce qu'on fait, dans ce cas-là ?

Je me mordis l'intérieur de la joue jusqu'à sentir un goût de sang. Personne ne dit rien, mais je devinai que Matt avait dû lui lancer un regard noir, parce que Duc s'excusa, l'air gêné.

— C'est une réelle possibilité, admis-je. Et c'est pourquoi il nous faut un plan adapté à plusieurs cas de figure. Je propose que Matt et moi fassions semblant de revenir seuls. Les autres, vous rentrerez en cachette.

Dix minutes plus tard, nous avions élaboré plusieurs plans. Celui qu'il nous faudrait suivre dépendrait du scénario qui se présenterait à notre arrivée.

Matt et moi partîmes les premiers, laissant les trois autres rentrer à pied. Nous nous étions mis d'accord sur la plupart des phases du plan, mais il restait un détail sur lequel nous n'étions pas d'accord : qui devait prendre le revolver de Willie ? J'estimais qu'il valait mieux le donner à Matt, mais personne d'autre ne fut de cet avis. Willie fut celle qui s'y opposa le plus violemment.

La voiture s'arrêta devant les marches du perron, à l'endroit habituel. Je serrai ma montre dans ma main et Matt glissa le journal dans la poche de sa veste. Chacun de nous préférait garder sur lui ce qu'il avait de plus précieux.

— Il n'est pas trop tard pour changer d'avis, me dit Matt. Vous savez bien que ça me rassurerait.

— J'ai ma montre à la main, lui dis-je. Je ne risque rien. C'est vous qui n'êtes pas armé, à l'exception de ce minuscule canif.

Il eut un sourire malicieux.

— Vous voulez dire que mon charme ne suffira pas ?

— Pas sur Eddie, non.

Il sortit le premier et abaissa le marchepied pour moi avant de m'aider à descendre. La porte d'entrée de la maison restait fermée, ce qui en disait long. D'habitude, Bristow ou Peter venait à notre rencontre.

— À mon avis, il est là, murmura Matt.

Il fit signe au cocher de continuer sa route, puis il m'offrit son bras.

Nous montâmes les marches ensemble. Ma montre tinta une fois en signe d'avertissement. Mon cœur se mit à battre plus vite, mais je ne m'arrêtai pas. Matt poussa la porte et se positionna de façon à me faire barrière de son corps avant que je ne puisse passer devant lui. J'avais prévu d'entrer la première étant donné que ma montre faisait une bonne arme. Clairement, il avait décidé d'ignorer ce plan. Je me retins de lui donner un coup de coude dans les côtes pour le lui rappeler. Nous devions rester concentrés.

— Bristow ? appela Matt. Peter ?

— Nous sommes là, Monsieur, fit la voix apeurée de Bristow, qui venait du salon. N'approchez pas ! Il a un...

Sa mise en garde se termina par un râle de douleur.

Une femme poussa un cri.

Matt me repoussa rudement derrière lui et s'avança vers la porte du salon. Ma montre se remit à sonner plus fort. Je resserrai mon étreinte dessus et jetai un coup d'œil devant Matt. Miss Glass était assise sur le sofa, les mains sur les genoux, les pieds serrés, dans une posture aussi sévère et guindée qu'à son habitude. À la différence que, cette fois, elle avait le canon d'une arme collé contre la tempe.

Eddie arma son revolver.

— N'approchez pas, Glass, ou c'est votre chère tante qui en fera les frais.

Miss Glass ne fit pas le moindre son, pas même un gémissement apeuré. Elle regardait droit devant elle, les yeux perdus dans le vague. Face au danger, son esprit s'était refermé comme une huître. D'une certaine façon, j'étais soulagée de savoir qu'elle n'avait pas pleinement conscience de la situation.

Bristow porta la main à sa joue, où un hématome commençait à apparaître. Il était à côté d'Eddie, assez près pour être frappé avec la crosse de l'arme. Eddie ordonna alors à Bristow et aux autres domestiques de reculer, hors de portée.

— Que tout le monde recule, allez, reculez ! Que personne ne s'approche de moi ni de Miss Glass.

Les domestiques s'exécutèrent. Ils étaient tous là : le valet de pied Peter, Mr et Mrs Bristow, leur fille, la cuisinière Mrs Potter, Polly Picket, et même Mary, qui avait dû arriver juste avant Eddie. Mrs Bristow attira contre elle les jeunes femmes de chambre et Mrs Potter, avec ses formes généreuses, se plaça devant elles pour les protéger d'Eddie. Je priai intérieurement pour que Mrs Bristow profite qu'il ne la voyait pas pour attraper un objet contondant, mais elle ne le fit pas. Cela valait peut-être mieux. Si elle essayait de lancer un projectile sur Eddie, mais qu'elle le manquait, cela ferait d'elle une cible. Pour le moment, il n'avait tué personne, mais je l'en croyais capable s'il se sentait menacé.

Le seul qui manquait à l'appel, c'était Chronos lui-même. Peut-être était-il parti se cacher ?

La présence du reste de la maisonnée rendait nos plans inapplicables. Matt ne pouvait pas maîtriser Eddie avec autant de monde dans la pièce. Si le coup de feu partait malencontreusement, il y avait un fort risque que quelqu'un soit touché. Willie ne pouvait pas tirer sur Eddie à travers une fenêtre ouverte, pour la même raison. Et quant à moi, je ne pouvais utiliser ma montre devant un si grand nombre de profanes sans révéler combien ma magie était puissante. Cela dit, c'était un risque que j'étais prête à courir si nécessaire.

— Vous êtes un lâche, Hardacre, gronda Matt. Relâchez les femmes, et réglons cela d'homme à homme.

— Où sont vos amis ? s'étonna Eddie.

— Partis informer la police que c'est votre mère qui a assassiné le Dr Millroy.

— Quoi ! explosa Eddie. C'est une vieille femme ! Laissez-la tranquille.

— Ma tante aussi est une vieille femme, rétorqua Matt en désignant Miss Glass d'un signe de tête. Laissez-la partir, et les autres aussi, et je verrai ce que je peux faire pour empêcher la police d'arrêter votre mère.

Eddie resserra sa prise sur son arme. Il secoua la tête.

— Je ne peux laisser partir personne. Pas tant que je n'aurai pas Chronos.

— C'est votre mère ! m'indignai-je. Vous avez une chance de la sauver...

— Taisez-vous, India. Il est trop tard pour ma mère, et c'est de votre faute.

Encore un élément de notre plan qui tombait à l'eau : nous ne pouvions pas nous servir de la sécurité de Nell comme monnaie d'échange. Il ne se souciait plus de rien ni de personne. Seule comptait pour lui sa vengeance.

— Je ne laisserai partir personne tant que je n'aurai pas Chronos, répéta Eddie avec un signe de tête à l'intention de Matt. Où est-il ?

— Je vous l'ai déjà dit, intervint Bristow. Il est parti.

— Glass ! vociféra Eddie.

— Si Bristow dit qu'il est parti, c'est qu'il est parti, dit Matt. Il ne vous mentirait pas quand des vies sont en jeu.

Eddie se tourna vers moi. Je soutins son regard sans vraiment le voir, m'efforçant de réfléchir. Se pouvait-il que Bristow mente dans l'espoir qu'Eddie abandonne et s'en aille, tout simplement ? Ou Chronos était-il vraiment parti ? Et dans ce cas, pour aller où ?

— Où est-il, India ? gronda-t-il, les dents serrées.

— Je ne sais pas, lui répondis-je. J'étais absente toute la journée.

— Vous êtes sa petite-fille. Il a bien dû vous faire part de ses plans.

— Il ne m'a rien dit. Il n'est mon grand-père qu'au sens

littéral du terme. Vous avez tort de croire qu'un homme qui m'a abandonné lorsque je n'étais qu'un bébé puisse tenir assez à moi pour rester alors que ses ennemis sont prêts à fondre sur lui.

— Ses ennemis, répéta-t-il avec un rire cruel. Vous dites ça comme s'il était la victime, dans cette histoire. C'est *moi*, la victime. Ma mère, mon père... voilà les vraies victimes. Pas Chronos. Il a tué mon père, tout autant que Millroy.

— Votre père s'est prêté de son plein gré à leur expérience. Il en connaissait les risques.

Il braqua soudain son arme sur moi.

— Non, il ne connaissait pas les risques !

Ma montre émit une sonnerie stridente, mais elle ne jaillit pas de ma main pour l'étrangler ou l'électrocuter. Matt me poussa derrière lui, et je ne vis plus Eddie.

— Votre famille a déjà vengé le crime commis contre votre père, dit Matt. Votre mère a tué Millroy et vous avez humilié la petite-fille de Chronos. Vous avez pris à India sa boutique, son gagne-pain, et vous avez anéanti sa confiance. Que voulez-vous de plus ?

— Je veux voir Chronos mort, maintenant que je sais qu'il ne l'est pas.

— Si Bristow dit qu'il est parti c'est qu'il est parti. Il va falloir vous contenter de la vengeance que vous avez exercée sur India.

— Ça ne suffit pas ! s'égosilla Eddie. Je croyais que ce serait suffisant, je croyais que je voulais la boutique, mais quand j'ai su que Chronos était encore en vie... Je dois le punir personnellement. Je n'arrive plus à penser ni à dormir ou à travailler maintenant que je sais qu'il est là, quelque part, en liberté.

— Laissez la police se charger de le capturer, dit Matt. Je sais qu'elle est à sa recherche.

Eddie fit entendre une sorte de rire guttural.

— La police ne lèvera pas le petit doigt. Elle est à votre botte.

— Laissez partir Chronos, alors, et votre mère ne sera pas arrêtée. C'est un marché équitable.

— Ça n'a *rien* d'équitable ! Elle a perdu la raison à la mort de mon père, et ensuite, après Millroy... elle est devenue encore plus folle. Elle n'a plus jamais été la même. Elle ne pouvait plus trouver de travail, et comme elle n'avait personne pour la protéger... des hommes en ont profité. J'ai passé presque toute mon enfance affamé et terrifié, à me cacher de son soi-disant protecteur du moment. Elle pensait qu'ils allaient la sauver, mais tout ce qu'elle y gagnait, c'était de se faire rouer de coups. Dites-moi ce que ça a d'équitable, que la petite-fille de Chronos n'ait manqué de rien tandis que le fils de sa victime vivait dans la misère ? Hein ? C'est équitable, ça ?

— Comment savez-vous que la mort de votre père l'a rendue folle ? demanda Matt. Vous étiez trop jeune pour vous en souvenir. Elle a peut-être toujours été folle, suggéra-t-il en haussant une épaule. Étant donné qu'elle n'a pas eu de scrupule à commettre l'inceste avec son frère, elle devait déjà être au moins un peu dérangée.

L'un des domestiques poussa un cri horrifié.

— Matt, murmurai-je. Ne le provoquez pas.

— Écoutez India.

Bien que le corps de Matt m'empêche de voir Eddie, j'entendis à sa voix qu'il souriait.

— Elle me connaît assez bien pour savoir que je suis capable de me venger si on insulte ma famille.

Je fis tout mon possible pour m'avancer dans la pièce, mais Matt ne l'entendait pas de cette oreille. Il continuait de me barrer la route.

— Je ne vous connais pas si bien que ça, Eddie, lui dis-je. Je ne vous connais même pas du tout. Mais il y a une chose que je sais, c'est que vous aimez votre mère, assez pour lui envoyer de l'argent et des bonbons. Vous lui rendez toujours visite. Vous ne voulez pas qu'elle soit arrêtée pour le meurtre du Dr Millroy. Alors mettez dès maintenant un terme à tout cela, ou la police en sera informée, croyez-moi.

— C'est très touchant, India, mais je ne partirai pas d'ici tant que Chronos ne se sera pas livré à moi. Vous entendez ? cria-t-il. Montrez-vous, Chronos ! Je peux rester ici toute la nuit !

— Je vous en prie, Monsieur, le supplia Mrs Bristow. Laissez partir les jeunes filles. Elles sont terrifiées.

— Relâchez tout le monde, dit Matt. Je resterai aussi longtemps que vous voudrez.

— Personne ne sort d'ici, gronda Eddie.

Je me faufilai aux côtés de Matt, qui était toujours dans l'encadrement de la porte. Eddie était concentré sur les servantes, qui s'étaient reculées dans un coin derrière Mrs Potter. Miss Glass n'avait pas bougé ni même cligné des yeux. Bristow et Peter, maintenus à distance, ne pouvaient rien faire.

— On dirait que nous avons atteint une impasse, observa Matt. Si nous nous installions confortablement pour la soirée ?

Il leva les mains en l'air et entra lentement dans la pièce.

Eddie le laissa faire quelques pas, puis il lui ordonna de s'arrêter.

— Laissez vos mains bien en évidence.

— Croyez-vous vraiment pouvoir tenir plus longtemps que nous ? Croyez-vous que la police ne viendra pas vous arrêter ?

— Je peux tuer plusieurs d'entre vous avant d'être capturé, ou avant de me fatiguer. Et bien sûr, je commencerai par India.

Il pointa son arme sur moi et je fus prise de panique.

— Si je ne peux pas avoir Chronos, je tuerai le seul membre de sa famille qu'il lui reste.

J'éclatai d'un rire moqueur.

— Ah, parce que vous pensez qu'il se soucie de moi ? Un homme qui a été absent pendant toute ma vie ? Un homme qui m'a laissé croire qu'il était mort ? Ne me faites pas rire !

Il fronça les sourcils.

— Vous pensiez donc vraiment qu'il était mort ?

— Oui. Pas vous ?

— J'ai entendu récemment des rumeurs d'autres horlogers qui disaient l'avoir aperçu. Un vieillard soutenait mordicus avoir vu Gideon Steele. Alors j'ai mené ma petite enquête, et vous pouvez sans doute deviner ce que j'ai découvert. Ou plutôt, ce que je n'ai pas découvert. Il n'y avait aucun certificat de décès au nom de Gideon Steele. Comme je me demandais ce que vous saviez et s'il vous avait contacté, j'ai commencé à surveiller cette maison. Et un jour, j'ai vu un vieillard correspondant au signalement de Chronos sortir d'ici. Je l'ai appelé par son nom et il ne s'est pas retourné, mais il a pressé le pas. C'est ce qui m'a confirmé qu'il s'agissait bien de votre grand-père.

Chronos n'avait pas mentionné qu'il avait été reconnu, ce jour-là. Que nous avait-il caché d'autre ?

— Est-ce vous qui l'avez attaqué, la deuxième fois qu'il est sorti ? demanda Matt.

Eddie se contenta de sourire, les lèvres humides et les yeux brillants.

— C'est lui que vous cherchiez, le jour où vous êtes venu ici me parler, dis-je. Qu'auriez-vous fait si vous l'aviez vu ? L'auriez-vous poursuivi et tué en plein milieu de la maison ?

Le sourire d'Eddie se mua en un rictus cruel.

— Vous m'accusez d'être entré chez vous sous un faux prétexte, et pourtant, c'est précisément ce que vous avez fait à ma mère !

— Nous ne lui avons fait aucun mal, protestai-je. Personne n'a jamais eu l'intention de s'en prendre à elle.

— Vous l'avez terrifiée. Vous avez fouillé dans ses affaires et vous l'avez traumatisée.

— Elle vous a parlé de l'Américain qui est venu la voir, n'est-ce pas ? demandai-je. Après notre première visite, elle vous a dit à quoi nous ressemblions, et c'est là que vous avez compris que Matt et moi enquêtions sur la mort du Dr Millroy. Voilà comment vous avez su ce que nous faisions. C'est pourquoi vous êtes venu nous dissuader de poursuivre nos recherches. Je comprends mieux votre expression étrange lorsque j'ai dit que le vagabond s'appelait *Mr* Wilson. Vous espériez que nous ne découvririons jamais que Wilson était son prénom et qu'il avait un lien avec Nell et avec vous.

— Je vous félicite d'avoir enfin percé le mystère. Je ne suis pas surpris que cela vous ait pris si longtemps : vous n'êtes pas quelqu'un de très futé.

Je saisis Matt par le bras mais, contre toute attente, il n'avait pas avancé. Il était figé comme une statue, les muscles de sa mâchoire contractés. J'espérais qu'il était en train de réfléchir à un plan, parce qu'à moins d'attendre qu'Eddie s'endorme, je ne voyais pas comment nous sortir de là. Bien sûr, il y avait aussi de fortes chances qu'Eddie finisse par se lasser d'attendre Chronos et me tue quoi qu'il arrive.

Je ravalai la bile qui me brûlait la gorge.

— Pouvons-nous ouvrir la fenêtre pour avoir de l'air ? demanda Matt. Il fait un peu chaud, ici.

— Pour qu'un de vos hommes puisse me tirer dessus ? Ha ! Je ne suis pas aussi naïf que je vous l'ai fait croire, Glass. Aucune fenêtre ne sera ouverte. Au contraire, nous allons tirer les rideaux. J'autoriserai l'intendante à allumer une lampe d'abord, puis les autres quand elle aura fermé tous les rideaux.

Oh, non ! Qu'allaient faire Willie, Duc et Cyclope, maintenant ? Que pouvaient-ils faire à part attendre, comme nous ? Il n'y avait aucune porte dérobée faisant communiquer le salon avec l'étage des domestiques, ce qui fait que même s'ils entraient dans la maison par l'entrée de service, ils ne pourraient pas accéder à cette pièce pour prendre Eddie par surprise.

Nous n'avions pas d'autre choix que d'attendre.

Je coulai un regard vers Miss Glass, remerciant le Ciel qu'elle n'ait toujours pas conscience de ce qui se passait.

— Puis-je m'asseoir près d'elle ? demandai-je à Eddie.

— Non. Vous pouvez rester où vous êtes et vous asseoir par terre.

— Vous ne ferez pas asseoir India par terre, fit Matt, menaçant.

— J'aime mieux rester debout pour l'instant, dis-je.

Eddie ricana.

— Vous avez toujours été obstinée.

Je me mordis la langue. Une répartie cinglante ne risquait pas d'arranger notre situation. Je regardai Mrs Bristow tirer les rideaux et allumer deux autres lampes. Elle retourna ensuite auprès des jeunes filles, les serrant contre elle dans une attitude de protection maternelle. J'étais heureuse de voir qu'elle avait déjà accepté Mary comme l'une des leurs. C'était une étincelle d'espoir au milieu de cette situation tragique.

— Qu'avez-vous dans la main ? demanda Eddie, interrompant grossièrement le fil de mes pensées.

J'ouvris les doigts pour lui montrer.

— C'est juste ma montre. Cela me réconforte, de la tenir à la main.

— Une montre ? Qui vous réconforte ? Nom d'un chien, India, je savais que vous étiez sentimentale, mais là, c'est absurde. Ce ne sont que des morceaux de métal, même si vous l'avez imprégnée de votre magie.

L'une des servantes inspira brusquement. Je sentis plusieurs regards se porter sur moi.

— En parlant de montre...

Un sourire se dessina lentement sur les lèvres d'Eddie.

— Glass, votre montre, je vous prie.

Matt sortit non pas celle qui était magique, mais sa montre ordinaire. Il la lança à Eddie. Eddie la laissa tomber sur le tapis et l'écrasa sous son talon.

— Elle m'a coûté une petite fortune ! se plaignit Matt.

— Je connais sa valeur. Je vends exactement le même modèle dans *ma* boutique.

Eddie me fit un sourire mielleux.

Même en me mordant la langue, j'eus toutes les peines du monde à me retenir de lui rappeler que cette boutique était celle de mon grand-père. J'avalai le filet de sang que j'avais dans la bouche et parvins à garder le silence.

Eddie agita la main en direction de Matt.

— Votre autre montre, je vous prie, Mr Glass. Votre montre magique.

Il se mit à rire.

— Si vous pouviez voir la tête que vous faites, tous les deux ! Oui, je sais que vous avez une deuxième montre. Donnez-la-moi.

— Il n'a pas d'autre montre, dis-je aussitôt. Peut-être avais-je parlé un peu trop vite, avec un peu trop de véhémence.

— N'essayez pas de me raconter des histoires. Je sais que vous avez une deuxième montre, qui est très importante à vos yeux. Votre ami, un certain shérif, est venu me voir un jour et m'a posé des questions sur vous deux. Il m'a tout raconté.

— Vous savez qu'elle me porte chance, alors ? dit Matt. Aux cartes, aux courses de chevaux...

— Inutile de mentir. Je sais qu'elle vous maintient en vie, Glass. Je sais aussi qu'elle doit perdre de son efficacité. Quelle autre raison auriez-vous de chercher l'assassin du Dr Millroy ? J'avoue que cela nous a pris un peu de temps et pas mal de discussions, mais nous avons fini par comprendre. Je vois que vous avez trouvé le journal du docteur.

D'un geste du menton, il indiqua le carnet qui dépassait de la poche de la veste de Matt.

— Dire que vous vous êtes donné tout ce mal pour le trouver, et qu'il ne vous servira à rien ! Cette incantation ne marche pas, au cas où vous l'auriez oublié. C'est ce qui a tué mon père. Quelle que soit l'incantation utilisée par Millroy ou je ne sais quel autre magicien médecin sur votre montre, vous ne la retrouverez pas. Oui, j'ai lu les passages du journal qui en parlent, et je sais ce qu'ils cherchaient à accomplir, lui et Chronos. Ce n'est pas dit explicitement, mais je n'ai pas eu trop de mal à le deviner une fois que j'ai rapproché ce que je savais et ce que Payne avait vu de ses propres yeux. Qu'est-ce qui vous fait croire que vous réussirez à faire fonctionner cette incantation, alors que Millroy a échoué ? Et de toute façon, vous ne connaissez pas de magicien médecin. Vous pourriez mettre plusieurs années à en trouver un.

Il ne savait donc pas que Millroy avait eu un fils, ni que l'incantation du journal était correcte ; il suffisait, pour la faire fonctionner, de la prononcer avec le bon accent et la bonne inflexion. Dieu merci ! Autrement, il aurait détruit le journal, ou il l'aurait mieux caché.

— Donnez-moi cette montre, dit Eddie. Je veux la voir.

Matt ouvrit grand les bras.

— Venez la chercher.

— Bien essayé, Glass. Lancez-moi votre montre, ou je tire sur India.

— Vous allez lui tirer dessus de toute façon, puisque Chronos n'est pas là. S'il était là, il serait déjà sorti de sa cachette. Si vous tirez sur India, je vous tue.

— J'aurai le temps de pointer mon arme sur vous avant. Vous n'êtes pas assez rapide.

— Oh, je suis bien assez rapide.

La voix de Matt avait retrouvé ce timbre chargé d'une colère froide qui ne la quittait jamais totalement, ces temps-ci. Elle était plus sinistre que jamais.

— Et vous, pensez-vous être assez rapide ?

Le sourire d'Eddie s'effaça.

— Lancez-moi cette maudite montre.

Matt ouvrit lentement sa veste, puis son gilet, et déboutonna la poche secrète où était cachée sa montre magique. Il n'allait tout de même pas la donner à Eddie ! Il allait l'écraser aussi !

— Matt, non ! m'écriai-je.

Pour toute réponse, il lança la montre. Elle décrivit un arc de cercle en l'air et Eddie nous quitta des yeux le temps de l'attraper. Cet instant de distraction n'était pas suffisant pour permettre à Matt, ou à qui que ce soit d'autre, de le neutraliser. Il était trop loin, tout simplement.

— Merci.

Eddie laissa tomber la montre sur le tapis avec un rictus triomphant.

— Dites adieu à vos proches, Glass. Voyons un peu combien de temps vous mettrez à mourir, après ça.

Il leva le pied au-dessus de la montre et abaissa violemment son talon.

CHAPITRE 18

— **A**rrêtez !
Aussitôt après avoir poussé ce cri impérieux, je me ruai sur Eddie.

Matt fut cependant plus rapide. D'un bond en avant, il atteignit Eddie avant moi.

Le coup de feu partit et la détonation assourdissante retentit dans toute la pièce, un son effroyable qui parut durer une éternité. Ce bruit emplit mon crâne et fit vibrer tout mon corps. Il noya complètement la sonnerie rapide de ma montre, mais pas les hurlements.

L'air tout entier résonnait de cris et d'éclats de voix.

Aucune de ces voix n'était celle de Matt. Son corps soudain inerte s'affaissa sur Eddie, de qui provenait l'un des hurlements.

Je ne perdis pas un seul instant. Projeté en arrière par le poids de Matt, Eddie avait été obligé de retirer son pied de sa position dangereuse au-dessus de la montre de Matt. Elle était nichée au creux du tapis, intacte et en parfait état. Lâchant la mienne, je m'emparai de celle de Matt, trop effrayée pour perdre un temps précieux à me réjouir qu'elle n'ait pas été endommagée. Je débarrassai la main droite de Matt de son gant, ouvris le boîtier de la montre et la calai au creux de sa paume.

C'est alors que je remarquai le sang. Gouttant à travers ses vêtements, il avait coulé sous lui, tachant ceux d'Eddie. En tentant de se dégager, Eddie me poussa et, par la même occasion, fit sauter la montre de Matt hors de nos mains jointes.

— Si vous bougez encore, je vous tue, avertis-je Eddie d'un ton menaçant. Je ramassai la montre et la recollai au creux de la main de Matt. *Pourvu qu'il ne meure pas !*

Après l'accident de voiture lors duquel il avait entièrement recouvré la santé grâce à sa montre, il m'avait confié que je ne pourrais plus le sauver s'il cessait complètement de respirer ou s'il perdait trop de sang. Et en cet instant, c'était précisément ce qui risquait d'arriver. Il y avait tellement de sang…

La magie commença à opérer. Les veines de sa main s'illuminèrent et je regardai la lueur disparaître sous sa manche.

— Nom d'un chien, mais qu'est-ce que c'est que ça ? s'écria Eddie d'une voix haut perchée, et avec un fort accent cockney avec lequel je ne l'avais encore jamais entendu parler. Il venait enfin de jeter bas son masque, mais il avait fallu qu'il soit violemment choqué pour se dévoiler au grand jour. Quelle horreur, éloignez-le de moi ! Éloignez-le ! Il essaya de se contorsionner pour s'extraire de sous le corps de Matt, et je m'efforçai de maintenir la montre magique en place tant bien que mal. S'il ne restait pas tranquille, je risquais de la lâcher.

De ma main libre, je serrai le poing et l'envoyai en plein dans la mâchoire d'Eddie. Sa tête heurta le sol. Ses yeux roulèrent dans leurs orbites et se fermèrent. Un silence satisfaisant enveloppa la pièce et je pus enfin tendre l'oreille.

Je me penchai sur Matt et collai mon oreille contre ses lèvres. Il respirait. Dieu merci ! Il respirait encore, quoique faiblement. Mais il perdait des flots de sang qui ruisselaient sur Eddie et commençaient à former une mare sur le tapis…

La magie semblait mettre un temps interminable à atteindre le visage de Matt, et j'eus soudain nettement conscience des autres tout autour, qui nous observaient.

— Est-ce qu'il est… ?

C'était Willie, qui venait de s'agenouiller à côté de moi. Duc, Cyclope et elle avaient dû se précipiter dans la pièce en entendant le coup de feu.

Derrière elle, Miss Glass assistait à la scène, la main serrée sur sa gorge, les yeux exorbités. Elle ne dit rien, mais elle savait où elle était à présent, j'en avais la certitude. J'en eus la confirmation quand elle ordonna aux domestiques de sortir.

Au moment où ils sortaient de la pièce, un tressaillement agita les doigts de Matt. Il ouvrit les yeux et posa son regard sur moi. J'essayai de ne pas pleurer. Je fis vraiment tout mon possible, mais sans succès. Toutes les digues cédèrent et mes joues furent aussitôt baignées d'un torrent de larmes.

Willie fut la première à me serrer dans ses bras, suivie de Duc et Cyclope, qui aidèrent ensuite Matt à se redresser et à s'asseoir.

Willie pointa son arme sur Eddie, qui commençait aussi à revenir à lui.

— Je tire ? demanda-t-elle. Il le mériterait ; il t'a tiré dessus, après tout.

— Oui, dit Miss Glass. Pour ma part, je serais ravie que vous l'abattiez. Je dirai même à la police que c'est moi qui ai tiré pour me défendre. Ils ne m'arrêteront pas.

Je posai une main sur le bras de Willie au cas où elle aurait pris la promesse de Miss Glass comme une autorisation de faire tout ce qu'elle voulait. Elle s'empara du pistolet d'Eddie et recula d'un pas, mais sans pour autant ranger son arme à sa ceinture.

— Qu... que s'est-il passé ? demanda Eddie, qui se relevait sans l'aide de personne en se frottant la mâchoire.

— India vous a assommé d'un coup de poing, dit Miss Glass en croisant les bras. Et c'était amplement mérité.

Matt me sourit faiblement.

— Bien joué, India.

Willie me tapota l'épaule.

— Ça va mieux ?

— Un peu, répondis-je.

— Je sais ce qui te ferait du bien.

— Un peu de thé ? Du xérès ?

— Lui loger une balle dans la tête.

Elle retourna son revolver pour me le présenter, la crosse vers moi.

— Allez, vas-y. Miss Glass dira que c'était elle.

Eddie leva les mains en l'air. Elles étaient couvertes du sang de Matt. — Voyons, India, vous ne feriez tout de même pas ça ? Après tout ce que nous avons vécu, vous et moi !

— Nous n'avons rien vécu du tout, répliquai-je. Vous n'êtes pas l'homme que je croyais connaître.

Je lui tournai le dos. Il n'y avait plus rien à dire, aucun mot capable d'exprimer toute la haine que j'éprouvais pour lui.

Matt me fit un petit sourire et, de ses doigts, effleura les miens. Il était toujours assis par terre, pâle comme un mort à l'exception des taches sombres derrière ses yeux aux paupières lourdes. Il avait besoin de repos.

Il se cramponna à la main que lui tendait Cyclope et se releva. Le devant de ses habits était maculé de sang, masquant la plaie causée par la balle. Je tenais absolument à examiner sa blessure, simplement pour vérifier par moi-même que la montre avait bien opéré sa magie, mais il y avait trop de monde dans la pièce.

— Sacré nom de Dieu, murmura Eddie d'une voix tremblante. Vous.... vous êtes immortel.

— Emmenez-le à Scotland Yard, dit Matt en rangeant sa montre magique dans la poche intérieure de son gilet. Dites à l'Inspecteur Brockwell que Jack Sweet, qui se fait aussi appeler Eddie Hardacre, a abusé de la confiance d'India et de son père, et qu'il a ensuite essayé de reconquérir India, qui n'a rien voulu savoir et l'a éconduit.

Eddie ricana.

— Personne ne croira une chose pareille.

— Vexé par son refus, Eddie a pris les habitants de la maison en otage dans l'espoir de pouvoir la forcer à changer d'avis.

Cyclope empoigna Eddie par un bras et Duc prit l'autre. Ils le traînèrent hors de la pièce si brutalement que ses pieds touchaient à peine le sol.

— Lâchez-moi, bande de sacs à merde ! vociféra-t-il.

— Je les accompagne pour qu'il se tienne tranquille, jubila Willie. Pas question que je le laisse parler comme ça à mes amis.

— N'hésitez pas à le frapper s'il devient trop grossier, lui recommanda Miss Glass.

Willie mit une tape amicale sur l'épaule de la vieille femme en passant.

— Je vous apprécie de plus en plus, Letty.

— Je vous ai déjà dit de m'appeler Miss Glass.

Lorsqu'ils furent partis, Matt prit la main de sa tante.

— Vous n'avez rien ? s'enquit-il.

Elle inspira profondément, puis expira lentement. Sa respiration était remarquablement calme au vu de tout ce qu'elle venait d'endurer.

— Tout va bien, maintenant. Je... je n'ai pas beaucoup de souvenirs de ce qu'il s'est passé avant que tu...

Elle avança la main comme pour toucher sa poitrine, mais se ravisa.

— Il n'y a pas grand-chose à dire, dit Matt. C'est après Chronos qu'il en avait, et il était prêt à nous retenir tous comme otages jusqu'à s'emparer de lui. À propos, est-il vraiment parti ?

Elle confirma d'un signe de tête.

— Il a laissé un message pour India.

Je la dévisageai en clignant des yeux, stupéfaite, m'efforçant d'assimiler cette nouvelle. Chronos était parti ? Mais je venais à peine de le rencontrer !

— India ?

Matt me regarda en fronçant les sourcils.

— Je vais bien.

C'était la vérité, et je souris pour le rassurer. C'était un sourire un peu hésitant, ce qui était étrange étant donné que cette nouvelle ne m'affectait pas le moins du monde. Je n'avais jamais eu de grand-père, alors son départ m'importait peu.

— Je vais m'assurer que les domestiques vont bien, dit Matt. À mon retour, nous parlerons.

— Il n'en est pas question, protesta Miss Glass en lui donnant une tendre petite tape sur la joue. C'est moi qui irai parler aux domestiques ; toi, pendant ce temps-là, tu vas prendre un bain et te changer. Et ne t'assois nulle part avant d'être propre. Est-ce bien compris ?

Matt exécuta une petite courbette.

— À vos ordres, Patronne.

— Ne te moque pas de moi.

Il lui déposa un baiser léger sur le front et elle leva les yeux vers lui avec un sourire.

— Tu n'as rien, n'est-ce pas, Matthew ?

Il hocha la tête.

— Parfaitement indemne.

— Monte te changer avant le dîner, alors.

Je m'apprêtais à la suivre, mais Matt m'attrapa par le bras.

— Ne vous enfuyez pas tout de suite.

— Je ne m'enfuis pas.

C'était précisément ce que je faisais. Rester seule avec Matt après des émotions aussi fortes serait une épreuve terrible pour mes nerfs. Nous étions seuls depuis à peine trois secondes, et mon cœur s'affolait déjà dans ma poitrine.

— Vous m'évitez, me murmura-t-il à l'oreille. Et je sais pourquoi.

Il ne pouvait pas lire si clairement dans mes pensées, c'était impossible. D'un autre côté, il devinait souvent ce que j'avais à l'esprit. Je déglutis péniblement. Je n'étais pas prête à avoir cette discussion. Pas maintenant.

— Vous ne voulez pas que je vous réprimande, dit-il.

Oh. Euh...

— Me réprimander ? Pour quelle raison ?

— Vous vous apprêtiez à vous jeter sur Hardacre toute seule, quand il a essayé d'écraser ma montre. Que comptiez-vous faire ? Il était armé, nom de Dieu !

— Je... je ne sais pas. Je n'ai pas réfléchi, c'était une réaction instinctive.

— Vous auriez pris une balle avant même d'arriver jusqu'à lui.

— Ma montre m'aurait sauvée.

— Contre un coup de feu ?

Il inspira maladroitement et secoua la tête.

— Ne faites plus jamais une chose aussi imprudente.

— Vous avez été tout aussi imprudent, Matt. Vous comptiez peut-être sur votre montre pour vous sauver la vie, mais comment pouviez-vous être sûr de ne pas vous vider de votre sang avant que la magie puisse faire effet ?

— Je n'avais pas d'autre choix.

Il avait raison, bien sûr. Mais j'étais si bouleversée que j'avais simplement besoin de dire ce que j'avais sur le cœur.

— Vous allez pleurer, n'est-ce pas ? fit-il d'une voix douce.

— Non.

Mais son sourire en coin et ses yeux bienveillants m'empêchèrent de tenir parole. Une fois encore, mes yeux s'emplirent de larmes. Des larmes de joie. Il était vivant. Nous étions tous vivants. C'était tout ce qui comptait.

Il s'avança pour essuyer mes larmes avec son pouce, mais remarqua le sang sur ses doigts.

— Je vous proposerais bien mon mouchoir, mais il n'est pas dans un état convenable pour une dame.

— C'est vous qui n'êtes pas dans un état convenable, pour personne, dis-je pour essayer de détendre l'atmosphère.

Il ouvrit alors sa veste et son gilet, puis il se débarrassa de sa chemise. J'aurais dû détourner les yeux, mais puisque cela ne le gênait pas de se montrer ainsi devant moi, c'est qu'il n'avait aucune objection à ce que je regarde. Après tout, j'avais déjà vu son torse auparavant, alors ce n'était pas un spectacle qui risquait de me choquer.

Et de fait, je n'étais pas choquée. En revanche, j'étais hypnotisée. Je ne pouvais détacher mes yeux de sa peau satinée tendue sur ses muscles saillants, avec son fin duvet qui ne faisait que mettre en valeur son physique viril. Mon regard fut attiré plus bas, vers le sang qui avait commencé à sécher et la blessure faite par la balle qu'il avait reçue dans le ventre. La plaie s'était déjà refermée, ne laissant plus apparaître qu'une petite cicatrice.

— Elle s'effacera presque entièrement avec le temps, dit-il.

— Oui.

J'articulais avec peine, troublée par l'émerveillement et par des émotions que je ne m'autorisais pas à exprimer, de peur d'ouvrir des vannes que je ne pourrais plus refermer.

— Et la balle ? dis-je en faisant de mon mieux pour me concentrer sur des détails pragmatiques.

— Elle restera en moi, je suppose. Le Dr Parsons avait extrait la dernière, mais ce n'était pas nécessaire.

Je hochai la tête et croisai les bras pour ne pas être tentée d'avancer la main et de toucher sa cicatrice.

— Vous feriez mieux d'écouter votre tante et d'aller prendre un bain.

Je tournai les talons pour m'en aller, mais il me rattrapa.

— India, susurra-t-il.

Comme il n'ajoutait rien de plus, je le dévisageai. Devais-je l'encourager à dire ce qu'il avait à me dire ? Ou cela risquait-il aussi d'ouvrir les vannes ?

— Je tiens à ce que vous sachiez qu'Eddie a tort. Ne l'écoutez pas.

— Je ne l'écoute jamais.

— Vous êtes intelligente, douce et absolument merveilleuse.

— Merci, Matt, réussis-je à dire malgré mon trop-plein d'émotions

— Je ne dis pas ça juste pour vous rassurer. Demandez à n'importe quel homme. Allez donc demander à Barratt, si vous voulez.

Il secoua la tête.

— Eddie ne vous estime pas à votre juste valeur parce qu'il y a quelque chose d'anormal chez lui. J'ai d'abord cru qu'il était simplement misogyne, mais je crois que c'est plus complexe que cela. Il y a en lui une tare fondamentale qui l'empêche de ressentir de l'empathie pour les autres comme la plupart des humains. Il ne faut pas accorder la moindre importance à ce que dit un homme comme lui.

Je sentis mes yeux me brûler, et mes larmes menacèrent de se remettre à couler. Je parvins tout juste à hocher la tête pour lui faire comprendre que j'étais d'accord avec tout ce qu'il disait. Les paroles d'Eddie étaient sans effet sur moi. Comment pouvais-je croire à la moindre de ses insultes, quand Matt pensait tout le contraire ?

— Allez lire la lettre de Chronos en privé, et nous nous reverrons tout à l'heure.

Il m'embrassa sur la joue, presque timidement.

— Et merci de m'avoir sauvé la vie. Une fois de plus. Je commence à me dire que je ne peux pas vivre sans vous.

Je le regardai quitter le salon, les épaules un peu voûtées sous le poids de son épuisement, mais la tête haute. Il ne se retourna pas, si bien qu'il ne vit pas mes larmes qui coulaient en silence, sans la moindre retenue.

* * *

— IL A DÉFINITIVEMENT QUITTÉ LONDRES, annonçai-je le lendemain matin, alors que nous étions assis autour de la table de la salle à manger. Nous étions tous là, à part Miss Glass, qui avait préféré prendre son petit déjeuner dans ses appartements. La porte étant fermée et Bristow ayant reçu l'ordre d'empêcher les domestiques d'approcher, nous pouvions parler sans crainte d'être entendus.

— Mais pas l'Angleterre ? demanda Matt.

— Non, juste Londres. Il n'a pas précisé où il allait ni ce qu'il faisait. Il est peut-être à la recherche du fils naturel du Dr Millroy, à moins qu'il n'ait renoncé.

— Qu'a-t-il dit d'autre dans sa lettre ? demanda Willie, qui était devant le buffet pour se resservir du bacon.

— Vous n'êtes pas obligée de lui répondre, India, intervint Duc en lançant à Willie un regard noir.

— Bien sûr que si, du moment que c'est important, rétorqua Willie.

— C'est à elle qu'est adressée la lettre, c'est privé !

— Rien n'est jamais privé, ici.

— Ah, vraiment ? fit Duc en agitant son couteau à beurre dans sa direction. Pourquoi tu nous fais toutes ces cachotteries, alors ? Qu'est-ce que tu fais sans cesse fourrée à l'hôpital alors que tu n'es pas malade ?

— On ne parle pas de moi, là.

Elle s'assit à table juste en face de moi. Je ne me sentais pas en sécurité là où j'étais assise, quand ces deux-là étaient assez près l'un de l'autre pour s'échanger des coups de pied sous la table.

— On parle de Chronos.

— Il m'a dit qu'il m'avait appris tout ce qu'il pouvait sur ma magie, dis-je avant qu'ils ne puissent poursuivre leur dispute. Il présume que l'incantation qui est dans le journal du Dr Millroy, associée à celle qu'il m'a apprise, réparera la montre de Matt à condition qu'elles soient prononcées par un magicien médecin et un magicien horloger en même temps.

Chronos avait mentionné la question de la prononciation de l'incantation : le Dr Millroy avait fait une erreur, mais le Dr Parsons y était arrivé. Je m'abstins de leur rappeler qu'un magicien médecin novice ne saurait pas comment il fallait la lire.

— Nous avons fait la moitié du chemin, dit Cyclope en plantant sa fourchette dans une saucisse. Et nous savons par où commencer pour chercher le fils de Millroy.

— Pas encore, dit Matt. Mais j'espère que nous en saurons plus ce soir.

Suite aux événements de la veille, il avait décidé de reporter son projet de s'introduire par effraction chez Lady Buckland, mais d'une nuit seulement.

Ce n'était pas tout ce que Chronos m'avait écrit dans sa lettre d'adieu. Après avoir mentionné sa crainte d'être capturé par la guilde ou par la police, il me demandait pardon d'avoir abandonné ma famille lorsque je n'étais encore qu'un bébé. Il était impossible de savoir si ses excuses étaient sincères, mais elles me touchaient tout de même. Il ajoutait qu'il regrettait de repartir à présent, et qu'il aurait aimé avoir plus de temps pour apprendre à me connaître, même si ces quelques jours passés ensemble lui avaient déjà prouvé que j'étais « intelligente, dégourdie et coriace ». C'était là un merveilleux compliment, qu'il avait aussitôt gâché en me disant que j'avais une morale trop rigide qui serait un obstacle à mon bonheur. Et, au cas où j'aurais eu le moindre doute sur ce à quoi il faisait allusion, il m'exhortait à ne pas trop tarder à unir le destin de Matt au mien par le mariage « ou tout autre moyen possible ». Si j'attendais trop longtemps, il y avait un très fort risque qu'il renonce et qu'il jette son dévolu sur une autre femme ; mes espoirs de mener une vie d'opulence en seraient alors réduits. Les beaux principes n'ont jamais suffi à nourrir ni à chauffer personne, avait écrit Chronos.

Après le petit déjeuner, je reçus une autre lettre : celle-ci était de Patience Glass. Elle faisait plus que répondre à la question que je lui avais posée sur sa mésaventure. Non seulement elle l'admettait, mais elle me suppliait également de trouver le Shérif Payne et de le réduire au silence. Je dus relire sa lettre plusieurs fois, et il me fallut cinq bonnes minutes pour me remettre du choc qu'elle m'avait causé. Patience n'était pas aussi innocente que je le croyais. Des trois sœurs Glass, elle n'était pas celle que j'aurais soupçonnée d'avoir eu une liaison secrète.

— C'est ce qu'elle a dit, mot pour mot, dis-je à Matt en lui montrant la lettre dans son bureau. *Le réduire au silence.*

— Je doute que sa définition de réduire quelqu'un au silence soit la même que la mienne, dit-il en lisant la lettre. Elle a sûrement parlé à Hope.

— Et on dirait que Hope lui a tout dit, ou tout du moins qu'elle lui a parlé du chantage de Payne. Pauvre Patience !

— Oui, je la plains. Je serais ravi de réduire Payne au silence, si je savais où le trouver.

Je me laissai tomber pesamment dans le fauteuil et me massai le front, prise d'une migraine.

— Je vais lui écrire pour lui conseiller de tout avouer à Lord Cox. Mieux vaut qu'il l'apprenne de sa bouche plutôt que d'un inconnu ou par le biais des commérages.

— Vous connaissez mieux que moi les Anglais, dit-il. Pensez-vous que Cox pourrait rompre leurs fiançailles, s'il l'apprenait ?

— C'est bien possible, surtout s'il l'épouse pour sa réputation irréprochable.

— Et moi qui croyais que ce qui comptait avant tout dans une union, c'était l'amour, marmonna-t-il.

— Chez les nobles, l'amour n'entre pas en ligne de compte.

— Alors les couples ne pourront s'en prendre qu'à eux-mêmes le jour où ils finiront par se haïr.

Il était évident qu'il ne se comptait pas parmi les nobles.

Il fit le tour de son bureau et s'assit sur le bord de la table, près de moi.

— India, dit-il. J'ai reçu aujourd'hui une lettre de mon avocat me demandant ce que vous comptez faire de votre maison de Willesden. Un couple de jeunes mariés dit être intéressé pour le louer.

— Oh.

J'avais presque oublié cette maison et ces documents qui n'attendaient plus que ma signature. Je commençais à me demander s'il était vraiment judicieux de déménager et de faire tous les jours le trajet jusqu'à Mayfair. Que serait-il arrivé si je n'avais pas été là pour mettre la montre de Matt dans sa main ? Sans compter le temps que je perdrais à faire sans cesse l'aller-retour. Il y avait des jours où chaque minute était précieuse.

— Que souhaitez-vous faire ? me demanda-t-il d'une voix

neutre pour ne pas me laisser deviner ce qu'il pensait. Rester ici et la louer, ou vous installer là-bas ?

Il se cramponnait au bord du bureau des deux mains et l'un de ses doigts ne pouvait s'empêcher de marteler le dessous de la surface.

— Je ne veux pas déménager tant que votre montre ne sera pas réparée. Lorsque le fils du Dr Millroy aura été retrouvé et que nous aurons, lui et moi, imprégné votre montre de notre magie, je m'en irai.

Son doigt cessa son martèlement et il plissa les yeux.

— Vous n'aurez plus besoin de déménager à ce moment-là. J'ai l'intention de vous donner une excellente raison de rester... en vous épousant.

Mon cœur s'arrêta tout net dans ma poitrine. *Non, pas maintenant.* Je n'étais pas prête pour cette conversation ni pour la querelle qui s'ensuivrait lorsque je lui expliquerais que j'avais bien trop d'affection pour lui et sa tante pour le faire s'abaisser à mon niveau. Je détournai le regard parce que le désarroi que je lisais au fond de ses yeux me déchirait le cœur.

— India ?

Je secouai la tête et me levai. Il me saisit le poignet et, comme je refusais toujours de le regarder en face, il répéta mon nom, mais sur une inflexion plus rauque.

— Quelque chose vous préoccupe, et je veux savoir quoi, dit-il. Est-ce parce que vous pensez que je ne me rétablirai jamais ?

Voyant que je ne répondais rien, il continua.

— Craignez-vous que je veuille rentrer en Amérique ? Parce que je peux vivre n'importe où, cela m'est égal.

— Lâchez-moi, Matt.

— Est-ce à cause de ma parenté avec la famille Johnson ? Je sais qu'ils sont un peu effrayants, mais ils ne prendront pas la peine de venir jusqu'ici.

Il marqua une pause.

— India, regardez-moi. Parlez-moi.

Sur le seuil, Bristow se racla la gorge. En entrant, j'avais laissé la porte ouverte pour éviter que Matt n'aborde des sujets de nature personnelle. J'aurais dû savoir que le risque que quelqu'un nous entende lui importait peu.

— Oui, Bristow ? dis-je pour ne pas laisser à Matt le temps de le congédier.

— L'Inspecteur-chef Brockwell demande à vous voir tous les deux, dit le majordome. Il vous attend au petit salon.

— Merci.

Je dégageai mon poignet de la main de Matt et rejoignis promptement Bristow.

— J'ai pris la liberté de demander à Peter d'apporter du thé, dit le majordome.

— Merci. S'est-il remis de toutes ses émotions d'hier ?

— Je crois qu'il y a pris un certain plaisir, Mademoiselle.

Je m'efforçai de sourire.

— Et les autres domestiques ?

— Mr Glass a promis d'augmenter nos gages pour nous dédommager de ce que nous avons vécu.

Il jeta un coup d'œil derrière nous, mais Matt ne nous avait pas suivis.

— Mrs Bristow s'inquiète pour notre fille.

— Je veux bien le croire. Et si qui que ce soit souhaite s'en aller, Mr Glass comprendra.

— Merci, Mademoiselle.

J'arrivai au salon bien avant Matt et parlai avec l'inspecteur du temps qu'il faisait jusqu'à ce qu'il nous rejoigne. Il accueillit Brockwell avec un grand sourire, sans montrer le moindre signe que notre conversation le travaillait encore.

Peter nous apporta du thé avant de se retirer sans un bruit en refermant la porte derrière lui.

— Que pouvons-nous faire pour vous, Inspecteur ? demanda Matt tandis que je versais le thé.

Brockwell accepta une tasse et se mit à boire lentement, à petites gorgées. Cette lenteur calculée était l'une des tactiques qu'il employait avec brio et qui avaient le don de me pousser à bout. Mais Matt resta serein, gardant aux lèvres un doux sourire. Il laissa le silence s'installer.

— Deux choses, dit enfin Brockwell. Je veux connaître en détail les événements qui se sont déroulés ici hier soir et ont mené à l'arrestation d'Eddie Hardacre, également appelé Jack Sweet.

— Il me semble que ma cousine et mes amis vous ont déjà tout raconté, dit Matt. Je n'ai rien de plus à ajouter.

— L'ennui, c'est que Mr Hardacre affirme que ce sont des mensonges et qu'en réalité, il était venu ici pour chercher un homme qui avait tué son père, Wilson Sweet.

— Son père ou son oncle ? dis-je d'un air quelque peu sardonique.

Brockwell haussa les sourcils.

— Son père, il me semble. Que vient faire son oncle dans cette histoire ?

Je lui tendis une tasse de thé et une soucoupe.

— Vous devriez lui poser la question. À lui, ou à sa mère.

— Vous niez donc que Gideon Steele, également connu sous le nom de Chronos, et potentiellement sous celui de William Wordsworth, habite ici ?

— Il y a logé quelque temps, admit Matt, mais nous ignorions qu'il avait été mêlé à un meurtre avant que Mr Hardacre ne l'en accuse hier soir. À votre place, Inspecteur, je ne le croirais pas. C'est un menteur.

— Mais il n'y a pas que lui. Mr Abercrombie accuse également le grand-père de Miss Steele d'être un meurtrier. Insinuez-vous qu'un membre distingué de la communauté, est aussi un menteur ?

— La seule chose par laquelle Abercrombie se distingue, c'est son ego surdimensionné. Je suis prêt à entendre que Mr Steele est peut-être coupable d'un crime, mais je tiens à souligner qu'il n'est pas ici et que nous ignorons où il se trouve.

Brockwell se tourna alors vers moi.

— Vous a-t-il laissé un message avant de partir ?

— Oui.

— Puis-je le voir ?

— Non.

Il but une petite gorgée de thé. Naturellement, cela lui prit plus de temps que s'il buvait dans un contexte ordinaire. Et naturellement, le bruit du liquide qu'il aspirait m'agaçait au plus haut point.

— Matt dit vrai, ajoutai-je, très raide. Nous ne savons pas où est parti mon grand-père, et je dis, moi, que ce n'est pas une grande perte. Dès qu'il a franchi notre porte, il ne nous a apporté que des ennuis. Nous avons eu notre part d'aventures. Tout ce que nous voulons maintenant, c'est une vie paisible.

Brockwell réfléchit, la tête légèrement inclinée sur le côté.

— Lorsque vous étiez à l'hôpital, pourquoi avez-vous menti et prétendu que l'homme que vous veniez chercher s'appelait William Wordsworth ?

— Parce qu'Abercrombie et Hardacre auraient pourchassé Mr Steele s'ils avaient su qu'il était ici, dit Matt. Il était plus facile de mentir que de risquer une confrontation. Voyez-vous, Inspecteur, ces hommes cherchent tous deux à se venger d'India et de sa famille. Vous ne pouvez pas leur faire confiance. Ils sont prêts à accuser Mr Steele de n'importe quel crime, du moment que cela peut la faire souffrir.

Brockwell reposa sa tasse et sa soucoupe sur la table.

— Merci pour le thé.

Il partait donc déjà ? Il nous croyait ? Je tournai les yeux vers Matt, mais il ne regardait pas dans ma direction.

Brockwell se leva et observa la pièce autour de lui.

— Où est votre tapis ?

— Je vous demande pardon ? répondis-je aussitôt.

— Lors de ma dernière visite, il y avait un tapis sur le sol. Il n'est plus là.

— J'ai renversé du thé dessus, dit Matt. L'intendante l'a emporté pour le nettoyer.

— Et la balle ?

Oh non ! Il *savait*. Eddie avait dû lui dire qu'il avait tiré un coup de feu. Mais avait-il dit à Brockwell que la balle avait touché Matt ? Je gardai les yeux fixés sur ma tasse de thé sans oser regarder Brockwell de peur de me trahir.

— Quelle balle ? demanda Matt.

— Hardacre prétend vous avoir tiré dessus.

Matt se leva et écarta les bras.

— Comme vous pouvez le voir, je ne suis pas blessé. Si Hardacre dit cela, c'est qu'il est plus fou que nous ne le pensions.

— Il assure que vous avez été blessé, mais que vous avez été guéri grâce à votre montre magique.

Matt eut un petit rire.

— Ah, je vois qu'il a lu ce fameux article ! J'ai l'impression que tout le monde à Londres ne parle que de cette histoire de magie, ces jours-ci. Je peux vous garantir qu'il n'y a eu ici aucune magie hier soir, Inspecteur. S'il était possible de guérir d'une blessure par balle grâce à la magie, je crois que depuis le temps, cela se saurait, non ?

— C'est aussi mon avis, dit Brockwell sans même l'ombre d'un sourire.

Il ne trouvait pas cette idée amusante ni absurde.

— Croyez-vous en la magie, Inspecteur ? lui demandai-je, sincèrement curieuse.

— Non, Miss Steele, pas du tout.

— Je m'en doutais. Je ne suis peut-être pas très douée pour juger du caractère des gens, mais je vous ai toujours considéré comme un homme à l'esprit très pragmatique, qui a besoin qu'on lui fournisse des preuves irréfutables pour croire à des forces surnaturelles.

Contre toute attente, ma remarque lui arracha un sourire.

— Merci, Miss Steele. C'est l'un des plus beaux compliments qu'on m'ait jamais faits. Et maintenant, si vous voulez bien m'excuser, je dois y aller.

— Naturellement, dit Matt en invitant Brockwell à passer devant lui. Que va-t-il arriver à Hardacre, maintenant ?

— Il sera jugé, mais son crime n'est pas passible de la peine capitale. Il passera un certain temps en prison. On vous demandera probablement de témoigner lors de son procès.

— Cela va sans dire.

Devant la porte, Brockwell prit son chapeau des mains de Peter.

— Je vous conseille tout de même d'être prudents, Monsieur, et vous, Mademoiselle. Vous semblez attirer le danger comme des aimants, tous les deux.

Il prit congé en nous saluant d'un signe de tête et sortit sous la pluie.

Je tournai aussitôt les talons pour m'en aller, bien décidée à éviter Matt, mais sans succès.

— India ! lança-t-il alors que je m'éloignais.

— Je dois aller voir Miss Glass, dis-je tout en montant l'escalier. Elle m'a demandé d'aller me promener avec elle.

— Mais il pleut.

— Nous jouerons aux cartes, alors.

Soudain, il apparut à côté de moi dans l'escalier.

— Vous ne pourrez pas m'éviter éternellement, dit-il à mi-voix.

Comme je ne répondais pas, il ajouta :

— Je finirai bien par savoir pourquoi vous ne voulez pas de moi. Je lis en vous comme dans un livre ouvert. Ce n'est qu'une question de temps : bientôt, j'atteindrai la dernière page, et tout sera plus clair.

Relevant mes jupes, je m'élançai dans l'escalier. Quand, une fois arrivée sur le palier, je me risquai à regarder derrière moi, il était toujours au même endroit, la main sur la balustrade, les yeux fixés sur moi. Il ouvrit la bouche pour dire quelque chose, mais finit par la refermer. Sans un mot, il fit demi-tour et redescendit les marches d'un pas leste.

L'histoire de Matt et India se poursuit dans:
Le secret du couvent
Le cinquième tome de la série *Glass and Steele* par C.J. Archer
Abonnez-vous à la lettre d'information de C.J. pour être informé des nouveaux livres traduits en français. Les abonnés bénéficient également d'un accès exclusif à une nouvelle GRATUITE de GLASS AND STEELE. S'abonner : WWW.CJARCHER.COM

OBTENEZ UNE HISTOIRE COURTE GRATUITE.

J'ai écrit une histoire courte pour la série Glass & Steele, qui précède LA FILLE DE L'HORLOGER. Elle s'intitule LE JEU DU TRAÎTRE et suit Matt et ses amis dans la ville de Broken Creek, au Far West. Elle contient des spoilers pour LA FILLE DE L'HORLOGER, il faut donc l'avoir lue avant. Mais le plus beau, c'est que l'histoire est GRATUITE, exclusivement pour les abonnés à ma newsletter. Inscrivez-vous dès maintenant sur mon site, si ce n'est pas déjà fait :

WWW.CJARCHER.COM

Si vous êtes déjà abonné, vous trouverez les instructions dans ma newsletter.

MESSAGE DE L'AUTEURE

J'espère que vous avez pris autant de plaisir à lire **Le journal du magicien** que j'en ai pris à l'écrire. En tant qu'écrivaine indépendante, j'ai absolument besoin de faire connaître mes livres pour assurer leur succès. Aussi, si ce livre vous a plu, n'hésitez pas à en parler à vos amis et à laisser un avis sur le site de la boutique où vous l'avez acheté.

DU MÊME AUTEUR

SÉRIE AVEC 2 LIVRES OU PLUS

After The Rift

Glass and Steele

The Ministry of Curiosities Series

The Emily Chambers Spirit Medium Trilogy

The 1st Freak House Trilogy

The 2nd Freak House Trilogy

The 3rd Freak House Trilogy

The Assassins Guild Series

Lord Hawkesbury's Players Series

Witch Born

TITRES UNIQUES PAS DANS UNE SÉRIE

Courting His Countess

Surrender

Redemption

The Mercenary's Price

À PROPOS DE L'AUTEUR

C.J. Archer aime l'histoire et les livres depuis aussi longtemps qu'elle se souvienne et se sent chanceuse d'avoir trouvé
un moyen de combiner les deux. Elle a passé sa petite enfance
dans la beauté spectaculaire de l'arrière-pays du Queensland, en
Australie, mais vit désormais dans la banlieue de Melbourne
avec son mari, ses deux enfants et un chat noir et blanc espiègle
nommé Coco.

Abonnez-vous à la newsletter de C.J. via son site Web pour
être averti lorsqu'elle publie un nouveau livre : http://cjar
cher.com Suivez-la sur les réseaux sociaux pour obtenir les
dernières mises à jour :

facebook.com/CJArcherAuthorPage

instagram.com/authorcjarcher